W.S. Maugham

毛 姆 文 集

W. Somerset Maugham

作家笔记

A Writer's Notebook

〔英〕毛姆 著 陈德志 陈星 译

上海译文出版社

谨以此书

深情纪念我的朋友

弗雷德里克·杰拉尔德·哈克斯顿[1]

1892—1944

① 毛姆的秘书和伴侣。

前　言

朱尔·勒纳尔[1]著有《日记》，法国文学中的一部二流名著，他还写过三四部独幕剧，说不上多好，但也不是太糟；既不能逗人一乐，也没法儿打动人心，但若是演得好的话，倒也能叫人耐着性子看完，不至于觉得过于无聊。他还写过几部小说，最成功的是《胡萝卜须》，讲他自己童年的故事，描述了一个笨拙憨厚的小男孩儿，母亲不近人情、严厉凶狠，让他的生活无比悲惨。勒纳尔文笔朴实，既没有华丽的辞藻，也没有刻意的强调，这样的笔法倒让那悲惨的故事显得愈发哀婉凄楚。可怜的孩子苦楚连连，生活中无以解忧，连一丝黯淡的希望之光都没有，读起来真叫人心碎。看到他想讨那个母夜叉欢喜时那笨笨的样子，你会苦笑，对他所受到的羞辱感同身受；看到他没犯什么大错却被狠狠地惩罚，你会忿恨不已，就好像挨罚的是自己一样。除了那些铁石心肠的坏家伙以外，谁目睹这样的恶毒残酷、责罚折磨，都会怒火中烧、义愤填膺。这可不是一本叫人过目即忘的书。

朱尔·勒纳尔其他的小说都无足轻重，它们或是作者的生活片段，或是他的详细笔记汇编，其中记录了与他有过密切联系的人，很难算得上是小说。他极其缺乏创造力，让人奇怪他为什么要做个作家。由于没有创意，他没法儿让自己那些细致入微的观察成形，更不要说彰显某个事件的关键点了。他收集事实，可小说不能只由事实堆砌，事实本身是死的，它的作用是阐发思想，说明主题，而作家为达到自己的目的，对有些事实可以进行调整，强调一些，放弃另一些，作家不仅可以这么做，并且必须这么做。确实，朱尔·勒纳尔自己有一套理论,他宣称自己写作的目标只是陈述,可以说就是给读者提供资料,让他们自己构建小说,而任何其他做法都是文学造假。但是我对作家的理论总不太信任,那些理论从来都只不过是作家为自己的不足找来的理由。所以,若是哪个作家没本事编出合情合理的故事,他就会告诉你,对于小说家来说,讲故事的能力是众多才能中最不重要的;而如果他毫无幽默感,他就会哀叹正是幽默毁了小说。若想让无情的事实焕发出生命的光辉,就需要赋予其情感,改变其性质。因此当朱尔·勒纳尔回忆起自己不幸的童年时,自怜和对母亲的恨如毒液一般渗透记忆,这样,他才得以写出自己唯一一部出彩的小说。

我猜,如果不是勒纳尔死后有人出版了他的日记,他可能早就被遗忘了。那日记他坚持不懈、一丝不苟地记了二十年,是一部了不起的作品。他认识许多那个时代文学界和戏剧界里的重要人物,如演员莎拉·伯恩哈特②和吕西安·吉特里③,作家罗斯丹④和卡普斯⑤。他将自己与这些人之间的交往记录下来,描述得活灵活现,充满生气,却又略带刻薄讥刺。在这里,他敏锐的观察力派上了用场。但是尽管他的描绘写实逼真,笔下这些聪明人的谈笑也真实可信,想要真正欣赏领会日记的这些部分,你或许得对十九世纪末二十世纪初的巴黎社会有所了解,亲身经历可以,道听途说亦行。

---

① 朱尔·勒纳尔(Jules Renard, 1864—1910,旧译儒勒·列那尔),法国作家,主要作品有《胡萝卜须》(*Poil le Carotte*)和《自然纪事》(*Les Histoires Naturelles*)。

② 莎拉·伯恩哈特(Sarah Bernhardt, 1844—1923),法国演员,是十九世纪末二十世纪初最享有盛名的女演员,演技精湛,多才多艺,有“女神莎拉”的美誉。

③ 吕西安·吉特里(Lucien Guitry, 1860—1925),法国演员,在现代现实主义戏剧表演上有极高的造诣。

④ 罗斯丹(Edmond Rostand, 1868—1918),法国戏剧家,他最受欢迎的作品是英雄喜剧《西哈诺·德·贝尔热拉克》(*Cyrano de Bergerac*,即《大鼻子情圣》),是法国浪漫主义戏剧的典范。

⑤ 阿尔弗莱德·卡普斯(Alfred Capus, 1858—1922),法国记者、剧作家。

日记出版后，勒纳尔的那些作家同行们发现他在日记里对他们冷嘲热讽，很是恼火。在他笔下，那个时代的文学界一派野蛮景象。常言道狗不咬狗，同室不操戈，但这话放在法国文人身上就行不通了。我觉得，在英国，文人多半懒得彼此搭理，不像法国作家那样终日厮混在一起。虽然他们的确偶有碰面，但那也十有八九只是凑巧遇上了。我记得几年前一个作家对我说过："我还是乐意与我的创作素材呆在一起。"他们甚至不怎么阅读彼此的著作。一次，一个美国评论家去英国，打算采访一些著名作家，请他们谈谈英国文学现状。但他只采访了一位就放弃了自己的计划，因为他发现这位声名显赫的小说家居然连一本吉卜林的著作都没读过。英国作家会评价同行，他会告诉你这个人还不错，那个人不太行。但是他们虽喜欢前者却不至于狂热，虽瞧不起后者却不会贬低攻击他，而只是冷漠以对。谁要是大获成功，他们也不特别嫉妒；而如果这家伙明显是无功受禄的话，他们也只觉得好笑，不会勃然大怒。我觉得英国作家都唯我独尊。他们也许和所有人一样虚荣自负，但只要有一小群私人朋友欣赏他们，就足以满足他们的虚荣心。不友好的批评不怎么影响得到他们，而且他们也不会煞费苦心去博得书评家的欢心。他们宽以待人，互不相扰。

法国那边的情况就大不一样了，在那里文学生涯就是一场残酷无情的斗争，人与人之间互相开战，派系与派系间互相攻击。你必须时刻警惕，提防敌人布下的陷阱，而且说起来你都没法保证朋友不会从背后捅你一刀。这是一场混战，而且就像某些角力比赛，允许不择手段。这样的生活充斥着辛酸、嫉妒和背叛，满是恶毒和仇恨。我想这其中是有原因的。自然，原因之一是和我们比起来，法国人对待文学更认真严肃，一本书对于我们来说不甚重要，对于他们来说却意义重大，他们时刻准备着就基本原则展开辩论，争论热烈激昂,不仅让我们大为惊愕,还让我们忍俊不禁,因为我们实在是觉得把艺术这么当回事儿有些滑稽。其次,在法国,文学里总能卷进政治和宗教问题,于是一个作家会发现自己的书受到猛烈抨击,不是作品本身不好,而是因为他是新教徒、民族主义者、共产党员,等等,等等。这里有不少是值得赞扬的。作家不只认为自己所写的书重要,亦能意识到别人写的书也重要,这很好。他们认为书籍的确是有意义的,认为它们的影响或于人有益,或害人匪浅;前者要捍卫,后者要抨击,至少作家们能这样想,这也很好。一本书如果连作者自己都不把它当回事儿,也就成不了什么气候。正是因为法国人极其看重他们的书,他们才会因此而掀起如此激烈的辩论。

还有一件事儿法国作家们都常做:他们会把自己的作品念给同行听,念正在创作中的稿子,也会念完成了的书稿。他们的这个习惯总是让我很惊讶。英国作家有时也会把自己尚未出版的书稿寄给同行,请他们指教。“指教”的意思是赞扬,哪个作家要是真对别人的书稿提出异议,那他可就太轻率了,他这样只会冒犯别人,他提出的批评也不会有人理睬。尽管英国作家们有时确实也会请人“指教”,但像那样一坐就是几个小时,听另一位小说家朗读他的新作,这种无聊到叫人痛苦的事儿,我可不信哪个英国作家能够忍受得了。但在法国,这似乎是理所当然、心照不宣的事儿,一个作家就该这样做,而且更奇怪的是,哪怕是杰出的大作家,也常常利用这种方式获得批评意见,并据此修改、重写文稿。不说别人,鼎鼎大名的福楼拜就承认自己听了屠格涅夫的点评后,把书稿重写了一遍;而读了安德鲁·纪德的《日记》,你会发现他也常从此法中获益。这一直让我很困惑,而我最终给自己的解释是:对于法国人来说,写作是一个光荣高尚的职业(在英国它就从来都不是),因此许多人尽管没有多么出色的创造力,却依然选择从事写作。他们机敏聪慧,受过良好的教育,深受悠久法兰西文化的熏陶,这使得他们能创作出高水平的作品;但能有这个结果,不是出于不可遏制的创造欲望,而是因为他们下定决心,勤勤恳恳,并且头脑聪明,学识渊博。所以文学批评,即用心良好的人提出的意见,就可以起到极大的作用。不过我可不相信有些高产的大作家,其中最著名的就是巴尔扎克,会去这样"自找麻烦"。他们写作是因为他们必须写作,一旦写完一本,只会考虑下一本要写什么。法国作家有这一习惯,自然说明他们乐于为使自己的作品臻于完美而不遗余力。而且,虽然他们感情丰富细腻,却不会像英国同行们那样自我陶醉。

比起英国同行来,法国作家们之所以更容易互相敌对、记恨,还有另外一个原因:他们的读者太少了,供养不起这么多的作家。我们有两亿读者,而他们只有四千万。每一个英国作家都有足够的发展空间,你可能从未听说过他,但只要他在任何一个方面有一定的特长,他的收入就不会太糟。他不会太富有;可话说回来,如果他的目标是大富大贵,他也就不会选择当一个作家。假以时日,他便能赢得自己的一批忠实读者,而报纸为了吸引出版商来登广告,不得不留下大幅版面给评论文章,于是大众报刊就给了他足够的关注。他既然自己衣食无忧,也就可以不带妒意地看待其他作家。但是在法国,很少有作家能靠写小说谋生,除非他们有私人收入或是其他职业来满足自己的生活之需,否则他们不得不靠从事新闻工作来赚钱。买书的人太少,不是每个作家都能摊上,于是一个作家大获成功,另一个就要遭殃。扬名立万是一场搏斗,保住读者的尊重欢喜也是一场搏斗。于是,作家们拼了命地要获得评论家的好评,得知哪张哪张报上将要刊登一篇短评,就连已经功成名就的作家,不知自己的努力有没有奏效,也会坐立不安;发现那文章是篇恶评,也会暴跳如雷。在法国,文学评论的确比在英国有分量得多。某些评论家影响巨大，一本书的成败就捏在他手中。尽管世界上凡有文化的人都懂法语，也并非只有巴黎人才读法语著作，但法国作家真正在乎的是巴黎人的看法，巴黎评论家、巴黎作家、巴黎睿智读者的意见。正因为所有的文学抱负都集中于这一个区域，这才出现倾轧和妒恨。也正是因为对作者的经济回报是如此微薄，作家才会对获某些奖项或是进入哪个学会如此渴望，用尽手段去争取；这样一些奖项每年会颁给某些著作，那样一些学会则会邀人入会，这不仅标志着作家文学生涯成就的顶峰，还能提高他的市场价值。但是，有许多雄心勃勃的作家却没有多少奖项，没有太多空缺的学会席位。没有多少人知道，为了获奖中选，作家们会忍受多少辛酸，做出多少交易，参与多少密谋。不过，法国当然也有一些作家对金钱不屑一顾，对荣誉嗤之以鼻；而由于法国人慷慨宽厚，这些作家便获得了一致的绝对尊敬。这就是为什么有些作家，若是按合理标准来看明显无足轻重，却享有盛誉，特别受年轻人推崇，叫外国人摸不着头脑。因为可惜啊，才华和创意并不总伴随高尚品格。

朱尔·勒纳尔很诚实，在《日记》里并没有怎么美化自己。他恶毒、冷漠、自私、狭隘、善妒，而且忘恩负义，他唯一可取的一点是对妻子用情至深，整部日记里，勒纳尔只有提到她的时候才总是语气可亲。他动不动就觉得自己被冒犯了，虚荣心重得骇人。他毫不仁慈亲善。对于不理解的东西，他愤怒地蔑视以对，从没想过不懂它们也许是他自己的错。他可憎，不行善举，也没什么善念。但尽管如此，他的《日记》却是一本极好的读物。它非常有趣，诙谐、微妙且常透着智慧。这是一位职业作家为了自己的事业而做的笔记，他热情地追寻真理，追求文风纯粹、语言完美，没有哪个作家能比他更一丝不苟、兢兢业业的。朱尔·勒纳尔匆匆记下了巧妙反驳、机智词句、俏皮警句、所见所闻、人们说的话和他们的表情、对风景的描述、对阳光明暗效果的描绘等。简言之，只要将来他坐下来写文章时能派上用场、好发表的东西，他就都记了下来。当收集了足够的资料，他便把它们连缀起来，串成个多少还算连贯的故事，便成了一本书。这样的情况我们知道有好几例。对一个作家来说，这是这几部书最让人感兴趣的部分：它带你走进作家的工作室，向你展示哪些材料他觉得值得收集，他又是如何收集这些材料的。至于他没有能力让它们更好地发挥作用，这不是重点。我记不得是谁曾经说过，每一个作家都应该有一本笔记，但又要注意不要去参考它。我认为若是琢磨透了，这话是有道理的。看到让你眼前一亮的东西，你就把它记录下来；原本你心中意识流延绵不断，阻塞了脑海，这个记录过程就能让你把这个事物分离出来，或许还能让你牢牢地记住它。我们都有过不错的想法，有过真切的感受，本觉得将来应该能用得上，但我们太懒了，不做记录，最终把它们忘了个精光。当你知道自己要记下一个东西的时候，便会格外专注地观察它。在这过程中，头脑中逐渐出现词句，这些词句会让它在现实中拥有自己的位置。使用笔记的危害在于你会发现自己渐渐对它产生依赖，从而丧失了自我写作的自然流畅。想要能有这样的酣畅，就要放手让自己的潜意识充分运作，这个过程一般还有个比较浮夸的名字，叫灵光一现。你也容易把笔记生拉硬扯进文中，也不管它们是不是突兀。我听说沃尔特·佩特[①]以前做了大量的笔记，记录自己的所读所想，他把这些笔记分门别类保存，攒够了关于某个题材的笔记，他就把它们整合到一起，写一篇文章。如果真是这样，也许就能解释为什么读他的作品会觉得局促。这也大概是为什么他行文会没有韵

① 沃尔特·佩特（Walter Pater，1839—1894），英国散文家、文学评论家，著有论文集《文艺复兴史研究》（*Studies in the History of the Renaissance*），小说《伊比鸠鲁的信徒马利乌斯》（*Marius the Epicurean*）等。

律，文笔无力。至于我，我认为做详尽的笔记是个极好的习惯，我后悔自己天性懒惰，没能更勤奋地做笔记。只要灵活、谨慎使用，笔记定会发挥巨大的作用。

朱尔·勒纳尔的《日记》正是因此引起了我的兴趣，于是我斗胆把自己的笔记搜集整理出来，请同行们一读。我得赶紧声明，我的笔记可没有朱尔·勒纳尔的那么有趣，差得远了。比起来，我的笔记断断续续。有好些年我根本就没做过笔记。它们也不是什么日记，我同那些有趣或有名人士的来往也没记录下来。没这么做，我挺遗憾。我与不少作家、画家、演员、政客有过或深或浅的交往，其中一些人颇为著名，如果我当时记下了我们的谈话，后面的篇章无疑会更有意思。可我根本就没想起来要这么做。如果我认为某件事对我将来的创作没什么用，我就绝不会记下它的。因此尽管我随手写下了各种各样的个人想法和感受（早年的笔记中这样的记录尤其多），我的目的只有一个，那就是将来迟早要把它们用在我创作出的人物身上。我把我的笔记作为贮存写作素材的仓库，以备不时之需，仅此而已。

随着我年龄渐长，更加清楚自己的意图，我就不怎么记录个人的观点了，我多半是趁着记忆还清晰的时候记录下一些风土人情。这种时候我都有明确目的，只记立刻能派上用场的东西。说起来，一次我去中国，心中略有打算要写本游记，结果我做的笔记详细极了，我干脆放弃了写书的计划，直接把笔记出版了。自然，这些笔记这本书里就没有再收了。同样，凡是在其他地方使用过的材料，我都没有收进来。如果常看我的书的读者发现了一两句似曾相识的句子，记得我在别处用过，那绝不是因为我实在对它们感到满意，非要重复一遍，而是不小心的疏漏。不过，在一两个地方我的确特意保留了那时的一些记录，这些东西给了我启发，我由此写了某部小说、某个故事，我觉得如果哪个读者碰巧记得那小说或是故事，读到这些笔记会觉得有意思的，可以看看我是在什么素材上添油加醋，创作出更复杂的情节。我从没说过自己有凭空编故事的本领；我往往需要一个事件或是一个人物才好动笔，不过我总是运用想象力、创造力以及戏剧感，把素材变成我自己的东西。

我早年的笔记里主要记录对话，原本准备要写些剧本，不过最终一部都没写。我觉得不会有人对这些感兴趣，所以也删去了。不过我保留了不少当时自己的所评所想，今天看来那些话真是既夸张又可笑。它们是一个毛头小伙子对现实生活（至少他认为那是现实生活）以及自由的想法，他之前一直过着安稳无忧的生活，社交圈极小，满脑幼稚离奇的幻想，又读多了小说，结果误入歧途，对于我这种出身的男孩子，这是常有的事儿。它们还是这个小伙子对自己成长环境的反抗，表达了他对那套陈规旧习的不屑。我觉得如果自己隐瞒这些，便是欺瞒读者。我第一本笔记是 1892 年记的，那时我十八岁。我可不想把自己吹得有多么明智。我那时是一无所知、胸无城府、满腔热血、乳臭未干。

我的笔记加起来有厚厚十五卷，不过如上所述，我删了不少，最后剩下的内容绝不长过一般的小说。我希望这足以让读者能够容忍它的出版。我出版这些笔记，不是因为我狂妄自大，觉得自己写的每一句话都值得保存，应该永垂不朽。我之所以把它们发表，是因为我对文学创作技巧以及过程感兴趣，如果其他作家写了类似的书，我一拿到便会迫不及待地翻看起来。很幸运的是，我感兴趣的东西似乎其他不少人也感兴趣。我从没奢望能这样，至今依然为此惊讶不已。但也许以前曾多次发生的奇迹，这次也会再次降临，说不定还会有读者能在接下来的这页那页中找到自己感兴趣的东西。若我仍在全力从事文学创作，出版这本书便是极冒失无礼，那会显得我自恃功高，会冒犯我的同行们。但现在我已成了一个老人，我不是任何人的对头，我已经退休了，远离尘嚣，快快活活地把自己束之高阁啦。我若曾经有过什么抱负，也都已经实现了。我不再和任何人争论，不是因为无人值得我与之争辩，而是因为我要说的都已说完，我很高兴能把自己在文学界的一小块地盘让给别人。我已经做了想做的事，现在沉默更适合我。有人跟我说，现在这个时代，如果你不出新作，名字不时刻出现在大家眼前，那你很快就会被遗忘。这绝对是真的，我毫不怀疑。没事儿，我做好准备了。当我的讣告最终出现在《泰晤士报》上，大伙儿纷纷说："什么？我还以为他死了好些年了呢！"到那时，我的鬼魂便会吃吃窃笑。

一八九二

这一年我进入圣托马斯医院教学部学习。我在那里呆了五年。第一批笔记的日期我都认真记下了,我希望这些日期有助于解释内容的偏颇浅薄。我后来的笔记都没标日期,实际上,我不少笔记都是信手写在纸片上或是信封背面的,现在我只好根据它们的内容来判断写作年代。可能有些地方我推算错了,多算或者少算了一两年,不过我觉得这无关紧要。

鉴于人们做起事很愚蠢,聊起天很友好,如果他们多说话少做事,也许更于世有益。

愚钝乏味者的风趣来自音乐剧歌曲,他们的智慧则来自谚语箴言。

美德总随好运而至,好运却不追美德而来。

牧师箴言:

人们给牧师付酬,为的是让他解惑传道,不是让他自行其道。

只请会回请你的人吃饭、留宿。

"施于人必己所欲。"这是至理名言——适用于"施于人"。

针对禁酒主义者提出的观点,他总是回答:"上帝指示我们要好好利用这世上的东西。"而且他身体力行,家中总存够威士忌和利口酒①,不过他总是小心地把它们锁在餐具柜里:"不是所有人都能喝烈酒的,"他说,"实际上,让他们受诱惑真是一种罪恶;再说,他们也欣赏不了其真正价值啊。”

这些“箴言”都是我叔叔说的，他是惠特斯特布尔的教区牧师。我当时可把它们当了真，但现在回头再看，我倒觉得他这都是幽我一默，拿我开心，我从没料到他还会有幽默感呢。

读书并不能让人睿智，只是使人博学。

愚人用尊严作大氅遮盖他们的愚蠢。

行为本身无所谓好坏，是好是坏由成规说了算。

老处女都没钱。没嫁出去的富婆则是年龄不详的未婚女性。

天才应该以平庸为墨，将自己的名字写入世界史册。

天才就是才华加空想。

天才忍饥挨饿，人才衣着光鲜。

大部分情况下，今天的天才五十年后至多是个有点才气的人。

邀请朋友一起去看画展或许是你能给他的最严峻的考验。大部分人去画廊，在门口就丢掉了谦恭礼貌，把它们和雨伞、手杖一起留在门外。他们走进画廊，已扔掉了平日的虚饰，将本性赤裸裸地暴露出来。于是你会发现他们刚愎自用、轻率无礼、愚蠢无知、心胸狭窄。他们也不会设法掩饰对你的看法，而且多半那看法都不怎么样。

① 利口酒(liqueur)是一种味甜而芳香的烈酒。

要是在这种情况下，还有谁能宽容地倾听你的意见，承认你的观点也有道理，那他就是个真朋友。

不过，第一件事儿，你完完全全相信我是友好的么？你是不是对我的友谊坚信不疑，能让我和你谈些涉及个人核心隐私的话题？

当然了，我亲爱的孩子，你有一颗无比真诚的心，再让人不爽的话，你这样的人也有权利说。接着说吧。

布鲁克斯。他个头不高，肩宽腰圆，结实健壮，身材匀称。他的头型漂亮，鼻子挺拔，前额又宽又高，不过他的脸不大，尖下巴，不蓄胡子，刮得光溜溜的。他有一双浅蓝色的眼睛，有一点儿呆滞，大嘴巴，双唇厚而性感。他的卷发日渐稀疏，还留了长发。他举止优雅，气质浪漫。

在剑桥的时候，他和一帮生活奢侈的有钱人厮混在一起。他们都觉得他的才智超群，他的导师和学院院长也都这么认为。他吃吃饭，读读书，学习法律，准备成为律师，最后的结业成绩是二等。到了伦敦后，他便穿起了昂贵的定制服装，养了个情妇，申请并获选进入改革者俱乐部①，递申请是他的朋友怂恿的，他们认为他有政治家的潜质。他的朋友都是些喜爱读书的人，通过和他们接触，他好似修了一门英国古典文学课，当然，修得很轻松、很不专业。他欣赏乔治・梅瑞狄斯②的作品，对三卷本小说嗤之以鼻。他一本不落地

① 改革者俱乐部（the Reform Club）1836 年在伦敦成立，当时只允许宣誓支持 1832 年《大改革法案》（the Great Reform Act of 1832）的人加入，早期会员里有国会议员和辉格党人，在他们的共同建设下，俱乐部成了英国自由党的政治活动中心。如今改革者俱乐部与政治已无瓜葛，会员来自社会各阶层，从事各种职业。

② 乔治・梅瑞狄斯（George Meredith, 1828—1909），英国小说家、诗人。主要作品有小说《利己主义者》（*The Egoist*）和诗集《现代爱情》（*Modern Love*）等。

阅读每周发行的六便士小说①，还读一些文学月刊和季刊。他常去看戏听歌剧。他晚上若是不去剧院，就会去朋友家里，或是上老式小酒馆去，喝着威士忌，抽着烟，谈论生死、命运、基督教、书籍以及政治，直到深夜。他读了纽曼②的著作，大受启发，他在布朗顿礼拜堂③找到的天主教教义深深吸引了他。然后他生了一场病，痊愈以后去了德国。在德国，他遇到的人与他原来的伙伴有着截然不同的追求和爱好。他开始学习德语，为此找来德语经典著作阅读。于是，继梅瑞狄斯和纽曼之后，他又崇拜起歌德。后来他去意大利短期度假，立刻爱上了这个国家。他回到德国又待了几个月，然后又回意大利去了。

他读了但丁和薄伽丘，但接触了一些热爱希腊罗马的古典作家的学者后，他发现他们并不看好他这种浅尝辄止的半吊子学习方法。他总是极易受到影响，别人的看法都会在他的身上起作用，于是很快他便同新朋友看法一致，读起希腊语和拉丁语著作来。

他称自己痴爱美。看到波提切利的画、阿尔卑斯山的雪峰、海上的日落、以及所有这些人人都欣赏、时时被赞美的东西，他会赞不绝口，但却看不见身边无处不在的清秀脱俗之美。他不虚伪，如果一个东西他真的喜欢，他便会由衷地、热切地赞美它；但只有向他指

① 三卷本小说（the three-volume novel）是维多利亚时代英国小说的标准出版形式，将小说分作三卷分批出版，第一卷既可以引起读者对后两卷的兴趣，所得收入又可以支付后两卷的出版费用。维多利亚时期的三卷本小说多情节错综复杂，以举行婚礼和获得财产作为结局。当时一部三卷本小说的价格是十先令六便士，相当于现在一本超过二十英镑的精装书的价格。

十九世纪末开始，三卷本小说受到排斥，一些篇幅短、价格低的简装本小说出现，受到欢迎，其中便包括所谓“六便士小说”（sixpennies），即每本只卖六便士。

② 纽曼（John Henry Newman，1801—1890），英国基督教圣公会内部牛津运动领袖，后改奉天主教，著有《论教会的先知职责》（*Lectures on the Prophetical Office of the Church*）、《大学宣道集》（*University Sermons*）等。

③ 布朗顿礼堂（Brompton Oratory）是伦敦的一座天主教堂，坐落在南肯辛顿（South Kensington）。

出什么东西是美的,他才看得见;他自己发现不了美。他想写作,可他既没精力,又没想象力,还缺乏意志。他动手很勤奋,却懒得动脑。过去两年,他一直在研究莱奥帕尔迪①,打算翻译一些他的作品,不过至今只字未动。他长期独身一人,于是相当自负,瞧不起不懂文学艺术的人。他目中无人。每当有人说起这个话题,他就会摆出一副无比睿智的架势,来几句老生常谈,好像这问题他已经解决了,没什么可说的了。他极端敏感,如果你不同意他对自己的看法,就会伤害他。他从心底渴望被人欣赏。他懦弱、自负,而且非常自私。但是如果不需要他付出什么,他也能友好可亲;而要是你留神拍一下他的马屁,他甚至能善解人意。对于文学,他品味很好,而且是真心喜爱。他一辈子都没有过什么自己的独特见解,但他是个敏感、好眼力的观察者,对于显而易见的事情很有见地。

如果事情做到结尾还能同刚开头一样有趣,杯底残酒还能像第一口那样甘美,那生活该有多么美好。

自己的亲戚,不管你自己是多么厌恶他,不管你自己如何说他的不是,一旦别人来揭他的短、让他出丑、受人嘲笑,你就不会答应,因为亲戚丧失名誉,你也就跟着颜面无光、虚荣受损。

医院。两个十分要好的朋友,他们一块儿吃饭,一块儿工作,一块儿玩乐,形影不离。其中一个回家待了几天,这期间,另一个人在做尸检的时候血液感染,四十八小时后就死了。那人回来了,他们

① 莱奥帕尔迪(Giacomo Leopardi, 1798—1837),意大利诗人、哲学家,作品有诗作《西尔维娅》、《回忆》、《乡村的星期六》等,散文集《杂记》等。

原来约定在尸检室见面。他走进房间,发现他的朋友浑身赤裸躺在工作台上,已经死去。

他告诉我:“这真让我大吃一惊。”

我刚从伦敦回来。走进饭厅,看见我那年迈的姑母坐在桌子旁边,手中做着活计。灯亮着。我走上前去,碰碰她的肩膀。她小声惊呼,然后发现是我,跳了起来,瘦弱的胳膊搂住我的脖子,亲了亲我。

“哦,可爱的宝贝,我还以为再也见不到你了呢。”然后她叹了一口气,苍老的头靠在我胸前:“威利啊,我好伤心呐,我清楚自己活不长了,挨不过这个冬天。我原本希望你姑父能先去,那样他就不必为我的死而悲伤了。”

泪水涌出我的眼眶,顺着双颊流下。这时我知道自己是在做梦,我的姑母两年前就去世了。她尸骨未寒,我姑父就续了弦。

去年,圣·艾夫斯湾起了一场大风暴,一艘意大利船遇险。船只在下沉,火箭抛绳器的火箭已经发射出去了,但是船员们却好像不知如何使用救生索。陆地近在咫尺,他们完全有可能挽救自己的生命,但却束手无策。埃利斯太太告诉我,她一直站在自己小屋的窗口,眼睁睁地望着船渐渐沉没,她最终无法承受那巨大的痛苦,躲回了厨房,在那里祈祷了一夜。

绝大多数的人都蠢得厉害,说谁谁在常人之上真算不得什么恭维。

大部分人长得真是丑啊!可惜,他们也不知道该待人随和一点，也好补救一下。

她没有结婚。她告诉我说，在她看来，如果一个女人一次只能有一个丈夫，那么婚姻注定是个失败。

当天神们在潘多拉盒里装满邪魔，然后又把“希望”一并放进去时，他们一定窃笑不已。因为他们很清楚，这才是最狠毒的邪魔，正是“希望”引诱着人类，叫他们一直忍受苦难，直到死亡。

今天早上，刺杀卡诺总统①的卡斯里尔·桑托被执行了死刑，报纸上充斥着这样的字眼：“桑托死得像个懦夫。”

但这肯定不对。没错，他是颤抖得厉害，几乎没法走上绞刑架；他说遗言的时候，声音微弱，叫人都听不清那句话，但那句话坚持了他的信仰：Vive l'Anarchie（法语：无政府主义万岁）。他直到生命最后一刻也忠于自己的信念。当初他给总统以一击时，就知道自己将为之付出生命的代价；行刑前一刻，他的精神同那时一样坚定，丝毫没有胆怯。颤抖、说不出话来只是出于肉体对死的恐惧，最勇敢的人也避免不了；但是他说出了那样的话，却展示了他非凡的勇气。肉体虽脆弱，精神却不可征服。

---

① 卡诺（Sadi Marie François Carnot，1837—1894），法国政治家，曾任法兰西第三共和国总统（1887—1894），被一无政府主义者刺杀身亡。

一八九四

最近这几天,大家都兴奋无比,因为英法两国可能要开战了。

一周前还没什么动静,没有人料到会发生这样一件大事。但自上周六开始,报纸纷纷提到两国关系紧张。就是在那个时候,报上也只字未提开战的事儿。当有人提出可能要打仗了,大家就都嘲笑说荒唐。第二天报道又详细了些:麻烦的根源是马达加斯加,法国人想吞并它。报纸提到了严重的纠纷,暗示大概是非打一仗不可了,但私下里人们还是觉得这是没凭没据地自己吓唬自己,他们指出,法国人再也不会蠢到去挑起战争的。而今天,10月3日星期三,一份通告震惊了伦敦:紧急召开内阁会议,内阁大臣们原本都不在城里,现在也都被紧急召回。

时间一分一秒地过去,人们越来越亢奋:都在谈论着法国人对英国日益增长的妒意,还有在暹罗和刚果实施的阴谋。他们争相购买报纸,阅读相关报道,那些报道后还附有马达加斯加地图。证券交易市场上出现恐慌,股价下跌,每个人都在谈论着战争,城里人在讨论去当志愿兵。走到哪儿,人们都在互相打听消息。大家都焦躁不安。他们对法国人倒没什么敌意,但是如果需要,他们将坚决参战。大家对政府都没多少信心,因为谁都知道政府内部向来不和。尽管大家信任罗斯伯里伯爵①,但也都清楚内阁其他成员与他意见不一致,觉得他若有什么举措定会受到阻挠。一般认为,如果英国再一次对法国的怠慢忍气吞声的话,人们就会起来推翻政府。对战争的焦虑和恐惧情绪十分强烈,大家普遍认为,虽然两国可能推迟战争，但法国人如此贪婪、自大、善妒，这仗迟早要打起来。但如果战争真爆发了，不会有几个人能搞清开战的原因；至于到底为什么马达加斯加会引起争端，大家压根就不知道。

今天晚上我去看望几个朋友，路上遇到两个邮递员，他们也在谈论这个全民话题。到了朋友那儿，我发现他们也和其他人一样激动不安。我们的谈话中除了战争还是战争。我们比较了 1870 年普法战争前夕德法两国人民之间的情绪和目前英国人民的情绪。我们谈到克雷西战役和阿让库尔战役，聊到了皮特和威灵顿。我们讨论了很久第一步会怎么走：假如法国派军队在英国海岸登陆会怎样，他们会选择在哪里登陆，会采取什么样的行动，还有我们如何阻止他们攻占伦敦。

10 月 4 号。恐慌结束了。我们得知政府紧急召开内阁会议的原因，是讨论如何为在北京的英国公民提供人身安全保障。于是一切又恢复原样了。不过，对于被如此误导，民众多少有些愤慨。他们质问有什么必要非得隐瞒召开紧急会议的原因，尤其是完全可以预见到这会引起恐慌，造成巨大的经济损失。整个事件里推波助澜的原本主要是记者，现在他们也表示自己受到了愚弄，感到异常气愤。

安南戴尔。我发现他把自己房间里的两个塑像转过去，脸冲着墙，于是问这是为什么。他说事物的背面总是更有千秋。

安南戴尔："我常常想，一个人姓史密斯，他的生活一定与众不同，既不可能有什么诗意，也没什么特点。"

---

① 罗斯伯里伯爵(Lord Rosebery)即阿希巴尔德·菲利普·普利姆罗斯，第五世罗斯伯里伯爵(Archibald Philip Primrose, 5th Earl of Rosebery, 1847—1929)，1894—1895 年间任英国首相。

他很喜欢读《圣经》。“我总觉得那里面有些人物真是法国味儿十足。”

昨天晚上，他讲了个老掉牙的笑话，我告诉他在这之前我已经听过好多次了。安南戴尔：“根本没必要编新笑话。实际上，我很鄙视编新笑话的人。他们像挖钻石的矿工，而我则是技艺高超的艺术家，将钻石切割和抛光，让女人们对它爱不释手。”

后来，他又说：“我不懂为什么人们不该自我表扬。我知道自己很聪明，我为什么要不承认这点呢？”

我在圣·托马斯医院的时候，住的是威斯敏斯特区文森特广场11号一所带家具的出租屋。女房东是个妙人。我在我的小说《寻欢作乐》①中曾对她略有描述，不过我只提到了她的诸多优点。她很善良，厨艺很棒。她通情达理，很有些伦敦佬的幽默。她从房客们身上找到不少乐趣。下面记的是她的一些话。

福尔曼太太昨晚和布朗小姐（她住在14号）一起去教区礼堂听了一场音乐会。在街角开小酒馆的哈里斯先生也在：“‘哎哟，那不是哈里斯先生吗？’我说，‘肯定是他，要不是他我就见了鬼了。’布朗小姐戴上眼镜儿，眯起眼睛看一看说：‘果然不错，真是哈里斯先生本人。’‘他穿戴得挺像样，是吧？’我说。‘岂止挺像样！要我说，简直帅呆了，超级时尚！’她说。‘而且你看，他的衣服不是借来的，多么合身，’我说。‘可不是人人都能有那么一套漂亮衣服的，是吧？’她说。”

然后对我说：“我跟你讲哦，他看起来真滑稽透啦。他在纽扣眼里别了好大一朵白花。戴那么朵白花，再加上他那张大红脸，他看

① 即 *Cakes and Ale*，1930年出版。

上去真真古怪呐。”

“啊,是的,我想要一个小男孩,上帝他就满足了我的愿望,不过我现在倒希望他没这样做,要是我有个小姑娘,我会很开心的。我会教她洗锅擦地,教她弹钢琴,教她用黑铅炉箅,好多好多,我没法一一细说。”

她向我描述某人用过的一个长单词:“你知道么,那真是个贵气逼人的词。哎呀,听上去,要把它从嘴里吐出来,下巴都得整脱臼。”

“噢,等一便士能买四坨精纺羊毛的时候,天下就太平了。”

“他看起来真糟:我想他快要回老家了。”

我回屋的时候壁炉里没了火,福尔曼太太来把它又生上了。“我走了以后,你就请火自己烧旺,知道不?而且千万不要去看它,知道不?只要你不瞪着它,就会发现它烧得旺旺的!”

“我不觉得我们的儿子有多任性:他从来都不任性,连小时候也一样。但是他知道我为什么宠他,会耍些花样,调皮捣蛋。我们真是爱他!噢,他就像一块果酱!我饿的时候觉得自己都可以吃了他,他身上有些地方娇嫩可爱,我真想咬上一口。”

世上有两种友谊。一种友谊源于肉体本能的相吸,你喜欢你的朋友不是因为他有什么特别的品质或禀赋,而仅仅是由于你被他所吸引。“C'est mon ami parce que je l'aime parce que c'est mon ami.(法语:这是我的朋友因为我爱他因为这是我的朋友。)”这是不讲理也无法讲理的。而世事多具讽刺意味,很可能你会对某人产生这样的感觉,可这人根本就不值得你喜欢。尽管这类友谊与性无关,但它的确与爱情很相似:它以同样的方式产生,很可能也会以同样的方式消退。

第二种友谊是知性的。吸引你的是新相识的才华禀赋。他有你不曾有过的观点想法,他见过生活中你未曾见过的东西,他的经历丰富,让人叹为观止。但是每一口井都有底,你朋友也会有一天不再有新东西传授给你:这便是决定你们的友谊能否继续的关键时刻。如果他只有些从书本和经历中得到的东西,他就没法儿再叫你感兴趣了。这口井已经空了,你把桶放下去,却什么也打不上来。这就是为什么人们会迅速发展起火热的友谊,又同样迅速地终结交往。这也揭示了为什么后来他会厌恶这些人,因为在发现这些人其实不值得自己欣赏钦佩后,最初的失望会进而转变成鄙视和憎恨。不过有时,由于这样那样的原因,你依然与这些人保持不时的交往。如果是这样,想要从与他们的交往中获益,应该在两次会面之间留足时间,让他们来得及去获得新经验、新思想,使他们又能像新交朋友一样给你以好处。慢慢地,当初发现他们浅薄时的失望渐渐消失,由于习惯了他们,你也就能容忍他们的缺点,于是你们便能长期保持关系融洽。但是,如果你发现朋友后天习得的知识虽到了头,他身上却还有其他的东西:个性、情感,还有活跃的思想,那么你们的友谊将益发牢固。这段友谊将令人无比愉悦,完全比得上肉体相吸产生的那种友谊。

可以设想,这两种友谊的对象若是同一个人,那这个人就一定是最完美的朋友。但想要有这样的朋友无异于想上天揽月。另一方面,当一对朋友中一方是被肉体吸引,另一方则是被知性吸引,随之产生的只能是不和。

年轻时,友谊非常重要,每交一个新朋友都是一次激动人心的冒险。我记不得是些什么人触发了我这一通稀里糊涂的想法，不过鉴于愣头青总是善于从个案中总结出普遍规律，我猜当时我是发现自己被谁吸引，但这情感却只是一头热，而另一个人的思想起初引起了我的注意，可最后我却发现自己高估了他的智力。

我不知道日常生活中，哲学除了能让我们做一些非做不可的事情以外，还有什么用处。有些事情若不是迫不得已，我们绝不会主动去做，而哲学告诉我们完成这些事情的好处，我们尽管心里不快，也算得了一点安慰。哲学让我们能平静地做一些我们实在是不想做的事儿。

恋爱时，人们应该控制交往次数。我们谁也没法永远爱一个人。如果在尝到爱情的甜蜜之前有些障碍、挫折的话，爱情将会更加坚不可摧，天长地久。如果一个人要么因为爱人不在身边，两人难以见面，要么因为所爱之人反复无常或是冷淡无情，结果没法享受爱情，他便可以想想自己愿望实现之时，收获的喜悦将会多么强烈，于是从中获得一点安慰。爱就那德性，如果在追求爱情的道上一路畅通无阻，他就不会谨慎行事，最终受到的惩罚便是日久生腻。最持久的爱情是永远得不到回报的爱情。

毫无疑问，基督教的确让我们拥有了许多美德；但基督教也造成了我们的一些恶习，这同样毋庸置疑。自爱是每一个人行为的主要动机，是其人格的本质，说它是维持其存在的必需也不为过。但基督教却把它变成一种恶劣品质。基督教规定一个人不能爱自己，不能在乎自己，也不能为自己着想，而只能爱自己的灵魂，在乎自己的灵魂，为自己的灵魂着想。这样，基督教要求他不按自然本性行事，结果迫使他变得虚伪。当他顺从自己的自然本能时，基督教就会让他心生愧疚；而当别人这样做时，即使自己并不因此有什么损失，他也会忿忿不平。要是不把自私定性为恶劣品质，它也就和万有引力一样，妨碍不了我们什么；大家都料定别人行事一定是为了自己打算，他们会觉得如此自私行事完全合情合理。

一句格言：劳人做事切勿强人所难。

信仰上帝无关常识，不讲逻辑，无需理由，它只关乎情感。想要证明上帝存在与想要证明他不存在同样不可能。我不信仰上帝。我觉得上帝这个概念没什么必要。人有来世这种说法在我看来不可思议。我认为死后受罚这想法实在荒谬，而来世受赏这想法则太奢侈。我确信，我死后便彻底不再存在，回归大地。不过我能想象也许将来哪一天我又信仰上帝了，但我不会像现在一样，现在我不信上帝是观察和推理的结果，但到那时我信上帝将完全是出于情感。如果你承认上帝存在，我不明白为什么你要对复活心存疑虑；如果你承认超自然力量，我不明白为什么你又要给它设限。天主教宣传的神迹和《新约全书》中的描述同样是经过验证的。

用以证明一种宗教是真理的证据，与用以证明另一种的没多大差别。我很奇怪，有些问题若是基督徒考虑过，他怎么还能心安理得：如果他出生在摩洛哥，就会是伊斯兰教徒；如果生在锡兰，则会是佛教徒；而在那种情况下，他会认为基督教荒唐，明显是歪理邪说，就像这些宗教在基督徒眼里一样。

妇科学教授。他这样开始他的课程："先生们，女人是这样一种动物，每天排尿一次，每周排便一次，每月排卵一次，每年分娩一次，每当有机会就交媾一次。”

我认为这是个结构相当平衡的句子。

一八九六

我觉得，一个人的生活并不受他的处事哲学支配，他的处事哲学不过表达了他的欲望、本能和弱点。一天晚上，我和 B 聊天，我让他跟我说说他用以解释自己生活意义的思想体系。

他说，生活的最高目标是活出自己的个性，要达到这个目标，就要服从自己的本能，放手让自己在人情世事中随波逐流，安然接受命运意外送来的福气与歹运。通过这些，他就像经过火的考验一样，最终得到净化，能够适应未来。他能够去爱，这使他相信有上帝，有永生。他相信，不管是感官层面还是精神层面的爱都可以使人得到净化。世上没有幸福，只有些许一时一刻的满足，而正是因为幸福匮乏，而人们又对它无限渴望，才从另一个侧面证明了精神不灭。他认为自我牺牲无用，宣称所有尝试的开端、过程和结束就是发展自我的过程，不过他也不想否认自我牺牲有时的确也有助于个人成长。

我请他解释一下他乱糟糟的风流韵事。这让他有些恼火，不过他还是回答了，说他的性本能很强烈，他实际上爱恋的仅是完美的理想。他在许多人身上发现惹他爱的各种特征特质，然后将它们融合成他的理想爱人，就像雕刻家选了这个人的红唇，那个人的眉眼，取了这副姣好的身材，那段漂亮的线条，最终也许可以创造出一个最完美的形象。

但显然，在个人成长和顺应本能的过程中，一个人肯定不可避免地要和其他人打交道。所以我问 B，如果某人的本能是抢劫或谋杀，他怎么看。他说社会认为这种本能是有害的，因此会对此人加以惩罚。

“但是，”我说，“若是某人顺应自己的本能，虽没违反社会法律，却的确有损他人利益呢？那么他可能爱上一个有夫之妇，引诱她抛夫弃子，离家出走，与他同居，结果到后来又厌倦了她，爱上另外一个人，弃她而去。”

对此，他是这样回答的：“唔，那我说他可以顺应自己的本能，但要有数，不能伤害了别人。”

显而易见，至此他的理论彻底解体。这些明摆着是一个懦弱者的思想，他没有能力抑制自己的欲望，像片羽毛似的，被八方来风吹得团团转。而B的确意志不坚定，自我放纵，根本没有勇气面对命运带来的意外。若是没有烟抽，他便无比难受；若是酒菜不好，他便心烦意乱；雨天可以将他彻底打垮。如果他略感不适，他就沉默寡言，意志消沉，自怨自艾。别人与他意见稍左，哪怕只是略不一致，他也会生气、闷闷不乐。他是个自私的家伙，毫不在意别人的感受。不过对英国绅士应该有什么风度，他倒还持着传统看法，也只有这才能让他的举止看上去还算得体。他懒得穿过马路去帮助哪个朋友，但当哪位女士走进他的房间时，他一定会立马起身致意。

当你说贬低自己的话时，人们是最乐意相信你的；而当他们把你的话当真时，你是最火冒三丈的。

你老来烦我，好像我是一句格言，而你却试图把我变成警句。
每一个人都能说出真理，但只有极少数人能写出警句。
然而，九十年代的时候，我们都试图那么做。

“你懂法语么？”

“噢，嗯，那个，要是哪本法语小说粗话连篇，有伤风化，我倒也是能读懂的。”

伦敦方言[1]

“你真是个漂亮女人。”“嗯，就那双脚吧。”

“那话你前面说过了啊。”“那我现在后面说呗。”

“一个帅小伙儿，罗马式眼睛，忒有神的鼻子。”

“咱星期天穿的靴子呢？”

“你真聪明！你娘养了几个你这么聪明的？”

“是的，我有十五个孩子，而且只用了两个老公。”

“唉，要是上帝他老人家把你收了，那对你家是多大的运气呐。”

“我年轻的时候有过两个丈夫，我希望赶在死前还能再有一个。”

“弗洛莉，我真的爱你。”“可怜的家伙，那你多受累啊。”

一个女人大可以想多坏就多坏，但要是她长得不漂亮的话，那么做可就没啥好处了。

“噢，我可不想变老。人生的乐趣都没有了。”

“但是，会有别的收获。”

“什么？”

“喏，比方说对青春的思考。如果我现在是你这个年纪，我想我很可能会觉得你是个狂妄自大的家伙：但其实我觉得你是个可爱

---

① 原文为伦敦方言，主要是发音与标准英语有较大差别，在译文中很难体现。

有趣的男孩。”

这话是谁说的，我实在是一点都想不起来。大概是我朱莉娅姑母。不管怎样，我很高兴我当时认为这值得一记。

关于阔绰的年轻人，有一件事儿挺好玩挺讽刺：他们整晚都在鬼混，第二天一早又去做八点的弥撒。

宴会上，应该挑着吃可劲儿说，而不是挑着说可劲儿吃。

智慧是一件灵活多样的武器，人除了这件武器之外，便不再有其他武装，而智慧对付本能并没什么功效。

文学发展很好地展现了人类道德史：不管作家写什么样的题材，作品都遵循这个作家本人所处时代的道德准则。历史小说的最大弊病就在于此，小说中塑造的人物做着古代的事儿，却奉行作家所处时代的道德标准。这有多矛盾实在是显而易见。

人们常施舍点食物给饥民，这样自己享用美餐时就不会内疚。

在极度亢奋的情况下，人不受文明的一般约束，而是重拾以牙还牙的老规矩。

若是认为美德就是放弃个人意愿，并且美德只存在于这类自我牺牲之中，那就大错特错了。并不是谁说做了自己不乐意的事儿，就是高尚善良的。

大多数人一生操劳只是为了让儿孙能有吃有住，而这些儿孙长大进入社会后，也都一个个“子承父业”，重演历史。

一个人越聪慧，就越能承受磨难。

如果说相比之下，女人在经历痛苦时流露出的感情并不强烈，这并不意味着她们更善于忍受，只能说明她们较为麻木。

爱情主要是种族繁衍的本能，这具体体现在绝大多数男人对于女人都是见谁爱谁，如果没法赢得所倾慕的第一个女人，他很快就会把心思转向下一个。

鲜有男人一辈子只恋爱一次；若是那样，只能说明他的性本能不太强烈。

当繁衍的本能得到满足后，让求爱者迷失心窍的痴狂就消失了，留给他一个老婆，受他冷落。

我不知道抽象美是什么意思。美是激起艺术家审美兴奋的东西。今天艺术家觉得美的东西，十年之后所有的人都会觉得美。就前些年，人们还认为吐出股股黑烟的工厂烟囱实在是奇丑无比，但某些艺术家发现它们具有装饰性，把它们描绘入画。最初人们纷纷嘲笑他们，但慢慢人们发现了他们画作的美，从他们描绘的对象身上也找到了美感。现在，人们无需一双慧眼就能从工厂和它的烟囱中获得美感，就像看到开满鲜花的原野一样，心旷神怡，兴奋不已。

人们总是对诗人和艺术家的风流韵事啧啧称奇，而他们其实更应该对这些人语言表达上的天赋称奇。有些事儿发生在普通人身上并不为人注意，发生在才华横溢的作家身上，就会变得极其有趣。事情有无意义，看发生在谁身上。

人类完全弄错了自己在自然界中的位置，而且这个错误观点已根深蒂固，无法消除。

要是好人不这么笨手笨脚，该多好！

哲学家好比登山者，克服重重困难爬上高山，只为的是看日出；可到了山顶，只见浓雾，他只好又晃晃悠悠地下了山。如果他没对你说那上面景色壮观极了，他就是个老实人。

现在，驳斥基督教已不再需要理智，到处都弥漫着一种反对它的情绪，而既然宗教本身也是一种情感，就应该以情感制情感。一个人有信仰而另一个人没有，那也许就只能这样了：双方的论证都不过是给情感一个合理解释罢了。

那些为了社会而活、为社会工作的人自然要求得到社会的认可。但是一个为自己而活的人就不指望社会认可，也不受其影响。一个人如果对张三李四根本就不在乎，他凭啥要在乎这些人对他怎么看？

大喜总有同样强烈的大悲来平衡。那些感情麻木的人着实叫人羡慕，狂喜和哀恸都与他无关。无上幸福中总免不了掺有些许苦涩，但苦难却不会含有丝毫杂质。

没有哪个男人内心深处会像受过良好教育的女人那样愤世嫉俗。

一个男人与一个女人同居,就算是社会认可的那种,一般也只有一个结果:他变得稍微狭隘了些,稍微低劣了些。若没与人同居,他本不至如此。

男人心目中理想的女人还是童话故事中的公主,只要在七层被褥下有一粒干豌豆,她就睡不着。男人总是害怕神经坚强、遇事不慌的女人。

认识一个掌握生理学基本原理的人,你就能了解更多关于女性特质的知识,胜过读遍世间哲理与箴言。

22

一个女人如果不能顺应一般男性对她的看法,那她的日子就不会好过。

没有什么能像爱情一样改变一个男人的观点。因为新观点多半是新感情,源于激情,而非理智。

人类的困难和疑惑一半源于他们企图以"是"或"否"回答每一个问题。"是"或"否"可能都不是答案,两边或许都"是""否"兼有。

冒出一个新想法,看着它有如一道新的地平线渐渐形成、展现在眼前,这是最叫我兴奋不已的。心生一个崭新的想法时,我觉得自己被带离了那个平凡乏味的世间,飞到了九天之上,来到了灵魂栖居的地方。一时间我远离尘世喧嚣,无忧无虑,飘飘欲仙。

有时我审视自己性格的方方面面,感到大惑不解。我知道自己是由许多个个体组成的,此刻占上风的那个必然最终要让位于另一个。但哪一个才是真正的我?都是,还是谁也不是?

生活中充斥着错误、谬解,我陷于其间,终能挣脱其缚,这让我觉得无比有趣。消除自年轻时便扎根心底的偏见,这本身就是一项事业、一种娱乐。

我不知道何时人们才能不再相信喜乐无碍,艰苦无益,那时基督教便将彻底衰朽。

人们坚持要做些违心的事儿,于是一次又一次地毁掉自己的生活。

很少有人意识到,一个抱着崇高的目标坐在外面淋雨的人,和一个喝醉了酒、回不了家、只得躺在大街上的醉鬼同样可能害上风湿,搞不好还更容易些。

如果你不为他人而克己,他们会认为你自私可憎;但若是你为他人作出牺牲,因而造成许多麻烦,他们会坚忍顽强地忍受一切,叫人惊讶。

热爱细节、记忆精准是女性最为鲜明的特征。女人有本事详细准确地向你复述若干年前同哪个朋友无关紧要的一番谈话,而且更叫人郁闷的是，她们总是这么做。

痛苦是有害的，认为痛苦使人变得高尚是荒唐的。尼采对艰难困苦大加美化、颂扬，他就像寓言里那只断了尾巴的狐狸[1]。他认为痛苦可给人以力量，让他们性格更坚强，其实分析起来，他这样的论断只反映了这样一个事实：受过折磨的人会想要报复。他将自己受过的痛苦再加于别人身上，从中获得乐趣，这就是他所谓的力量。

我们如何对待他人取决于自我保护原则。一个人如此这般地对待他人，要么是为获得某种好处，若他不这样做就得不到；要么就是为了避免他们给自己带来不利。人并不欠社会什么，他以某种方式从社会获益，社会接受他有益的行为，并给他报酬。他对社会做了好事，社会便奖励他；做了坏事，社会就惩罚他。

在教堂里，或者是面对伟大的人类巨作时，我不会想到人类的渺小；相反，在这个时候我惊叹于人类的力量；人的头脑似乎无所不能，让我忘了人只不过是一种微不足道的生物，爬行在一颗二流恒星的行星、也即一团泥巴上面。自然和艺术甚至能违背人的本意，让他承认人类的伟大。只有科学才能真正揭示出人类的渺小。

人有了麻烦，科学能予以安慰、抚平创伤，因为它告诉人世事是多么微不足道，人生及其种种失败，又是何其无足轻重。

① 指《伊索寓言》中的一则，说的是一只狐狸被捕兽器夹断了尾巴，觉得面上无光，就召集群狐，对它们信口开河，编造了许多尾巴的弊端，极力劝说大家也把尾巴割了。最后，另一只狐狸戳穿了它卑鄙的用意。

因为欢乐苦短，或者害怕快乐过后就是腻烦，于是便躲避欢乐，这真是蠢透了，好比因为食欲很快就能得到满足、满足之后就不饿了，于是便拒绝吃饭一样。

要想使道迁就行很困难，想让行合乎道一样不易。大多数人都是说一套做一套。向他们指出这一点，他们就会声称那只不过是自己一时的软弱，他们依然希望自己的行动能合乎自己的原则。这是借口。人们都是先按自己的喜好行事，然后采纳原则。由于原则常常与喜好冲突，所以他们坐立不安，心神不宁。但他们若强迫自己按原则办事，压制自己的喜好，那他们就没有了希望，除非上天堂。

比起公正无私来，人们更爱赞扬慷慨大方，这说明人们评价事物孰优孰劣的标准完全在于它于己是否有利。公正的人实事求是，不予人以非分之遇。这种人不受欢迎，没谁欣赏。

最荒唐的说法之一就是既然快乐不能用数学符号表达，它一定没什么价值。

个体之于社会等同于个体之于个体。当 A 帮助 B 建造房子时，达成的契约是将来若是需要，B 也会帮助 A，B 按契约行事，之后就可以获得他所要求的好处。

一个人没法明确说出他做某件事的理由，并不意味着他没有理由。就算他自己都不知道是什么理由，还是不能说就没有理由。如果叫他给出一个理由，他还可能又搞错了，给出的理由不是原来的理由。

野蛮人因怕遭到报复而控制自己不做有损同伴的事，人与社会的关系也如是。

若说道德作为社会自我保护手段，的确随着社会的发展而发展了，这也不见得与个体有什么关系。

真奇怪，在那么多情况下，个人良心都会拿社会规则作秤杆。

人有义务让自身所有官能得到充分运用，而不是独尊其一。人与人之间既然千差万别，怎么可能有一个共同的道德体系？

找到一个支配人类行为的共同特性，这是个难题。

多数人会花十八便士挣一先令①。一个人若为了长远放弃眼前利益，务必要确定长远的确更有利可图。长远本身没什么利益可言。

若无私、利他，眼下或将来却都不能从中获得快乐，那这样的利他主义就是荒唐的。当一个人指望他人无私，却事与愿违时，他只能耸耸肩，就此丢开。他绝对无权为此生气。

要是一个个体不在乎自己的种族是存是亡呢？要是他不愿为了种族繁衍作出牺牲呢？

① 在毛姆时代的英国，一先令等于十二便士。

无私的父母有自私的孩子。这不是孩子的错。他们接受父母为自己作出牺牲,当那是自己的权利,这是自然而然的事儿。他们怎么会知道,在这个世界上没有付出就没有回报呢?

从纯粹理性的角度来看,说一个人应为他人的幸福而牺牲自己的幸福无理可依。

就算人们相信无怨无悔的无私精神能带来最大的快乐和奖励,那快乐和奖励仍然是它存在的理由。

如果利他主义不是快乐的源泉的话,就不会存在于世上。每一个人都指望能从自己的无私之举中获得某种回报。世上没有绝对利他主义。社会利他主义只意味着,一个人为他人牺牲自己,常常是有好处的。只有一种自我牺牲是原初的,与繁育后代有关。但是这里涉及到强大的动物本能,这种本能如果受到阻碍,便会出现极度的不适,甚至真正的痛苦。父母若指责孩子忘恩负义,那真是可笑,父母应该记住不管他们为孩子做了什么,都是为了自己的快乐。

牺牲本身不值得赞扬,一个人在作出自我牺牲之前,完全可能会问自己这样做值不值得。但自我牺牲会带来极其强烈的愉悦,人们乐意为一些最卑劣的事物牺牲自己,这便是证明。

施恩于人是一种巨大的快乐,而外界的赞扬则让这快乐升级。但施恩者很少考虑别人是不是欢迎他的恩惠。而且,他并不满足于仅仅从中获得快乐,他还要人家对他感恩戴德。

什么事儿算是乐事,这主要是个观点问题。它们像女性时装一样变幻无常，一项乐事若是流行起来，就会引得人们对它格外渴望。本身并不叫人欢愉的事儿，若是被流行时尚相中了，也能变成给人带来极度喜悦的源泉。

如今，人们贪婪地追求怜悯和善待他人带来的快意。大家都谴责说，布尔战争中女人们去开普敦只是为了换个地方玩儿，为了和士兵们调情。我认为这个指责极其不公：吸引她们的乐趣比这更明确，也不那么老套。

对男孩子来说，有一个真正疼爱他的母亲是最大的不幸，后果相当严重。

个人与社会之间的关系就像轮盘赌。社会坐庄。个人时赢时输，但庄家总是赢。

他们说时间久了，感情就麻木了，对别人的伤痛也就不会有多少同情。对于别人的快乐不也是同样的吗？

理想的欢乐，也就是说想象中的欢乐，绝不如经历过的欢乐来得强烈。

不管一件事多么无害，只要法律明令禁止，大多数人便会认为它不正当。

我们常听说劳动高尚，其实劳作本身一点都不高尚。看古代社会，一旦战事频繁，人们便鄙视劳动者，歌颂军人。如今工人成了社会主流，人们自然就推崇起劳动来。很简单，事实就是人们个个自高自大，认为自己所从事的就是人类最崇高的事业。

人们之所以对劳动大肆赞扬，是因为它让人“有聊”。愚蠢的人一旦无事可做，就百般无聊。和大家一起劳作中是唯一能拯救他们脱离无聊的途径，但因此管劳动叫高尚真是可笑。做一个闲人需要多才多艺而且修养极高，或者要有一个与众不同的头脑。

众所周知，任何事情，不管在常人看来多么不道德，只要坚持下去，百折不挠，它也就一点都不显得不道德了。

如果你叫别人一定要做如此这般一件事，只要说得够多，最终他们就会去做它，还不问你为什么。如果你告诉别人如此这般才对，说得多了，最终他们也就会相信你，而且如果你不给他们个理由的话，他们对你的观点可能会更加欣然接受。

我不会反对文明民族对野蛮民族的血腥战争，但值得注意的是：若说战争是正当的，那只是因为强权就是真理。这是一场不公平的较量，只是好武器与差武器之间的比试，根本没有什么崇高目标，不是什么侠义作为。把征服者的文明强加在战败的蛮族头上，说他们因此获得幸福，这是伪善。他们现在被异族的法律统治着，被迫接受他们不想接受的文化，进行他们不愿进行的改革，凭什么说比起当初原始、简单的生活，他们现在这样更幸福？

人们想到有些事正确而且是法律，由此认为另一些事因为是法律，所以是正确的。

布尔战争中，英军初期连连失利，扭转局势后，他们便不停地为自己人多势众①喝彩。既然战争的目标就是要胜利，明显需要在人数上占优势，这是个关键。但靠人多打赢战争，既不契合人们对侠义精神、英雄主义的幻想，也没法抚慰他们多愁善感的心。很奇怪，当前景不妙时，人们会很快把他们重视的美德扔到脑后。由此得出的规律是：占上风的时候，你就尽情展示侠义风度吧，可一旦处于不利，那就甭管什么侠义不侠义的，重占上风为要。

我的目标是找到一条行为准则，约束如今一般状态下的普通人。

人能够完全适应社会吗？也许有一天，人不必再纯粹为了生存而奋斗，但这能带来我们渴望的结果么？有的人虚弱，有的人强壮，这一事实永远存在。每个人的生理要求也不尽相同。总是会有一些人比其他人更漂亮。有些人更有才华，便会有更高的收益。失败者仍会嫉妒成功者。人依然会变老，但却对自己的年纪变化毫无自觉，仍然要求享有年轻人的特权，直到这些特权被强行剥夺。尽管所有其他不和谐因素都可以消除，在两性问题上仍会产生矛盾。没有哪个男人会因为有另一个男人喜欢自己心仪的女人，就主动放弃她。哪里有爱情，哪里就必然有恨意、歹意、妒意和怒意。就算人们愿意为了公共利益而放弃自己的需求，也实在没法认为他们也会牺牲自己孩子的需求。人不会改变：激情总有可能被唤醒，蛮人粗野的本性总可能重新占据支配地位。

---

① 布尔战争（the Boer War）是英国人与布尔人为争夺南非殖民地而进行的战争，一共有两次，分别发生于1880—1881和1899—1902。第二次布尔战争中，英军在战争初期人数上处于劣势，连连失利，随着援军的到达，才开始掌握主动权。

人们很少意识到年轻人与老年人有着不同的行为准则。制定法律法规的是古板的人或者是老人,这些老家伙不讲道理,想要压制年轻人的青春活力。但年轻人有权尽情欢乐。老年人尽可以大谈从艺术和文学中得到的精神满足,一直讲到脸红脖子粗;但若你是个年轻人,一个女朋友带来的愉悦,可比一首奏鸣曲多得多。

和平也有其弊端,若研究那些由于生活环境的原因而免于战祸的民族,就能看到这一点。住在丛林里的维达人①、居于冰原上的爱斯基摩人就是从未接触过战争的民族,但这似乎并没有让他们发展出高度文明。

个人的利他行为都是出于利己的目的。一个人不会鼓动大家消除哪种陋习,除非他自己也深受其害,但是他一定得有能力让别人听取自己的意见:穷人只能默默忍受。

当下的道德观念是如此之根深蒂固,于是哲学家只有在自己的结论与流行的观点相一致时,才感到完全自信。而当两者意见不一时,面对激烈尖锐的论证、无可辩驳的理由,他最后也只能被牵着鼻子走。

每个世纪里,鲜有人不被新思想吓得惊恐万状。不过算我们运气,这世上也没多少新思想。

如果人们认为一种追求比另一种更崇高的话,要么是因为它一

① 维达人(the Veddahs)是斯里兰卡最古老的土著居民。

度必不可少，比如说追求武器军备；要么是因为从事它的人自视过高，没完没了地颂扬美化它，艺术行业便是这样。人容易上当受骗，最好的例子就是他们认可艺术家的自我评价。那些在自己的领域能独当一面的人，却会毕恭毕敬地接受一个作家的观点，作家们对此一定常常惊讶不已。

就算人类的行为和思想有一丝一毫的重要性，人类也依旧是不可饶恕。从尚在襁褓中一直到临终，人都吝啬、狭隘、昏庸、卑鄙、野蛮；而且他们还愚昧无知，一会儿被这种迷信所奴役，一会儿又投到另一种迷信麾下；除此之外，他们还自私、残忍。

宽容是冷漠的别称。

两年来，我一直致力于找到某种规律，我问自己生活到底是为了什么。如今，我才开始对我认作真理的某些东西有了一些懵懂的认识。问题的答案渐渐在我的头脑中成形，但现在一切还都杂乱无章。我虽然已经积累了大量的事实、观念、经验，却还没法整理出什么体系，也没法让它们有个明确模式。

决定是非判断规则的是生活需求。

年轻人在成长中被寄予厚望，童话和幻想是他们的精神食粮，而这些都让他无法适应现实生活。不彻底打碎他的幻想，他将会痛苦颓唐。而他之所以会落到这步田地，都要怪他身边的那些个半瓶子醋：母亲、保姆、教师，他们全都对他呵护溺爱，无微不至。

两性关系依赖于外部条件。打起仗来,男人被大量屠杀,便会产生一夫多妻;出生率极低的国家中则会出现一妻多夫。现在,人口大增,维持生计、抚养孩子困难重重,卖淫嫖娼自然就会猖獗起来。年轻的男人结不起婚,又必须得到性满足。那女人们又怎么办呢?

将来,卖淫嫖娼不仅会被默许,还必定会被法律承认。妇女婚前是不是守身如玉也会变得无关紧要。

关于皮肉生意我判断错了,但是贞洁问题我说对了。

为什么我们不能"陶冶感官"?感官获得了满足,便会有快感,不论我们有没有主动追求它。只有其后果是我们一定要考虑的。斯宾塞①说不应追求快感,是因为他从小就受了卫斯理宗②的影响,一直没能摆脱它。他特别提倡追求美学情趣,这在旅行中常有。

一个人只有主观武断才能统治别人。这就是为什么领导人民的是那些有着鲜明观点、偏见和激情的人,而不是哲学家们。但是哲学家通过这样的想法聊以自慰:他们不屑于领导一帮卑鄙的乌合之众。

只有没主见的人才接受道德规范,有主见的人有自己的准则。

---

① 赫伯特·斯宾塞(Herbert Spencer, 1820—1903),英国社会学家和哲学家,社会达尔文主义理论的倡导者,著有《综合哲学体系》(*System of Synthetic Philosophy*)。

② 卫斯理宗(Methodism)是新教宗派之一,要求信徒在生活上艰苦朴素,积极推进社会福利、举办慈善事业、提倡节欲禁酒,反对战争。亦可称卫理宗或遁道宗,创始人是英国神学家约翰·卫斯理(John Wesley, 1703—1791)。

卡普里岛①。我独自徘徊,一直思考着同样的问题:生活的意义是什么?生活有目的结果吗?有道德这种东西吗?一个人在生活中应该如何立身?有什么样的领路人?有没有一条道路比另一条更好?诸如此类的问题,不计其数。一天下午,我在度假别墅后面小山上的岩石间攀爬,头顶是蓝色的天空,四周大海,远处隐约可见维苏威火山。我记得棕色的大地,参差不齐的橄榄树,这里那里有一两棵松树。我突然停住了,头脑一片混乱,各种念头在我的脑子里翻滚涌动,搅得我头昏脑涨。我什么都弄不清,只觉那是一团乱麻。绝望中,我喊出声来:我不明白。我不知道,我不知道。

那不勒斯湾,糟糕的一天。那不勒斯人呕吐出大盘未消化的通心粉。他们猛地一阵狂吐,像水从爆裂的总水管中喷涌而出。他们大张着嘴,看起来又蠢又痛苦,像是离了水的鱼。但你不能像对待鱼那样,给他们脑袋上来一棒子,送他们上路,脱离苦海。再说,手边也没有工具好砸他们。

我觉得,家庭生活无比神圣这个观念,是从犹太人那里来的。他们只有躲在家里,才能避开外面世界的动乱与迫害,获得安全与宁静。家是他们唯一的避难所,所以他们爱它,但这样的爱源于他们的羸弱。希腊人似乎从没有过家庭生活。没有人以恋家来指责过他们。他们精力充沛、热情似火,生活中充满了其他民族所难以比拟的乐趣,世界在他们眼里是一个战场,战争的喧嚣、胜利的欢呼,甚至战败者的呻吟,在他们耳里都是美妙的音乐。他们投身生

① 卡普里岛(Capri),意大利南部一岛屿,位于那不勒斯湾南端,自古罗马时代起就是度假胜地。

活，就如同无所畏惧的泳者破浪前行。

人类智慧最常见的一个错误就是坚信规律就该普遍适用。就拿解剖学来说吧。动脉到底从哪里分枝，二十宗个案中，八个从主动脉的第二节分枝，六个从第一节，还有六个从第三节。因此规律就是动脉从主动脉的第二节开始分枝，尽管例外的总数超过正常数。

人的智力在用于求生自保和种族延续之后，剩下的部分大多数人都用到卑鄙的地方去了。

我觉得，若是人类文明达到一定高度后，人类很可能会故意回归野蛮状态，或是因为无法保持所达到的高度文明而倒退。

生命中一切都毫无意义，痛苦和磨难都徒劳白费。生命没有目标。对于大自然而言，除了种族延续外，没什么真正要紧。而这最后一点是一双视野狭隘的眼睛在过短的时间里观察得出的，它难道不是一个草率的命题么?

愿死亡用黑夜遮掩我的年华。

一八九七

一个人的境界在享用大餐时最能体现。

在某个火车站，T 正站着，一个女人走上前来，对他说，他曾在一起刑事诉讼案中起诉过她，而当时他对她很和善，她要感谢他。她尤其想要向他保证她是清白的。他则几乎记不起她的样子。那件事对她来说是一场悲惨不幸的煎熬，对他来说却不过是一件单调乏味的小事，早已忘得精光。

泰晤士河上的一个船工爱上了一个姑娘，但他没有钱带她出去狂欢。他看到水中漂着一个人，已经奄奄一息。但是救起一个活人是拿不到钱的，所以他用钩子钩住他的衣服，把他拖了过来。那人被拉上岸，有个过路的说他还没死透。船工朝他好一顿骂，满口脏话。他把那个人脸朝下放在地上，有效阻止了他再活过来。于是他赚到了五先令，带他的情人出去玩去了。

治安法庭上，三个女人接受判决。她们是妓女。其中两个结实健康，但第三个有痨病快不行了。前两个有钱，付了罚金，而第三个没钱，面临十四天的监禁。很快那两位又回来了，天气很冷，但她们还是当了自己的外套，为第三个人付了罚金。她们拒绝把她送到救济院的医务所去。她们说："我们要照料她到底。"于是三人一起进了一家妓院。她们照顾了那个垂死的女孩一个月，最后她死了。她们为她出了丧葬费，也参加了她的葬礼，身穿新做的黑衣，各拿一个花圈，搭了一辆出租车，跟在灵车后面。

一个女人坐着，看着她的丈夫，他喝醉了酒，瘫倒在床上，这是他们结婚二十周年纪念日。当初他们结婚时，她以为自己会幸福。但嫁给这样一个懒汉、醉鬼、畜生，她的生活十分艰难困苦。她走到隔壁屋里，喝了毒药。她被送到了圣托马斯医院。康复后，她被送上治安法庭，因企图自杀的罪名受到指控。她没有为自己辩解，但是她的女儿站了出来，向治安官陈述了母亲遭受的不幸。法庭最后判决他们夫妻分居，她的丈夫每周要向她支付十五先令。她的丈夫在分居协议上签了名，放下十五先令说："喏，这是你第一周的钱。"她拿起钱，朝他狠狠砸过去。"拿走你的臭钱，"她叫道，"还我二十年青春！"

昨天，我到手术示范室去观摩一场剖腹产手术。因为这样的手术很少，所以示范室里挤满了人。手术开始前，C 医生做了一段简短的介绍。我听得不是很认真，但大概记得他说这项手术至今鲜有成功。他告诉我们这个病人无法自然受孕，而且已经流产两次了，但是她一心想要一个孩子，现在又怀孕了，尽管他已向她解释了手术风险，让她知道她只有百分之五十的机会挺过来，但她仍然告诉他自己甘愿冒这个风险。她的丈夫也想要孩子，这似乎对她的决定有重大影响。手术看起来相当顺利，当取出孩子的时候，C 医生脸上乐开了花。今天早上，我在病房，问一个护士那个母亲现在情况怎么样。她告诉我她夜间去世了。我不知道为什么，这让我无比震惊，我皱紧眉头，生怕自己会哭出来。这有点傻，我并不认识她，只看过她躺在手术台上。我想感动我的是她强烈的情感，她是医院里一个普普通通的病人，无比渴望要生一个孩子，甘愿冒着可怕的危险；她不得不死去，这似乎太残酷了，残酷得可怕。护士告诉我孩子很健康。可怜的女人啊。

诚心诚意地恳求向来很有效,但奇怪的是,它其实根本不需要由衷而发,只要显得是那么回事儿就成。

一场盛宴不过是一个让大家一起放纵感官欲望的机会。

礼拜天时,教区牧师就《圣经》最通俗易懂的几个部分,花二十多分钟给大家做了详细解说,连讲了两遍。为了没文化的人考虑,他说了不少熟语套话,使用的语言也相当随便,把钦定本《圣经》用语和日报上的时髦话掺和在一起。对那些连傻瓜都看得懂的经文,他的解释诚挚热切、点到为止,这是他的天赋所在。他收的礼拜献金轮流用在教区穷人和教堂日用品上。他能看出人们对以木炭温暖礼拜堂、用蜡烛点亮祭坛的需求和对宗教教义的需求之间的联系。于是在这些场合下,他总要痛斥异端学说中的歪理邪说,向一帮乡下人和小孩子组成的聪慧信众们解说亚大纳西信经①的困难。但是他状态最好的时候,是在尖刻激动地挖苦无神论者、天主教徒、不顺从国教者和科学家时。他奚落进化论时,几乎都无法保持严肃;他攻击哲学家和学者的假设,用自己无畏的智慧一下将它们统统打翻在地,就像在玩九柱戏②。这样布道本来很危险,但好在他的信众们绝对相信神父的信仰,不会去理论,而且从来也没怎么认真听过他的话。

---

① 亚大纳西信经(the Athanasian Creed)系基督教三大信经之一,以诗体写成,共四十句教义。也有译为阿塔那修信经、亚大纳西乌斯信经、得救经等。

② 九柱戏(ninepins)起源于公元三至四世纪的德国,一般认为它是现代保龄球运动的前身。不过,它最早并不是体育运动,而是一项教会宗教仪式活动。人们在教堂的走廊里放置九根柱子,象征着叛教者与邪魔,然后用球滚地击打它们,这叫做"击魔"。击倒木柱意味着消灾、赎罪,击不中则应该更加虔诚地信仰天主。由于这项运动充满趣味,逐渐演变成了一种广受欢迎的游戏。

一九〇〇

如果一个四十岁左右的女人对一个男人说自己的年龄都够做他的母亲了，这男人若想自保，就该立即逃跑。不然她要么就是要和他结婚，要么就是要和他离婚。

每个人都应该时刻培养自己的偏见。

康沃尔郡。狂风翻江倒海，黑暗的海水卷起千层巨浪，撞击着岩石。头顶的天空剧烈变幻，痛苦纠结的云块迅速掠过夜空，风一会儿呼啸，一会儿嘶嘶作响，一会儿又发出刺耳的尖叫。

被扭曲撕裂的云朵碎片仓皇逃散，穿过天空，像无声、痛苦的灵魂，嫉妒的上帝以复仇之火在后面穷追不舍。

远处传来呜咽的雷声，然后雨一滴一滴落了下来，它们像上帝的眼泪。

风像战车的御者。战马肌肉紧绷，在缰绳下微微颤抖。他举起鞭子，狠狠抽打它们，马儿箭一般冲了出去，一闪而过。早晨的空气被撕裂，发出一声长而刺耳的惨叫，像是惊慌失措的女人想要逃出没有退路的绝境。

我漫无目的地走着，地面上覆盖着一层厚厚的棕色落叶，其间一条条细流弯弯曲曲地淌过，地面散发出湿润的泥土气息，这是我们地球母亲诱人的芬芳，她静静地孕育着生命。野蔷薇长长的枝条缠住了我的脚。四周隐蔽的角落零星绽放着几朵樱草花和紫罗兰。山毛榉柔嫩的枝条被新叶簇拥着，成了一抹暗色，新叶嫩芽初绽，生机勃勃，脆嫩娇弱。这是一片翠绿的天堂。青枝绿叶层层交错，难以望穿。这是嫩枝托举着的一件精美工艺品，比夏天的细雨更精致，比日落凝成的暮霭更纤雅。它犹如美妙的思想，难以触摸。看到这样的景象，脑中一切悲哀苦涩都一扫而空。这片碧绿是如此纯洁，我的心也纯洁了，觉得自己像个孩子。这里那里耸立起一棵棵巨大的冷杉，凌驾于其他树梢之上，高大，笔直，像毫无瑕疵的生命；不过，它阴郁、冷酷、沉默。四周一片寂静，只有兔子在落叶间穿梭和松鼠突然跳起来时发出的窸窣声。

40

雨后的傍晚，鸟儿纵情欢唱，如此欢歌，叫人觉得这不可能是一个充满悲哀的世界。躲在厚厚的叶间，蹲在高高的山毛榉上，椋鸟放开了嗓子，唱出动人的旋律，红腹灰雀和画眉鸟也不甘落后。远处的草地上，一只布谷鸟反反复复、不知疲倦地呼喊着，更远的地方，就像是回声一样，另一只布谷鸟也叫了起来。

冬天的格林公园①

雪花轻轻飘落，像孩子的脚步。落下的雪掩住整洁的小路，覆盖了被踩倒的小草。放眼望去，屋顶、树梢上都是雪。天空低矮，酷寒沉沉地压迫着，光亮灰暗隐约。圆圆的路灯排成长长的一线，闪烁着。紫色的薄雾弥漫在光秃秃的树杈间，贴着地面蔓延游走，像

① 格林公园(Green Park)是伦敦的皇家公园之一，地处海德公园(Hyde Park)与圣詹姆斯公园(St. James's Park)之间。

是冬夜里的火车。刺骨的寒冷抹去了其他所有色彩，但这雾却是紫色的，无比轻柔，不过很冷，冷得让疲倦的心难以承受其苦痛。在白雪的映衬下，卡尔顿府联排①上的房子一团阴沉。在阴森的沉寂中，白天就这样悄悄地溜走了，甚至没让人瞥见一眼落日。阴沉的天空更灰暗了，灯光则更亮了些，每一盏四周都环绕着黯淡的光晕。

伦敦。西边天空的晚霞像大天使巨大的翅膀，他飞过天空，奉旨前去复仇；翅膀火红的影子发出骇人的光芒，将整座城市笼罩其中。

绿色的草地上铺满了金凤花，像一块金丝织锦，一块献给鸢尾王子和白手白脚的牧童黄水仙的地毯。

阴沉的薄云飘过树梢，缠绕在光秃秃的树枝间，像是哪件宽大柔软的衣服上扯下来的碎片。

薄薄的黑云漫过树梢，胡乱挤过光秃秃的树枝。

轻盈的海燕。

深色的云团一动不动，大团大团地，你压着我我压着你，如此轮廓分明、光滑圆润，几乎能看出哪位巨人雕刻家的手指印。

一片高大的冷杉，茂密幽暗，高矮参差，墨绿之上掩着一层银色

① 卡尔顿府联排（Carlton House Terrace）是英国伦敦圣詹姆斯区的一条街道，又特指建筑在街道南边阳台之上、可以俯瞰圣詹姆斯公园的两排房屋。这两排房屋于1827年至1832年间建成。

的雾，好像百年严冬累积的白霜，遇夏化作刺骨的寒气。冷杉前面，山缘以上密密麻麻地挤满了松树，沿山而上，山坡上这儿那儿散布着几棵橡树，刚发新叶，披着翠绿欲滴的衣裳，像是哪位年轻天神的新娘。橡树青春永驻，冷杉则常年迟暮，两者形成了强烈对比，就像白天和黑夜。

冷杉林就像生命之林，灰暗阴郁的迷宫里游荡着地狱和死亡之神这位诗人。

田野生机勃勃，春天新发的嫩草已经长得很高，金凤花神气活现、夸耀张扬，把无情的黑夜根本不放在眼里，尽情地沐浴在阳光中，就像先前在雨中一样欢快。雏菊上还留着可爱的小雨滴。蒲公英毛茸茸的小球被微风吹着渐飘渐远，真是人生的象征，漫无目的，随风飘荡，一无是处，唯一的使命就是把自己的种子播撒在肥沃的大地上，这样来年夏天就能长出与之相同的东西，无需照应便发芽开花，繁衍后代，然后死去。

当时我还不知道用这种普通的草可以做出那样美味多汁的色拉。

山楂树篱，修剪整齐，长势正旺，已经冒出了花苞；其间零星绽放着几朵野玫瑰。

日落时分，西边天空铅灰色的云团之上，铺着一层火红的雾气，像无比纤细的雨帘，又似大团金粉铺撒在寂静的海面，有如火之女神的裙裾。顷刻，太阳冲破重重黑云，像一个巨人挣脱牢笼，放射出万道光芒，好似一个巨大的铜球。它似乎使出了浑身的力量，推开了拦路的云团，将整个天空洒满光华，于是平静的海面上出现一条金光闪闪的大道，热忱的灵魂可以沿着它，朝着不朽之光的源头一直走去。

在山谷上空雨云低垂；而看到它们饱含水滴，却硬撑着不下雨，真让人生出莫名的不爽。

松树冷静沉默，很合我的心境。高高的树干，笔直修长，像航船的桅杆；淡淡的芳香；柔和的光线；紫色的薄雾，如此虚无缥缈，难以察觉，只在空气中留下一抹暖意；这一切都让我闲适惬意。走在棕色的松针上，脚步悄然无声，足下松软舒适。四周的芬芳像是某种东方迷药，让我沉醉痴迷。色彩是如此柔和，让人平添颜料和画笔无法再现之叹。可以看见景物外面都包裹着一层淡彩的空气，让它们的轮廓变得柔和。我沉浸在愉悦的遐想中，这幻梦说不清道不明，半梦半醒，激起一些撩人的情思。

有些人可以感受大自然的迷人魅力，心中生出美妙的情感，却又没有追根溯源分析那魅力缘由的欲望，他们实在是太幸运了！

风在松树间叹息，可怜极了，就像一个姑娘在哀叹一段逝去的爱情。

田野上盛开着数不清的金凤花，一片金黄，像柔软的地毯，佩鲁吉诺大师①的天使们走在上面正合适。

① 彼得罗·佩鲁吉诺（Pietro Perugino, 1445？—1523），意大利文艺复兴时的著名画家，代表作品是西斯廷礼拜堂的壁画《基督将钥匙交给圣彼得》。“文艺复兴三杰”之一的拉斐尔是他的学生。

这是一场曲风多样的音乐会，每一道灌木树篱间，每一棵树的枝条间，鸟儿躲在浓密的树叶后，放声歌唱。每只鸟似乎都拼命想把别人比下去，铆足了劲儿歌唱，好像它们以歌为天，好像生命轻松而快乐。

这地方延绵起伏，视野开阔，可以看见葱郁的丘陵和肯特郡肥沃的田野。这是肯特郡中最富饶的地方，生长着茂密的树林：榆树、橡树、栗子树。一代又一代人全力以赴，辛勤劳作，把这个地方当做一个花园一般照料。

这样的风景像普桑①和克劳德②的风景画一样规范严整。这里没有恣意狂放，没有自由散漫，整齐的风景、精心的布局中，人工的痕迹一览无余。

·44 有时候，站在一个略高一点的山头上，我能看到下面的平原沐浴在阳光中，金光闪耀。在阳光普照之下，玉米田、苜蓿地、道路以及溪流自然而然地形成和谐的图案，明媚鲜艳，飘逸曼妙。

一间方形的白房子，灰泥刷墙，两扇大大的圆肚窗，游廊上长满了金银花和月季。想要让这么丑陋的建筑变得漂亮，连大自然都无能为力。它是乔治王朝建筑风格与死板的常识结合产生的杂种。然而它也透着一点舒适可靠的味道。它的四周环绕着茂盛的树木，到了夏天，花园里会有各种各样的玫瑰盛开绽放。一道低矮的树篱把它与外面的绿地隔开，黄昏时分，村里的孩子们会在绿草地上打

① 尼古拉斯·普桑(Nicolas Poussin, 1594—1665)，法国古典主义画家。他的风景画中，自然界的杂乱被几何学的规整取代。他一丝不苟和高度有序的画风影响了法国后来的许多画家。

② 克劳德·洛兰(Claude Lorrain, 1600—1682)，法国理想化风景画家。主张作品比生活更美，作品富有诗意。

板球。对面就是村庄的教堂和小酒店，很近很方便。

铅灰的天空，那颜色如此单调阴郁，似乎是人工画上去的，其中透着无尽的悲哀。

圣詹姆斯公园

天空是灰色的，平静、低沉；太阳只是个白色的小圈，犹犹豫豫地照着大地，在阴暗的水面上投下起伏的微光。这样昏暗的日子里，树木也不再翠绿，难以察觉的薄雾遮住了它们浓密的树叶。后面，白杨层层掩映下参差的建筑，是政府办公楼和特拉法加尔广场重重的屋脊。

水面倒映着灰蒙蒙的天空和阴郁的树木，也黑暗沉寂；水中散发出潮湿的臭气，让人头晕恶心。

在太阳的照耀下，郁郁葱葱的山谷清爽宜人。但当浓密的乌云从西边滚滚压向四周的山头，天地间显得如此压抑，我差点要喊出声来，像是身体受了痛楚。眼前呆板规整的景象叫人难以忍受。阴郁、整齐划一的榆树和草地得到细心的养护。当巨大的云团与山头连成一体时，我觉得自己被幽闭了。而想要逃出这个小圈似乎不可能，我逃跑的本能似乎抛弃了我。这一景象如此井然有序，如此刻意布局，让我觉得在这样的环境中，我的生命永远无法挣脱它的束缚。过去几个世纪的人，以某种方式生活，努力达到某种标准，受着某些情感影响，对于我来说他们是太强大了。我觉得自己像一只笨鸟，出生在樊笼之中，没有力量争取自由。我渴望自由生活，但这只是痴心妄想，因为我知道自己缺乏那种力量。我沿着田地的边缘行走，旁边就是整齐的铁栏，将田块围住。在我的四周，人工的痕迹显而易见。大自然本身似乎都受着规范欲的影响，随处可见刻板、端庄的景象。没什么东西可以恣意生长。树木被安排成合适的形状：这儿多了几棵，显得不优雅，那就砍掉；那里得再有几棵，整个树丛才均衡，那便种上。

暴风雨后，天空被呼啸的狂风扫得干干净净，像正义一样，极不近人情。

一层薄雾笼罩着过去的岁月，彩色的轻烟围绕着我的记忆，磨平了它的严酷粗糙，让它们有了奇异的魅力，它们像薄暮中远方的城市或港湾，轮廓模糊，斑斓炫目的色彩柔和下来，变得更加微妙而和谐。但是永恒就像深海，雾气从中源源不断地升起，持续不断地堆积着，最终，岁月把我的记忆隐藏在阴沉惨淡、深不可测的黑夜里。

过去的岁月像一层雾，从时间的海洋中升起，于是我的记忆有了新的模样：原先严酷的不再那么严酷，那些可怕的也不再那么可怕。但是，偶尔，就像岸边会突然吹来一阵风，吹散了从暗海中腾起的雾，一句话、一个手势、一段旋律，都可能打破时间这个叛徒造成的幻象，我又重新看到年轻时的事，目光更敏锐，看得更清晰，看到那时所有残酷的事实。但我发现这景象影响不了我。我像一个观众，漠不关心地看一场演出，像一个老演员重看自己塑造的角色，可能还会惊异于它的陈腐粗劣。我打量着过去的自己，有些吃惊，也有些鄙夷、好笑。

四月喜雨。

耐心的夜。

闷热中，村子陷入了沉重的静默。

秋天，到处都是浓郁的死亡色彩，像一段无限感伤的旋律，像一支悔之晚矣的哀歌；但是在那些充满热情的浓墨淡彩中，在苹果的鲜红、金黄中，在落叶的五彩斑斓中，仍然有些东西不许人们忘记在自然的死亡和腐烂中新的生命依然在孕育。

热情洋溢、星光闪耀的夜晚。

破晓时分不断变幻的玫瑰色晨光。

风，邪恶、可怕，像一头瞎了眼的动物，穿过光秃秃的树梢，沙沙作响。

对一个等待心上人到来的恋人来说，世间最忧伤的声音是时钟迟缓的报时声。

灯光闪烁，像濒死者最后时刻那游移的目光。

漫漫长夜之后会有黎明，但没有光能照亮他不幸的心灵，他的灵魂必须永远在黑暗中游荡，永远在黑暗中，永远。

在乡下，夜晚的黑暗是友好、亲切的，但在灯火通明的城市，它就不自然、敌对、险恶，就像巨大的兀鹫，盘旋着，耐心等待着时机。

C. G. 和我一道看日落，他说他觉得日落有些俗气。我很欣赏日落，因此觉得受了羞辱。他很鄙夷地说我很“英国气”，我却一直觉得这一点很值得骄傲。他又告诉我说，他的精神是法国式的，我觉得既然这样，那他用如此标准的英语说这话，还真是遗憾。

C. G. 具备所有的“风度”和“美德”（打个比方而已，他的品性并不怎么样），他很为自己的幽默感而自豪。对他来说，要支持某项事业，能提出的最佳论据就是这项事业不受欢迎。他特别喜欢诋毁自己的国家，为此感到出奇的骄傲，他认为这显示出他气量宽宏。他在巴黎呆过十天，领了几张库克优惠券，从此以后对法国人的优越性深信不疑。他笑声爽朗地谈论着理想中的爱情以及梦想，却又花十先令到斯特兰德大街去嫖妓。他总是通过哀叹世道不公来解释自己的各种失败。这个时代，还有这个国家不肯接受他的自我评价，那还有什么可说的？他希望生在古希腊，但他只是一个乡村医生的儿子，彼时彼地他肯定只能是个奴隶。他鄙视我，因为我洗冷水浴。他回回考试成绩都一塌糊涂，但他总能把每一件该觉得耻辱的事儿都变成新的自我得意的理由。他写诗，要是能有些独创性，那就还算过得去。他没有一点胆量，不敢到稍微深一点的地方去游泳，会吓得胆寒。但他很自豪自己是一个懦夫，他说谁都可以勇敢，那只是缺乏想象力的表现。

上帝走过大地的每一寸角落，翻开泥土，种下疼痛和苦难，从东方一直种到西方。

夏日的黄昏流彩溢金。

就像那把发出火焰的剑①,剑气烤干了夏娃眼中凄苦的眼泪。

暖房里的一丛兰花:温室里种着符合佩特唯美主义观点的花朵,四周笼罩着热带腐烂的气味,无比压抑。

太阳是烈火熊熊的火炉,将巨大的云熔成一阵炽热的金雨,光芒是如此的强烈,使人觉得也许要发生一场惊天动地的巨变,产生一个强大的新世界。东边的那些云,就是这剧烈燃烧过程产生的浓烟。可以想象到创造新世界的庞大造物者,将邪神、浮华和虚荣、不计其数的金属,还有数不尽的人类作品统统丢进沸腾的坩埚,一阵可怕的沉寂,所有生物都被分解、粉碎、熔化,成为无形、飘渺的神秘新物质。

在微风轻快的吹拂下,嫩叶妩媚地轻轻颤动着。

我的灵魂像一把弦乐器,上帝用它弹奏出绝望之曲。

我的心为她而悲伤,尽管我已不再爱她,却仍无法释然。之前的辛酸苦闷被一种痛苦的空虚感代替,这似乎让人更加难以忍受。爱情可以消失,而记忆还在;记忆也可以消失,但彼时仍得不到解脱。

大海苦涩的波浪。

① 这个典故出自《圣经·创世记》,上帝将亚当和夏娃赶出伊甸园后,在伊甸园的东边设立一把四面转动发出火焰的剑,把守通往生命树的道路。

云在天空中驰骋，乳蓝映衬着橙黄和鲜红。

石南，紫石英般华美，低调、端庄。

在灰暗低沉的天空下，风景的色彩出奇的醒目。田野中或棕黄或深绿的浓郁色彩，映衬着树篱和林木的暗色调。虽不像意大利的风景那么明艳，却也一样设色厚重华丽，似乎是由原色构成的。它使人想起那些早期的绘画，在一片纯金色的背景下营造出同样熠熠生辉的效果。

恋爱中，如果对方只还你以善意、友谊和好感，那对你有什么用呢？这只是些华而不实的东西，堵在你的咽喉口。

过去只要能和××在一起就足够了，和她一起默默地散步，或者谈些琐事。但是现在，当我俩陷入沉默时，我就会绞尽脑汁地找话讲，我们的对话听上去勉强、做作，我觉得单独和她在一起很尴尬。

变化总意味着进步，这观点真够奇怪的。欧洲人抱怨中国工匠们还在使用已经用了多少个世纪的工具。但是如果他们仅靠这些原始的工具，就能够制造出如此精巧、牢靠的东西，西方工匠再也无法超越，他们为什么要改变呢？

女人本分有三条。一是要漂亮，二是要穿着入时，三是绝对不要回嘴。

伦敦模糊的低吟浅唱，像是远处一架强大的引擎在嗡嗡作响。

一个人年岁渐长，他便会变得较为沉默。人年轻时渴望向外面的世界吐露心声；他感觉自己同他人亲如手足，想要投入他们的怀抱，觉得他们也会接纳自己；他向他们敞开自己的心怀，好让他们接受自己，他也想洞察他们的心迹；他的生命就像河水汇入大海一样融入其他人的生命之中。但是渐渐地，驱动他做这些事情的力量消失了；他和朋友之间出现隔阂，他意识到他们彼此其实都是陌生人。之后他也许会把他全部的爱、他所有的交往能力都集中在一个人身上，做出最后的努力（可以这么说），以将自己的灵魂与其相连。他竭尽全力想要把他拉向自己，试图了解他，也希望他了解自己，透彻、直达心底地了解。但一点一点地，他发现这些都不可能，不管他对这个人多么挚爱，也不管和他关系多么亲密，他对自己来说总是个生人。就连最相亲相爱的夫妻都不能相互了解。于是他不再与人交往，默默地建造起属于自己的世界，避开每一个人的目光，包括他最爱的人，因为他知道这个人不会理解这一点。

有时候，想到自己居然对所爱之人了解甚少，一个人真是既愤怒又绝望。想到根本无法了解他们，无法参透他们心灵深处的所思所想，他的心都碎了。有时候，出于偶然或是受到什么情绪的影响，他得以瞥见他人的内心世界，但是意识到自己有多么不了解那个内心世界，自己与之相隔多么遥远，他又万念俱灰。

两个人谈论着某个话题时，有时会突然同时沉默，他们的思想沿着不同的方向发散，等到过了一会，他们重又谈了起来，才会发现居然已经产生了极其巨大的分歧。

他们说生命是短暂的。对那些回头看的人来说，生命可能短得很;但对那些朝前看的人,生命长得可怕,没有尽头。有时一个人会觉得无法再忍受下去。为什么不能一觉睡着,就再也不用醒来?那些能够期盼永生的人,该有多么幸福!长生不老这想法真是可怕。

世界上的人是如此之多,个人行为微不足道。

你真是满腹警句啊!真让人觉得应该来几撮鼻烟,好让你喘口气。

没有办法表达自己是很糟糕的,不得不对自己的感受保持缄默。

难道我是个二流诗人么?难道我就应该向庸俗的人们展示我血淋淋的脏器么?

读者们并不知道,他们花半个小时或者五分钟所读的篇幅,都是作者心血凝结而成。那些让他们感到“真实极了”的情感,他都亲身经历过,曾有多少个夜晚为此流下苦涩的眼泪。

人心有多大,悲哀伤痛就有多大。

有些人,你和他们打招呼说“最近怎么样”,他们会说“很好啊,谢谢你”。如果他们认为你真在乎他们好不好,那就真太自以为是了。

一个人最难做到的事,是意识到自己并不是生活的中心,而只是在边缘。

苏格兰人似乎觉得自己是苏格兰人是件很有面子的事儿。

一九〇一

生命的尽头。就像人在黄昏时分读书，读啊读，没有察觉到光线渐暗；直到他停下来休息，才猛然发现白天已经过去，天已经很暗；再低头看书却什么都看不清了，书页已不再有意义。

卡比斯湖。金雀花黄绿相间。不知谁采了一束石南，又把它扔掉了；它躺在草地上，奄奄一息，凋败的紫色，似乎象征着帝国皇权的衰落。

一块纪念碑。它矗立在小丘，俯看着山谷和大海。赫尔城，一条河静静流淌，像一座古老的意大利小镇，即使头顶天色阴沉，小城也一样色彩斑斓，明丽畅快。纪念碑四周是死去的蕨类，颜色棕黄，和泥土一样，脚步落在上面没什么声响。它们是最先枯萎的夏季植物，九月的轻风一吹，它们就冻死了。

乔安尼斯·尼尔，1782。他是谁？可以想象，是一个乖戾、忧郁的家伙，十八世纪的人都这样，算是对那个世纪形式主义至上潮流的回应。那个世纪缺乏新鲜空气，于是凋败枯萎。它还抱着伊丽莎白时代的旧杯，伊丽莎白一世时代的人从那杯中发现了生活的乐趣多姿多彩；后面一代人则从中获得激情，点燃了灵魂，去争取自由；但是如今酒已经淡了，酒渣中只剩下困乏消沉。

夏天的时候，枯死的树木看起来很不和谐，一块阴郁的颜色，不应该混在康沃尔六月那种欢快明媚的色彩里。但是现在,整个自然都渐渐与之协调起来。而它们默立着,掉光了叶子,扭曲粗糙,却心平气和,似乎领悟了什么是永恒,心满意足:绿叶红花的确娇美可爱,却同四月的蝴蝶和清风一般,朝生暮死,但是它们是永不变化、始终如一的。四周如此的静谧,似乎都能听到白嘴鸦拍打翅膀的声音,它们掠过天空,从一块田飞到另一块。说来也怪,在这片寂静中,我觉得自己听到了伦敦的呼唤。

天上乌云密布,饱含雨水,掠过山头;黄昏时分,天开始下雨。雨很细密,一场康沃尔郡的毛毛雨,像雾一样笼罩大地,无孔不入,就像人的痛苦一样。黑夜席卷了这片土地。

风像身强体壮的年轻庄稼汉,欢快地穿过青山绿水,自在地哼着小曲。

雾气包裹着大地,泛着乳白色的光,有一种不可穿透的透明感,很奇怪。

杰里米·泰勒[①]。人格即风格,这句话放在他身上再合适不过。读一读《死得崇高》,通过它从容的节奏、古典的精神、流畅灵巧的诗情,就可以想象出杰里米·泰勒是个什么样的人;研究了他的生平和生活境况之后,可以猜测他的写作风格就是他的处事风格。他是查理一世时期的主教。他生活得舒适、宽裕、心满意足。这也就是他的风格,不同于弥尔顿的文风。弥尔顿让人想起奔腾的

① 杰里米·泰勒(Jeremy Taylor, 1613—1667),英国主教和作家,最重要的作品有《活得圣洁》(*The Rule and Exercise of Holy Living*)和《死得崇高》(*The Rule and Exercise of Holy Dying*)。

洪流，一路披荆斩棘、所向披靡，而他让人想起的，是潺潺的溪流，惬意、蜿蜒地流过春天繁花似锦、馨香浓郁的肥沃草地。杰里米·泰勒不玩弄辞藻，按词语最常见的意思使用它们就很满足。他使用的修饰语从无微言大义，很少赋予修饰对象什么新的或是引人注目的特点；他只是把它们作为装饰，一遍又一遍地加以利用，似乎它们并不是鲜活的、必不可少的东西，而只是某个名词的固定附件而已。于是，尽管他的文风华丽，却仍给人以一种简洁的印象。他似乎只用那些张口即来的词语，他的措辞不管多么巧妙精当，都带有口语的味道。也许，他不断重复"and（和，还有）"这个词的习惯也增强了这种天真质朴的感觉。长长的从句一个接着一个，连成一条似乎永无止尽的链，让人觉得这文章没费多少力就写成了。它就像一个和蔼温厚、却又有些啰嗦的老牧师的谈话。的确，这些没完没了的短语、一个又一个的从句经常是随便搭在一起，不怎么考虑句意，根本不顾及句子结构，只靠着标点的随意才得以勉强成立，但如果重新安排句读的话，这句子也能变成紧凑、平衡的复合句。要是乐意，杰里米·泰勒照样儿能把词语排放得整齐巧妙，写出韵律完美的句子："想要死得安详快乐的人谨记：切忌骄奢淫逸，生活应朴素、圣洁、谨遵主的教诲，行事谨慎警觉，应该过竞争奋斗的一生，审时度势的一生，辛勤劳动的一生，机警审慎的一生。"但话又说回来，有的时候，他的句子会失控，一个"and"接着一个"and"，一个想法压着一个想法，直到让人根本摸不着头脑，句子最终草草收尾，含含混混，未完成、不完成、不合语法。不过偶尔，他能以高超的技艺整合这些庞大的句子，在一串长长的从句中，描述性短语的安排、句子细节的形式和次序，都安排得错落有致、优雅讲究，体现出娴熟的技巧。

但是《死得崇高》的迷人之处还在于这本书创造的氛围：芬芳

而井然、冷静又文雅,像一座古色古香的花园。不仅如此,书中闲散语句所透露出的美妙诗韵,更显其魅力。每一页上都可以找到巧妙得体的措辞,每一页上都有简单词语的重新组合,这些词语似乎因此产生了新的意义;还常常可以发现一些如画的篇章,华丽繁复,就像早期洛可可艺术,但依然格调高雅完美,并不过分。

今日尽心尽职的作家们搜肠刮肚地寻找(常常是徒劳)一个合适的修饰语,希望能以新的视角描写被修饰的对象,呈现出某些从未浮出水面的特点。但是杰里米·泰勒从来没企图做过这样儿的事。哪个形容词他最先想到他就用哪个。世上有一千种可以用来描绘海洋的形容词,如果你觉得自己是个追求文风独特的人,唯一一个你会尽量不用的词就是"蓝色",然而它却是最能满足杰里米·泰勒的词。他写不出弥尔顿那样犀利的句子,没有他的诗学造诣,不会把名词和形容词、动词和副词以从未有过的方式连接起来。他从不会让读者大吃一惊。他的想象既不极端也不大胆。他满足于走老路,使用现成的词句和措辞。他风格的最大特色在于他那温和、田园牧歌式的人生观。他友好地看世界,精确地描绘它,虽然没用多少艺术技巧,却有着良好用意:他渴望尽其所能把事物描写得优美如画。

旭日东升,在晨雾上泼洒油彩,将它变得如同玉髓一般五光十色,酱紫、粉红和翠绿。

赤陶小雕像。这些小人儿流畅自然的动作,生动的姿势,淡漠的态度都让我着迷不已。它们衣饰的皱褶,凝固的动作,都流露出那个空气清新、文明、蓬勃的生机,新鲜空气也许就是古希腊人生活的主要部分。一排塔纳格拉出土的小塑像让想象力丰富的人对古代自由、简单的生活充满了热切的渴望。

风雨交加的悲惨夜晚，永世的惩罚诅咒。

云团疾速掠过天边。偶尔，在云团的间隙中露出一颗暗淡的星星，冷得瑟瑟发抖。

碧空，如此深邃的蔚蓝，胜过一颗古老的法国宝石的光泽。

阳光下，耕田染上了水苍玉般多彩的颜色。

浓郁的榆树叶冠，深比青玉。

阳光下，带露的叶子闪闪发光，像翡翠那种艳俗的宝石，用来装扮浮华堕落的皇家情妇正合适。

富于矫揉造作、繁复精细的华贵，如同满镶宝石、璀璨华美的老首饰。

绿色，像是上了瓷釉的首饰，比翡翠更清澈。

石榴石的浓郁深邃。

它透明、华彩，好似一大块玛瑙。

明媚的蓝天，蓝过青金石。

夕阳西下，雨后，乡间万物都染上了一层新色彩，浓郁得甚至有些不自然，一时间展现出利摩日①珐琅的华丽色彩。

像一只利摩日瓷盘，闪耀着炫目多彩的光辉。

浓密、半透明的阴影下，水也有了玉石般深邃、沉郁的色彩。

读者可能会纳闷，这儿干吗就这些珍贵半珍贵的珐琅啦、宝石啦说那么多。让我来告诉他。在那段时间，我依然欣赏九十年代流行的华丽散文，意识到自己的文章是那么平淡无奇，我觉得应该设法给它增添些色彩，加上些润饰。这就是我为什么会如此满腔热忱、孜孜不倦地读弥尔顿和杰里米·泰勒。有一天，脑海中萦绕着奥斯卡·王尔德《莎乐美》中的一段华彩篇章，我带着纸笔去了大英博物馆，做了以上笔记，希望哪天能用得上。

黎明前的皮卡迪利大街②。皮卡迪利大街上一整天都车水马龙，热闹喧嚣，让人似乎无法相信凌晨时分街上的寂静。它很不自然，而且有些诡异。大道空荡荡的，显得宽阔肃穆，威严地伸展开来，如同一条泰然自若的河流一般自信而庄严。空气清新、明澈，任何一点响动都能让它产生回声，于是一辆马车经过，整条街都响了起来，轻快的马蹄声久久回响。一排排电灯由于规则严谨而显得威严壮观，它们飞扬跋扈、厚颜无耻，将雪亮的光线泼向四周。向上，它们漠然而粗暴地把刺眼的光线打在巨大沉默的房子上；向下，它

① 利摩日（Limoges）为法国中西部城市，以陶瓷工业闻名于世。
② 皮卡迪利大街（Piccadilly）为伦敦市中心一条著名的街道，有许多高档商店和酒店。

们清晰地照亮了长长的、整齐的公园栏杆，以及附近的树木。电灯之间是一排煤气灯，黄色的火苗闪烁，在电灯光下黯然失色，像一串大大小小脱了色的宝石。

四周一片沉寂，但屋子里却安静，没有响动，这种安静与别处的沉寂不同。房屋矗立着，雪白一片，只有窗户是黑洞洞的。它们沉沉睡去，锁了门上了销，看上去可怜地排在人行道旁，凌乱、平凡，没有了人声喧哗，没有人进进出出，它们失去了其意义。

秋天也有秋天的花朵，但鲜有人喜爱，鲜有人赞美。

这简直是胡言乱语，我觉得自己当时肯定有言外之意。我一直在想自己写出这种牵强的比喻，是不是因为当初有个半老徐娘调戏了我这个腼腆的小青年。

60

K。我认为，你通常可以通过看一个人读些什么书而大大地了解他。绝大多数我们这样的人过着安定的日子，除了读书，内心的冒险精神根本没法得到满足。通过博览群书，人可以过虚构的生活，但这样的生活也许比客观情况强加于他的更真实。如果你问K哪些书对他影响较大，他可能一时回答不出来。这个问题常有人问，它其实并不像乍看上去那样蠢。一般人的回答是《圣经》和莎士比亚，有的时候这样回答的人只是虚伪愚蠢，但其实经常有人有更独特的回答，却因为怕别人觉得自己自命不凡，于是就依然这样答复。我觉得，K在提到那些占据了他的心灵、让他感触深切的书时，一定有些洋洋得意。那张单子上，佩特罗尼乌斯①的《萨蒂利

① 佩特罗尼乌斯（Gaius Petronius，？—66），古罗马作家，著有欧洲第一部喜剧式传奇小说《萨蒂利孔》（*Satyricon*），描写当时罗马社会的享乐生活和习俗，现仅存部分残篇。

孔》会与纽曼的《为己申辩》摆在一起，阿普列乌斯①与沃尔特·佩特放在一块儿，还有乔治·梅瑞狄斯、贤明的胡克②、杰里米·泰勒、托马斯·布朗爵士③和吉本④。他喜欢华丽的文风，喜欢精雕细琢的文章。当然，他是头倔驴，但是一头聪明、博学的倔驴。

他觉得自己身陷深渊，正午时分就能看见星星，这是那些生活在阳光下的人看不到的。

他觉得，只有组成生命的所有洪流都汇聚在一起，才能浇灭他如焚的饥渴。

合理明智、深思熟虑的判断。

大教堂教士。他回避所有的宗教问题，好像它们都不得体似的；若是别人非要追着问，他回答起来也是犹犹豫豫、满是歉意。他总是说就像所有的东西一样，宗教也应该进化发展。他的立场处于知识和无知的界线上。“到了这里人类理性就走不下去了，”他会说，然后自己就径直攻占这个还未被发现的黑暗国度。但是当科学像海浪一样逼了进来，证明人类理性又攻下了一座城池，在又一个

---

① 阿普列乌斯(Lucius Apuleius，约 124—170)，罗马柏拉图派哲学家、修辞学家及作家，著有哲学著作《论柏拉图及其学说》等，最著名的作品是长篇小说《金驴记》，记叙了一个青年被魔法变成驴子后的经历。

② 理查德·胡克(Richard Hooker, 1554—1600)，英格兰基督教神学家，创立安立甘宗神学，撰有《论教会体制的法则》(*Of the Lawes of Ecclesiastical Politie*)。“贤明的胡克”(the Judicious Hooker)是后人对他的尊称。

③ 托马斯·布朗爵士(Sir Thomas Browne, 1605—1682)，英国医师和作家。他的散文以文辞华丽著称，著有沉思录《一个医生的宗教信仰》(*Religio Medici*)。

④ 爱德华·吉本(Edward Gibbon, 1737—1794)，英国历史学家，著有史学巨著《罗马帝国衰亡史》(*The History of the Decline and Fall of the Roman Empire*)，记述从二世纪起到 1453 年君士坦丁堡陷落为止的历史。

领域里安营扎寨，他就立即弃甲而逃。就像战败的将军要在战报急件里委婉粉饰一样，他把自己的失利称作向敌人后方进行战略转移。他把信仰建立在不可知事物上。他把一切都押在了理性的局限上，但是，就像一个败家子只能眼看着高利贷者一亩一亩地侵吞自己的田产，他也只能带着难以掩饰的焦虑，眼看着科学日益进步。

他在讲经台上宣读《圣经》中的一些章节，他自己也知道那只是些传说，有理智的人都不会相信那些故事；他知道，台下教众中，有些会相信那些选段字字真实，有些则会认为它们明显是虚构的。有时，他也会怀疑自己该不该这样做，但这种时候他会在心里耸耸肩："毕竟，无知的人还是应该相信这些东西的，这都是有好处的。干预他人的信仰总是危险的。"但也有时候，他实在是没法逼自己宣读某些章节，他就会安排自己的助理牧师去读。他喜欢自己的助手蠢一点。

若是他自己发了火，他会说这是正义的怒火。若是有人做了他不喜欢的事情，他会说自己处于义愤填膺的心理状态。

马修·阿诺德①的文风。它是表达思想的极佳工具，清晰、简单、精确；如一条平稳、清澈的河流，河水甚至有些过于平静。如果说风格像穿着得体男士的服装，虽不张扬，但仔细看时却发现十分合适；以此来看，阿诺德的风格就是完美的。它绝不张扬，从不会冒出一个生动的短语或是优美的修饰词，使人的注意力偏离文章内容；但若仔细阅读，会发现他笔下句子的结构是何等谨慎平衡，节奏是何等协调、优美、高雅。读者会感觉到词语组合得多么恰当得体，

---

① 马修·阿诺德（Matthew Arnold，1822—1888），英国维多利亚时代的诗人和批评家。主要著作有抒情诗《多佛滩》（Dover Beach）、叙事诗《邵莱布和罗斯托》（Sohrab and Rustum）及论著《文化与无政府状态》（*Culture and Anarchy*）等。

可他只用一些习见常用的、颇为平淡的词语，便创造出如此不寻常的效果，当读者意识到这点，更是有些吃惊。任何东西，经阿诺德之手，便会变得与众不同。他的文风让人联想到哪位有涵养有学识的女士，上了些年纪，生活的激情所剩无几，其优雅精致的风度叫人想到逝去的岁月，但她举手投足间却透着无限幽默和生机，人们根本不会想起她是属于上一辈的人。但是，这种文风极其适合于机智的讽喻、阐释，十分适于指出论证中的漏洞，所以对文章的思想内容要求极高。它毫不留情地找出推理中的漏洞和思想的平庸，结果便是它赤裸得可怕，让人手足无措。与其说它是一种艺术，不如说它是一种方法。要想达到这种流畅而冷酷的宏伟风格，得要下多大的功夫啊。恐怕没人比我更明白这一点了。都说保持简洁是所有才能中最难掌握的，在读阿诺德的文章时，有时仍能察觉一些痕迹，能看到这后天采纳的风格变成自然而然的写作习惯之前，他做出了多少不懈努力，给了自己多少约束。我这么说并没有任何贬低的意思，但是我禁不住觉得，为了达到这样的风格，在经过长期的艰苦训练之后，阿诺德的文风变得几乎有些机械。我们知道佩特的风格就没变成这样，而且那么栩栩如生的描写、丰富多彩的想象和各式各样的比喻，明显要求作者不断创新。但阿诺德的风格里缺乏这些，他使用的词汇有限，他的表达、措辞经常重复出现，他所追求的简洁性没给想象力留下多少空间。不管他写什么内容，他的文风都是一样的。人们经常批评他过于冷静、没有个人色彩，除了因为他谨遵古典主义原则，也许和上面说到的也大有关联。不过我认为阿诺德风格和佩特或卡莱尔①一样极具个人色彩。实际上，它似乎非常清楚

① 托马斯·卡莱尔(Thomas Carlyle, 1795—1881)，苏格兰散文作家和历史学家，写有《法国革命》(*The French Revolution*)、《论英雄、英雄崇拜和历史上的英雄事迹》(*On Heroes, Hero-Worship, and the Heroic in History*)等著作。

地反映了他的性格：有一点儿女性化、任性、有些武断、冷酷，但他风度翩翩，头脑敏捷，而且总是相当高雅，这些又弥补了他的缺陷。

我很高兴自己并不信仰上帝。当看到世界的困苦和辛酸时，我觉得没有什么能比信仰上帝更可耻。

在文明达到一定程度后，再继续发展是不是会给民族带来危害，这是一个有意思的问题。古时候，衰败总是跟随着高度文明，一部古代史就是伟大的民族一个接一个衰亡的历史。对此的解释，似乎就是文明超出一定限度后就会让这个民族不再适应生存斗争，于是它的人民便会被其他更粗野的民族征服，这些民族没有受过那样精巧高雅的教化，因而更加吃苦耐劳，更加勇猛无畏。正如古希腊是被野蛮的罗马人摧毁的那样，法国，这个文学艺术发达、文明高度发展、高雅、敏感的国度，却被粗野残忍的强大德国击溃。艺术家被粗人打倒，文明人被野蛮人驱逐。由此似乎可以得出结论：品味粗俗，缺乏优雅不是缺点，而是优点，是有利因素。

从这点上来讲，比起英格兰人来，加拿大人、澳大利亚人和新西兰人更加卓越，而人们早就发现了苏格兰人在这方面的优越性。他们生活在更艰苦的环境中，自然选择在这里发挥了更大的作用，比起有着更古老文明的民族来，他们更适应生存斗争。他们不怎么分析自己的存在，他们未经开化的本能力量更强大；他们没有我们这么文明，不像我们这样关心生活的高雅情趣，但更加强壮、充满活力。决定他们道德观、人生观的（当然是无意识的）是民族利益，而非个体利益。他们培养不出这么多名人，但另一方面他们的民族特性更强、更独特。

说到底，保证民族进步的唯一方法就是自然选择，而这只有通过淘汰劣者才能做到。所有保护劣者的做法（如对盲人和聋哑人的教育，对器质性病人、罪犯和嗜酒者的照顾）都只会导致民族退化。

理性最终必须按“自然选择”行事。尽管我们容许宗教所倡导的利他主义同理性所倡导的利己主义之间产生矛盾，但说到底，进化史证明，正是追逐个体利益才带来了进步。要是觉得人类社会应该有什么不同，这就有点不讲道理了。

美德的起源是人类本能，而在一个族群里，那些本族群独有的特性总是被尊为德行。正如在每一个族群里，理想的美往往就是在平均相貌水平上再拔高一点，族人的那些本能也就被称作美德。

自然选择做出的这些努力，都是为了什么？所有这些社会行为，如果不是为了让芸芸众生有吃有喝、能够繁衍，还有什么意义？

道德标准和世上所有东西一样，都是朝三暮四的。“善”仅仅是最适合当前环境的那种行为，不断发展进化的结果可能会颠覆现有的道德标准，推翻所有我们现在认为是“美德”的东西。只有一条绝对的道德标准，那便是生存竞争中的成败。胜者就是“善”。

在生存竞争中，社会在与个体打交道时，使用的武器就是道德。社会会奖励、表彰那些对其继续存在至关重要的行为和品质。道德的功能就是诱导个体相信对社会有益的对他也有益。

有一些人实在没什么幽默感，他们至今仍对哥白尼怀恨在心，恨他推翻了他们在宇宙间的中心地位。不能再认为自己是世界的轴心，世间万物都围着自己转，这在他们看来是对他们个人的公然侮辱。

为了方便讨论，让我们把康德的“自为目的”纳入“真善美”体系，真、善、美一点不比地里的花朵更持久，对于这个简单评论，你该如何作答？仅仅在短暂的有文字记载的历史中，这三个概念的含义就发生过翻天覆地的变化。你怎么可以想当然地认为我们今天对这些概念的看法就是绝对的？你该如何看待“自为目的”这样一个纯粹相对的概念？在和我们谈论“自为目的”前，请告诉我们什么是“绝对”。

66

现在流行鄙视味觉及其享受，但实际上，味觉比审美本能更重要。人若没了审美感，依然可以轻松快乐地度过一生，但若没了味觉可就难过了。如果按照人的各种机能对人类生存的必要性来给它们排序的话（这好像挺合理），那么消化器官和性器官将处于最高位置，最为重要。

显然，笃信宗教的人心里也总是惦记着享乐，享乐主义对他们的影响绝不亚于对纯粹享乐主义者的影响，只不过，前者认为对现世行为的奖励是来世幸福，而非现世欢愉。事实上，那些选择某一途径以便享受永恒幸福的人，他们身上的享乐主义痕迹是最明显的。而且，如果仔细研究他们心目中的永恒幸福，常常会发现其中物欲横流、粗鄙卑下，连许多公开的享乐主义者都会羞于承认自己有这样的想法。

但是，有些笃信宗教的人，有着奇特的高尚情感，能使自己相信自己做什么都不图回报，只是因为爱上帝。然而，如果再来仔细分析一下这种情感，便会发现其中有享乐主义因素，回报就是行善后心底获得的自我满足，意识到自己做了正确的事，心中无比愉悦。由于这样的回报是情感回报，就比那些更粗鄙、更明显的回报更能让人心满意足。

在爱上帝的名义下，人类能干出多么卑鄙、残忍的事。

人的美丽取决于其性吸引力。它把某一民族某一时期的普遍特征加以强化，但并非过分的强化，因为如果和一般水平差得太远，那只能叫人厌恶而非欣赏。从性的角度看，男人和女人的目的都是通过让自己与众不同来引起注意。他们通过凸显自己的人种特征来做到这一点。于是，中国人天生小脚，便要裹脚；欧洲人天生细腰，便要束腰。而当一个民族的特点变化时，他们理想中的美也会随之变化。过去几百年里，英国女人身高见长；以前，小说中的女主人公都不高；在文学作品中，直到丁尼生①出现，才明白加上几英寸，平添妩媚。

他们谈起艺术来就好像自己了解有关它的一切，而他们不了解的都不值得去了解。但艺术可不是这么简单。它怎么可能简单呢，它的创作源泉里有这么多东西：性、模仿、戏耍、习惯、无聊、对改变的渴望、对增加快乐和减轻痛苦的情感需求。

---

① 阿尔弗雷德·丁尼生勋爵（Alfred, Lord Tennyson, 1809—1892），英国维多利亚时代最杰出的诗人，1850 年被封为桂冠诗人，代表作有《亚瑟王之死》（Morte d'Arthur）、诗集《莫德》（*Maud and Other Poems*）、《国王叙事集》（*Idylls of the King*）等，他的作品对当时社会的传统思想有极大的冲击。

生活如此艰难,是因为每件事都是不可补救的。没有什么事再次发生时能和这之前一模一样,而在那些最重要的事情上,也没有任何先前经验可供借鉴。什么事儿一旦做了就无法改变,什么错误一旦犯了就无法纠正。有时,回头看看,一个人会为自己犯的各种错误而惊骇万分,他似乎在歧路上荒废了太多的时间,而且常常完全走错了路,虚掷了整年整年的光阴。

在大多数传记中,主角的死都是最让人感兴趣的。这不可避免的最后一步叫人着迷,甚至有实用价值,这是前面任何事件都不具有的。我不明白,传记作者既然已经向世界提供了某个名人的生活细节,为什么对提供他死时的细节还要犹豫不决(他们常常这样)。读传记,读者最感兴趣的是人物的性格,他的优点与弱点,他的勇往直前与灰心丧气,而只有当他躺在病床上奄奄一息的时候,这些才表现得最明显。对我们来说,知道伟人是如何死去的同知道他们是如何活着的一样重要。我们的生被外部环境所决定,但我们的死属于自己。看一看别人如何去完成这最后一段旅程,当我们自己踏上这条路时,这是仅有的帮助。

有时我在夜里自问我白天做了什么,有了什么新思想、新观点,有过什么特别的感觉,是什么让它与众不同;然而十有八九,在我看来那些都变得无意义、无用处。

卫道士说履行义务能带来快乐。义务受法律、民意和良心的共同支配。在这三项中,任何单独一项也许都没有多大力量,而三者联合起来几乎就势不可挡了。但民意与法律有时是对立的,比方说在欧洲大陆问题上;民意也不统一,一派谴责的,另一派却赞成,而各行各业，如军队、教会、商界，也都有他们自己的标准。

有些情况下，履行义务明显不是什么乐事，因此人们便常常忽视它，而为了逼人们履行义务，就必须设立新的奖惩项目。布尔战争时期，危险形势下，军官们随时准备投降，宁愿不要尊严，也要有机会活下去。直到其中一些被枪决，更多的被革职以后，大部分人才战战兢兢地逼自己鼓起勇气。

说到底，牧师们宣讲的基督教，其独特之处在于罪孽意识。正是它让信徒的生活充满阴霾的威胁，让他们不能也不愿坦诚地面对生活。他们说除非承认罪孽的存在，任何人类理论都是不完整的。但罪孽是什么？罪孽就是让良心不安的行为。那么良心又是什么？它就是你做了一件别人（也许还有上帝）不赞成的事情后的感觉。若是尝试分析良心会很有意思。研究它是怎么产生的、人们怎么看它、它的心理学基础，以及它能影响的事情，这样的研究很有必要。帕坦人①杀了自己的仆人不会良心不安，科西嘉人②杀了世仇宿敌也不会觉得良心受谴。英国人小心谨慎，会犹豫该不该撒谎；西班牙人同样小心谨慎，谎话却是张口就来。

可以说，切萨雷·博尔贾③是“实现自我”的最佳范例。就个体而言，道德唯一的规范就是使自己精神和肉体上的本能得到充分发挥。事业的审美价值就在于此，从这个角度来说切萨雷·博尔贾的

① 帕坦人（Pathan）是分布在阿富汗东南部和巴基斯坦西北部的民族。

② 科西嘉岛（Corsica），地中海上的一个岛屿，是法国的一个大区。拿破仑便诞生于此。

③ 切萨雷·博尔贾（Cesare Borgia，1476—1507），教皇亚历山大六世的私生子，曾任巴伦西亚大主教，枢机主教，为教皇的主要顾问。征服过无数属地。一般认为他是全意大利最令人恐惧的野心家、强权者和阴谋家。

一辈子和圣方济各[1]的一辈子是类似的。两个人都充分依自己的性格生活,达到了最高要求。社会只按行为对社会自身有什么影响来判断,就说一个人无耻而另一个圣洁。那么像托尔克马达[2]这样的人又该如何裁判呢?他是他那个时代最虔诚信教的人,而正是他完善了一种刑具,它造成的死亡和痛苦远远超过了不少持久、血腥的战争。

个人不必对自己尽什么义务或负什么责任,对个人来说,这两个概念没有意义,只有在他与别人的关系中它们才能获得意义。就他个人而言,他拥有绝对的自由,因为不存在什么有权威的力量能对他颐指气使。

社会为了自我保护而制定规章制度,但个人对社会不负有任何责任:除了谨慎之外,没什么束缚他的东西。他可以随心所欲,走自己想走的路,做自己想做的事,但如果他因为违反社会规定而受到惩罚,他就不应该抱怨。比设立法律更有效的社会自我保护方法设置"良心",这样就可以在每个人心中安上一个警察,保证法律得到遵守。奇怪的是,即使是做一些最隐私、想想也和社会没有关系的事儿的时候,良心也会引导一个人按照外部组织的利益行事。

基督教和科学的显著区别之一是前者承认、重视个人价值,而后者,即科学,根本不把个人当回事儿。

---

① (阿西西的)圣方济各(St. Francis of Assisi, 1181? —1226),天主教圣方济各会及方济各女修会创始人,意大利主保圣人,规定修饰,恪守苦修,麻衣赤足,步行各地宣传"清贫福音"。

② 托尔克马达(Tomás de Torquemada, 1420—1498),西班牙多明我会修士,西班牙第一任宗教总裁判官,任职期间以火刑处死异端分子约两千人。

人的善恶观是暂时的，因此良心也必然具有相对性。一个人在一个时代会因没做某件事而良心不安，而在另一个时代会因做了而后悔不已。

常识常常就被当作道德标准。但是如果细究起来，逐条分析它的规定，其中的无数矛盾会震惊研究者。他将无法理解，不同的国家以及同一个国家的不同阶级和区域里有如此水火不容的东西，常识是如何把它们组织起来的。他甚至会发现，即使在同一个国家、同一个阶级或区域内部，常识的各种规定通常也是自相矛盾的。

看起来，有常识只是不动脑子的代名词。它由孩提时的偏见、个人癖好，以及报刊评论构成。

在我们与他人的交往中，“常识”表现得极其公正无私，但这仅仅是做个样子而已。比方说这个问题：若是社会已经解决了温饱问题，也不再有苦难，此时是不是就可以纵情享乐了？常识会毫不犹豫地给出否定答案。

如果谴责感官享受，那么这谴责就应该彻底。如果你谴责“食”“性”，那么你也应该谴责其他的欲望：对温暖和舒适的渴望、对运动的需求、对艺术和自然之美的享受。否则你谴责的就不是感官享受，而是什么其他弱点，只与食、性的享受有关。

宗教体系的成功证明了人的自以为是，精神失常。

没有哪种自负比基督徒对自己灵魂的看法更让人无法忍受。

不能把智慧称作是美德，因为它要求一个人智力出众，而这不是人人都能达到的。如果说智慧是正确行为的前提,这句话也只能针对少数人说。

直觉主义的基础是绝对道德,而它之所以不可靠,是因为指导人行动的直觉在不同的国家、不同的时代以及不同的人之间是大不相同的。直觉在一个时代会告诉人要去谋杀,而在另一个时代则让他鄙夷这种想法。直觉判断看起来没有明确来源,但其实很容易就能证明它来自童年教育和邻里行为。解释直觉和解释广告一样:对一个人说一万次"皮尔牌肥皂能让你容光焕发,"最终他也就会相信这是事实,并且成了直觉。

很奇怪,一位早期基督教神父圣克里索斯托[①],居然暗示道德具有相对性。他写道:"现在它们(《旧约》的训诫)已经过时了,就不要问它们能带来什么好处;应该问的是在需要它们的时代,它们带来过什么好处。"

享乐主义者应牢记自觉意识与幸福快乐不相容。如果他一心一意地要追求自己个人的享乐,快乐就会离他而去。

欲望的初级阶段是让人愉快的,但随着它越来越强烈,会变得让人痛苦。到那时,欲望和痛苦的效果一样,我们会极力摆脱欲望,而不是继续追求渴望的东西。有时候爱情来得是如此猛烈,爱欲不再是令人愉悦而是叫人痛苦,那时男人会杀死自己所爱的女人,好

① 圣克里索斯托(St. John Chrysostom, 347?—407),希腊教父,398—404年为君士坦丁堡牧首,擅长辞令,有"金口"之誉,因急于改革而触犯豪富权贵,被禁闭,后死于流放途中。

把自己从爱欲中解脱出来。

饥饿是一种欲望,处于痛苦和快乐交界处。比起人的其他状态,它最能体现这一道理:痛苦还是快乐全由欲望程度不同所致。当人不是很饿时,一点点的饥饿感是愉快的,想到食物让人快乐;但当饥饿难耐时,就只剩下痛苦了,那时人所想的不是一顿美餐能带来的满足感,而只是如何才能摆脱这种不舒服的感觉。

"痛苦使人高尚,"人们发明出来为痛苦辩护的所有理由中,这一条最蠢。之所以有这样一个说法,是因为基督教觉得有必要证明痛苦合理。痛苦不过是神经发出的信号,告诉机体现在的状况对它有害。如果我们说痛苦使人高尚,那我们完全可以说危险信号使火车高尚。但是我觉得,只要简单看一看生活,就足以让人明白,在绝大多数情况下,痛苦绝不能提高人的修养,只能让人变得粗暴无情。住院的病人便是一个很好的例子:肉体上的疼痛使他们变得过于关注自我、自私自利、牢骚满腹、毫无耐心、不公正且贪婪。我可以列出一长串由痛苦导致的坏毛病,却举不出一个优点。贫穷也是一种痛苦。有很多人,不得不生活在比自己富裕的人之中,深感自己的贫困,为此痛苦不已,我就知道很多这样的人。贫困让他们变得既贪婪又卑鄙,既奸诈又虚伪。它教会了他们各种各样的卑鄙手段。如果他们的经济条件稍微好一点,他们一定会是正直高尚的人,但在贫穷的折磨下,他们丢掉了廉耻心。

对一般人来说,有这样一条生活原则就足够了:遵照自己由所处社会道德标准约束着的本能行事。

他力图参透生命的神秘，思想焦灼躁动，啃噬着他的心；他愤怒，就像普罗米修斯，只是要渺小得多。

我很乐意把生活看作一局国际象棋游戏，游戏基本规则不容置疑。没有人问为什么允许马这样古怪地跳，为什么车只能走直线，为什么象只能走斜角。只能接受这些规则，按这些规则下棋：抱怨是愚蠢的。

伦理学是自然研究中不可或缺的部分，因为人必须先认清自己在世间的位置，才能正确、理性地行事。

说人类的存在是有目的、有结果的，不管这么说为了什么目的、
74 希望什么结果，都是极其不合理的，这就如同整个古代和中世纪时期，人们接受"天体必须以圆形轨道运行，因为圆形是最完美的形状"这样的臆测一样荒谬。

至于人类存在的目的这个问题，想想亚里士多德派对哥白尼体系的质疑，他们当时问，那最外层的行星同恒星之间无尽的空间是做什么用的呢？

人类普遍具有的东西不可能是邪恶的。许多伦理道德体系都犯了这样的错误：它们多少有些武断地把人的某些品性定为"善"，把另一些算为"恶"。如果满足性本能从来没被视为邪恶，那人类幸福将会加大多少倍！一个真正的伦理体系应该找出这些人类普遍具有的特点，并把它们称为善。

有些行为得人称赞，似乎是因为人们多多少少会从中受益，但

有些引人注目、富于戏剧性的行为能叫他们欢喜、让他们激动，也就能得到他们的赞扬。

我们并不经常有意识地把快乐作为我们的目标，但这不足以驳斥“人类行动往往以获得快乐为目的”这一说法。

理论上说，只要不招致革命，国家的权利是无限的，唯一能限制它行动的是它自身的能力。因此，所有国家能比个体经营得更好的行业，国家都会将之国有化，只留商业中的一部分给个体，在这些领域，个体的贪婪可以得到更充分的发挥，带来经济效益。国家应该永远记住曼德维尔[①]的格言多么有理：个体的恶就是群体的利。

自由权：根本没有这样的权利，除非国家出于自身考虑而允许它。

对个人来说，道德最多只能表达个人满足，它仅仅是个审美问题。

强权就是真理。世上没有什么责任或者道义。就其本身来说，所有的行为都一样有理，唯一的道德标准就是国家利益。个人与国家之间达成约定：个人出于对自身利益的考虑按国家利益行事。

就算四千万人同说一句蠢话，它也不会变成妙言警句；但如果智者因此而斥责他们，他就是在犯傻。

---

① 曼德维尔(Bernard de Mandeville, 1670—1733)，荷兰裔英国医生、作家，以《蜜蜂寓言》(*The Fable of the Bees*)闻名，认为利己主义是商业社会的主要动力，其思想对十九世纪功利主义有较大影响。

对宇宙和人类而言，认知无限。一切都是相对的。没有什么是绝对的。道德标准由国家决定，而国家权力无限。强权就是真理。

发展有什么益处呢？日本人吸纳了西方文明，这对他们有什么好处？马来人住在森林边缘，夏威夷土著居于肥沃的岛屿之上，他们难道不和伦敦贫民窟里的居民们一样快乐吗？这一切将怎么收场？有什么用？我不知道答案。

快感是短暂的，这并不能证明它就是邪恶的，又有什么东西是持久永恒的呢？

个人的思想是根本孤立的，认识到这一点极有益。我们只清楚地了解自己的意识，无法确定他人的意识。我们只能透过自己的个性认识世界。因为别人的行为与自己相似，我们就推测他们与自己相似，但最后却发现他们并不如此，叫我们大吃一惊。随着年龄的增长，我越来越惊讶地发现人与人之间的差别是如此之大。我已经基本相信每一个人都是独一无二的。

我认为可以确证人所有的奋斗为的都是快感。禁欲主义者觉得“快感”这个词不好听，不少人更乐意说“幸福”。但是幸福只能被定义为持续的快感，而如果其中一个应该受到谴责，另一个也就不应幸免。如果构成一条直线的点都是“恶”的话，你就不能管那条直线叫“善”。的确，“快感”并不应该完全由感官享受组成，不过讲到这个词，人们似乎首先指的就是那方面的快乐，这颇耐人寻味。对一般人来说，比起感官享受带来的强烈快感，审美带来的快感、努力带来的快感、想象带来的快感根本不可同日而语，所以当他们听到“快感”这个词是不会想到这样一些“快感”的。

一些人，如歌德，认为生命存在的理由是“和谐”；而另一些，如沃尔特·佩特，则认为是“美”。但是歌德教导人们要全面地培养他们的能力，叫他们要看到生活的方方面面，他这是在提倡毫不害臊的享乐主义，因为人越全面地发展自己，获得的快感肯定就越大。若把“美”作为生活的目的和终点，我觉得这有些愚蠢；这样的教义只能同甘不能共苦，遇上异常艰难的情况，就毫无用处。拉结①自己哭了起来，因为她无法安慰她的儿女，但是那天的日落依然同往常一样绚烂。

良心。关于它的力量，约翰·亨利·纽曼在《为己申辩》中的一个注里说得好：人们“宁愿在良心约束下犯点错误，也不愿仅因为理性判断而事事正确。”

神学家们说，科学到了一定地步就会遇到障碍，到时它只能承认自己束手无策。可难道宗教就能好到哪里去么？德尔图良②就宣称宗教也高明不了多少，他说：“Credo quia absurdum est.（拉丁语：因为荒谬，所以信仰。）”

如果宗教的作用就是使人有德，那么只要能做到这点，到底用的是什么教义并不重要。似乎可以这么说，人碰巧出生在哪里，就

① 拉结（Rachel）是《圣经》中雅各（Jacob）的两个妻子之一，约瑟（Joseph）和便雅悯（Benjamin）之母。“拉结为儿女哭泣”的典故出自《新约·耶利米书》三十一章十五节：“……在拉玛听见号咷痛苦的声音，是拉结哭她儿女不肯受安慰，因为他们都不在了。”

② 德尔图良（Tertullian，约160—225），迦太基基督教神学家，用拉丁语而非希腊语写作，使拉丁语成为教会语言及西方基督教的传播工具，著有《护教篇》、《论基督的肉体复活》等。

接受哪里的宗教，这是最好的。所以，教士们为什么要去印度和中国传教，劝他们改变信仰呢？那里的人已经有了自己的信仰，他们的宗教足够履行宗教的主要职能。或许印度的印度教徒和中国的佛教徒中，没有几个能有印度教或佛教希冀的那般道德，但我们没什么理由硬要去插上一脚：我们都知道没几个基督徒能遵循基督教道义。要么是那些传教士认为，如果他们不传播、分享自己的信仰，上帝就会判决他们接受无穷无尽的折磨？难怪你要是说“我的上帝”，大家都觉得你是在谩骂诅咒。

要是能证明畏惧死亡只是一种欧洲疾病，那会很有意思：看看东方人和非洲人是多么不动声色、泰然自若地盼望它的到来。

完美似乎只是对环境的完全适应。但环境是不断变化的，所以完美也只能是一时的。

人有一种根深蒂固的看法，那就是新事物是邪恶的：这在孩子和野蛮人的身上体现得尤为明显。野蛮人的兴趣爱好很少；他们的衣服价值高，就是为了能穿得长久；他们的艺术形式有限，因此他们不得不因循守旧。但是人的心底也有对变化的喜爱，纯粹是喜欢变化本身，而在文明的国度，它压倒了古老的恐惧。文明人有各种手段可以获得变化。比方衣着可以千变万化，因为大批量生产让它廉价、多样；比方可以看不同的风景，因为有方便的交通工具。

同一句话不可能对两个人产生完全相同的影响，话里的词语在不同的人心中留下的第一印象常千差万别。

没有人证明过阿波罗或阿芙洛狄忒不存在，人们之所以渐渐不再相信他们，是因为那种信仰不再与一般智力水平相匹配。

人的尊严。当一个人厚颜无耻地把一切令人赞不绝口的优点都加到自己身上时，说到底，他就像那些东方小国的领主，个个正儿八经地说自己是大地的主人、太阳的兄弟。

对个人所处时代的各种观点持一种怀疑态度，这是明智的。过去几百年里的那些观点，当时看起来是如此正确，如此有理有据，我们现在却一眼就能看出它们的荒谬错误。如今我们所接受的一些理论，它们似乎都有诸多叫人信服、十分合理的根据，我们根本不会想到它们也许并不可靠，也许就像那些我们已经确定是谬误的理论一样。它们或许和十八世纪关于“人的原初完美”的假设一样荒唐。

他们在谈论V. F.，他们都认识她。她出版了一本充满激情的爱情诗集，而那些诗歌显然并不是献给她丈夫的。想到她竟然在他的鼻子底下红杏出墙，有这么长一段私情，他们都哈哈大笑，而且实在想知道他读这些诗的时候是怎么想的。

这段笔记是我四十年后写的一篇故事的灵感来源，故事题为《上校之妻》①。

各种美德是按照它们对社会的用途大小排秩序的：所以“勇敢”就高于“谨慎”，人们说那些拿自己性命做无谓牺牲的人是“伟

① 即“The Colonel's Lady”，1946年发表。

大的人”，其实他只不过是个莽撞的家伙。“勇敢”是慷慨大方的，而“谨慎”则显得狡猾甚至是卑鄙。“放纵”是一个缺点，但是由于它并不明显地影响到公共利益，所以对它的态度就有些模糊。在某种程度上（至少是在英国），人们并不反对它，男人们会洋洋得意地告诉你他们曾喝得烂醉如泥。只有当放纵妨碍到了他人时才会遭遣责。对于那些他们能从中获得这样那样好处的性格缺点，他们是宽容的：那种寻欢作乐、挥霍自己时间和金钱的人，他们管他叫“棒小伙”，最糟也不过只是说说“他最大的敌人就是他自己”。

每一代人都认为前一代人比自己更精力充沛、更道德高尚。人们总是抱怨现在的人不如希罗多德笔下的历史人物，你能在罗马共和国晚期作家的作品里找到这样的抱怨，在蒙田的散文和当今作家的文章里也能找到。之所以会这样，是因为人们痛恨变化，恐惧变化。习惯会变，但人不会。

我们要尤其小心那些不言而喻、显而易见的观点：它们是流行的，我们自小就听到大人把它们当做真理，而且我们身边所有的人也都毫无疑虑地接受了它们，所以我们很少想到要去质疑它们。然而最需要我们小心掂量的就是这些观点。

前一代人的假设常常就成了下一代人的信条，这时若怀疑它们就是荒唐。但是再过一代，人们就会发现它们无用、过时、荒谬，因此把它们丢在脑后。

一九〇二

人类平庸无奇，我认为他们不适合永生这样伟大的事。人类仅有些许热情、些许善良和些许邪恶，只适合世俗世界，对于这些井底之蛙来说，“不朽”这个概念实在是太宏大了。我不止一次目睹人的死亡，有的平静、有的悲惨，但在他们的临终时刻，我从没看到过有什么可以预示他们的灵魂将会永存。他们的死和一条狗的死没什么两样。

提香[1]的《基督葬礼》。我没有感到这场面的悲切，没有感到死的恐怖，也没有感到生者的悲痛，只感觉到生的温暖气息和意大利热烈的美。即使是在死亡那一刻，在恐怖的那一刻，生命的壮丽也势不可当，压倒一切。也许所有的艺术中都应该这样表现它，美能改变每一个悲惨的场面，甚至能从死亡和悲痛中发掘出生命的欢欣。

最高级的意识活动，其根源都在大脑的物理活动，就像最优美的旋律，即使再高雅绝伦，也需要通过音符来表达。

一个人对自己的生活是否自知自觉，这或直接或间接地取决于他在世间是什么位置，还有他需不需要认清自己的生活环境，以及他是需要让环境适应自己，还是要让自己适应环境。

想知道道德意识是建立在何等奇怪的基础之上，只需看看从古到今的虔诚信徒是怎么看待缺德的《圣经》的。他们谴责过雅各②的伪诈和约书亚③的残忍吗？没有。当约伯④的孩子们受到无情的虐待时，他们感到震惊吗？一点儿都没有。对不幸的瓦实提⑤，他们有同情之心吗？我从没有看到过他们有一点同情的意思。

我认为，立身处世，最轻松的态度是保持幽默，听之任之。

如果确认某一悲剧无可避免，那么痛苦就会减轻。我想，如果人能为自己的痛苦找到一个物理原因，自己的不少忧苦就能得到更好的控制。康德有疑病症，早年几乎因此而厌世，但他最终战胜了病痛，因为他认识到这是由于他胸廓扁平窄小所致⑥。

性格的形成可以追溯到个体器官的形成。人出生后，影响它的是身体条件和生活环境。一个人若是有固执刁蛮的性格，那根本就

---

① 提香（Titian, 1485？—1576），意大利文艺复兴鼎盛期威尼斯的画家，擅长肖像画、宗教和神话题材画，作品有《乌尔宾诺的维纳斯》、《圣母升天》、《文德明拉全家肖像》等。

② 据《圣经·旧约》记载，雅各（Jacob）是希伯来人族长，祖父是亚伯拉罕（Abraham），父亲是以撒（Isaac）。以色列人传统上以他为祖先。据《创世记》记载，他是以扫（Esau）的孪生弟弟，以欺骗的手法，从他父亲那里获得祝福，窃取了以扫的长子名分。

③ 约书亚（Joshua）在摩西（Moses）死后成为以色列人的领袖。根据《旧约》中《约书亚书》的记载，他带领以色列人民越过约旦河入侵迦南。在他的领导下，以色列人征服了迦南人，并控制了上帝应许之地。

④ 约伯（Job）是《圣经·约伯记》中的人物。最初，约伯是一位富裕且拥有庞大家族的人。撒旦作为坐探提出，应当让他收回对约伯的神恩以考验约伯。不久，他遭受到丧失财富、子女乃至个人健康等可怕的厄运。但即使遭遇许多不幸，他还是敬畏上帝。

⑤ 瓦实提（Vashti）是《圣经·旧约》中波斯国王之妻。国王在登基第三年之际，大设宴席招待所有的首领臣仆，她拒不应召赴宴，使国王的宾客无缘一睹其美貌，因而被废去后位。

⑥ 英语中表示“疑病症”的单词 hypochondria 同表示“季肋部”（腹部的上方侧区，由下面的肋骨所限制）的词汇 hypochondrium 是同源词，其拼写与后者的复数形式相同。hypochondria 由拉丁语中表示“腹部”的词语转化而来，因为当时人们认为忧郁症病灶在腹部。

不是他的错，他却因此不能过上幸福生活，这对他真是太不公平了。

每个年轻人都像夜里出生的孩子，睁眼便看见日出，认为昨天根本不存在。

现代文明中一个很愚蠢的做法（英国就是一个典型），就是对人的某些自然官能遮遮掩掩。“严禁不雅行为”的字样不仅仅贴在墙边街角，更是贴在每一个英国人的灵魂上，于是许多无害且必要的行为都被涂上了近乎色情的色彩。我们应该把自己的态度和其他时代的人比比，那时最高雅的人对待这类事情都率真、质朴。

人类机体较为高级，这使人更容易感受痛苦：由于他有复杂的神经系统，他承受的肉体痛苦便更为敏锐，且有更多种类，同时，他还会有道德、心理等方面的苦恼，而低等动物就没有这方面的麻烦。

生是痛苦且空虚的，这是宗教的基本观点。也许宗教能带来的所有好处都被这消极的生活观抵消了。把生看做追求来世幸福的朝圣之旅，是对它现世价值的否定。

床。没有哪个女人值五英镑以上，除非你爱上她。到那时，她的价值就是你在她身上所用去的全部金钱。

一九〇四

帕丽斯。她与海伦娜·芙尔曼(鲁本斯[1]的第二任妻子)有些相像,一样面色红润,一样有着金发女郎特有的那种照人光彩,眼睛像仲夏的海水一样蓝,秀发好似八月骄阳下的玉米。但说来她的美显得更加精致、柔和。而且不幸的海伦娜有发福的倾向,她可没有。

她具有成熟女人的十足魅力,粉红的脸蛋,金色的秀发,眼睛似夏日海水般湛蓝,曲线圆润,乳房丰满。她稍显富态。鲁本斯以其绘画《海伦娜·芙尔曼》中那个迷人的形象永久地确立了一类女性之美,她就属于那一类型。

这场面就像华托[2]的人物组画,站在草地上的那个好似纪勃,穿着一身白衣,精致的鞋上系着一对粉红的蝴蝶结,看人的眼神疲惫,略带嘲讽。双唇颤抖,是在压抑啜泣,还是在憋住刻薄话,又有谁能知?

万福童贞圣母披着一件六股丝锦缎做的长披风,像南方夜晚的天空那样蔚蓝,上面用金线绣着精致的花朵和叶片。

平静的湖面倒映着白云。秋之将至,树木已经一片赤褐。大片的绿色林地,榆树、橡树郁郁葱葱。一切都显得威严庄重,一看就是经过精心照顾、长期料理。那个湖边完全可以坐上几位华托笔下的风流女性，穿着多彩的绸缎，身边是大献殷勤的情郎，矫揉造作地谈论着拉辛③的诗和赛维尼侯爵夫人④的信札。

轻松愉快、张扬卖弄的性格，目中无人的态度，虽蔑视市侩庸人，却又想看他们满脸惊讶、愤愤不平的样子，好从中找点乐子。这就像安东尼·华托画作《漫不经心》中的那个快活家伙，永远脚步轻快地走在画布上，精明而优雅，穿着蓝缎子紧身衣和齐膝短裤，缀着玫瑰的鞋，袖口褶裥饰边，一只胳膊上还漫不经心地搭着一袭薄斗篷。

清晨，太阳还没完全升起，树木和水面是柔和纤弱的灰色，相当迷人，使人想起柯罗⑤的画：他笔下的风景具有一种微妙、明澈的美，能洗净人心底所有的卑劣。

他的五官有点大，脸有点方，但尽管如此他依然英俊得惊人。他的容貌不仅仅英俊：他神情阴郁，静下来的时候，那张脸甚至是暴戾的；他长着一双又大又黑的杏眼，很像东方人的眼睛；他的红唇

① 鲁本斯(Peter Paul Rubens, 1577—1640)，弗兰德斯画家，巴洛克艺术代表人物，在欧洲艺术史上有巨大影响，作品有《基督下十字架》、《维纳斯和阿多尼斯》、《抢劫留西帕斯的女儿》、《农民的舞蹈》等。笔下的人物多健硕丰满，生机勃勃。

② 华托(Jean Antoine Watteau, 1684—1721)，法国画家，作品多与戏剧题材有关，画风富于抒情性，具有现实主义倾向，作品有油画《丑角纪勃》、《哲尔桑古董店》、《发舟西苔岛》等。

③ 拉辛(Jean Baptiste Racine, 1639—1699)，法国剧作家、诗人，法国主要的古典主义悲剧作家，代表作有诗剧《阿德罗玛克》、悲剧《爱丝苔尔》、《菲德拉》等。

④ 塞维尼侯爵夫人(Marquise de Sévigné, 1626—1696)，法国女作家，唯一作品《书简集》收有同女儿等人的通信，反映路易十四时期的宫廷生活和社会情况，有较高的文学价值。

⑤ 柯罗(Jean Baptiste Camille Corot, 1796—1875)，法国画家，是使法国风景画从传统的历史风景画过渡到现实主义风景画的代表人物，作品有《沙特尔大教堂》、《阵风》等。

漂亮而性感;他栗色的头发剪得很短,头顶打着卷儿,恰到好处;这一切都使他显得冷酷孤傲,透露出对自己可能引起的强烈情感的不屑和冷漠。这是一张恶毒的脸,可漂亮又绝不会是恶毒的;这是一张残忍的脸,可冷漠绝不会如此残忍。这是一张永远盘踞在你脑海中的脸,让你既爱慕又恐惧。他的肤色滑腻,像是象牙色,其中又渗透着一种微妙的红。他的手指修长有型,双手结实、机敏、灵巧,就像布龙齐诺①笔下的那位雕刻家的手。你感觉只要这双手轻轻一碰,黏土马上就会主动把自己塑成漂亮的形状。

这是一张奇怪的脸,冷酷而漠然,懒散而热切,冷淡而性感。

洋溢着健康的活力,就像那些威尼斯绘画里的人物,生命似乎就是那么的辉煌。

他像维埃纳河畔②的农牧神一样,有着不怀好意的笑声、无赖邪气的嘴唇和目光炯炯、不近人情的眼睛。他长着和农牧神一样的小鼻子,脑袋的形状一样奇怪,于是尽管它尚具人形,却让人想起这种传说中生物的动物性。

她是一个冷美人,有着处女般的优雅,冷静泰然,毫不做作,使人不禁想起(而且你会会心一笑)卢浮宫里的月神戴安娜雕像,月神被塑成一个年轻的姑娘,正镇定地系紧自己的披风。她的耳朵似

---

① 布龙齐诺(Agnolo di Cosimo di Mariano Bronzino, 1503—1572),意大利佛罗伦萨画派画家,风格主义的代表,擅长肖像画,代表作为《托列多的埃莉诺及其子乔万尼肖像》。

② 维埃纳(Vienne)是法国中部的一条河,向西北流向卢瓦尔河。

乎和那座雕像的一样，经过精雕细琢；她的五官优雅精致，恰到好处。

一个狂热分子，细挺的鼻子，双唇紧闭，显出严厉。他双眼瞳距较小，下巴扁平；他无时无刻不在克制自己，显得紧张，透出一种冰冷的坚决，一种阴沉的固执。

他长着浓密、卷曲的黑胡子，修剪整齐，加上他低低的额头、笔直的鼻梁和红润的脸庞。酒神巴克斯有一类雕像，这位神祇未被塑成年轻小伙，而是正值壮年的男人。他看起来就像这样一座雕像。

弗拉基米尔。他好几天没见到弗拉基米尔了，想知道他近况如何。他也不在常去的那几家咖啡馆。他知道他的住处，于是上那家旅馆去找他。那是家廉价的旅馆，在拉斯普尔大道旁边，经常有学生以及一些落魄演员和音乐人入住。弗拉基米尔住在五楼一间肮脏的小屋里。他到时弗拉基米尔正躺在床上。

“你生病了吗？”他问。

“没有。”

“那你怎么没出门？”

“我没法儿起床。我仅有的一双靴子烂了，天气这么糟，我不能穿着拖鞋出去。”

他看了看那双靴子，确实没法儿穿了。于是，尽管他自己手头也紧，他还是给了弗拉基米尔二十法郎，让他去买双新靴子。弗拉基米尔对他感激不尽。他们约定像往常一样晚饭前在“穹顶咖啡馆”见。但弗拉基米尔没来，当天晚上没来，第二天晚上还是没来。

第三天他便又去了那旅馆，爬了五层楼来到弗拉基米尔的房间。映入眼帘的是满屋的鲜花，而弗拉基米尔依旧躺在床上。

"你为什么没来'穹顶'？"

"我出不去，我没有靴子。"

"但是我给了你二十法郎去买新靴的啊。"

"我用它买了这些花啊。它们美吧？Qui fleurit sa maison fleurit son cœur.（法语：谁的房内鲜花怒放，谁的心中就心花怒放。）"

他的灵魂就像塔楼里的囚徒，透过牢房窄窄的窗子，能看见自由世界里绿色的草地和生意盎然的树木，但却被强囚于阴冷潮湿的高墙之内，永远暗无天日，永远黯然神伤。

绿树悄悄地在塔楼的废墟上生根发芽，常春藤异常温柔地爬满那些经受过上百次围攻的灰色砖石。

优雅、挺立的白杨沿着河岸一字排开，将自己修长的身影投在平静的水面上。

法国一条浅浅的小河，清澈见底，倒映着天空的星星。月光下，河上的小洲泛着白光，美丽极了。河两岸各长着一排树木，虽茂密，却又恰到好处，不过于繁密。都兰①土地肥沃、风景迷人，温文尔雅，充满了逝去的浪漫年华的记忆。

眼前的风景舒展开阔，你感到天地似乎长长地舒一口气，大地

① 都兰（Touraine）为法国西北部一地区，有"法兰西花园"之称。

起伏，土壤肥沃，长满了白杨、栗树和落叶松，天地间一片绿意盎然，似乎在微笑。这景色让你不由得想到繁华，甚至奢华，但是那种充满优雅、美丽、稳重端庄的奢华。

一九〇八

成功。我觉得它对我没什么影响。不说别的,我一直就在盼着它,所以当它到来时,我认为这是自然而然的,没什么好大惊小怪的。对我来说,成功唯一的价值在于它能使我摆脱经济上的困难,我一直担心自己收入不稳定。我讨厌贫穷。我讨厌省吃俭用,量入为出。我觉得自己没有十年前那样自负了。

雅典。我正坐在狄俄尼索斯圆形剧场里,从我坐的地方可以看见湛蓝的爱琴海。我一想到这个舞台上曾上演过的那些伟大的戏剧,就觉得浑身一阵战栗。这一刻容易让人产生强烈的感情。我万分激动,我肃然起敬。一群年轻的希腊学生走过来,用糟糕的法语和我攀谈起来。过了一会,其中一个问我是否愿意听他到台上朗诵一段。这种机会我求之不得,连声说好。我以为他会背诵索福克勒斯[①]或欧里庇德斯[②]的某一伟大篇章,尽管我知道自己一个字也不会听得懂,但还是相信这会是一次美妙的体验。他爬下台阶,摆好架势,然后,操着骇人的口音,他开始了:“C'est nous les cadet de Gascogne[③].(法语:我们是加斯科尼的军校生。)”

他是个乐善好施的人。他的工作很重要,意义深远。他兢兢业业,公正无私。他行事平凡无奇,实际上相当了不起。他视酒为祸根,尽管很忙,仍然挤出时间在乡里四处讲演,劝人戒酒。他禁止家里任何人接触酒。他家里有一个房间,时时上着锁,他不许任何人进入。有一天他突然死了。葬礼后不久,他的家人就撬开了那个房间，他们一直想知道里面有什么。他们发现里面堆满空酒瓶子，有装白兰地、威士忌、杜松子酒的，有装荨麻酒、甜露酒的，还有装莳萝利口酒的。显然，这些瓶子是他一个一个拿回来的。他喝光了里面的酒，却不知道如何处理空瓶子。我很想知道，当他宣传完戒酒大道回到家里，锁上门，躲在屋里啜绿荨麻酒时，脑子里都在想些什么。

① 索福克勒斯(Sophocles，公元前496？—前406)，古希腊三大悲剧诗人之一，一生共写有一百二十三部剧本，传世剧作有《埃阿斯》、《安提戈涅》、《奥狄浦斯王》等七部。
② 欧里庇得斯(Euripides，约公元前480—前406)，古希腊三大悲剧诗人之一，据传写有悲剧九十余部，现存《美狄亚》、《希波吕托斯》、《特洛亚妇女》等十九部，他的剧作对罗马和后世欧洲戏剧有深远的影响。
③ 这是一首法语打油诗，描写了“加斯科尼军校生”们声色犬马的生活和无耻下流的品性。

一九一四

吃早饭时,我遇到一个奇人。他是一名轻骑兵,为他的团打尖先行。他吃早饭时,有一个勤务兵在树下给他看着马。他告诉我他是哥萨克人,出生在西伯利亚,十一年来一直在边疆打中国土匪。他长得挺瘦,浓眉大眼,蓝眼睛很醒目。他原本正在瑞士度夏,战争爆发三天前,受令立即前往法国。宣战后,他发现自己回不了俄国,于是被派到法国的一个骑兵团任职。他健谈、爽朗,喜欢自吹自擂。他告诉我他俘虏了一个德国军官,把他带回自己的住处,告诉他说:"现在,我要让你瞧瞧我们是怎样对待俘虏和绅士的,"随后给了德国军官一杯巧克力饮料。等那军官喝完之后,他又说:"现在,我再让你看看你们是怎样对待他们的。"于是扇了他一个耳光。"他说了什么?"我问。"什么都没说。他晓得他要是敢张嘴,我就会干掉他。"他又和我说那些塞内加尔人,说他们坚持要砍下德国人的脑袋:"那样你就能确定他们死透了——et ça fait une bonne soupe(法语:而且拿那玩意儿做汤不错)。"他向我这样形容炮弹:"它们嗖嗖地飞,而不到它们落地,你根本不知道自己将是死是活。"

在距离这里不到二十五公里的地方,两军正打得热火朝天。在等待用午餐的时候,我和一个机灵的十三岁男孩聊了起来。他告诉我说前一天,有两个俘虏被押解着路过这里。男孩子还补充说,当时他的帽子里盛满了滚烫的栗子,于是他便拿栗子一个一个地往那两个可怜的家伙脸上砸。当我对他说这样做不对时,他大笑起来,然后问我:"为什么?所有人都在砸他们啊。"后来,又来了几个德国人,他们要去取一辆征用的汽车,和市长一起开车去放车的那所房子。法国宪兵听到风声,他们有十个人呢,便一路跟踪。他们赶到时,军官和市长正向房子走去,还有一个德国兵在车子底下检修什么。军官退后一步让市长先行。“这说明他很有点礼数,”给我提供住宿的老太太这样说。就在这时,宪兵开枪打死了他,他们还打死了车子底下那个人。其余的人举手投降,但他们把这些人统统打死了。

部队分配我住在一间古怪的小房子里,房主是一位退了休的老店主和他的太太。他们有三个儿子,都已被征召入伍。他们非常热情友好,很高兴能有一名军官住到他们家,非常乐意为我做一切。睡前,他们要给我一杯热牛奶,还说只要在这儿我就是他们的儿子。我的房间很小,有一张带篷的大木床,窗户外可以看见院子和很大的红色斜坡屋顶。

整个上午,我都在一家由学校改造成的医院里忙着。那里肯定有两百到三百名伤员。到处都散发着伤口化脓发出的恶臭,所有的窗户都紧闭着,地板也没人打扫,到处肮脏、悲惨得叫人难以置信。那里似乎只有两名医生负责,另有几个外科手术助手,还有镇子上一群毫无医护知识的妇女在帮忙。那里有一个德国俘虏,我和他聊了一会。他的一条腿被截掉了,他似乎认为如果自己是法国人的话,就不会被截肢。外科手术助手请我向他解释若要保住他的命,非截肢不可,又向我绘声绘色地描述了当时他的腿是怎样一个状况。那个俘虏郁郁寡欢,沉默不语。他满腹乡愁。他躺在那里,面色蜡黄,满脸胡子拉碴,眼神疯狂而悲惨。为了帮助他,医生在他旁边安置了一个也截了肢的法国人,以此表明法国人也照样会被截肢;那法国人躺在床上,兴高采烈,无忧无虑。我已经多年没有做过这样的工作了,起初我觉得窘迫、笨拙,但很快我发现自己能帮上一点忙,也只有这些忙可帮:清理伤口、涂抹碘酒、扎绷带。我从来没见过这样的伤口:有的肩上有大创伤,骨头全被打碎,淌脓发臭;有的背上裂着大口子;有的肺被子弹射穿;有的脚全烂了,不知这只脚能否保得住。

午餐过后,我们接到指令,要求我们把一百名伤员转移到车站去,因为要全力清空道伦斯①的这个临时医院,以准备接纳战役开始后的大量伤员,我们到这儿后,每天路上都满是行进的部队,准备进行这场大战役。有些伤员可以自己走,另一些得躺在担架上被人抬上车。正当我们把第一副担架抬出去的时候,传来了颂歌的声音,担架员于是放下了担架。一个破裂的手铃摇了起来,叮叮当当地传出阴郁的调子。走出来一个大胖牧师,穿着牧师袍和一件短的白色法衣,他前面走着一个盲人,我想这大概是仪仗官,有一个小孩牵着他。仪式一开始,他们先为死者颂歌超度。接着出现了一口四人抬的棺材,盖着简陋的黑布,上面躺着一个冷杉原木做的小十字架,十字架上钉着这位死去战士的身份牌。棺材后面跟着四个士兵和一位护士。他们走了几步,牧师停住脚步,回头看了一下,恼火地耸了耸肩。他们止步不前,等待着。终于,又抬出一具棺材,然后是第三具、第四具,队伍又行进起来,破手铃又叮叮当当地响起。他们走出院子,上了大路,市民们纷纷脱帽致哀,士兵们则行军礼,队伍缓缓地向墓地走去。我不知道医院里那些奄奄一息的人,每次听到那破裂的小手铃恐怖的铃声时,心里是什么感受。

---

① 道伦斯(Doullens)是法国北部的一个地方行政区。

医院设在一座白石砌的别墅里。这别墅看上去很威严，门头上刻着“1726”这个年份。它既有路易十四时期建筑的沉稳庄重，又略有一丝轻快精巧。这座别墅被草草改造成一家医院。大厅和餐室的地板上铺着草垫，伤员们就躺在上面。客厅被用作病房，匆忙中，家具都没来得及搬走，只是推到了墙边，看到脸盆、包扎带和药品都堆在三角大钢琴上，叫人觉得真有点古怪。伤员躺在担架上等着包扎，而担架则摆在镶嵌有玳瑁、黄铜的精美写字台上。前一天晚上，法国军队试图攻下安德西村，炮兵还没有替他们完全清好路，他们就出了兵。有一个团占领了敌人的战壕，但另一个团（是地方自卫队）却士气动摇，临阵逃跑了，于是已占领德军战壕的那个团也不得不撤退，但他们撤退时遭到了猛烈的反攻，死伤惨重：三百人牺牲，一千六百人受伤。我们把担架从救护车上拿出来，等着把那些可以挪动的伤员抬上去。房前有一块圆形草坪，想象得到，平日里它一定是修剪整齐的，现在却泥泞不堪，就好像曾有人雨天在这里踢了一场足球赛，整个夜晚，担架员、救护车一直从上面来来回回地踩啊碾啊的，草坪被糟蹋得七零八落。房子外的小屋里堆着死尸，有些人到医院时就已死了，还有些是当晚死的。他们一个紧挨着一个堆在一起，姿势怪异，军装脏透了，沾满了泥和血。有些人身体扭曲得奇怪，似乎死时极度痛苦；有一个伸长了双臂，好像在弹竖琴似的；一些人瘫在地上，已不成形，像一件空荡荡的衣服；但是死后，这些士兵原本粗糙、脏兮兮的双手失去了血色，倒显得异常柔和精致，与众不同。我们去了这家医院两三趟，然后又去了村子里的教堂。这座乡村教堂光秃秃的，饱经风霜，坐落在一座陡峭的小山顶上。教堂的一间祈祷室里，椅子已经被一张叠一张架了起来，地板上铺满干草。伤员就沿着墙一路排开，在草垫上躺着，因此在他们中间走动很是困难。由于是突发状况，来不及摘掉那些宗教标志，于是高高的圣坛上，有一位石膏的圣母俯视着下方，瞪大了双眼，脸颊上还涂了脂抹了粉，她的两旁有蜡台和插着纸花的镀金花瓶。只要是伤情不太严重的人就都在抽香烟。这景象着实奇怪。门口附近有一群士兵，抽着烟聊着天，时不时沉重地看一眼伤员们；另一些四处走动，寻找受伤的战友，不时停下向某位伤员询问他的伤势。医院的护理员在伤员中间来来回回穿梭，送水送汤；担架员小心翼翼地穿过人群，抬着伤员上救护车。耳边充斥着各种声音，聊天声里夹杂着痛苦的呻吟以及垂死者的哭泣。有一些人没有同伴们伤得重，他们开着玩笑，大声笑着，很庆幸自己还活着。一根柱子旁边，一位牧师正在为一个奄奄一息的士兵施最后的圣礼。他压低声音，嘀嘀咕咕地匆匆做着祷告。绝大多数人看起来都伤得严重，横七竖八地躺在那儿，就像我看见的那些死者。有一个人倚着教堂的正门半躺着，他是在另一场战事中受伤的，与别人不一样。他脸如土色，胡子拉碴，瘦削枯槁。他一声不吭，一动也不动，只是愠怒地盯着前方，似乎是意识到自己非死不可，心中有的只是满腔怒火。他的腹部有一道恐怖的伤口，我们无力回天；他在等待死亡的降临。我还看到一个人，几乎还是个孩子，长得挺丑，圆脸，黄皮肤，细眼睛，这让他看起来有些像日本人。他受了致命的伤，也知道自己要死了，但他对此极度恐惧。有三个士兵围在他脑袋边上，俯身看他，他紧紧抓住其中一个人的手，叫喊着："上帝啊，我要死了！"他嚎啕大哭，令人揪心，大滴大滴的眼泪从那张脏兮兮的丑脸上流下来，他不停地说："我太不幸了上帝啊，我太不幸了！"士兵们试图安慰他，握着他的手的那位士兵用另一只手怜爱地抚摸着男孩的脸："Mai non, mon vieu, ta guériras.（法语：不会的，朋友，你会好起来的。）"还有一个人坐在圣坛的台阶上，抽着烟，漠然地看着这一切。他面色红润，看起来没什么伤，看到我朝他走去，他笑得很开心。我看见他的胳膊上缠着绷带,便问他那伤重不重。他笑了一笑:“哦,要是我只有这伤,那根本就不算什么!我的脊椎里有一颗子弹,两条腿瘫痪了。”

在蒙迪迪耶①驻扎。我找到了图书室。法国大革命前,附近的贵族在蒙迪迪耶拥有市内住宅,冬天来此社交聚会。但他们的豪宅现在都被分成两或三套房子,被代替他们地位的资产阶级占用了。分配给我住的地方就似乎是原来一幢大房子的一部分,图书室是一楼的一间小屋,要穿过一个通道才能进去,那通道可能曾经是后楼梯。这屋子里镶嵌着护墙板,一个嵌入式书架占据了整整一面墙,蒙着金属丝网。橱门上了锁,一本书也拿不到,但我细细地研究都有些什么书,倒也自得其乐。这些书大部分似乎都是十八世纪时收集来的,烫金的小牛皮封面。上面几排架子里是灵修类书籍,但我发现其中躲着一本流浪汉小说《恶棍外传》②,正下方是一本《一个贵族青年的回忆录》③。书架上还有波舒哀④全集,马西隆⑤的布道集,以及某位作家的十二卷文集,这位作家我从未有过耳闻,我很好奇他是谁,有何过人之处,值得有人为他的作品出如此豪华的版本。有一套四卷的四开本《蒙迪迪耶史》,我也很想好好读读。卢梭的

① 蒙迪迪耶(Mondidier)是法国北部一个地方行政区。

② 《恶棍外传》(*Don Guzman de Alfarache*),也译作《古斯曼·德·阿尔法拉切的生平》,是西班牙著名的流浪汉小说,揭示了当时社会的丑恶现实,深刻批判了社会。作者是马特奥·阿莱曼(Mateo Alemán y de Enero, 1541—1615)。

③ 《一个贵族青年的回忆录》(*Memoriés d'un Homme de Qualité*)是法国作家戴克塞尔(Antoine Francois Prevost d'Exile, 1697—1763)的代表作,讲述一对私奔情侣的婚姻,是个以悲剧告终的故事。意大利作曲家普契尼(Giacomo Puccini, 1858—1924)曾据此故事创作歌剧《曼侬·莱斯科》(*Manon Lescaut*)。

④ 波舒哀(Jacques Bénigne Bossuet, 1627—1704),法国天主教主教,宣扬天主教教义,反对基督教新教,著有《根据经文论政治等》。

⑤ 马西隆(Jean Baptiste Massillon, 1663—1742)是法国天主教主教,是一位著名的布道家。

作品这书架上仅有一本《忏悔录》。在下面一点的一个架子上，我找到一套布丰的书，我有过一套一样版本的，儿时从中获得了无尽的快乐。收藏这些书的人一定是个天性严肃的家伙，因为我发现了笛卡儿的著作、一本厚重的世界史、一套多卷本法兰西史，还有休谟的《英格兰史》译本。架上还有一本大开本的司各特小说集，八开本，黑皮革封面，看起来很沉闷；还有一套拜伦作品集，装帧得很严肃，和他的诗歌真不匹配。很快，我便不想读眼前的这些书了。我觉得，比起真正读这些书来说，就这样隔着它们的金属丝网囚笼浏览书目要有趣得多。这样，它们便具有一种魔力，而如果我可以拿到它们，翻阅里面发霉的书页，也许这种魔力就没这么强了。

亚眠①。这里的英国人和布伦②的几乎一样多，有许多高贵的女士们开着大轿车去探视伤员，指挥医院做这做那。我听说了其中一位的趣事。前线刚送来一火车伤员，他们被安排在车站医院暂时休息。有一位女士走来走去给他们分发热汤。过了一会儿，她走到一个被子弹射穿了食道和肺的士兵面前，正要给他汤喝，主治医生告诉她这么做会"淹死"他的。"你什么意思?"她说:"他当然得喝汤。这绝不可能对他造成什么伤害。""我行医多年了，经历过三次战役，"医生回答。"我的专业观点是，如果你给他汤喝，他就会死。"女士不耐烦起来:"胡扯!"医生说:"你给他汤喝，一切后果由你负责。"她把杯子送到伤兵的嘴边，他努力想吞咽，但立即就死了。女士大发脾气，指责医生:"你害死了他!""不好意思，你说错了，"医生回答，"是你害死的他。我告诉过你会发生什么事的。"

① 亚眠(Amiens)是法国北部城市，位于巴黎以北索姆河沿岸。建于罗马以前的时代，中世纪以来一直是纺织中心，城市里的哥特式教堂是法国最大的教堂。
② 布伦(Boulogne)是法国北部城市，位于亚眠西北偏北的英吉利海峡。

一九一四

斯滕福德[①]的旅馆老板。这是个怪人,他是佛兰芒人,为人小心谨慎,行动迟缓,身体笨重肥胖,长着一对圆圆的眼睛,一个圆圆的鼻子,一张圆圆的脸,大概四十五岁的样子。对于光临旅店的客人,他一点都不欢迎,反而在顾客住店或用餐时制造重重困难。客人得拼命说好话,他才肯提供他们想要的东西。他天生就对陌生人不信任,不过一旦克服了这种本能,他便会很友好。尽管他笨重迟钝,却有着孩子似的幽默感,喜欢恶作剧。他大笑时声音洪亮而迟缓。现在他和我熟了,尽管对我仍存有一丝猜疑,却已经很和气、殷勤了。我对他说:"Votre café est bien bon, patron.(法语:老板,你们家咖啡真不错!)"他会简略地应道:"C'est lui qui le boit qui l'est.(法语:不错的是喝咖啡的人。)"他的口音很重,总分不清第二人称单数和复数。他让我想起以前佛兰德绘画中的那些贡品捐赠者。他的妻子也完全可以做哪位捐赠者的太太,她是个大块头,满面皱纹,一脸严肃,不苟言笑,看起来有些吓人。但偶尔,你也能感受到那严厉的外表下藏着的佛兰芒式幽默。要是那个招惹了她的人遭遇不幸,她会开心地大笑,我就听到过她的笑声。我来这儿的第一天,恳求老板给我上晚餐,他跑去问太太行不行。他说:"Il faut bien que je la demande, puisque je couche avec.(法语:尽管我和她睡觉,但我最好还是问问她。)"

在斯滕福德的那段时间我快活极了。这里天气很冷,不舒服;这儿没法儿洗澡;食物糟透了;工作繁重而单调。但我什么责任也没有,这多叫人开心啊!我不用做决定,上头叫我做什么我就做什么,做完之后,剩下的时间都是我自己的,我可以心安理得地挥霍时

① 斯滕福德(Steenvoorde)是法国北部城市。

间。以前我总是认为时间宝贵,不能虚度一分钟。我满脑子都是想法,竭力想把它们表达出来,这让我都有点走火入魔了。我有太多的东西想学,太多的地方想看,太多的经历觉得不能错过。但时光一年一年的过去,剩下的时间越来越少。我从来没有摆脱过责任感。对什么的责任?唔,我觉得大概是要对我自己负责,对我的才华负责,我渴望能充分利用我的才能和我自己。而现在我自由了,我尽情享受这自由,这种快乐是感官上的,甚至有些刺激。他们说谁谁谁一生最快乐的时光是在战争中找到的,听到这个,我充分理解。我不知道英语里有没有"hebetude"①这个词,但如果有,就是指我在斯滕福德如此享受的这个状态啦。

① 英语中的确有"hebetude"这个词,为书面语,较少见,意思是"迟钝;倦怠;没精打采",应该不是作者想要使用的意思。这里的"hebetude"疑为作者用"he","be","tude"生造,意为"他就这样活着"。

一九一五

我们正坐在卡普里的一家酒肆里,诺曼走了进来,告诉我们T要开枪自杀。我们都很震惊。诺曼说,当T告诉他自己要做什么时,他实在找不出什么理由去劝阻。我问:“你不应该做点什么吗?”“不。”他要了一瓶酒,坐下来,等待枪声响起。

一九一六

从利物浦到纽约。兰特里夫人也在船上。我们俩都不认识其他人,所以就老凑在一起。我这才对她有了更多的了解。她依然体型姣好、仪态万方,若从后面看,你可能会当她是个年轻女人。她告诉我她已经六十六岁了。人们都说她的双目很美,但远没有我想象中的大,我猜她的眼睛曾经无比湛蓝,但现在已经是极浅的蓝色了。现在,只有她薄薄的上唇和迷人的微笑还和年轻时一样美丽。她没怎么化妆,举止闲适、自然、优雅,一看就是一位长期生活在上流社会、通达明理的女性。

她有一次讲了一句话,我认为是在我听过的女人说的话中最为自大的。有一天,她的谈话中频繁出现"弗雷迪·格布哈特"这个名字,我从没听过这个人,终于忍不住问她这是谁。她惊呼:"你是说你从来没听说过弗雷迪·格布哈特?"她的惊讶可不是装出来的。"天哪,东半球西半球可是人人都知道他的啊。""为什么?"我问道。"因为我爱过他。"她回答。

她告诉我,她在伦敦首次参加社交活动时,只有两套晚礼服,其中一套还是将一件家常衣衫抽出一根带子改的。她说那时候女人都不化妆,但是她天生明眸皓齿,唇红眉黛,占一点便宜。她很引起了一些轰动,当她去马房租马骑去公园兜风时,马房的人要关上大门好挡住围观的人群。

她告诉我,她曾经和奥地利的鲁道夫皇储有过挺深的感情。他送过她一枚华贵的绿宝石戒指。一天晚上他们吵了一架,当时她从手指上撸下戒指,扔到了火里。他惊叫一声,立刻跪到地上,"扒开”（这是她所用的词）燃烧着的木炭，好救出那枚昂贵的戒指。她说这事时，薄薄的上唇鄙夷地翘起。“打那以后，我就没法儿爱他了，”她说。

到了纽约后，我又见过她两三次。她对跳舞如痴如狂，几乎每晚都要到舞厅去。她说那里的男子跳舞很棒，却只要付五十美分。她如此直白，让我听来很恶心。这个曾经令世界臣服其脚下的女人，竟然会花半美元来让男人陪她跳舞，这让我觉得十分惋惜。

檀香山。“联合”酒吧。从国王街穿过一条狭窄的小巷就到了这家酒吧。巷子里也有厕所，这样便让人弄不清那些匆匆而行的人是酒瘾上来了要去酒吧，还是要去方便。这家酒吧是一个方形的大房间，有三个进口，吧台对面的两个角落被隔开，成了几个小包间。传说建这些单间，是为了让卡拉卡瓦国王①来喝酒而不被臣民们看见。这位有着古铜色皮肤的君主也许曾坐在其中一间里，一边喝着酒，一边和 R. L. S. ②聊天，谈论传教士的罪行和对美国人的封锁。酒吧里镶着高约五尺的深褐色护墙板，上方的墙壁上贴着各种各样的画儿，是个大杂烩。有几张维多利亚女王的画像；一张卡拉卡瓦国王的画像，是油画，配了富丽堂皇的金框；还有十八世纪的老线雕版画（其中一幅仿的是德怀尔德③的某幅戏剧画，天知道它怎么到

① 卡拉卡瓦国王（King Kalākaua, 1836—1897）是夏威夷王国最后一位有实权的君主，被人昵称为“快乐君主”。统治期间，恢复了十九世纪初被教会视为伤风败俗的草裙舞。直到今天，夏威夷人为纪念卡拉卡瓦，每年仍举办一次“快乐君主草裙舞节”。

② 即史蒂文生（Robert Louis Stevenson, 1850—1894），英国作家，十九世纪末新浪漫主义的代表，主要作品有《金银岛》（*Treasure Island*）、《化身博士》（*The Strange Case of Dr. Jekyll and Mr. Hyde*）、《绑架》（*Kidnapped*）等。史蒂文生 1890 年曾在夏威夷住过四个月，也的确见过卡拉卡瓦国王，和他一起喝过酒。

③ 德怀尔德（Samuel de Wilde, 1748？—1832）是英国的一位肖像画家、蚀刻雕版画家，以擅画戏剧人物著称。

了这个地方）；有二十年前的《画报》和《伦敦新闻画报》圣诞节增刊随赠的石板油画；还有威士忌、松杜子酒、香槟，以及啤酒的广告画，棒球队和本地乐队的照片。吧台后面有两个大胖子服务员，都是欧亚混血儿，穿得一身白，胡须刮得干干净净，皮肤是棕色的，头发浓密卷曲，眼睛又大又亮。

这里汇集着美国商人、海员（不是水手，而是船长、轮机员和大副）、商店老板以及卡纳卡人。人们在这里进行各种各样的交易。这个地方有一种隐隐约约的神秘气氛，若是说这里正在进行着什么不正当交易，也是可以相信的，场景、气氛都很像。这里白天光线昏暗，晚上的电灯光则阴冷而不祥。

中国人聚居区。一街又一街的木板房，一层、两层、三层高，刷着各种颜色，但时间和风雨已将这些颜色弄得脏兮兮的。它们看上去摇摇欲坠，似乎租期快到了，租户们觉得不值得再费力气去修葺。店铺里摆着东西方商品，各种各样，应有尽有。中国伙计面无表情，坐在店里漫不经心地看着店外过往的行人。有时，在晚上，你会看到一对黄皮肤、满脸皱纹、眼睛细长的中国人，正全神贯注地玩着一种神奇的游戏，大概是中国版本的国际象棋吧。他俩身边围满了旁观者，个个和他们一样专注，而两个下棋的人走起棋来都慢之又慢，每一步都要花上大量的时间来左思右想。

红灯区。你沿着海港边的小巷一直走下去，巷子里一片漆黑，穿过一座摇摇晃晃的桥，便来到一条路，路面上满是车辙和坑洞。再往前走一点，路两旁便有可以停车的地方。路边还有灯火通明的酒吧和一家理发店。这里有一丝躁动，一种心怀期待的焦躁不安。你转过一条狭窄的巷子，向左向右都可以，便到了红灯区。一条街把伊韦雷①分为两半，但左右两边都一模一样，都是一排一排的小平房，漆成绿色，外表非常干净整洁，甚至有些拘谨，它们中间的那条大路又宽又直。

伊韦雷被规划得像座花园城市，它极规则、有秩序，而且整洁，却让人感受到一种颇具讽刺意味的恐惧，因为求爱过程从未安排得如此有计划、有系统。那些漂亮的小平房被分成两套寓所，每套里面住着一个女人，每套寓所里都有两个房间、一个小厨房。两间房中一间是卧室，里面有一个五斗橱、一张带蚊帐和帘幕的大床、一两把椅子，看上去显得局促狭窄。客厅里有一张大桌子，一架留声机，六把椅子，有时还会有架钢琴。墙上贴着旧金山博览会的三角旗，有时还有些廉价的印刷品，最受欢迎的是《九月的清晨》②，还有旧金山与洛杉矶的照片。小厨房里杂乱无章，常备啤酒和杜松子酒，供客人饮用。

女人们都坐在窗边，这样就能让人清楚地看到自己。有的看书，有的人对过往行人不加理会，埋头做着针线活，也有人盯着走近的路人，大声招呼他。这里什么年龄、什么民族的女子都有，有日本人、黑人、德国人、美国人和西班牙人。（路过平房，听到留声机里传出的考普拉歌或塞吉迪亚舞曲③，这感觉很奇怪，也很让人怀旧思乡。）她们绝大多数都没有什么青春美貌，看到她们长成这样，你会奇怪她们怎么能维持生计。她们双颊上擦着厚厚的胭脂，穿着艳俗廉价的盛装。你一旦走进去，百叶窗就会放下来，如果这时有人敲

---

① 伊韦雷（Iwelei/Iwilei）在檀香山海湾北部，曾是著名的红灯区。

② 《九月的清晨》（*Matinee de Septembre*）是法国画家 Paul Émile Chabas（1869—1937）的作品，画的是一个裸女站在清晨的湖水中。这幅画在美国展出后，曾被指责"有伤风化"，并被牵扯进一件诉讼案中，因此广为人知。虽然艺术家认为这幅画乏善可陈，它仍有众多的欣赏者。原作现藏于纽约大都会博物馆。

③ 考普拉（copla）是西班牙的一种诗歌形式，而塞吉迪亚舞曲（seguidilla）则是西班牙的民族歌舞，常用响板伴奏。

门，应答就是：正忙。那女子会立即邀请你喝啤酒，还会告诉你她今天已经喝了多少杯了。她会问你从哪来。留声机开着。价格是一美元。

平房间的街道上偶尔亮着一盏路灯，主要的光线来自平房窗户里透出的灯光。男人们来回游荡，一般都一声不吭，瞧着女人们。偶尔有人打定了主意，便迅速跨上通往客厅的三级台阶，一进门，门和窗就关上了，百叶窗也放下来。大多数男人只是去那儿看看。他们来自各个国家。有进港船只上的水手、美国炮艇上的水兵（大多数都喝得醉醺醺的）、夏威夷人、驻岛上兵团里的白人或黑人士兵、中国人、日本人。他们在夜色中游荡着，空气中似乎都有欲望在悸动。

当地报纸已经连续好几天报道了伊韦雷的丑事，传教士们一片哗然，但警方却拒绝采取任何行动。他们的理由是鉴于瓦胡岛①上的男性数量远多于女性，皮肉生意是不可避免的，而将之限制在一个区域则更易于控制，医疗检查也更为可靠。报纸猛烈抨击警方，最后他们被迫采取了行动。他们进行了一次突袭，逮捕了十四名皮条客。很奇怪的是，在案件记录上，他们大部分都自称是法国国籍。这表明这一职业对法国公民特别有吸引力。几天后，他们把所有的女人集中起来，判处她们要规规矩矩地过一年，违者将处以监禁。大部分女人径直回旧金山去了。搜捕行动当晚我去了伊韦雷。大多数房子都关着，街上也没什么人。这里那里几个女人三四成群地聚在一起，低声谈论着这一新闻。这个地方黑暗而寂静。伊韦雷不复存在了。

① 瓦胡岛（Oahu）位于太平洋中北部，是夏威夷群岛的主岛。

郝乌拉。位于瓦胡岛迎风面的一个小旅馆,店主是一个德裔瑞士人和他的比利时妻子。这是一座木制平房,有一条宽宽的游廊,门上装了纱网防蚊。园子里种着香蕉、木瓜和椰子。瑞士人身材矮小,长着德国人的方脑袋,他的脑袋太大,和他的身子不成比例。他秃顶,一把长胡子乱糟糟的。他的妻子具有当家主妇的庄重,身体健壮,脸色红润,棕色的头发服帖地束在脑后。她给你的印象是能干、实事求是。两人喜欢说起阔别十七年的家乡,先生来自瑞士首都伯尔尼,太太则出生于纳穆尔①附近的一个村庄。晚饭后,女主人会来到起居室,一边聊着天一边玩单人纸牌。再过一会儿,店主(他也是店里的厨师)也走过来,坐下一块儿拉家常。

从这儿出发,可以去参观那座神圣瀑布。穿过一块甘蔗地,然后沿着一条狭窄的小溪向上进入山中。沿溪有一条小路,一会儿在溪的这岸,一会儿又到了那边,所以人得不时地涉水过溪。一路上,只要有一块顶上稍平的大石头,就能看见上面摆了很多叶子,还用小卵石压住。它们都是贡品,供奉在这里,以慰此地神灵。水从山间一道狭窄的豁口飞流直下,跌落在下面的圆形深潭中,四周是纠缠在一起的灌木丛,郁郁葱葱。再往前,上面有一个峡谷,据说从没有人进去过。

夏威夷人。他们的肤色不一,从古铜到近乎漆黑。身材高大匀称,鼻子有些扁,眼睛很大,嘴唇厚实而性感,黑头发打着卷儿。他们容易发胖,女人们年轻时苗条优雅,上年纪后却变得很胖。不论是男是女一老以后就都变得很丑,像猴子似的,他们年轻时曾是那么漂亮,这真是奇怪。或许人只有被思想、活力和激情塑造出性格,

① 纳穆尔(Namur)是比利时中南部一城市,位于默兹河畔、布鲁塞尔东南。

上了年纪才会美丽。夏威夷人一直过着纯动物式的生活,他们年老之后便又恢复了动物的模样。

怀基基海滩①的卡纳卡人。"硬汉比尔":一个高大、黝黑的家伙,双唇前突,喜欢夸夸其谈,像个孩子或者黑人。霍尔斯坦:人称"疯子",他的某位祖先是十八世纪的水手,乘一艘丹麦船出海,遇上了海难,船在某个岛上搁了浅。这个说法有点奇怪,因为他长着一头深红色的头发。"胖米勒":肥胖,皮肤很黑,长着张圆圆的脸,举止像一个小丑,却又带有某种天生的高贵,两种特质相冲突,颇奇怪。

草裙舞。墙壁上糊着纸,装饰着加利福尼亚三角旗,房里摆了一些便宜的藤编家具。地板的一头盘腿坐着个老头子。他很瘦,满脸皱纹,灰色的头发剃得很短,看起来像希腊学派现实主义雕像中的老渔夫。他黑色的脸上毫无表情。他一边用手敲着葫芦打出奇怪的节奏,一边用单调低沉的嗓音唱着。他似乎是一口气唱到底,根本不停下来换气。跳舞的是两个女人,都不年轻,一个胖,一个瘦。她们跳时脚下没什么动作,身子却扭得厉害。据说每一支舞都是用动作来表达老头子唱的歌词。

离别。在码头的入口处,妇女们拼命向路过的人脖子上套夏威夷花环,花环是用花或者是黄色薄纸串成。它们被挂在即将远行人的脖子上。船上的人向站在船下的人扔彩带,船边挂满五颜六色的薄纸带,绿的、蓝的、紫的。乐队演奏着《再见啦》,在道别声中,船

① 怀基基海滩(Waikiki)是夏威夷瓦胡岛一个著名的海滩和度假区,位于檀香山东南。因其优越的冲浪条件而闻名。

扯断了彩带,缓缓驶出港口。

基拉韦厄火山口①。这座火山在夏威夷岛上,这是这一群岛屿中的最大岛。你从希罗②登陆,驱车穿过稻田和甘蔗地,接着一路向上,穿过一片长满巨大桫椤的森林。这些树古怪离奇,像是哪个专画恐怖画的人想象出来的东西。各种攀附植物在树上缠绕纠结,难解难分。再往前,植被渐少,你就来到了熔岩原,满眼灰白,一片死寂,没有植物生长,也没有鸟儿欢唱。你看到地面冒着烟,有的地方是滚滚浓烟,另外一些地方则是笔直而上的轻烟,像是小屋烟囱里飘出的炊烟。你下车步行,脚下的熔岩咔嚓作响。你时不时会遇到一条狭窄的裂隙,里面冒出含硫的烟,弄得你连连咳嗽。最终你走到了锯齿状的火山口。下面的景象你从未料想到,壮观、恐怖。往下看,是一片广大的熔岩之海,黝黑、厚重,翻腾涌动,永不止息。熔岩只是薄薄的一层,不时有红色的火焰冲破薄壳,汹涌而出;不时地会有一道焰流冲天而起,高达三十、四十或五十英尺。这些炽热焰流喷涌跳荡,像人造喷泉。有两点让人无比震撼:一是它的轰鸣声,像天气恶劣时海浪的怒吼,也一样的永无休止,又像大瀑布的咆哮一般令人战栗;另一个是它的运动,熔岩无休无止、蹑手蹑脚地向前流淌,看着它的移动,你会觉得它似乎是有生命的,它的运动是有目的的。它静悄悄地前行,前进中似乎有着异样的坚毅,不屈不挠到了无耻的地步。可它又超越了一切活物,如同命运一般无法避开,如同时间一样冷酷无情。熔岩像是远古泥浆化出的变形怪物,

① 基拉韦厄火山口(Kilauea)是夏威夷岛中南部的活火山口,是世界上最大、最壮观的火山口之一。
② 希罗(Hilo)市位于夏威夷岛东岸,希罗湾边,1920年代由美国传教士始建。该市是夏威夷贸易和运输中心,经济则主要依赖于白糖出口和旅游业。

缓缓爬行着，寻找令人作呕的猎物。熔岩坚定地向一个火光熊熊的洞口移动，接着似乎是跌进了一个无底的火坑。你看到一个个巨大的火洞、巨大的火坑。一个站在火山口的人说："天啊，这就像是地狱。"站在他旁边的牧师却转过身来，应道："不，它像上帝的面庞。"

太平洋。有些天，它能将你所有的想象都描绘展现出来。海面风平浪静，蔚蓝的天空下，海水蓝得耀眼。地平线上飘着蓬松的白云，日落时分，它们会形成奇怪的形状，看上去你会觉得正面对着起伏的山脉。然后夜晚也十分可爱，繁星灿烂，而月亮升起之后，眼前更是一片银光闪烁。但海上常有大风急浪，比你想象的要频繁得多，海面满是白头浪，有时它会像大西洋，灰蒙蒙一片。海上涌浪起伏。太平洋最令人惊奇的是它的荒凉冷清。你航行了一天又一天，却见不着一条船。偶尔能遇上些海鸥，表明不远处有陆地，有一座被茫茫大海环绕的小岛，但遇不上过路的货船，没有帆船，也没有渔船。这是一片空荡荡的荒原，而渐渐地这种空寂让你心中平生隐约不祥之感。这寂寥的空旷令人恐惧。

乘客。格雷：他是一个高大的犹太人，身材魁梧，结实有力，但举手投足丝毫没有风度，十分笨拙。他一张黄脸，又瘦又长，大鼻子，黑眼睛；声音大而刺耳。他咄咄逼人，恃强凌弱，凡事总想独断专行。他脾气暴躁，无比敏感，时刻留神自己是不是被人怠慢了。他一直含含混混地威胁要给某人鼻子来一拳。他喜欢打扑克，而且一有机会就会偷看邻座的牌。他没完没了地抱怨自己的牌，诅咒自己的运气，但几乎每次打牌他都赢。要是他输了牌，他就会连礼貌也输掉，把牌友全都怒骂一通，然后起身走开，一晚上谁都不理。他在钱的问题上很精明狡猾，要是能从朋友那儿骗得哪怕六便士，他也照骗不误。但是留声机播放的一段无病呻吟的旋律，月光洒满太平洋这般显而易见的美景，这些都会让他感动不已，他会嗓音颤抖着说："鸟，这真太他妈的棒！"

埃尔芬拜因。公司派他到悉尼去出差。他比格雷年轻许多，矮个儿，强壮结实，大脑袋，黑头发，但头顶上已谢得厉害。他的脸刮得很干净，一双外突的棕色眼睛。他来自纽约的布鲁克林区。他和格雷一样唠叨、庸俗、大嗓门，但尽管他说起话来有些粗鲁（那只是他自卫的方式），还是一个心地善良、善解人意、感情丰富的人。他对自己的族别很敏感，每每谈话涉及这点，他就会扭头看别处，一言不发，显得难堪。他在钱上很精明，绝不让自己吃亏。在帕果帕果①他拿了几件旧衬衣上岸，从当地人那儿换来了玩具独木舟、香蕉和菠萝。

马克斯是澳大利亚的猫眼石大王。他年近四十，身材矮小，头发已经有些斑白，脸不大，满脸皱纹。他是个天生的丑角，喜欢出洋相。他兴致勃勃地参加船上的所有活动。化装游行活动中，他把自己扮成个跳草裙舞的姑娘，玩得非常起劲。

梅尔维尔。他身材高大，满脸忧郁，黑色长卷发已开始夹杂灰白，五官极其鲜明。他去澳大利亚为的是摄制美国闹剧和音乐喜剧。他周游过世界，谈起锡兰和塔希提岛②便满腔热情。若和他说话，他会很友善，但他天性寡言少语，一整天都坐在那儿读法语小说。

① 帕果帕果（Pago Pago）是南太平洋美属萨摩亚首府，是一个港口及重要海军基地。
② 塔希提岛（Tahiti）是南太平洋上的波利尼西亚群岛118个岛中的最大的一个，是法属波利尼西亚国际机场和首府所在地。原为王国，1842年沦为法国保护国，1880年改称殖民地，1958年成为法国的海外领地，官方语言为法语。主产椰油、蔗糖、香草、磷灰石、水果、珍珠贝等。旅游业发达。

轮船的轮机员给我讲了阿方的故事。他来到夏威夷，开始是做苦力，后来成了厨师，买了地，雇了中国劳工，最后发了财。他和一个葡萄牙的欧亚混血女人结了婚，生了一大群孩子。他的孩子接受的是美国式教育，他觉得自己在他们中间像个陌生人。他深深地鄙视西方文明。他想念自己年轻时的中国妻子，那时他住在一个海港城市，他怀念那儿的生活。有一天他把家人召集起来，告诉他们自己要离开他们了。从此他便音信全无。

根据这条可以写一个故事，但我一直没有写，因为我发现杰克·伦敦早就这么做过了。

帕果帕果。船沿海岸而行，海岸陡直升起，成为小山，从山脚到山顶长满了茂盛的植被。椰子树沿小丘而生，十分茂密，林间可见萨摩亚人的草房，偶尔还会有一座小小的教堂在泛着白光。很快船到了进港处，慢慢驶入，靠了岸。这个海港三面环陆，无比巨大，足以容下整整一支舰队，周围是高而陡峭的绿色山坡。靠近入口的地方，是矗立在一座花园里的总督府，这儿能吹到海上来的微风。靠近码头有两三座平房和一个网球场，然后是码头和它的仓库。有一小群当地人、一群美国水兵、还有几位官员前来接客船入港。每三个星期才会有一条船从美国来，它们的到来便成了一件大事。当地人拿来菠萝、大串的香蕉、桑树皮布衣服、项链（有的是用甲虫壳做的，有的则是用褐色草籽制成）、卡瓦树木碗，还有战斗独木舟的模型，和前往悉尼的客人做交易。

帕果帕果一丝风都没有。这里酷热且多雨。刚刚还是一片蓝天，突然便可见一片浓黑的乌云飘至港湾入口，随后便是大雨如注。

当地人。他们的皮肤是棕色的，一般都用"古铜色"来形容那种肤色。他们大多数是深色头发,常常是卷毛头,但也有不少是直发。许多人用石灰把头发染成白色,这样的头发再配上他们端正的五官,让他们看起来格外不同寻常。他们常染发,男人、女人、小孩染着深浅不同的红色,在年轻人身上给人一点轻浮却可爱的感觉。他们双眼分得较开,眼窝并不深陷,这让他们看上去有点像古代的浅浮雕。他们的身材高大,体态优美,你经常能看见一些人,他们令人想起埃伊那岛①上的大理石雕像。他们迈着大步,透着闲适和尊贵之气,从容而行;在路上遇到你时,他们就会向你打招呼,满脸堆笑。他们都爱笑。大多数儿童和孩子都有雅司病②,这是一种能毁人容貌的痤疮,就像慢性溃疡。你还能看到许多患象皮病③的人,走在路上,拖着又大又重的胳膊,或是一条肿得不成形的腿,脚都陷进肿腿中。女人们穿着萨摩亚花裙,外面套着宽松的衣服,像条无腰身连衣裙。

男人们从腰到膝还有环绕手腕都纹着精致的图案,女人的胳膊和大腿上纹有小十字形,相互间隔较宽。男人们的一只耳朵上常夹朵木槿花,他们褐色的脸庞衬得那朵猩红的花像团红色的火焰。女人们的头发间插着甜香的白色提亚蕾花,花朵随着她们一路走一路播撒芬芳。

传教士。他又高又瘦,长长的四肢,关节松松地接在一起。他的脸颊凹陷,颧骨很高,漂亮的深色大眼睛深陷在眼窝中,嘴唇丰满

① 埃伊那岛(Aegina)是希腊东南沿海岛屿,位于爱琴海的萨罗克尼湾,靠近雅典。公元前五世纪是一座繁荣的军事城邦,后为雅典所败,还由于岛上人口急剧膨胀,便衰落了。第一枚希腊硬币在此铸造。

② 雅司病(yaws)是一种高度传染性热带疾病,主要感染儿童,特征是木莓状的肿疮,多发于手、脚和脸上。

③ 象皮病(elephantiasis)是一种由丝虫引起的人体寄生虫病,多见于热带国家,患者四肢异常增大,皮肤增厚。

性感，头发留得挺长。他看上去形容枯槁，心中压抑着一团热火。他双手大大的，手形挺好，手指细长；原本白皙的皮肤被太平洋的骄阳晒得黝黑。

W 太太，他的妻子，是一位小个女人，发型相当复杂，金边夹鼻眼镜后面一双炯炯有神的蓝眼睛。她的脸很长，像羊脸，但看上去一点都不愚蠢，倒显得极其机警。她的动作像鸟一样敏捷。她最引人注意的是声音，尖细、刺耳、没有任何音调变化，听起来枯燥乏味，叫人难受，像风钻的噪声刺激着人的神经，惹人恼火。她穿着黑色衣服，脖子上挂着一条细细的金链子，上面挂一只小十字架。她是新英格兰人。

W 太太告诉我，她的丈夫是个医疗传教士，由于他的工作区（吉尔伯特群岛①）里的岛屿彼此相隔甚远，他经常得划独木舟走远路。而海面常常风大浪高，他的行程危险重重。他不在的时候，她就留在总部处理事务。她谈到当地人的堕落时声音就高了起来，怎么也压不下去，但她的口气中有一种强烈而造作的恐惧。她说他们的婚姻风俗淫秽不堪，无法形容。她说他们第一次去吉尔伯特群岛的时候，没有一个村子里找得出一个“好”姑娘。她对当地的舞蹈恨之入骨。

汤普森小姐。她身材丰满，挺漂亮，但是那种粗俗的漂亮法。她应该不超过二十七岁。她穿一条白裙子，戴一顶白色的大帽子，脚上是一双白色长筒靴，腿上穿一双白丝袜，靴筒被她的小腿肚子撑得鼓鼓囊囊的。那次突袭行动之后她就离开了伊伟雷，现正在前

① 吉尔伯特群岛（Gilbert Islands）是太平洋中西部环礁群，由十六座珊瑚岛组成。

往阿皮亚[1]的路上,她希望能在哪个旅馆的酒吧找份工作。她是被船上的舵手带到这里来的,他是个皱纹满面的小个子,脏得实在没法形容。

旅社。这是一座两层木框架房子,每一层都有游廊。从码头走到这儿大概五分钟,房子在布劳德大街旁,面朝大海。楼下是个杂货店,卖罐装食品、猪肉菜豆、牛排、汉堡牛肉饼、芦笋罐头、桃子,还有杏子,还卖棉织品、萨摩亚花裙、帽子、雨衣,以及诸如此类的东西。店主是一个欧亚混血儿,他的妻子是当地人,他们有一群棕色皮肤的小孩儿。房子里几乎没什么家具,只有一张破铁床,挂着张破蚊帐,一把摇摇晃晃的椅子,还有一个脸盆架。雨噼里啪啦敲击这波状铁皮屋顶。旅社不提供餐饮服务。

根据这三段笔记,我写了一个故事《雨》[2]。

雷德。他曾是一名美国海军水兵,他来到帕果,这换来了他的退伍。他的职业是屠宰工,但在帕果的这三年他没干过什么活。他根本就是个海滨流浪汉。他大概二十六岁,中等个头,身材瘦削,五官整齐,但表情阴郁。他蓄一小撮红八字胡,下颌的胡子茬三天没修过,一头漂亮的红卷发。他穿一件无袖背心,一条脏兮兮的厚斜纹布裤子。小吃店老板生病了,雷德代他照看餐馆,换点伙食费。他说过要回美国去找份工作,但你感觉他绝不可能下决心离开这个岛。他含含糊糊地问起在阿皮亚能不能找到什么工作。小吃店是一间绿色的小平房,在帕果的郊区,几乎挨着树林的边缘,掩映在面

① 阿皮亚(Apia)是西萨摩亚的首府。
② 即"Rain",1921 年发表。

包树、椰子树和芒果树之间。里面是一间简朴的房间，有一张吧台，但这里不卖酒，因为帕果禁酒。除此之外，房间里还有两张小桌子，盖着红布。吧台后是个架子，上面有几罐落满灰尘的牛肉、番茄汤、还有腌渍杏子。这间屋子隔壁是间邋遢的卧室。平房后面有一个炉子，只靠游廊的廊檐遮风蔽雨，雷德就在这儿做饭，还有一张粗木桌作为贮藏室、食橱等等。若是有船进港，捎来鸡蛋，小吃店里就会上鸡蛋，不然就只有油炸肉饼（他每天必做）和咖啡。晚餐雷德就用做牛肉饼时剩下的骨头熬汤。来这儿的客人有途经帕果前往澳大利亚的陌生人，这类人很少；还有几个从美军驻地来的水兵，以及一些当地人。雷德是个寡言少语的人，很难让他开口说话。当他终于肯与人交流几句时，他就要谈女人，谈这个地方；他会抱怨这个地方毁了人，弄得人无所适从；他还要向人展示他收藏的一堆下流明信片。

马努尔号。这是一艘重七十吨的纵帆船，靠烧煤油辅助动力，不逆风而行时，航速在四到五节之间。这艘船破破烂烂，以前刷的是白漆，现在脏兮兮、黑乎乎、斑驳陆离。这艘船原本是为在浅水行驶而设计的，摇晃得厉害。“总有一天，”船长对我说，“她会翻个底朝天，我们都得沉到太平洋底去。”船舱大概长八英尺宽五英尺，用作餐厅和旅客的卧室，押运员也在这里算账。晚上用煤油灯照明。

全体船员包括一位船长，一个押运员，一个轮机手及其助手，一个中国厨子，还有六个卡纳卡人。船靠烧煤油前进，满船都弥漫着浓重的煤油味。卡纳卡人穿条蓝棉布裤子，仅此而已；厨师则穿着肮脏、破烂的白衣裤；船长身着一件蓝色法兰绒衬衫，敞着领口，戴一顶灰色的旧毡帽，穿一条极旧的蓝色毛哔叽裤子。轮机手穿得和全世界的轮机手一样：头戴一顶很旧的粗花呢帽子，穿一条很旧的深色裤子，一件很旧的灰色法兰绒衬衫，全都沾满一片片油污团、污垢渍。

船上有三间小舱，舱里有几张卧铺，关上舱门里面相当昏暗，还几乎连站人的地方都没有。船长的那间较大，只有一张铺，还有一扇舷窗，这舱通风好，相对较为宽敞。那些原住民乘客们都穿着萨摩亚花裙，挤在船头船尾。他们挎着用绿椰树叶做的篮子，里面有他们的口粮，还有用彩色手帕扎成的一个个小包袱，包着他们的私人财产。

我们大概四点半钟驶离帕果。不少当地人都来送别他们的朋友，要远行的和要留下的都洒了不少眼泪。我们没有开足马力，沿海岸徐徐航行，船颠簸得厉害，不过不一会，刮起了顺风，船扬起风帆，便没那么颠簸了。海上没有大浪，只有起伏不断的碧波。

厨师五点半准备好了晚餐：一盘天知道用什么做的羹、大蒜味强烈的肉丸子、土豆，最后是罐装杏子。茶和罐装牛奶。在座的有一位苏格兰医生和他的妻子，他们要去阿皮亚一家医院就职；一个传教士；一个澳大利亚商人，他要去伯恩斯-菲尔普①在阿皮亚的分公司；杰拉尔德；还有我自己。吃完晚饭，我们走上甲板。夜晚很快降临，船的摇荡更为平缓。陆地现在只是天空下昏暗的一块。南十字座很明亮。过了一会，有三四个船员爬上甲板，坐下来抽烟。一个人带了把班卓琴，另一个带着尤克里琴和六角形手风琴。他们弹起琴唱起歌来，一边唱一边用手打着节拍。有两个人站起身，跳起舞来。这是一种奇怪、粗野的舞蹈，看上去有点野蛮和原始。他们的舞步飞快，手和脚快速舞动，身子扭出奇怪的样子。这舞蹈是色

① 伯恩斯-菲尔普有限公司（Burns，Philp & Co，Limited.）曾经是澳大利亚食品业巨头。毛姆的原文是 Burns Philip's store，疑为笔误。

情的，甚至是肉欲的，但毫无激情；纯动物性，幼稚，古怪但不神秘，简言之是自然的，几乎可以说是孩子气的。

船航行在寂静的海面上，头顶上是繁星和反复无常的天空，船上卡纳卡人弹着、唱着、跳着，这真是一种奇特的感受。最后他们终于跳累了，便展开四肢躺在甲板上睡着了，一切都归于沉寂。

船长。他是个胖胖的小个子，浑身上下不见棱角，一张圆脸像轮满月。他面色红润，没蓄胡子，脸上的小胖鼻子像颗纽扣，牙齿非常洁白，金色的头发剪得很短。他长着两条胖胖的短腿和两支胖胖的胳膊，手也很胖，手背上有深深的小坑。他有一对圆圆的蓝眼睛，戴一副金边眼镜。他也不算毫无魅力。他不诅咒不开口，不过丝毫没有恶意。他是个乐呵呵的家伙。他是美国人，大概三十岁，一辈子都生活在太平洋上。他原来在沿加利福尼亚海岸来来往往的客船上工作，先是当大副，然后当上了船长，但是他弄沉了那条船，自己的执照也随船而去，现在只好来管这条又脏又小、不定航线上的不定期货船了。但这并没有影响他的好脾气。他活得很安逸自在，喜欢威士忌酒和萨摩亚姑娘，常绘声绘色地讲起自己是如何成功虏获她们芳心的滑稽故事。

押运员。他是洛杉矶 R. & Co. 船舶租赁公司的职员。个子很小，但又瘦又结实。他挺年轻，来自俄勒冈州波特兰市。他剃了个光头，棕色的大眼睛，脸长得很滑稽。他像是安了弹簧，总是机敏灵巧、兴高采烈，而且嗜酒如命，每天上午都因头晚缺觉而无精打采："天哪，我昨天晚上过得真是痛苦，"他说，"以后不了，我从此戒酒了。"但是到了中午他便恢复过来，头也不那么疼了，喝上一杯，他便又活泼快乐起来。

阿皮亚。坐落在岸边椰树林中，是个乱哄哄的小镇子，镇上都是些木框架房屋，屋顶是红色的波纹铁皮。一座天主教堂，上下通白，高高耸起，算得上壮观。它旁边的几座新教礼拜堂看上去像会议室。这里很难说是供船舶出入的海港，只是一片由礁石围成的开放锚地。靠泊的船只很少，只有几只快艇、几艘捕鲸船、一两条摩托艇和几条土著们的独木舟。

中心宾馆。这是一幢三层木框架楼房，有环绕游廊。房子一边有一个小围栏，里面养了匹灰色矮脚马。房子后面是两个院子，其中一个里面盖了座平房，华裔仆人们就住在这里；另一个建的是马厩和车棚，岛上其他地方来的双轮、四轮马车就停在这儿。旅馆的主室是一个酒吧间，分成两个部分；有一间狭长、低矮的餐厅，一小间客厅，厅里摆着一张圆桌和几张藤椅。二楼的游廊较大，俯瞰大街，廊上摆着些大椅子。卧室分列在中央过道的两旁，尽头是两小间盥洗室。

旅店店主。他原来的职业是牙医，来自纽卡斯尔①。他个头小，不胖，但也不瘦，黑色头发，开始谢顶，且有些白发了，留着乱糟糟的小胡子，脸很红，一半是因为日晒一半是因为喝酒，鼻子小而红。他穿着白粗布裤，打黑领结。他是个容易激动的小个男儿，常常喝得微醉，特别喜欢和你谈岛上的各种丑闻。他五十岁了，但依然豪气干云地说来年二月要参军上前线，不过你可以肯定，到了二月他又会说三月再去。他成天坐在自己的吧台后面和客人们闲聊，稍微一劝，他总是很乐意陪客人喝上一杯。他在悉尼开过几家旅

① 纽卡斯尔(Newcastle)是英国英格兰东北港市，曾以煤矿业著称。

店，特别愿意做买卖，从一家旅馆到一匹马，从一辆汽车到一张野营床架，无所不买，无所不卖。他口气间显得特别好斗，喜欢告诉你他曾经如何给某某鼻子上一拳之类的。在这些争斗中他从来不曾失利过。他只是这家旅馆的挂名老板，真正负责经营的是他的太太。她是个瘦削、高挑的女人，四十五岁，气势威严，神情果断。这个女人五官都大，嘴唇抿得紧紧地。他极怕她，旅馆中传言，说两口子在家吵架时，她不仅会破口大骂，还会拳打脚踢，好让他服服帖帖。人们都知道晚上他喝醉了酒，她就会把他关在他那个小阳台上整整一天。在这种时候他不敢擅离禁闭室，只能可怜巴巴地和下面街上的人说说话。

香蕉叶，它们有种憔悴之美，像个衣衫褴褛的美人。

棕榈树轻浮却优雅。

椰子树一路长到了水边，并没有排成排，而是间隔开来，遵循某种秩序隐然成形。它们看上去有些像老姑娘们跳芭蕾舞，年老却很轻浮，傻笑着，又硬要摆出一副优雅的姿态。

总督。他在阿皮亚是因为妻子待产。她是个大个子女人，邋里邋遢，穿着花里胡哨的绸布，让人想到诺丁山门或是西肯辛顿①。她行动没精打采，声音也是懒洋洋的。她不美，连好看都算不上，但那张脸倒还天真讨喜。他则是个高个儿男人，脸不大，很瘦削，由于

① 诺丁山门（Notting Hill Gate）和西肯辛顿（West Kensington）都是伦敦的商业区，有各种各样的店铺聚集于此。

长年暴露在热带的太阳下，所以黑黝黝的。他的嘴巴长得不怎么样，留了撮小胡子也没掩饰住。他笑起来很蠢，一开口就露出一排黄牙。他是学医出身，很为自己的医学知识骄傲。他喜欢无聊的笑话，主要是喜欢恶作剧的，还爱打趣人。他无比鄙夷在阿皮亚的白人。能够想象得到，他把自己的岛治理得很好，但却对一些无关紧要的细节过分强求。他衡量事物还用的是公立学校学生的标准。他把当地人看作任性的孩子，他们蛮不讲理，勉强可以算得上是“人”，对待他们要严肃严厉，但也不能冷酷无情。他吹嘘自己把小岛整治得整洁漂亮。他实在有些古板。他盼着退休之日的到来，好住到单调乏味的伦敦街区去，你可以感觉到他只把那里当自己真正的家。他自高自大到极点。

出中心旅馆，左转，一路都是店铺，多半是欧亚混血儿开的。走过这些店铺，便来到了一座高大的建筑前，这是“德国公司”，一家大型德国公司的总部和办公室，它基本垄断了南太平洋贸易。接着往下走，便可看到一些有人定居的小平房，可爱而友好。再往前，乱糟糟一片的，是原住民的村庄。若是从旅店向右转，会路过更多的商店，路过政府建筑、英国人俱乐部，然后看到另一座原住民的村寨。阿皮亚的郊区是一些商店和一些木框架的房子，里面住着中国人和欧亚混血儿，再往后一点是一片原住民居住的茅屋。到处都长着椰子树、芒果树，其中也夹杂着一些开满簇生花朵的树。

L。他是伦敦的房地产经纪人，他来萨摩亚原是为了疗养。他又瘦又小，脸很长，尖而无力的下巴，鼻头突起，硕大但瘦筋巴骨。他长着深褐色的眼睛，挺好看。他娶了一个混血女人，两人有个年幼的儿子，但是她和她父母住一块，他则住旅馆。他看上去有些狡猾鬼祟,不会让人生出诚实谨慎之感。但他非常想让别人觉得他风格高,总是装得乐呵呵的。他很聪明。他贪酒,一星期要烂醉三四次,经常是在下午三四点钟的时候。喝多了酒他便爱吵架,还总想找人打架。醉了便郁郁寡欢,报复心重,茫然地躺着,不得不起身走路时,就跪在地上,一摇一摆地挪。

加德纳(Gardner)是个德裔美国人,这个名字是他从自己的德语原名"卡特纳(Kärtner)"改过来的。他又高又胖,秃顶,总穿着非常干净的白帆布裤子。他长着一张圆脸,总是刮得干干净净。他戴着金边眼镜,透过眼睛和善地看着你。这个 faux bon homme(法语:伪君子)。他来这儿是为旧金山的批发公司做生意,在岛上卖东西,印花棉布、机械,能卖什么卖什么,用货物换椰子干。他贪酒,而且尽管人已经五十岁了,还经常和"孩子们"一起通宵饮酒,但他从没醉过。他总是开开心心的,平易近人,但非常精明;他的生意做得顺顺当当,良好的人际关系是他交易中的重要筹码。他和年轻人们一起玩牌,一点一点地把他们口袋里的钱全掏光。

T·A·斯科特医生,说话带有阿伯丁①口音。他原本一直在新西兰行医,战争爆发后,他作为军医去了法国,后负伤退役,被派到这儿来"做些轻松活"。他身材瘦削,脸色憔悴,红色的短发日渐稀疏。他说话带有苏格兰口音,声音低沉、平静。他是个严谨、有些书呆子气的小个子。

夏普。一名轮机手,原先在美国海军服役。他娶了阿皮亚的一

① 阿伯丁(Aberdeen)是苏格兰东部北海沿岸城市和商港。

个混血女人，有两个孩子。他又瘦又高，脖颈细细的，脸不大，长着一只鹰钩鼻，他看上去颇像一只鸟，一只猛禽。他穿着蓝色工装和蓝色无袖针织运动衫，胳膊上纹满了旗帜、裸女和各种姓名首字母。他光脚穿着网球鞋，那鞋原来是白色的，现在差不多是黑的。不管在家还是出门，他头上都戴一顶没形的黑帽子。

英国人俱乐部。这是一座简单的木框架小屋，面朝大海，一边是个台球室，后面还有一个小酒吧，另一边则是间休息室，里面有藤椅，楼上还有间屋子，放着些旧报纸和杂志。人们来这儿也就是喝喝酒、玩玩牌、打打台球。

C。他为当地的马赛驯马。他是澳大利亚人，高大健美，皮肤很黑，你会把他误认作混血儿。他的五官对于他的脸而言似乎嫌大，但是当他穿上白色马裤，套上马靴马刺时，他看上去清爽、英俊而挺拔。他非常喜欢他的混血妻子，她相貌平平，面色蜡黄，还镶了几颗金牙。他有一个白皮肤黑眼睛的宝宝，还只会爬呢，他为此自豪。他的房子在他的种植园中心，有一条游廊环绕，屋外风景壮丽，可以看到沃野，还有远处的阿皮亚和大海。屋子里乱糟糟的，陈设简陋，地板上铺着席子，有几张摇椅和廉价木桌。屋里杂乱地摆着报纸、画报周刊、枪、马靴还有尿布。

斯旺。一个小老头，满脸皱纹，饱经风霜，驼着背，看起来像只白猴子。他有一双浅蓝色的眼睛，眼睑上一圈红边，目光犀利。他像棵古树一样粗糙，疙疙瘩瘩的。他是瑞典人，四十年前来到这个群岛，当时他是一艘帆船上的大副。后来他还当过运奴船的船长，干过奴隶贩子、铁匠、商人、种植园主。有些人想杀他。一次和所罗门岛人斗殴，胸部受了伤，落下了胸疝。他曾经非常富有，但一场飓风毁了他的店铺，让他破了产，他现在除了十八公顷椰子地外什么都没有了，他就以此维持生计。他有过四个当地老婆，孩子多得他自己也数不清。他每天都去中心旅馆的酒吧，穿着破旧的蓝亚麻布衣服，喝兑了水的朗姆酒。

一个商人。他看起来好像一辈子生活在热带，皮肤晒成了深棕色。他很瘦，似乎所有的肉都流汗流掉了。他是个秃头，脸刮得干干净净。他对任何人都不多看一眼，只是默默地埋头做自己的事。

另一个商人。他个子挺高，衣冠楚楚，头发留得很长，留了一缕伦敦商人特有的垂发。他说话带伦敦口音，附庸风雅，矫揉造作。他总让你觉得他正要去盥洗间，他动不动就点头哈腰，让人觉得他嘴里正在说："这边请，夫人，右边第二个柜台，女士针织品。"他看上去似乎十天前刚从斯万-埃德加公司①来，而实际上他已经在阿皮亚呆了十年。

格斯。他是个混血儿，父亲是丹麦人，母亲是萨摩亚人。他自己拥有一家颇具规模的商店，经营椰子干、罐装食品和纺织品。他雇了几个白人干活。他胖胖的，为人圆滑，常带着斯文的微笑，让你想起君士坦丁堡的宦官。他有点阿谀奉承，故作多礼，谄媚讨好。

萨利勒勒加②。一点钟时船从阿皮亚出发，快六点时抵达萨瓦

① 斯万-埃德加公司(Swan & Edgar Ltd.)是英国一家著名的老百货公司，十九世纪初成立，坐落在伦敦皮卡迪利广场，二十世纪八十年代停业。
② 萨利勒勒加(Salelologa)是萨摩亚群岛萨瓦伊岛(Savai'i)东端的一个区。它是萨瓦伊岛上唯一的港口，也是岛上的主要商业贸易区。原文中毛姆将其写成"Salologa"，疑为笔误。

伊岛①外。暗礁成了长长一条白色泡沫带，我们沿着它来来回回几趟，试图找到入口。可是后来天黑了，船长只好掉头，在外海上抛了锚。帆收起来后，船就摇晃得厉害。我们打了一晚的扑克。第二天一早，我们找到了入口，驶进了潟湖。水很浅，清澈见底。天空没有一朵云彩，水面上也没有一丝波纹，岸边树木繁茂，一派无比宁静的景象。不一会儿，我们放下一艘小艇，在一个小湾汊登了岸。这里有一个小村子。一间茅舍掩映在一棵开满红花的大树和几棵椰子树中，周围变叶木丛环绕，我还没见过这么美的事物。我们上岸后，一个年轻姑娘从茅舍里出来，把我们请进去。我们在垫子上坐下，主人端来菠萝片给我们吃。这一家有两个年纪很大的老妪，驼背、满脸皱纹、满头灰白的短发，另外还有两个年轻一点的女人和一个男人。之后，我们沿着海边一条绿草茸茸的小路往前走，两旁是一排排椰子树，走了三公里，到了一个叫劳里的商人家。他借给我一匹马和一辆双轮马车，我便驾车继续沿路前行，路过村庄、小港湾、池塘，里面有男孩子在游泳，最后又到了一个叫本的商人家。我走进他的房子，问他能否给我一顿晚饭吃。他是个很瘦的人，小脑袋，灰白头发，戴着眼镜，穿着脏兮兮的睡衣。他有个混血妻子，三个极其白皙、瘦弱的孩子。他醉酒昏睡了很久，这才刚刚醒来，几乎不知道自己在说什么。他极度紧张，哆哆嗦嗦，干瘦的双手不停地抽搐着，他不时紧张地向背后飞快瞟一眼。他是英格兰人，在岛上已经过了二十多年了，做椰子干、棉布和罐装食品生意。他的妻子为我们准备了一顿晚餐，有鸽子肉、蔬菜和奶酪，他想和我们一起吃，但却一口也咽不下去。我们刚吃完，他就说："好吧，你们也得上路了，我就不留你们了。"他显然急着赶我们走。我们又回到劳里家。他

① 萨瓦伊岛（Savai'i），西萨摩亚群岛最西端、最大的岛屿。

做的生意完全不同。他在阿皮亚做了多年铁匠，用白铁皮造了间铁匠铺。他是个小个子，五十岁，长着一把黑胡子。他给我的印象是既壮实又虚弱。他聋得厉害，得对着他大声喊他才听得见。他说起话来声音又低又柔，带着澳大利亚口音。他的妻子是个高大强壮的女人，脾气很好，面容很讨喜，头发十分浓密，稍微做了点修饰。他们有几个孩子，两个男孩在新西兰读书，剩下的几个在店里或是种植园里帮忙。是两个聪明、白净的男孩和两个小女孩。他们只穿着衬衫和马裤，光着脚跑来跑去。很明显，他们都强壮、健康，他们身上还有一种颇具魅力的大方气概。他们是基督复临派信徒①，把星期六当做安息日，而不是星期天。这家人滴酒不沾，男人也从不抽烟。我的印象是这是一个勤劳、诚实、团结的家庭。他们好客，端给我一大壶茶，一只烧得很好的鸡，一盘用自家种的蔬菜做的可口色拉，还有不少糖果。夫妻俩自己既没喝茶也没喝咖啡，而是让给客人喝。他们只是有一些念念不忘想表明自己与别人不同，但我觉得他们也就这一个缺点。

我们小艇里给他们带了几箱东西，是各色货物，把货搬上岸后，我们就上了小艇，划桨回船。大概得划两三英里，桨手们一边划一边唱，还朝岸边土著茅舍里的女孩子们大喊，打情骂俏。

晚上，我们再次上岸，船员们这次一道来了，我们去了一个酋长家。主人调制了些卡瓦酒②给我们喝，还给我们吃菠萝。然后，伴

---

① 基督复临派（Adventist）是新教宗派之一，创立于美国，因相信基督即将第二次来临而得名。基督复临派着重宣传末世论，他们相信，世界末日已近，世界将陷于邪恶，被魔鬼撒旦统治。世界末日到来一千年之后，基督和众圣徒将一同降临，用圣火毁灭邪恶，创造一个以耶路撒冷为中心的新世界。他们强调必须遵守安息日（从星期五日落至星期六日落）；必须实行有节制的生活，禁食《旧约》中规定为不洁的食物，如猪肉、贝类等，禁止烟酒和赌博，反对世俗的装饰和娱乐。

② 卡瓦酒（kava）不含酒精，是一种黄绿色、带点苦味的饮料，以南太平洋多数岛屿所产的胡椒树（主要是麻醉椒）的根为原料制成。卡瓦酒可以缓解紧张和焦虑，还可以提神。

随着班卓琴和尤克里琴的琴声，船员们跳起舞来。屋子里的女人们也加入进去。水手中有一个斐济人，黑得像块炭，一头乱发，他扭出各种各样的怪异姿态，引得旁观者开心地连连尖叫。舞跳得越来越淫荡。我们终于又回到了船上，夜色沉沉，万籁俱寂。

第二天我们出发前往阿波利马岛①。我们安排好让一条捕鲸艇带我们穿过暗礁带。这艘小艇和艇上船员被拖在我们的大船后，在波涛汹涌的海面上行驶。有几个女人跟着桨手们一道来，很显然是准备去好好玩一番。阿波利马是个小岛，几乎是圆的，地处萨瓦伊和马诺诺②之间。大船来到暗礁带前，我们下到捕鲸艇上，向海岸划去。暗礁带开口不到十二英尺宽，两边都是锯齿状巨石。酋长掌着舵。我们驶进开口，这时一个大浪打来，他向桨手们大声呼喊，桨手使出浑身的力气猛划，发达的肌肉紧绷，最后我们终于划进了潟湖。潟湖又小又浅。

这座岛是座死火山，潟湖就是火山口。我们划进潟湖，眼前的小岛看起来像一块被啃光了瓤的斯第尔顿奶酪，只剩下外壳，就连外壳也被咬掉一块（通向大海的出口）。潟湖岸上有个小村子，这里几乎就是这个岛上唯一的一块平地，从这里开始地面陡然上升，长满椰子树、香蕉树和面包果树。我们爬到火山口边沿，眺望大海，下面有两只海龟在海滩上晒太阳。下来后，酋长请我们去他家喝卡瓦酒。此时风刮得猛了，捕鲸艇上的人满腹疑虑地打量着波涛汹涌的灰色海面，出口处巨浪滔天，猛烈地撞击着礁石，他们怀疑我们能不能顶着这样的浪划出去。但我们还是上了船，酋长过来帮我们，他是位相貌堂堂的白发老人。和我们一起上岸的女人们也都坐到

① 阿波利马岛（Apolima）为萨摩亚群岛四个有人居住的岛屿中最小的一个。
② 马诺诺（Manono）位于民主刚果共和国的东南部。

了船桨边。我们在浅水中行进，到出口时停下来观望浪头。等了一会儿，他们做了一次尝试，但船卡在了礁石上，看上去下一个浪肯定要把我们吞没。我脱掉鞋，准备游泳。老酋长跳出去，把船推开。然后桨手们全力以赴，大声吼着，疯狂地划桨，海水拍击着船身，溅得我们全身透湿。我们终于划了出去。酋长向我们游过来，老人搏击风浪的样子，真是一幕雄壮的风景。我们把他拉上船来，他坐在那里喘着气。帆船还在远处，根本没有看见我们，一点反应都没有。我们缓缓地向帆船划过去，划了一小时后，它才开始向我们驶来。船摇晃得厉害，要上去可没那么容易。它摇摇晃晃地接近我们的小船，我跳到索具上，中国厨子一把抓住我的手腕，把我拽上了船。

卡瓦酒。酒由一个女孩调成，这个女孩必须是个处女。一个年轻男子或另一个女孩把卡瓦根在石头上捣烂后交给她，她向一只碗里倒点水，把捣碎的根放进去，然后用手搅拌，接着她用一束椰壳纤维拖过液体，充做过滤的筛，她把里面的水挤掉，然后把纤维交给年轻男子，他把里面的渣子抖向空中。如此重复几次，直到液体中不再有碎渣。之后再加水，卡瓦酒就做好了。那个处女口中念着颂词，其他的人拍着巴掌。年轻男子递给她一个椰壳碗，她把酒倒在里面。酋长说出一个名字，酒碗就被送到最尊贵的客人面前。他先泼一点在地上，说："祝大家身体健康，"然后能喝多少喝多少，剩下的倒掉。他把碗递回去，然后轮到给年龄或是地位排在他之后的客人上酒了。

潟湖。水面上架着一座桥，用椰子树干头尾相连铺成，树干下用砸入水底的叉形木桩支撑着。岸边散落着当地人的茅舍，周围环绕着香蕉树，岸上还有成排的椰子树。在灌木丛中走四分之一英里，就到了一条浅浅的小河，两岸树木林立，当地人就在这儿洗澡。多数情况下河水甘洌，但涨潮时原本流向潟湖的水会倒灌回来，使河水变咸。与气温形成对照的是，河水很凉，清亮亮的。这儿真可爱。

Wms。爱尔兰人。当他自己还是个十五岁孩子时，便负担起教养另一个孩子的责任。这孩子是一个姑娘和当地牧师的儿子生的。那个年轻人承诺付孩子的抚养费，但从未兑现，Wms 只得自己每星期垫半克朗①，一直到那孩子长到十四岁。二十年后，他回爱尔兰，找到了那人，那时那个家伙已经结了婚，是几个孩子的父亲了，Wms 狠狠地揍了他一顿，一直揍到那家伙认错求饶。

他在新西兰待过一段时间。有一天，他和一个朋友一起打猎，这朋友是个银行职员，没有持枪证。突然，他们看见一个警察，小职员惊恐万状，认为自己肯定要被逮捕了，Wms 叫他保持镇定，他自己撒腿就跑。警察在后面穷追不舍，两人一路跑回奥克兰。一进了奥克兰，Wms 便立即停了下来，警察跟上来，要他出示持枪证，他立马拿出证件。警察问他为什么要跑，他回答道："哦，你我都是爱尔兰人，如果你能保密的话，我就告诉你，那个家伙没有持枪证。"警察哈哈大笑："你是好样儿的，来来来，咱俩去喝一杯。"

他粗鲁、放荡，喜欢和你聊曾经与他同居过的女人们。他和几个萨摩亚女人一共生了十个孩子，他把其中一个十五岁的女孩送去新西兰的学校读书，其余的他花了一笔钱交由摩门传教士管教。他二十六岁就离家来到这个群岛，做了个种植园主。他是德国人占领萨瓦伊岛时定居在岛上的少数白人之一，而且在原住民中已经有了

① 半克朗（half a crown）是英国旧币制中值 30 便士的硬币。

不小的影响力。他虽天性自私，却十分爱护岛上的原住民。德国人派他做行政官，这个职位他一干就是十六年。一次他有事去拜访德国外长佐尔夫，佐尔夫对他说："在德国殖民地做了这么多年长官，我猜你的德语应该说得很流利了吧。""不流利，"他回答，"我只知道一个词：prosit（德语：干杯），而且我来到柏林之后，没怎么听到有人用它。"部长开怀大笑，派人去拿啤酒。

R。他是个骨瘦如柴的年轻人，看上去好似是伦敦哪家证券交易所里的职员。他的牙烂得厉害，镶了金牙，嘴巴长得很小，一看那张嘴就知道这人脾气不怎么样。他是个粗俗的家伙，是个文盲，说英语不发"h"音①。他在岛上有几年了，像原住民一样纹了身。我很奇怪，他为什么甘愿忍受纹身的痛苦。可能是这个地方美丽、友好的当地人太迷人，这些刺激了他粗俗的灵魂，让他做了件自以为浪漫的事。也可能他只是觉得纹个身能使自己在那些和他睡觉的女人眼里更具魅力。

萨瓦伊岛。雨后，阳光普照，走在灌木丛中，就感觉自己身处温室之中，热浪滚滚，闷热潮湿，直叫人喘不过气来，而且你会觉得自己周围的一切，树林、灌木丛和各种藤蔓都在疯狂地生长。

我乘马斯塔尔号回到阿皮亚。这只快艇大约三十英尺长，船主是个卡纳卡人。行程约十小时。艇上放着一麻袋一麻袋的椰子干，满船都是浓浓的椰子味。船上没有船舱，我就躺在引擎上方的甲板上，盖着张毛毯，头枕在疙疙瘩瘩的干椰仁袋上。船上乘员包括一

① 在英国，从一个人发音发不发"h"音可以判断他是否受过良好教育。

位船长、一个卡纳卡人和一个中国人。船长掌舵,他是个英俊、黝黑的家伙,看上去很像罗马帝国晚期的皇帝,身体有些发福,但脸很好看,充满阳刚之气。卡纳卡人四仰八叉地躺着,盖着条麻袋布睡着了。中国人坐着,悠闲地抽着烟望着月亮。

月明星稀。海面十分平静,除了太平洋那长长的神秘涌浪。我们进入阿皮亚港口,眼前是天幕背景下黑色的椰树丛剪影,教堂泛着淡淡的白光,港中船只灯火点点,就像是进入了一个静默无声的魔幻世界,我搜肠刮肚地想找些词语来描绘它,但却是徒劳。有几行诗莫名地从我脑中冒出,我也不知道怎么会想到它们的:"雅各神来神往的天梯,架在天堂与查令十字街间,光芒万丈①。"

苏瓦。海湾开阔而美丽,周围环绕着灰色的山,山脉一直伸向蓝天碧海,消失在未知的远方。你会感觉远处那密林间存在另一种奇特而隐秘的生活,并且似乎有一点原始,有一点黑暗、凶残。镇子沿着港口边缘而建。这里有许多木框架房屋,店铺比阿皮亚的还要多,但感觉还是像一个集市,这里原先肯定是个集市。当地人围着萨摩亚花裙,穿着汗衫或是衬衫走在街上,大部分是高大魁梧的男子,皮肤黑得同黑人一般,一头鬈发多半用石灰染成白色,还剪得奇形怪状。街上还有不少印度人,穿着白色衣服,轻手轻脚地走过;女人们则戴着鼻环,脖子上挂着金项链,腕上佩着手镯。你若是往乡间去,便会穿过印度人拥挤的村庄,到处都有人在地里劳作。他们只围着一条缠腰布,除此之外什么都没穿,他们身体瘦削得骇人。

① 这几句诗来自英国诗人汤普森(Francis Thompson, 1859—1907)的诗歌《天国》("The Kingdom of God")。"雅各的天梯"(Jacob's ladder)这一典故出自《圣经·创世记》第二十八章,雅各一日做梦,梦见"一个梯子立在地上,梯子的头顶着天,有神的使者在梯子上,上去下来。耶和华站在梯子以上。"查令十字街(Charing Cross)则是伦敦市中心一条著名的街。

这里是亚热带,棕榈树长得稀稀拉拉,但却长着大片芒果树。这里不像萨摩亚那样无忧无虑,而是更为阴郁沉重,周围的绿色滞重幽暗。空气酷热、压抑,而且沉闷,雨噼里啪啦无休无止地下。

太平洋大酒店。这是一座两层的大楼房,墙面刷了灰泥,四周环绕着游廊。屋内凉爽、宽敞。它有一座很大的客厅,里面摆着舒适的椅子,电扇一刻不停地转着。服务员是印度人,寡言少语,隐约带点敌意,光着脚,穿着干净的白色制服,裹着缠头巾。这里的食物很差,但房间很舒适,清新而凉爽。这儿只住了不多几个人:一个公司代表和家人,几个候船的人,还有几个从其他岛上来的官员,到苏瓦来出差或度假。

牛津大学校队运动员。他一从牛津大学毕业就来了这里,已经五年了。他当年在牛津是校足球队队员。现在已经是一个岛的地方行政官,而且是那岛上唯一的白人。一有度假机会,他就会到苏瓦来痛饮一番。他一喝一整天,到中午的时候就已烂醉。他不到三十岁,小个子,身材匀称,看上去仍像个运动员。他的样子很讨喜,举止活泼轻快,颇有些魅力。他剪了短头发,乱糟糟的,但看上去挺舒服。他有一双蓝色的眼睛,迷人、稍欠端正的五官。你会觉得他是个有魅力、好脾气的家伙,天性中绝无一点邪恶。他依然是个学生。

校长。他是个爱尔兰人,在前线战斗时受了重伤,恢复后,政府就把他派到了斐济。他小时候读过关于斐济的书,便迷上了这个地方,觉得它充满了浪漫的魅力。于是当政府提议让他去斐济时,他欣然接受,兴奋不已。但现在他感到厌烦、孤独、理想幻灭。他的学校离苏瓦大约七英里,但他一有时间就开车进城。寒暑假时他就住在太平洋大酒店,成天地喝威士忌加苏打水。他最多二十八岁,有一双笑眯眯的蓝眼睛和灿烂的笑容。

保险代理人。高个子,上了年纪,白头发很稀,却梳得一丝不乱。尽管他越来越胖,却依然穿着整洁,气宇轩昂。三十年前,他随一个剧团前往澳大利亚,在那儿娶了个有钱女人,那以后他又换过不少职业:做过种植园主,任过公职,还做过商人。不过他现在情况不妙,生活阴云密布。他的公司派他去阿皮亚作代表,他却把保险费私吞了。公司为了自身的名声垫付了所有费用,而且因为公司不想家丑外扬,他得以免遭起诉。他大部分时间都泡在太平洋大酒店的酒吧里,他可以一杯接一杯地痛饮却不显醉意。他受过演员的训练,能摆出十足的气派,但想起他若非侥幸原该受着长期监禁之苦,你就觉得好笑。

雷瓦河。河面很宽,堤岸平坦,沿岸是原住民的村庄和香蕉园,再后面是雾气蒙蒙的灰色山峦。有几段河水面非常开阔,隐约有些神秘而可怕,我也不知道为什么。时不时你会看见某个当地人划着独木舟行驶在河面上。雷瓦有几家炼糖厂,还有一个脏而乱的旅店,也就是一间平房,店主是一个英国胖子和他的胖太太。他们看起来就像是泰晤士河边哪家小旅馆的老板。那女人一天大部分的时间都窝在游廊上的吊床里读小说。

牧师。他是个法国小老头,七十岁,非常活跃。他穿着件破旧的教士袍,足蹬黑色的长统靴,头戴灰色的遮阳帽。他枯瘦干瘪,一脸皱纹,没留胡须,一头又长又直的花白头发,眼圈总是红的,一双眼睛总是泪汪汪的。他的外表有点什么显得特别怪诞。他话很多，英语很流利，但口音很重。他的双手青筋暴绽，疙疙瘩瘩，指甲也残缺不全。他是一个校长，在法国教了十七年书，在澳大利亚又教了十七年，现在在斐济也教了十七年了。他会许多种语言。他大概是阿尔萨斯人。他谈到他的侄子们，他们大多是牧师，都在法国军队里战斗，获得了不少勋章，他很为此骄傲。他也很为自己在斐济的学校和学生们自豪，学生差不多都是原住民的孩子。他还同以前的澳大利亚学生保持着联系。他坐在那个滑稽的小客栈里，和两个偶然同桌的人大谈莎士比亚和弥尔顿，这真有点奇怪。那两个人听着，一句也不懂，傻乎乎地张着个嘴。他对斐济的一切都满腔热情，关于原住民他无所不知，简直就是个知识库。尽管他年纪很大了，却让你觉得他不知疲倦，永远精力充沛。

两个男人一起住在斐济，他们彼此厌恶，互不说话，但却因工作而不得不呆在一起。每天晚上他们都醉得稀里糊涂。一天晚上，来了一个老牧师，是个法国人，在岛上住了好几年了。他们请他吃了晚餐，并留他住一晚，他则向他们讲莎士比亚和华兹华斯。他们听着他说话，无比惊异。他们问他怎么会跑来这么个地方来的。他回答说他生性耽于饮食声色，专好寻欢作乐，甚至有些后悔做了牧师，他觉得普通的生活才适合他，而正因为自己太热爱生活中所有美好的东西，他将自己同它们隔绝开来。现在他老了，一切都结束了。他们问他自己觉得这样做值不值。从他身上，他们隐约看到了生命的高尚，在这之前他们从没悟到过这点。他们的目光相遇，其中一个向对方伸出了手。

遇上那个老牧师，我便想出这么个故事梗概，但我一直没把这故事写出来。

巴奥。这是一座很小的岛，在河口边、沙洲内，它非常小，只消半个小时就可以绕着它走一圈，与其他陆地相隔也只有半英里水路。它曾是斐济的首都，一个酋长（我在他家寄宿）告诉我，那个时候岛上房子挤房子，想要穿过街道就得侧着身子。在岛外其他地方有地的人白天去那里干活，晚上再回来。孩子们整天在水里玩耍。房子用草盖成，或是方形或是椭圆形，木头门，没有窗子。大多数房子里都用桑树皮布做的帘子隔成两间。接待我的酋长是末代国王的侄子，现在是立法委成员。他是一个好心的老人，身材高大强壮，举止庄重。他穿着白裤子和网孔汗衫。

斐济的“坐舞”。四个女孩在地上坐成一排，一身白衣，脖子上挂着绿色的花环，发际间插着鸡蛋花。领唱者起头唱一首古怪的歌，其余的女孩和坐在后面的男子跟着唱，他们的身体摇晃着，手和胳膊有节奏地舞动。这舞蹈阴郁沉闷。

塔伦号。它是联合汽船公司的班轮，往返于奥克兰和阿皮亚之间，途经斐济和汤加。这艘船有三十六年船龄，一千二百吨，非常脏，船上老鼠蟑螂猖獗。但它很稳，是一艘很棒的海船。船上有一间非常简陋的浴室，没有吸烟室，舱位肮脏昏暗。我搭它从苏瓦到奥克兰去时，船上满载香蕉，一筐一筐的香蕉紧紧地挨在一起，垒得很高，堆在船尾的甲板上。船上挤满乘客，有从阿皮亚和苏瓦去新西兰返校的孩子，休假的士兵，还有些不知道干什么、总是在太平洋来来往往的人们。二等舱是专门留给当地人的，所以头等舱里满是各种稀奇古怪的人。最奇怪的是一个又高又瘦的男人，一张红脸，五官都大。他穿一件长长的礼服大衣，浑身上下无比干净。他总是独自一人，不和任何人说话，不停地抽烟、吐痰。他带着两只大鹦鹉，关在两个鸟笼子里。他是个谜一般的人物，猜不出他从哪儿来，又要到哪儿去，他的职业是什么，祖辈是哪里人。他给人的印象像是个被解了职的牧师。

汤加。基督复临论者。这个小老头儿有些耳背，已经在岛上生活了三十年。他孤身一人，穷困潦倒，邻居都不怎么认识他，他也鄙视他们，认为他们是上帝的弃民。他自认为受到上帝的特别眷顾。但他的生活一团糟。他的妻子死了，他的孩子们个个堕落，他种的椰子没有收成。他把自己的不幸看作是上帝令他背负的十字架，让他承受磨难，象征着上帝的特别眷顾，但显然他的不幸多是自己的过错所致。

帕皮提①。当船进入沙洲的通道时，鲨鱼就围了上来，跟着船进了潟湖。潟湖特别的平和宁静，湖水清澈。码头停靠着不少白色的纵帆船。码头上已经聚集了一群人，在迎接船的到来，女人们衣着光鲜，男人们穿着白、蓝或是卡其黄色的衣服。明媚的阳光，码头上五光十色的人群，真是一片欢快迷人的景象。

商铺和办公楼沿海滩而建，岸边有长长一排老树，树叶浓绿茂密，其间还掺杂着猩红的凤凰木，让绿色显得更为鲜亮。街上的建筑、邮局，还有大洋州航运公司的办公楼不像太平洋诸岛上多数建筑那样严肃、务实、沉闷，它们看上去华丽俗艳，但颇让人觉得愉悦。海滩以及海滩上郁郁葱葱的树木都带有一些法国风情，让人想起都兰某个外省小城的城垣。帕皮提城里尽管有英国和美国的商店，以及中国人开的小店，但整体上暗暗透着法国风格。它整洁得迷人，

① 帕皮提（Papeete）南太平洋法属波利尼西亚首府，在塔希提岛西北岸。

而且舒适惬意。可以感觉到人们是在这儿生活的，他们攫取利润的欲望绝对没有英国殖民岛上的人们那样明显。道路很好，就同法国的许多道路一样，建设、保养皆优，路两旁种着树，洒下可喜的阴凉。海滩旁，有一个砖石砌的洗衣处，笼罩在一棵巨大的芒果树荫之下，旁边还有一大蓬竹子。同样设计的洗衣处我在阿拉斯①附近也曾见过一个，当时有几个休息的士兵正在洗他们的衬衫。这里的集市可以放到法国任何一个大小相似的村庄里。但整个的城镇却有着一种异国情调，给了它一种特质。

除了塔希提语，当地人也能说些英语和法语。他们说法语时有点拖沓，那口音让人联想到在巴黎的俄国留学生。每座小房子都有一个小花园环绕，园里的植物肆意生长，无人打理，整个园子就是一片乱糟糟的树木加上俗丽的花朵。

塔希提人通常穿长裤，着衬衫，戴巨大的草帽。他们看起来比大多数波利尼西亚人体态轻盈。女人们穿着宽松的长袍，不过很多都穿黑色。

提亚蕾旅馆。从城郊的海关大楼步行到这家旅馆大概就五分钟，而你一走出旅馆大门就到了农村。旅馆前面是一个小花园，里面开满了鲜花，周围环绕着咖啡树篱。旅馆后面是个大场院，种着一棵面包树、一棵鳄梨，还有夹竹桃与芋头。你如果午餐想要只梨，从树上摘就是了。旅馆是座平房，四面是露台，辟出了一块用作餐厅。有一间不大的会客室，地上铺着打蜡镶木地板，摆着钢琴和曲木家具，都盖着天鹅绒。卧室又小又暗。厨房是独立的一栋小房子，洛维娜夫人就整天坐在这儿监督中国厨师。她自己就是一个好

① 阿拉斯（Arras）为法国北部一城市。中世纪时期是著名的毛纺和挂毯业中心。

厨师，而且非常热情好客。附近的人只要想吃一顿好的就会到这个旅馆来，而且准能吃得心满意足。洛维娜是个欧亚混血儿，皮肤很白，大约五十岁，体型庞然。她不仅仅是胖，她简直是巨大，大到没了形状。她穿着一件粉红色的宽长袍，戴着顶小草帽。她的五官倒依然小巧，但下巴非常宽。她棕色的大眼睛十分清澈，表情愉悦而坦率。她脸上总挂着微笑，笑声爽朗而响亮。她对所有的年轻人都给予慈母般的关照，当在莫安那号船上做乘务长的小伙子喝得烂醉时，我看见她拖着她庞大的身躯，走过去把酒杯从他手里拿走，不让他再喝，又派自己的儿子把他安全地送回船上。

提亚蕾花是塔希提的国花，是一种星形的小白花，开在一种长有深绿色叶子的灌木上，有一种特殊的诱人甜香。当地人用它编花环，把它插在发间或是别在耳后。当插在当地女人的黑发间时，它显得灿烂夺目。

约翰尼。第一眼看他，没有人会想到他有原住民的血统。他二十五岁，是个很有点肥硕的年轻人，长着黑色的卷发，但已经开始有些谢顶，肉乎乎的脸，刮得很干净。他容易兴奋，说起话来手舞足蹈，要打很多手势。他说话非常快，嗓音经常跑调，冒出个假音来。他英语和法语说得都很顺溜，但不怎么准确，口音也奇怪，他自己的母语是塔希提语。当他脱光衣服，围上一块长方形印花布，下海洗澡的时候，顿时一副原住民的样子，唯有肤色才透露出他的白人血统。他从心底觉得自己是个原住民。他喜爱原住民的食物和风俗。他以他的原住民血统自豪，毫无混血儿的故作羞愧。

约翰尼的房子。房子离帕皮提约五英里，建在一座小山上，三面俯瞰大海，正对着莫雷阿岛①。海岸上长满了茂密的椰子树，后面是神秘的群山。这房子难以想象的破败。一层的房间很大，有点像个仓库，高出地面，有台阶可以走上去。框架墙坍了好几处。房子后面是两间小棚子，其中一间用作厨房，地上挖了个洞，里面生火，在上面做饭。房子顶上是两间阁楼，每间里面除了一张桌子和一张铺在地板上的褥垫外，别无他物。那个仓库样的房间是起居室，家具包括一张盖着绿油布的杉木桌子，两把折叠躺椅，两三张非常破旧的曲木椅子。房里用椰树叶子装饰了一下，叶子从顶部撕开，然后贴到墙上，或裹到承重的梁上。天花板上吊着六只日本灯笼。一束木槿花给房里带来一抹亮色。

女酋长。她住在一座两层的木框架房里，离帕皮提约三十五英里。她是一位老酋长的遗孀，当年法国想把与帕皮提的保护关系变为占领关系，惹出了不少麻烦，老酋长出面帮助解决，立了大功，法国政府便颁给他荣誉勋位团勋章②。客厅里满是廉价的法式家具，墙上钉着给老酋长授勋的相关文件、政界名流的签名照，以及常见的婚礼合影，人物都已模糊不清。每间卧室里都塞了张巨大的床。她是位高大壮实的老太太，头发花白，常闭着一只眼，但又时常会睁开，目光神秘地盯着你。她戴着眼镜，穿一件破旧的黑色宽松长袍，非常惬意地坐在地板上抽着原住民的土烟。

---

① 莫雷阿岛(Moorea)是太平洋中南部法属波利尼西亚的火山岛，在塔希提岛西北19公里处。

② 荣誉勋位团勋章(Légion d'honneur)是法兰西共和国最高级别的奖章。1802年由拿破仑创设，作为对普通军人与公民的功勋奖励。不论性别、是否法国公民，亦不论其出身、地位或宗教信仰，都可获得这个勋位。在和平时期有20年的文职业绩或战时有杰出贡献的人有资格获准成为荣誉勋位团成员。

她告诉我离她这不远的一家屋里有高更①的画,我说我想去看看,她就招来一个男孩为我引路。我们沿着大路开了几英里的车,然后下了大路,顺着草地上一条泥泞的路继续前行,最后来到一座极其破败的木框架屋前,木屋是灰色的,摇摇欲坠。屋里除了几个垫子外没什么家具,游廊上挤着一群脏兮兮的小孩。一个年轻男人正躺在游廊上抽烟,另一个年轻女人懒懒地坐着。房子的主人走过来和我们说话,他是个当地人,长着扁平的鼻子和黝黑的皮肤,满脸堆笑。他请我们进屋,我第一眼看到的就是画在门上的一幅高更。听起来,好像是高更在这个屋子里养了一段时间的病,其间由现任房主(他当时还只有十岁)的父母照顾。他们的悉心照料让高更很是满意,他日见好转,便决定留下点什么,以作纪念。平房由两间屋子组成,其中一间有三扇门,门的上半部分是玻璃隔板,高更便在每扇门上都作了画。其中两幅已经差不多被孩子们剥光了:一块除了拐角处尚留这一个模糊的头以外什么也不剩,另一幅还能大概看出是个女人躯体的模样,摆出一个向后扭的姿势,热情而优雅。第三块的状况还差强人意,但明显要不了几年也会沦落到另两块的悲惨境地。主人对这些画没有什么兴趣,不过把它们当作对死去的客人的纪念罢了。当我跟他说他还可以保留另两块时,他倒不是不乐意把第三块卖掉。“但是,”他说,“我就得买扇新门了。”“要多少钱?”“一百法郎。”“行,”我说,“我给你两百。”

我想自己最好是趁他还没变卦就把画拿走,所以我们从来时开的车上取来工具,拧开铰链,搬走了门。回到女酋长那儿,我们又把下半截儿门锯掉了,这样方便搬运,然后把它带回了帕皮提。

① 高更(Paul Gauguin, 1848—1903),法国画家、雕刻家和版画家,法国后印象派绘画代表人物。其画以线条简单、色彩艳丽为特征。1891 年迁居塔希提岛。

我乘一条敞仓小船去莫雷阿岛，船上挤满土著和中国人。船长是个土著，皮肤白皙、脸色红润，蓝眼睛，高大壮实。他会讲一点英语，或许他的父亲是个英国水手。船刚出了环礁带，我们就明白这次旅程会很艰险了。高高的海浪打上船，把我们浇得透湿。船猛烈地摇晃，被抛起来又落下去。突起狂风，天降大雨，瓢泼大雨挡住了人们的视线。巨浪排山倒海。驾船冲过海浪，这个经历令人兴奋（对我来说也令人惊恐）。整个航程中，一个土著老妇女一直坐在甲板上，一支接一支地抽着粗大的土烟卷。一个中国男孩一直在吐，吐得一塌糊涂。看到莫雷阿岛近了，看清了椰子树，最后终于进了潟湖，人们才放下心来。大雨倾盆而下，我们全都湿透了。我们上了一条从岸边开来的捕鲸船，之后又得蹚上岸去，接着我们沿着一条泥泞的路走了四英里，蹚过条条小溪，大雨一刻不停地砸在我们身上。最后我们终于到达了要留宿的房子。我们脱掉衣服，披上印花布。

这是一间木框架小屋，有一条游廊，两个房间，每个房间里有一张巨大的床。屋后是厨房。这房子属于一个新西兰人，他和一个当地女人住在这里，这会儿他不在家。屋前有一个小花园，里面种满了提亚蕾花、木槿花以及夹竹桃。花园边上一条小溪匆匆流过，园中有个小水池，用作浴池，池水清澈，波光粼粼。

游廊的台阶旁放着一个大铁皮桶，桶里盛满水，边上还有一个小盆子，这样进屋前可以洗洗脚。

莫雷阿岛。当地人的房子是椭圆形的，粗粗地盖着大叶草，房子用细竹竿扎成，竹竿紧紧地挨着，光和空气可以透进来。房子没有窗户，但通常有两三扇门。不少屋子里摆着一张铁床，而几乎所有的人家都有一台缝纫机。

他们的礼拜堂和住所是同一个样式，但是非常宽敞，人们都坐在地上。我参观过一次唱诗班排练，领唱的是个盲女，他们一连几个小时唱着长长的赞美诗。就近听，他们的声音响亮而刺耳，但当离得远一点，坐在柔和的夜色里，那效果却十分优美。

叉鱼。我沿着路走着，突然听到说笑声，便循声而去，穿过比人还高的芦苇丛，不时蹚过齐腰深的泥泞水塘，最后来到一条水流湍急的小溪前。这里有十几个人，男女都有，只围着印花布，拿着长长的鱼叉，他们旁边的地上是一堆大银鱼，每一条身上都有一个大口子，鲜血淋淋，它们都是被鱼叉叉死的。我等了一会，突然有一人喊了一声，让大家做好准备，所有人都各就各位，拿好鱼叉，突然一群鱼飞快地顺流而下往海里游去。一时间大家都兴奋起来，又叫又嚷，鱼叉撞击，人们跳进水里，逮住了十几条大鱼，把它们扔到岸上。鱼儿扭动、蹦跳着，尾巴拍打着地面。

环礁内。水色斑斓，包括最深的深蓝到浅浅的翡翠绿。礁带很宽，珊瑚深浅不一。你可以走上礁石，看见不远处大浪滔天，海面风起云涌，而与此同时环礁内的水面却如水塘般波澜不惊，这感觉真是奇怪。各种各样奇怪的动物潜伏在珊瑚里，鲜艳的鱼儿、海螺、海参和一些浅粉色的软体动物在水里蠕动着。

网鱼。当用大网捕鱼时，全村人都出动。大网的主人们划一条独木舟出海，其中一两个人跳进水里，女人、男孩和男人们排成一队，抓住绳索的一端使劲拉。其他人坐在海滩上看热闹。网慢慢收拢，一个男孩跳进去抓住一尾银鱼，塞到他的印花围腰里，然后送上岸。沙地上挖了一个洞，鱼就倒在里面，供所有参与捕鱼的人平分。

基督教。一位法国舰队司令乘他的旗舰来到一个岛上，当地的女王设了正式午宴款待他，以表示对他的欢迎。她请他坐到她的右边，但传教士的妻子却坚持要求他应该坐到她的右边。作为基督所派代表的妻子，她的地位要高于女王。传教士和她意见一致。而当原住民们表示抗议时，他俩勃然大怒，威胁说，如果这样怠慢他们，他们定要叫原住民们好看。当地人害怕了，最终屈服了。传教士夫妇如愿以偿。

泰蒂亚罗阿岛①。我们乘坐一条烧汽油的小快艇前往泰蒂亚罗阿。凌晨一点就出发，这样天亮就可以到达，这段时间应该是海面最为平静的时候，穿过礁石也要容易些。夜间四周一片寂静，非常惬意。空气温和宜人。天上的星星倒映在环礁内的水中。没有一丝风。我们在甲板上铺一条毛毯，舒舒服服地躺下。环礁外的太平洋同往常一样波浪起伏。破晓时分，我们仍然在外海上，但不一会儿我们便看见了岛，看到了低低的一条线，那是一排椰子树，离我们还有几英里远。然后我们进了环礁带，上了一条船。快艇的主人是个名叫莱维的男人。他说他来自巴黎，但他的法语带有浓重的口音，让我觉得他像是阿尔及利亚的犹太人。他把锚抛在礁石上，我们上了小登陆艇，向入口处划去。这根本就算不上什么入口，不过是礁脉有一处沉进水中，留了一个小凹口而已，打一个浪过来，才勉强有水供小船蹭过去。进去之后也没法划船前行，因为珊瑚太密了，几个当地人下了船，蹚着齐腰深的水，顺着一条弯弯曲曲的狭窄通道把船一直拖到岸边。海滩上有白色的沙、珊瑚碎片和数不清的

① 泰蒂亚罗阿岛（Tetiaroa）是太平洋中南部向风群岛（Windward Islands）诸岛之一，毗邻塔希提岛，岛上无人定居。

甲壳动物壳，接着是一棵棵椰子树，然后你就到了六间茅舍前，这六间茅舍围成一个小小的村落。其中一间是工头的，两间贮藏椰子干，一间给工人住，另外两间舒适宜人的草屋一间作客厅，另一间是卧室，供岛主使用。这些茅舍建在一片树林中，古老、巨大的树木投下树荫，带来清凉。我们卸下带来的干粮、用品和被褥，开始着手把这里整理得舒服一点。这里的蚊子成群结队，比我去过的任何地方的蚊子都多，只要一坐下来它们就蜂拥而上。我们在起居室的游廊上挂起一顶防蚊帐，里面放了一张桌子和几把椅子。然而蚊子个个聪明绝顶，还是有本事钻进来，我们在帐内起码打死了二十来只，才勉强得到点安宁。屋子旁边有一个小棚，用作厨房。我带来的中国人弄了几根树枝，生了火，在这里做起了饭。

显然，这座岛从海里升起来的时间相对不长，内陆大部分地方还是不毛之地，土地结着硬块，差不多就是个沼泽地，你一踩上去就会陷进去几英寸；这里可能曾经是一个咸水湖，现在干了，其中一块地方仍有个小湖，不久以前它应该还要大出不少。除了椰子树，这里似乎只长杂草和一种看上去有些像金雀花的灌木。在其他所有的岛上都随处可见鹩哥，但是这里只有两三只，是最近被人带上岛来的。岛上的鸟类都是巨大的海鸟，黑色的羽毛，又长又尖的喙，叫声尖厉。

海滩上真的是银光闪闪的白沙，就和书上对太平洋诸岛描述的一模一样，走在阳光下的沙滩上，它亮晃晃的，让人不敢直视。海滩上四下散落着白色的死蟹壳和海鸟的骨架。到晚上，整个海滩似乎都在动，一种轻轻的、不停的运动，怪异而神秘，初看上去很是奇怪，但点亮火把，便可看清这是数不清的贝壳类生物在不停地爬动，它们在海滩上缓慢、悄然地四处活动，而它们的数量太庞大了，整个海滩看上去都好像活了过来。

环礁带。这是一条宽阔的堤道，沿着它你可以绕岛而行。但它粗糙不平，会扎烂你的双脚。水洼里鱼儿四处穿梭，时不时有一条鳗鱼露出它丑陋邪恶的脑袋。抓龙虾：晚上你提着防风灯沿礁带往前走，左右仔细地看，不放过任何一个旮旯。鱼儿被灯光惊吓，一扭身子便溜走了。走路需极谨慎，因为到处都是巨大的海胆，被它戳到脚会留下很深的伤口。龙虾非常多，不用走多远你能看见一只。你上前用脚压住它，一个当地人就走上来，迅速抓起它扔到绑在肩上的一个旧煤油罐里。在晚上这样走路，没有一点方向感，回去时要找到船可不是容易的事。有那么几分钟我们觉得大概得在礁石上过夜了。头顶没有月亮，不过天上没有云，星光灿烂。

礁上捕鱼。在环礁入口附近的某处，礁石陡然下降，像一道悬崖一般，俯瞰下去，下面不知道有多深。当地人在潟湖的珊瑚间布了网，我们丢了不少鱼进去作诱饵。看当地人宰鱼做饵，有点让人毛骨悚然：他们用拳头捶鱼肚子，或是拿一块珊瑚砸它。我们到了捕鱼点，把独木舟系在珊瑚岩上。然后头人捣碎几条鱼，把碎鱼片扔到水里。这些碎肉很快就引来了许多小鱼苗，鱼苗又瘦又小，活跃极了，接着来了好几条黑色的大鱼。几分钟后，水面露出了几只鲨鱼鳍，我们看见几条褐色的鲨鱼绕着圈游着，鬼祟得可怕。钓竿不过是一根竹子，上面系着一根线。黑色的大鱼围着诱饵贪婪地吞食着，于是我们轻而易举地把它们一条接一条地拉出水来。鲨鱼也很贪婪，但我们得把诱饵从它们口中夺过来，因为鱼线太细了拽不住它们。一次，一条鲨鱼咬上了我的钩，它一眨眼就把线挣断了。我们抛下几条拴着鱼内脏的鱼线，逮到了一条金枪鱼，差不多有四十磅重。

捕鲨。夜幕降临时,你把一条大鱼的鱼鳔挂在钩子上,然后把线系到树上。不用多久,你就会听到巨大的击水声,跑到海滩上你便看见一条鲨鱼已经上钩。你把它拉过来,拖上海滩,它不断地挣扎、拍打。当地人拔出他的大匕首(这种刀由最先发现这些岛屿的探险者们随身带的一种弯刀演变而来)猛刺鲨鱼头,直达鱼脑。鲨鱼真是一种相貌丑陋、阴险的动物,长着难看、骇人的颚。鲨鱼死后,鱼钩被挖了出来。中国人割下鱼鳍,放在太阳底下晒干。一个卡纳卡人砍下死鲨长着可怕牙齿的颚,把它的残躯扔回海里。

当地人睡觉前,常把鱼线拴在一条腿上,这样一有动静他们就会醒来。

鱼。它们的种类多得简直叫人难以置信。有亮黄的,黑黄相间的,黑白相间的,长着斑纹的,还有长着奇怪花纹的。一天,当地人去捕鱼,当他们拉起渔网时,我看见了捕获的鱼儿,五彩缤纷。我突然激动不已,因为这让我想起《天方夜谭》里哪个故事中讲到的捕鱼场面,在网中五颜六色、奇形怪状的鱼儿间,我希望能找到一只封着苏莱曼①印的瓶子,里面囚禁着某个法力无边的精灵。

海的颜色。外海是深蓝色的,落日下则是深红色。而在潟湖里,海水五光十色,颜色无比丰富。从淡淡的蓝绿色到最明亮、最清澈的绿色,而落日又会让它一时间化作金水。还有色彩斑斓的珊瑚,棕、白、粉、红、紫,它们的形状也妙极了。这里就像一座魔幻花园,匆匆游过的鱼儿就是翩翩起舞的蝴蝶。这里一点都不真实,让

① 苏莱曼一世(Suleyman I, 1494—1566)是奥斯曼帝国苏丹(1520—1566 年在位)。其在位时期被认为是奥斯曼文化的巅峰时期。

人称奇。它如梦如幻，像是哪个极富想象力之人的幻想。珊瑚之间是些小水洼，水底是白色的沙石，这里的水无比清澈、波光粼粼。

瓦罗。太平洋群岛的人们管它叫海蜈蚣。它长得像小龙虾，但颜色是淡淡的奶白。它们两两成对住在同一个洞里。雌的比雄的个头要大些、壮些，颜色更鲜艳些。它们只生活在细沙间。我们去抓瓦罗，要穿过潟湖，我觉得走了大约一英里的样子，来到泰蒂亚罗阿岛群中的一个小岛。原住民们已经准备好了一种奇特的工具：从椰树叶的中茎上抽出一根纤维，约两英尺长，结实而柔韧；在这根纤维上面系上一圈小钩子，钩尖朝上，看上去像把小伞；上面拴一片鱼肉作为诱饵。我们在海滩的浅水中寻找小圆洞，瓦罗就住在这里，找到洞后，便把钩子放进去。当地人念了句咒语，请瓦罗从洞里出来，然后用手指轻轻划水，一般什么动静都没有，但有时叶茎会被拉下去，我们就知道瓦罗吞了鱼饵、被钩子缠住了。我们小心翼翼地把它拉上来，看见小东西出了水面抱着叶茎，真挺叫人激动的。头人先前用椰树叶草草编了个小筐，瓦罗被摘了下来放进筐中。不过，逮瓦罗是件慢活儿，三个小时我们只逮到了八只。

潟湖之夜。日落时分，海面变成亮紫色。天空无云，火红的太阳飞快地沉入海中，飞快，但并没有作家们笔下那么快。然后，金星出现了，在天空闪耀。夜幕降临，夜晚清新而寂静，此时海滩似乎突然爆发出热烈、疯狂的活力。不计其数的有壳动物开始在水边爬来爬去，而水中的所有生物似乎都在活动。鱼儿出水；海面上有神秘的打水声；一条鲨鱼恶狠狠、悄无声息地游过，所到之处所有的小东西都被吓坏了，水中一阵骚动。成百上千条小鱼跃出水面；有时，一条色彩鲜艳的大鱼一跃而起，在空中留下一瞬的绚丽，闪闪发光。

但让人印象最深的，是紧迫、无情的生活带给人的感受。这平静的美好夜晚有一丝神秘，隐约让人心悸。

夜静极了，真是美妙。南十字座和老人星，群星璀璨，无比耀眼。一丝风都没有，空气温和宜人，透着奇妙的芳香。天空映着椰子树的轮廓，它们似乎在侧耳倾听着什么。时不时有一只海鸟发出一声哀鸣。

一九一六

一九一七

这一年，我被派到俄罗斯完成一项秘密任务，于是有了以下这些笔记。

俄罗斯。引起我对俄罗斯兴趣的理由与同时代人的大概差不多，其中最明显的便是俄罗斯小说。托尔斯泰，屠格涅夫，不过主要是陀思妥耶夫斯基，他们笔下的情感不同于其他国家的小说。他们让西欧最伟大的小说也显得矫揉造作。见识过他们创作的新颖，我便偏了心，不再看得起萨克雷、狄更斯和特罗洛普以及他们因循守旧的道德观。就连法国最伟大的作家巴尔扎克、司汤达、福楼拜，相比之下也显得刻板且有些冷漠。这些英国和法国作家所描绘的生活是我们所熟知的，而我以及我这一代人都厌倦了它。他们描写的社会是一个被整顿、束缚了的社会。这种社会的思想毫无新意，千人一面。在这样的社会里，就连放纵情感也只在允许的限度内。这种小说只适合中产阶级文明，它的读者吃得好、穿得好、住得好，坚定不移地记住他们所读到的一切都是虚构的。

荒唐的九十年代刺激了有头脑的人，让他们无法再冷漠下去，使他们焦躁不安、心怀不满，但却没拿出什么东西满足他们。旧的偶像被打碎了，但取而代之的却是纸糊的。九十年代的人大谈文学和艺术，但九十年代的作品却像玩具兔子，拧紧了发条，它们便会往前跳，然后咔哒一声，不再动弹。

现代诗人。我宁愿他们多一点情感,少几分聪明。他们浅吟低唱,却不是因为巨大的忧伤,而是良好教育带来的清醒、愉悦。

特务。他的个头连中等都不到,但长得虎背熊腰。他走起路来健步如飞、悄然无声,姿态很奇特,有点儿像只大猩猩,胳膊垂在身体两侧,离身体有点距离。他给你一种他几乎是一只猿的感觉,随时准备一跃而起,有使不完的劲儿,这让人感到不安。他粗短的脖子上长着方方的大脑袋,脸刮得很干净,小眼睛敏锐狡猾。那张脸扁平得奇怪,就好像五官被一拳打陷进去了似的。他的大鼻子肉乎乎的,很平,嘴巴也很大,一口黄牙倒是挺小。他一头浓密的浅色头发,梳得油光水亮,贴在头上。他从来不大笑,但常常轻笑,笑时眼中闪烁着幽默的光,残忍的幽默。他穿着美式成衣,很得体,乍一看,你可能会认为他是个中产阶级移民,在中东某个繁华的城市做点小生意,小有成就。他英语说得很溜,但不准确。和他在一起呆久了,便不可能不欣赏他的决绝。与他坚毅的性格相对应的是他强壮的体魄。他冷酷、聪明、谨慎,为达目的不择手段。说到底,他让人感到恐惧。他想象力丰富,满脑子点子,这些点子全都狡诈而大胆。他所从事的工作错综复杂,而他则像个艺术家,视之为赏心乐事。当他向你介绍自己想出的一个计划,或是描述哪次成功的脱险,这时,他蓝色的眼睛发亮,满脸恶毒的快乐,容光焕发。他对人的生命有种英雄式的漠视,因此你会觉得为了某项事业,他会毫不犹豫地牺牲自己的朋友或是儿子。他的勇气不容置疑,他的精神和头脑让他不仅能够面对危险(这不算是难事),也能忍受困苦和无聊。他生活俭朴,而且能够长时间不食不寝。他从不放松自己,也从未想过放松别人,他的精力充沛得惊人。尽管冷酷,但他的脾气很好,他能够杀掉一个人,却不表现出对那个人任何的憎恶。除去对好雪茄的极度喜爱，他的生命中似乎只有一种激情，那就是爱国。他极具组织纪律性，无条件地服从领导，也同样要求他的下属。

俄罗斯人的爱国主义很奇怪，它充满了狂妄自大：他们觉得自己与其他民族不同，并因此沾沾自喜；他们说起本国农民的无知时自鸣得意；他们大肆炫耀自己的神秘和复杂；他们重重复复地说自己用一副面孔看西方，换上另一副面孔看东方；他们为自己的缺点而骄傲（就像一个粗人对你说上帝就是这样造他的），洋洋得意地承认自己的确是愚蠢且无知，做计划时混乱不堪，行动起来优柔寡断。但是别的国家称之为“爱国主义”的那种复杂情感，他们却似乎没有。我曾试着分析这种特别情感在我心中是由什么组成的。对我来说，单单是地图上英国的形状就意义深刻，它让我脑中生出万千意象：多佛的白色悬崖和茶色海水，肯特郡宜人的蜿蜒小道和苏塞克斯郡的丘陵，圣保罗大教堂和伦敦池，诗篇锦句，柯林斯①卓越的颂歌，马修·阿诺德的《博学的吉普赛人》，济慈的《夜莺》，莎士比亚的台词选段和一页页的英国历史，德雷克②和他的海船，亨利八世和伊丽莎白女王，汤姆·琼斯③和约翰逊博士，我的朋友们，维多利亚火车站上的海报；还有隐约感受到的庄严、力量、传承；还有，天知道为什么，还有这样一幅画面：一条三桅船鼓满了风帆驶过英吉利海峡，火红的落日挂在天边——哦，气宇轩昂的航船，你撑

① 柯林斯（William Collins, 1721—1759），英国诗人，擅以新古典时期文艺形式表现浪漫主义的情感，代表作有《黄昏颂》（Ode to Evening）、《诗性颂》（Ode on the Poetical Character）、《波斯牧歌》（*Persian Eclogues*）等。

② 德雷克（Francis Drake, 1540？—1596），英国海军上将。伊丽莎白时代最著名的航海家，是第一个航行太平洋、印度洋和南大西洋的英国人。1588 年西班牙舰队入侵，他任英国舰队副司令。在打败西班牙无敌舰队的战斗中起了关键性作用，成为英国的英雄人物。

③ 汤姆·琼斯（Tom Jones）是英国作家菲尔丁（Henry Fielding, 1707—1754）同名小说中的主人公。

起白帆,是要去往何方[1]。这样的感受和千百种其他感受汇集成一种情感,这种情感让人乐于牺牲,这种情感中兼有自豪、渴望和爱,但它是谦逊而不是自负的,并且不排斥一点幽默感。也许这样的情感过于精巧琐细,而俄罗斯实在是太大了,它的过去太缺乏骑士精神和浪漫传奇,它的个性太含糊,它的文学太贫乏,于是想象力无法将整个国家,它全部的历史和文化,都纳入一种情感之中。俄罗斯人会告诉你农民热爱他的村庄,而他的眼界也仅局限于此。读俄罗斯历史,你会惊讶地发现,一代又一代,每个时期俄罗斯人的民族感都是那么淡漠。偶尔他们爱国热情高涨,赶走了入侵者,这样的事件少得可怜,一旦出现则叫人惊讶不已。通常情况下,只要事不关己,他们对同胞的沦陷和苦难是漠不关心的。神圣俄罗斯帝国能长时间地、顺从地套上鞑靼人的枷锁可不是事出偶然。现在轴心国[2]可能会侵吞俄罗斯部分国土,这并没引起俄罗斯人什么愤慨,他们耸耸肩,一句话就打发了:"反正俄罗斯也够大的了。"

但我的工作让我和捷克人有密切接触,他们身上的爱国情操让我惊诧不已。他们全身心沉浸在这种强烈情感中,根本没给任何别的情感留下空间。我觉得这些人让我敬畏而不是欣赏,他们为国家事业牺牲一切,他们不是冷漠人群中的两三个狂热分子,而是成千上万个公民,他们奉献出自己所有的一切,自己的安宁,自己的家园,自己的财产,自己的生命,以换取国家的独立。他们如同一家百货公司一般井井有条,如同一个普鲁士军团一样纪律严明,我所遇到的大多数爱国者也急于为自己的国家服务,但坚决要求自己也有利可图。(唉,这在我们国家实在是太常见了。国家生死存亡之际,

---

① 此句出自英国桂冠诗人布里奇斯(Robert Seymour Bridges, 1844—1930)的诗《一名路人》("A Passer-by")。

② 一战时德国、奥匈帝国及其盟国土耳其和保加利亚。

人们依然忙着找工作,搞阴谋诡计,以权谋私,互相嫉妒,这样的事实,有谁会提到?)但是捷克人完全没有私心。就像母亲照料自己的孩子一样,他们根本不求回报。别人得到冒险刺激的机会时,他们欣然接受单调乏味的工作;别人被委以重任的时候,他们甘愿居于卑微的职位。像所有具有政治头脑的人一样,他们也有不同的党派和纲领,但这些全都服从于共同利益。在俄国成立的伟大的捷克人组织,在整个战争期间,所有的人,从富有的银行家到穷苦的工匠,都捐出了自己收入的十分之一,这难道不是个奇迹么?甚至战俘们(大家都知道那可怜巴巴的几个小铜板对他们自己来说是何等宝贵)也能攒下钱来,捐出的款项总额高达上万卢布。

九十年代只吸引理智,那是潺潺流水,一切从水中流过的东西都得到了净化。但当今文学吸引的是情感,那是一口井,一潭死水渐渐变得肮脏恶臭。九十年代人们的喜怒哀乐都写在脸上,像所罗门的窗台上绽放的绚丽兰花,但我们当代人却把喜怒哀乐放在污水盆里。也许激情似火、燃起宝石般炫目的火焰的确有点荒唐,但做一罐面包酱也委实是单调乏味。

我读《安娜·卡列尼娜》时还是个孩子,那是本由沃尔特·司各特出版的蓝封皮译本。那时离我自己开始动笔写作还早得很,我对那本书的记忆已经模糊。许多年后我重读了《安娜·卡列尼娜》,这时我是从专业的角度看它的小说艺术,我认为这本小说有力、奇异,但有些生硬、枯燥。后来我读了法文译本的《父与子》,我对俄国的东西实在一无所知,没法欣赏它;那些奇怪的名字、独特的人物的确自有一番情趣,打开了一扇新的窗户,但它只是一本平常的小说,和同时代的法国小说相似,不管怎么说,就我看来,它没有什么太重大的意义。后来,当我发现自己的的确确对俄国有了兴趣时,我又读了屠格涅夫其他的小说,但它们都没能打动我。这些小说里的理想主义太无病呻吟了,不对我的口味,而且读翻译本也无法领会俄罗斯人所欣赏的写作手法和风格之美,我觉得这些小说写得不成功。直到读了陀思妥耶夫斯基(我读了《罪与罚》的德文译本),我才得以感知一种新的情感,令人迷惘又扣人心弦。这些书里才真的有对我来说意义深刻的东西。我一本接一本贪婪地读着这位俄罗斯最伟大作家的伟大小说。我最后读了契诃夫和高尔基。对高尔基我不以为然,他的创作题材的确奇且偏,但是论才华他似乎很平庸:他写最下层人民的生活,文风不矫揉造作,倒还可一读,但我很快就对彼得格勒的贫民窟没了兴趣。而当他开始深思或是进行哲学探讨时,我就发现他很浅薄。他的才华来自于他的出身,他是作为无产阶级写无产阶级,不像大部分的作家是作为资产阶级写无产阶级。但是,我发现契诃夫作品里的精神我十分喜欢。这才是个真正有个性的作家,他不像陀思妥耶夫斯基,那是一股狂野的力量,令人吃惊,给人灵感,叫人恐惧,又让人不解,契诃夫不是这样,你可以和他建立起亲密的关系。我觉得只有从他身上才能了解到俄罗斯的秘密,换了其他人都不行。他的写作题材广博,有直接的生活阅历。有人认为他堪比莫泊桑,但这样说的人肯定两者的作品都没读过。莫泊桑是一个聪明的说书人,但最多只能算效果精彩(当然,这应该是评判作家作品的标准之一),和实际生活没什么关联。读他的名篇时你会觉得有意思,但它们太不自然,经不起仔细推敲。那些人物都是戏剧舞台上的形象,他们的悲剧在于他们像木偶而不像活人。他们的出身决定了他们的生活观,而他们的生活观乏味而庸俗。莫泊桑的本质是一个衣食无忧的推销员,他的眼泪、他的笑声像是从哪家外省旅馆的商务室传来。他是郝麦先生[1]的儿子。但读契科夫，你似乎根本不是在读故事。这些作品中没什么明显的奇思妙想，你也许会觉得这样的故事谁都能写，但实际上没有别人写这样的故事。作家有了一种情感，用文字表达出来，然后你便可体会这种情感，你就成了作家的合作者。用"生活的片段"如此陈腐的说法描述契诃夫的故事太不合适了，因为片段是割裂的一个小块，而读契诃夫的短篇时你绝不会有割裂之感：它是一种透过指缝看到的风景，尽管你只能看到一小部分，但你清楚它是绵延不绝的。

上面我对莫泊桑实在有些不公，他的《泰利埃公馆》就足以驳斥我的不公论断。

现在俄罗斯作家风靡一时，有些作家，仅仅是因为他们用俄语写作，就有些严肃的人来使劲儿夸大他们的优点，于是有的作家万众瞩目，比方说库普林[2]、柯罗连科[3]、索洛古勃[4]，其实他们本不值得人们这样重视。我觉得索洛古勃毫无价值，但是他把肉欲和神秘主义相结合，这肯定会吸引某个阶层的读者。话又说回来，我倒不像有些人那样，要摆出一副鄙视阿尔志跋绥夫[5]的架势。我认为《沙宁》这本书有些价值，它的优点是拥有俄罗斯小说中少见的阳光。我们习惯了俄罗斯小说中的人物生活在冰冷的毛毛雨中，但

① 郝麦先生（Monsieur Homais）是法国作家福楼拜的长篇小说《包法利夫人》（*Madame Bovary*）中的人物。郝麦先生是个药剂师，自私自负，喜欢长篇大论，满口医学名词和理论，而实际上他对医学根本一窍不通。他平生最大的愿望就是获得荣誉勋位团勋章，而在小说的最后他也的确如愿以偿。

② 库普林（1870—1938），俄国作家，作品揭露沙皇军队的腐败和资本主义社会的罪恶，代表作长篇小说《决斗》、《火坑》（旧译《亚玛》）等。

③ 柯罗连科（1853—1921），俄国作家、社会活动家。代表作有《我的同时代人的故事》和《盲音乐家》等。

④ 索洛古勃（1863—1927），俄国象征主义诗人，著有诗集《火环》等。

⑤ 阿尔志跋绥夫（1878—1927），俄国作家，颓废文学的代表之一，其长篇小说《沙宁》鼓吹纵欲，宣扬非道德论。1923 年逃亡国外。

《沙宁》中不是这样：天空蔚蓝，夏日宜人的微风拂过白桦，哗哗作响。

每一个刚开始研究俄罗斯文学的人都会惊讶于其贫瘠。对于十九世纪前的俄罗斯文学作品，就连最满腔热情的评论家也只不过对它们的历史价值有些兴趣。俄罗斯文学始于普希金，然后是果戈理、莱蒙托夫、屠格涅夫、托尔斯泰、陀思妥耶夫斯基，然后是契诃夫，没了。研究者会提到不少名字，但他们并不看重这些人，门外汉们只要随便读一读别的作家的作品，就会明白不读这些作家也没多大损失。我试着想象，如果英国文学从拜伦、雪莱（用托马斯·摩尔代替雪莱也可以）和沃尔特·司各特开始，接下来是狄更斯、萨克雷和乔治·艾略特，最后以乔治·梅瑞狄斯收尾，那会怎么样？第一个影响就是人们会把这些作家看得更重。

正因为俄罗斯文学极其贫瘠，俄罗斯人才能对自己的文学琢磨得如此透彻。只要肯读书的俄罗斯人，就都读尽了俄罗斯文学，而且是频繁地读，读得烂熟于心，就如我们读钦定英译本《圣经》一般。因为俄罗斯文学的主要组成是小说，所以，比起其他国家来，小说在俄国知识分子的心中分量更重。

《钦差大臣》在俄罗斯享有盛誉。它本身就构成了俄罗斯古典戏剧的全部。每一个中小学生都读它，就像我们读《哈姆雷特》一样；它一到节假日就会公演，就像《熙德》①节假日在法兰西戏剧院

① 《熙德》(*Le Cid*)是法国剧作家高乃依(Pierre Corneille, 1606—1684，法国古典主义悲剧奠基人，擅长运用戏剧场面揭示人物内心冲突)创作的剧本，是法国第一部古典主义名剧，取材于西班牙史，讲的是一对青年男女在爱情和家族荣誉之间挣扎的故事。此剧1636年首次公演便轰动了巴黎。

公演一样。对俄国人来说,这部微不足道的小戏就如同莎士比亚和伊丽莎白时代的戏剧家,康格里夫①和威彻利②,哥尔德斯密斯③和《造谣学校》④一般举足轻重。剧中的角色都已成为各种性格特征的代名词,现实中的人们可以对号入座,而且已经有上百句各类台词成为了格言成语。但其实它只不过是一部微不足道的闹剧,跟科策布⑤的《德国小市民》大致一样,也许它的创作灵感就来自《德国小市民》。《钦差大臣》这部戏的水平和《屈身求爱》差不多。戏剧情节很普通,对剧中人物的刻画只是滑稽的模仿,而不是角色创作。不管你多发自肺腑地想相信他们的真实性,你也抑制不住自己对这些角色的不以为然。不过果戈理倒是有自知之明,没在剧里设置什么聪明或是体面人,所以没有破坏画面。他的剧中聚齐了一帮恶棍和笨蛋,说起来也达到了某种艺术完整,若是在这帮人中间安插个老实人或是能干人则会打破这种完整。康格里夫在这个问题上也一样睿智,他十分注意不要在自己笔下那群浪荡子中插入一个贤人。果戈理以及他同时代的人看重这一部闹哄哄的小滑稽戏,这倒不怎么奇怪,奇怪的是那些通晓西欧文学的评论家居然也看重它。

---

① 康格里夫(William Congreve, 1670—1729),英国王政复辟时期的风俗喜剧作家,擅长使用喜剧对话和讥讽手法,刻画并讽刺当时的英国上流社会,主要剧作有《老光棍》(*The Old Bachelor*)和《如此世道》(*The Way of the World*)等。

② 威彻利(William Wycherley, 1640—1716),英国剧作家,王政复辟时期喜剧作家之一,代表作有《乡下女人》(*The Country Wife*)、《直爽人》(*The Plain Dealer*)等,讽刺当时庸俗、自私和虚伪的社会风气。

③ 哥尔德斯密斯(Oliver Goldsmith, 1728—1774),英国诗人、剧作家、小说家,主要著作有小说《维克菲尔德的牧师》(*The Vicar of Wakefield*)、喜剧《屈身求爱》(*She Stoops to Conquer*)等。

④ 《造谣学校》(*The School for Scandal*)是英国戏剧家谢里丹(Richard Brinsley Sheridan, 1751—1816,作品多为喜剧,在英国戏剧史上占重要地位)的代表作。剧本讲的是一帮贵族男女整日以造谣生事为乐,专门破坏别人的名誉和家庭幸福,这个故事揭露了英国上层社会的虚荣、贪婪和虚伪。

⑤ 科策布(Friedrich Ferdinand von Kotzebue, 1761—1819),德国剧作家,曾流亡国外,在俄国任官职,后由俄皇派往国外,被视为间谍,遭暗杀。写有《恨人与悔恨》、《捕猎》等大量剧本。《德国小市民》(*Die deutschen Kleinstädter*)这部喜剧充分展现了德国的乡村生活。

通常，那些向世界介绍俄罗斯的人自己多半对其他国家不甚了解，就因为某些特征不是英国特色，他们便赞颂为俄国特色，而不知道这些特征是由自然条件造成的，在别的与俄罗斯自然条件相似的地方，也会有这样的特色。想要对哪个异邦有一点了解，你不能只在自己国家和这个国家生活过，起码你还得在别的哪个国家待过。阿诺德·本涅特①就一直坚信，早餐不吃面包卷和咖啡是法国人独有的特色。

我没什么非凡的天才，但我有刚烈的性格，它多多少少弥补了我其他的不足。我有理智常识。大多数人什么都看不见，我却能把眼面前的东西看得一清二楚。最伟大的作家能看透砖墙，我的目光还没这么犀利。长期以来，人们都说我愤世嫉俗，我只是一直都说实话罢了。我就是我，我可不希望别人把我看成别的样子；而另一方面，我也觉得自己没有必要接受别人的虚饰伪装。

比起研究本国的人来，研究异邦的人没法指望认识太多的异邦人，而且由于语言、文化差异，多少年也没法儿和他们建立起亲密的友谊。即使英国人和美国人，虽没太多语言隔阂，也没法真正地互相了解。或许，只有当人们早年的生活以及教育背景相似时，才最能相交相知。塑造一个人的是他生命前二十年中的所见所闻、所想所思。而英国人和俄国人之间的这道鸿沟不仅宽之又宽，还深不见底。单是语言差异就是不可逾越的困难，大大地拉开了两者的距

① 阿诺德·本涅特（Enoch Arnold Bennett，1867—1931），英国小说家、批评家，写过许多以家乡五座工业城镇（即 the Five Towns）为背景的小说，主要作品有《五镇的安娜》（*Anna of the Five Towns*）、《老妇人的故事》（*The Old Wives' Tale*）、《克莱汉格》（*Clayhanger*）等。

离。就算你语言掌握得很好,也好不到足以让人忘掉你是外国人的地步,他们与你相处永远不可能像他们自己之间那样。外国人想要最大程度地深入了解一个异族,就得靠阅读,而在这方面,读二流作家要比一流作家更有用。伟大的作家会创造,而稍次一点的作家则是临摹。关于俄罗斯人,契诃夫能告诉你的远比陀思妥耶夫斯基要多。然后,通过对比你认识的人和你读到的人,你的脑子中便能形成一个印象,就算这印象同事实仍有差距,不管怎么说,它也相对完整、合理,且贯通畅达。

关于学习一门语言,我有自己的看法。我认为学到我能流畅阅读、能应付日常对话的地步就足够了,再学下去就是浪费时间。想要精通一门外语需付出巨大努力,得不偿失。

近些年文人们流行谈上帝,他们绘声绘色地描写万能的主,好平衡句子,或是让段落充满感情。这下萧伯纳和H·G·威尔斯①也来凑热闹,虽然只是踩着时间刚刚赶上,他们却加快了脚步,要走在这场运动的前面。如果你不再像以前那么活跃,那做某种思潮的领头人可是够困难的,如果他俩看上去都有些上气不接下气,那也没什么好大惊小怪的。

我希望哪个有思想的人能写一篇文章解释一下,为什么英国的文人会重拾宗教信仰,甚至在战前就开始这样。而奇怪的是,他们并没能带动大众,教堂依旧乏人问津,更没能对那些更有才智、极有

① H·G·威尔斯(Herbert George Wells, 1866—1946),英国作家,主要作品有科幻小说《时间机器》(*The Time Machine*)和《星际战争》(*The War of the Worlds*)等。

学问的人产生什么影响。总的来说,法律界、科学界和商界人士都对宗教信仰持怀疑态度,这个思潮纯粹是文学上的。这当然与法国类似的思潮有关,在法国,这场运动植根于政治,1870 年普法战争中法国战败则为它奠定了基础: 战后成长起来的一代无精打采,没有活力,因此自然倾向于信教。法兰西第三共和国反天主教,于是所有反对它的人都站在了天主教一边,许多人把宗教信仰与爱国主义、法兰西的伟大等同起来。最终,那些不明智的人想要的承诺科学没有兑现,有些问题科学从没装作能给出答案,他们却对此不满,于是许多人就投入了教会的怀抱。

法国每出现一场文学运动,英国就会有人效仿。我国有不少文人以"独创性"著称,他们其实不过是做了孜孜不倦地阅读法国文学评论这件简单事。就像在法国,在英国也有许多人对科学不满。我们的大学依旧虔诚信教。它们不断向年轻人灌输"信仰上帝是高尚传统"这样的思想。不难理解为什么重拾宗教的主要是文人: 首先,若是以前,那些心存宗教本能的人会受圣职,但现在做教职人员不是什么受欢迎的职业,于是这些人便把全部或部分时间投入了写作;其次,作家不断地求变,他们这类人善变无常,而捍卫一种垂死的信仰不仅可以给提供他们别致、生动的新主题,而且正合他们热衷浪漫传奇的本意。我们都知道,过去二十年里,我们一直渴望浪漫传奇,这种热情持续升温,我们都在贝斯沃特大街上寻找着鲁里坦尼亚王国①。后来大战来了,随之而来的痛苦、恐惧和困惑让许

① 贝斯沃特大街(Bayswater Road)是伦敦西区的一条大街,是伦敦最繁华的街区之一。不少名人,比如《彼得·潘》(*Peter Pan*)的作者巴里(Sir James Barrie, 1860—1937)和英国前首相丘吉尔(Sir Winston Churchill, 1874—1965)等,都在这条街上住过。

鲁里坦尼亚王国(Ruritania)是英国作家霍普(Anthony Hope, 1863—1933)在小说《曾达的囚徒》(*The Prisoner of Zenda*)中虚构的一个中欧王国的名字,在那里上演着一出出阴谋、一幕幕浪漫。因此在英语中,"鲁里坦尼亚王国"便是"浪漫国"的代名词。

多人选择了宗教。看到别人死去（他们并不怎么在乎这些人），他们便通过信仰全能的、大慈大悲的、无所不知的造物主来给自己以慰藉。我有一次在海上，认为自己身处危境、面临死亡，那时嘴边便不由自主地要冒出祈祷的话，这是儿时信仰的残存碎片，原本早已忘记。我凭着自己的意志，颇下了一番力气才抑制住了它们，得以冷静从容地面对下面可能发生的事情。在那一刻，我差点儿就要信仰上帝了，但幸好我还有敏锐的辨别力，认得出什么是无比荒唐的，这才摆脱了恐惧，没有投降。我试图在《人性的枷锁》①里记下我为什么会舍弃了自己幼年时期的虔诚，但这种事难以精确描述，我也一直对最终的定稿不太满意。尽管我的思想方式很具象，不善于做抽象思考，但我挺热爱玄学，而看到哲学家像杂技演员走钢丝一般面对难以理解的东西时，我能从中获得强烈的快乐。我读过许多哲学著作，虽然有些赞成绝对事物存在论这种理论很理智，不知如何否定、驳斥它们，但对于“宗教”一词的通常所指我有一种与生俱来的不信任，而我并没有从那些著作中读到任何能够诱使我放弃这种怀疑的东西。有些作家试图将玄学说的绝对事物与基督教的上帝整合在一个概念中，我对这种人没什么耐心。而且就算我曾怀疑过自己的见解，这场大战也早已打消了这点疑虑。

只要是观察俄罗斯人的生活，或是读俄罗斯小说，就一定会注意到强烈的罪恶感占了俄罗斯人生活的多大比重。俄罗斯人不仅会不停地告诉你他是一个罪人，而且他似乎是真心感觉自己有罪，时时受到良心的谴责，饱受痛苦煎熬。这一特点真实而奇怪，我试图找出个中缘由。在教堂里我们自然也会说自己是可怜的罪人，但

① 即 *Of Human Bondage*，1915 年出版。

我们根本不相信自己有罪,我们有头脑,知道自己绝不是什么罪人。我们都有缺点,都做过让自己后悔的事,但我们知道自己的行为还没到要让自己捶胸顿足或是咬牙切齿的地步。我们大多数人都还是挺正派的,机遇给了我们什么样的生活,我们就在其中尽力而为。就算我们相信有末日审判,我们也觉得上帝如此睿智,如此通情达理,我们这些凡人都能轻易宽恕邻居身上的一些小缺点,对我们身上类似的毛病,他老人家也肯定犯不着追究。倒不是我们自满,总的说来,我们这些人够谦逊的了,只是我们专心做手边的事,而不怎么记挂自己的灵魂。俄罗斯人则好像不一样。他们比我们更喜欢自省,有强烈的罪恶感,对忏悔的渴望更迫切。他们被这一负担压得喘不过气来,为了一小点过失,他们就会悲切哀悔,抽泣恸哭,然而换了我们这些没这么敏感的人,根本不会为了些许小事而良心不安。德米特里·卡拉马佐夫视自己为大罪人,陀思妥耶夫斯基透过他看到了一个暴躁、狂热的人,灵魂肯定在撒旦手里。然而冷静一点判断,德米特里不过是犯了些小错。他喜欢玩牌,酒总是喝得太多,喝醉了大吵大闹;他好色,还常常控制不了自己的暴躁脾气;他草率、冲动,但他的弱点也就这么多了。凡尔蒙先生,还有被爱情变成"幸福的伪君子"前的乔治·黑尔爵士①,这两人根本就不会在乎

---

① 凡尔蒙子爵(Vicomte de Valmont)是法国作家拉克洛(Pierre Choderlos de Laclos,1741—1803)的书信体小说《危险关系》中的人物,他与梅黛女爵(Marquise de Merteuil)两人以性为武器,不断互相诋毁。

乔治·黑尔爵士(Sir George Hell,"Hell"即"地狱")是英国作家比尔博姆(Sir Max Beerbohm,1872—1956,英国漫画家和作家)的短篇小说《幸福的伪君子》(*The Happy Hypocrite*)中的主角。他原是一个喜好声色犬马、流连赌场的花花公子,爱上清纯的女舞蹈演员珍妮·梅尔(Jenny Mere),向她求婚却遭到拒绝。珍妮表示自己只愿嫁看上去像是圣人的人。黑尔爵士便买了一副面具,重新求婚,这次成功了。戴着面具的黑尔爵士不仅看上去像个圣人,还大行善举,生活节俭,同以前的自己判若两人,甚至连结婚证书上的名字也改作了乔治·黑文(George Heaven,"Heaven"即"天堂")。婚后一个月,一次意外中黑尔爵士的面具被扯破,他原本担心珍妮看到自己的本来面孔会离他而去,但却发现自己的脸已和那面具长得一样,成了圣人脸。

德米特里的"罪过",只会觉得好笑。实际上俄罗斯人根本算不上什么大罪人:他们懒惰,意志不坚定;他们话太多;他们没什么自制力,所以虽然表达起自己的感情来总是无比热烈,实际上感情是否如此强烈可说不准;但总的说来他们心肠好,脾气也好;他们不怀恨不记仇,慷慨大方,对别人的缺点很宽容;比起西班牙人和法国佬,他们也没那么沉迷于性事;他们友好;他们虽是火爆脾气,但火发起来快,熄下去也容易。如果他被罪恶感压着,这明显不是因为他没做或是做了什么事(实际上,他们多半是因前者而自责不已),而是由于生理上的癖好。参加过俄国酒会的人都会注意到,他们喝酒都喝得很凄惨。他们一喝醉了就会哭。他们常常喝醉。整个民族都受着宿醉头痛之苦。如果禁饮伏特加,抹去了俄罗斯人的这种怪癖,大概会是一件很有趣的事,正是俄罗斯人的这种特征让西欧的感伤主义者们认为很值得深思。

最近流行通过文学培养人们的吃苦精神,对此,我只觉得可怕。我一点都不赞成陀思妥耶夫斯基对于受苦受难的态度。我目睹过无数人受苦受难,自己也没少受苦难。当我还在学医的时候,我在圣托马斯医院的病房里见过病痛对各类病人的影响。大战中我也有过相同的经历,而且我还见过心灵上的折磨对人的影响。我从没见到过痛苦能加强人的性格修养。"痛苦能使人完美、使人高尚",这纯属杜撰。痛苦对人的第一个影响是使他变得狭隘。他们变得以自己为中心,他们的身体、他们的周围环境,在他们眼中都变得无比重要,在外人眼里这不可理解。他们变得暴躁易怒、满腹牢骚,成天在鸡毛蒜皮的事上纠缠。我遭受过贫困的折磨,也曾情场失意、希望破灭、理想幻灭、怀才不遇、缺乏自由,这些折磨都让我痛苦不已,而我知道它们让我变得善妒、无情、暴躁、自私、不公,反之富足、成功,以及快乐则让我趋善向良、变得更好。健康的人发挥自己所有的机能,他自得其乐,也能为别人制造快乐;他精力充沛,能利用并完善自己的禀赋;他的智力不断成熟,让他产生复杂的思想,变得充实;他的想象力让他能够掌控时空;他的感官通过培养和教育,能够让这个世界变得更加美丽。他一天天成长为一个更完整的人。但苦难会压抑活力,它败坏道德而不是提高修养;它不能育人,而是毁人。苦难有时的确能教人学会忍耐,而忍耐的确陶冶情操。但忍耐不是一种美德,它只是一种达到目的的手段,仅此而已。忍耐对那些想做大事的人来说是必要的,但在琐事中忍耐,也就同那琐事一样,不那么值得尊敬。如滑铁卢大桥,它本身没什么了不起,不过是连通泰晤士河两岸的一条通道而已,是桥两端伸展开的伦敦城才让它变得重要。你不会钦佩一个有耐性慢慢收集邮票的人,这一品质的运用并不能改变集邮是一项不重要的消遣活动这一事实。

有人说受苦受难会让人顺从,而人们把顺从看做解决人生难题的方法。但顺从就是屈服于厄运的任性。顺从坦然地接受了残暴命运掷来的矢石,受尽折磨,还要说是些好东西。它亲吻惩戒自己的棍棒。顺从是被征服者的德性。勇士是绝不会顺从的,他会同生存环境做不懈地斗争,而且尽管明白自己与敌人并非势均力敌,他仍会义无反顾战斗下去。失败也许在所难免,但如果屈从了,就是双倍的失败。普罗米修斯被缚在岩石上,却依然英勇,坚不可摧;而另一个人,吊在耻辱的十字架上,还恳请圣父宽恕自己的敌人,因为他们的行为并非故意——对于有些人来说,普罗米修斯远比另一个家伙更鼓舞人心。对于英勇的人来说,顺从太接近于淡漠了。它有时会屈从于既不必也不该屈从的东西。它是奴隶们最后的尝试,好把自己的懦弱变成自我陶醉的理由。尽管人生的各种束缚牢不可破,一个人也照样应该斗志昂扬,充满反抗精神:尽管他饥饿寒冷,贫病交加,没有朋友;尽管他知道前面全是上坡路,艰难困苦,而且长夜漫漫没有黎明,也请允许他否认寒冷饥饿、疾病贫困是好事;尽管他已精疲力尽,没有力气再继续这场无望的战斗,也请允许他保守住心中最后一点自由的火花,正是这点火花让他可以说痛苦坏透了。

俄罗斯人比我们优越的地方在于,他们不像我们那样易受传统的奴役。俄罗斯人绝不会仅仅因为别人觉得他应该做某件事就去做自己不愿意做的事。他们之所以能平静地忍受长达几个世纪的压迫(他们的确是平静地忍受,因为整个民族都长期容忍他们也认为无法容忍的暴政,这实在是不可理喻),是因为尽管政治上受着压迫,个人的生活仍是自由的。俄罗斯人比英国人有更大的人身自由,大得多。没有什么规矩约束他。他喜欢吃什么就可以吃什么,想什么时候吃就什么时候吃;他想穿什么就穿什么,不用顾及社会习俗(艺人会泰然自若地戴圆顶硬礼帽、硬领子,律师则会漫不经心地戴顶墨西哥阔边帽)。他的习惯在他身上显得那么自然,别人就也觉得它们的确自然;尽管他常常喜欢夸夸其谈,但他从不试图掩饰自我,表现出另一个面目来,他不过稍微有一点吹牛而已;他虽不支持某个立场,却也不会对它感到震惊;他什么都能接受,对待其他人思想和行为上的怪癖他也无比宽容。

俄罗斯人很有些受虐狂倾向。扎赫尔·马索赫①自己就是个

① 扎赫尔·马索赫(Sacher Masoch, 1836—1895),奥地利作家,代表作是《穿裘皮的维纳斯》。他自己有受虐狂倾向,而笔下的男主角则个个都是受虐狂,作品多为虐恋文学。心理学上便用他的姓引申出"masochism""masochist"等词,用来指"性受虐狂;受虐狂"等心理病症和有这种心理疾病的人。

斯拉夫人，他写了一本短篇故事集，在别的方面没什么出彩的，就是让人们开始注意到这种疾病。据他妻子回忆，他本人的状态就同他自己笔下描写的病症一样。简单地说，这就是一个男人在性的问题上渴望受到深爱的女人对自己肉体和精神上的折磨。例如扎赫尔·马索赫自己就坚持要求妻子和一个情人去旅行，而他自己则装扮成男仆，一边天天低三下四地为这一对服务，一边妒忌不已，饱受折磨。在扎赫尔·马索赫的小说中，女人都被描绘得高大强壮、精力充沛、无耻且残忍。她们使唤男人，对他们百般侮辱。俄国小说里就充斥着这样的人物。陀思妥耶夫斯基的女主人公都是那种飞扬跋扈的类型，爱她们的男人对温柔、甜美、文雅和妩媚不感兴趣，相反，他们倒是从自己所受的侮辱中获得不少怪异的快乐。他们想要自己卑微下贱。屠格涅夫笔下的女主人公们都聪明、机警、活跃、积极进取，而男人们却意志薄弱，只会幻想，不会行动。这是俄罗斯小说的一个特征，我想这反映了俄罗斯人一种植根于本性的性格特点。在与俄罗斯人相处时，没人不会注意到俄罗斯女人待男人有多么粗暴。她们似乎能从当众羞辱男人中获得快感。她们好争吵、说起话来蛮不讲理。有些话，英国人再也不能容忍别人对自己说，而俄罗斯男人却能忍受。你会看到哪句嘲讽让他们红了脸，但他们绝没有一点要反击的意思。他们柔弱被动，动不动就会哭。

俄罗斯人珍视自我羞辱，因为这来得容易。他能接受侮辱，因为被侮辱能给他以异常的快感。

俄罗斯小说中人物类型真是少得可怜，叫人吃惊。相同的人物换上不同的名字，反复出现，不仅在同一个作家的笔下是这样，在其他作家的作品中亦是如此。阿廖沙①和斯塔夫罗金②便是两个突出的典型，他们似乎萦绕在俄罗斯作家的想象中。我们也可以认为他俩代表了俄罗斯人性格的两个方面，每个俄罗斯人都觉得自己身上或多或少有这两个人的印记。也许正是由于他们身上有两个互不相容的自我共存，才使得俄罗斯人如此之混乱、矛盾。

是幽默使人类得以彰显无穷无尽的性格类别。俄罗斯小说中的典型人物形象有限，可能是因为俄罗斯人特别缺乏幽默感造成的。在俄罗斯小说中，你找不到风趣诙谐、巧舌如簧，读不到揶揄打趣、挖苦讥讽，也享受不到警句妙语的智慧，俏皮话的轻松愉快。俄罗斯小说里的反讽粗劣且浅显。当俄罗斯人笑时，他是嘲笑别人，而不是和别人一起开怀大笑，因此能让他们幽上一默的只有歇斯底里女人的癔病、乡巴佬的奇装异服、醉汉的滑稽行为。你不可能和他一起笑，因为他的笑有些粗鲁，不厚道。陀思妥耶夫斯基的幽默就不怎么高明，和泡在酒吧里鬼混的家伙的幽默感差不多，做的是类似把水壶拴到狗尾巴上这样的勾当。

我想不出任何一本俄罗斯小说里有哪个人物进过美术馆。

俄罗斯人传递给世界的信息似乎很简单："爱"中藏着宇宙的秘密。其对立面俄罗斯人认为是"意志"，一种敌对而有害的力量。

① 阿廖沙是陀思妥耶夫斯基小说《卡拉马佐夫兄弟》中的一个人物，是作者心中的理想人物。阿廖沙是老卡拉马佐夫的小儿子，与他的兄长们不同，他纯洁善良，童心未泯，公正无私，与世无争，富有同情心。他坚信宗教才是这黑暗世界中唯一的光明。他对所有人，包括他那个贪淫好色的父亲，都怀着爱心。人们信任他、喜爱他，向他敞开心扉。

② 斯塔夫罗金是陀思妥耶夫斯基小说《群魔》（又译《鬼》）中的人物，是一个没有道德准则，荒淫无耻、专门玩弄女性感情的贵族少爷。

俄罗斯小说家不知厌倦、一遍又一遍地讲述意志会给受其奴役的人带来多大的灾难。他们就像女人对唐璜着迷一样地对它着迷，不过仔细思量，想到它的穷凶极恶，他们便毛骨悚然。然而他们却又怜悯它、追逐它，就像《天堂猎犬》①里的基督追逐仓皇逃离的灵魂一样。他们不认为它目标单一，而相信它自我分裂，内部存在对抗，确信意志的深处仍存在一点爱的火星，正是这星星之火燃烧吞噬着意志自己的心脏。若是它投降，哀求着要投入他们敞开的胸怀，他们就会欢欣鼓舞，像天使们一样唱起赞歌；而若是它最终拒绝投入他们张开的怀抱，他们就会像称职的基督徒一样，将它驱逐到黑暗的世界，对它怒目切齿。

但俄罗斯人将“意志”和“爱”这样对立，不过是把一种凭空想象的浪漫幻影置于另一种凭空想象的浪漫幻影面前。它们都只是表象，而我们若以为它们不止如此，那也许只是因为它们给我们以无比真实的感觉。但它们自始至终都只是感觉。爱，只要是积极活跃的，便也带有意志所具备的性质，因而不能作为它的对立面，不能成为解释存在之谜的相反答案。但契合俄罗斯人的性情、吸引俄罗斯人的却是它消极的那一面，它的克己、它的谦卑，俄罗斯人正是从这其中找到了答案，可以解开那些让他们困扰不已的谜团。这明显与理智没什么关系，这是理智对情感的臣服，他们说爱中藏着宇宙的秘密时，就是承认自己放弃了探索宇宙的秘密。俄国人如此专注于人类命运和世界意义的问题，却对探讨形而上学的问题一点都不在行，这真是奇怪。偌大的一个国家，不说一流的，连个二流的哲学家都培养不出。他们似乎根本没有严密思考的能力，想不准也想不

① 《天堂猎犬》（*The Hound of Heaven*）是英国修士、诗人汤普森（Francis Thompson，1859—1907）的长诗。

深。在思想问题上，他们都有空想症，沉溺于空想，怠惰懒散。为什么俄罗斯人的这一信息会风靡欧洲，探讨一下应该很有趣。爱的至高无上在欧洲被好好地宣传了一番，好评如潮。各类作家被它吸引，而不管是有意还是无意，它都影响了他们的观念。它来得正是时候，世界已经对科学失望了。法国曾是许多西方思想运动的发源地，现在它也自惭形秽，疲惫厌烦。自然主义学派如今枯燥而机械，叔本华和尼采也没了原先的新鲜感。一大批受过教育的人对玄学问题感兴趣，却既没有那个修养、也没那个耐心去研究玄学著作。神秘主义大行其道，有人告诉他们"爱"能解决他们所有的疑问，他们便开开心心地接受了。他们认为他们知道爱是什么意思，因为"爱"这个词词义丰富，每个人都可以根据自己最美好的经历给它一个定义。以前让他们困惑不已的东西，通过这种熟悉的情感似乎都清晰起来了，一想到这，他们便又生出一种情感，并很乐意把它视作一种解释。他们根本就没意识到这两者根本风马牛不相及，这样的做法无异于指鹿为马。对一些人来说，这一见解同他们一直未放弃过的信仰是一致的；而对另一些人来说，他们曾从理智上抛开了某种信仰，但情感上还没有放弃，现在它便又重树了这种信仰。我们也不应该忘掉，"爱"是花言巧语的家伙们钟爱的主题。

我读了一本关于陀思妥耶夫斯基的论著，作者是X。这书读上去像是哪个牧师的老处女女儿在更年期写的。没有理由不能在写陀思妥耶夫斯基时也保持冷静。读一本小说没必要狂喜、热诚到像领圣餐的修女那样。总对某人赞不绝口不仅会让别人厌烦，对自己也没什么好处。我认为，若是仰慕一个人，就应该理智地评价他，比起像醉汉沉迷于酒一样盲目崇拜他，这是一种更好的恭维。我觉得，如果一个作家能蛊惑自己读者的思想，他就会很乐意让别人去赢取他们的心。在已逝的这些人中，阿鲁埃·德·伏尔泰先生的地位肯定比穆迪甚至桑基先生①更显赫。

我希望有人能分析一下陀思妥耶夫斯基的写作技巧。我觉得，尽管他的读者并未觉察，但陀思妥耶夫斯基能对读者有如此影响，很大程度上要归功于他独特的写作手法。听人们的口气，似乎大家觉得他作为一个小说家并没有什么值得称道的，但其实不是这样的，他是个非常优秀的小说家，而且有些写作策略他用得极有技巧。有一个策略他最喜欢，也始终在用，那便是让故事中的主要人物聚在一起，对某种荒唐到让人费解的行为进行讨论。他技艺娴熟地引导你一步一步弄懂其中的玄妙，就像加博里奥②揭露案件真相一样。这些长长的对话引人入胜，令人兴奋，而且他还有一种巧妙的技巧让人益发兴奋：他的人物个个激动不安，状态与说出来的话极不相称；他描写他们激动地直哆嗦，脸色要么发青，要么就是惨白得吓人，惊恐万状，这样一来，最平常的词句有了莫名的深意。目睹了如此极端的反应，没多会儿读者自己便也绷紧了神经，一有什么事发生便会大吃一惊，而若是平常见到这种事儿他们连眼皮都不会眨一下。一个出乎意料的人走进来，宣布一条出人意料的消息。陀思妥耶夫斯基这个小说家太优秀了，安排起巧合来绝不犹豫，而他的人物总会在关键的时刻出现在关键的地方。这样的写作手段是欧

① 穆迪(Dwight Lyman Moody, 1837—1899)，美国的一位福音传道者；桑基(Ira D. Sankey, 1840—1908)，一位美国作曲家、福音歌手。两人一起走遍英美两国，穆迪布道，桑基唱歌，呼吁人们皈依基督教。他们共同创作了许多福音歌，并出版了好几本基督教颂歌。

② 加博里奥(Emile Gaboriau, 1832—1873)，法国作家，人们一般认为他是侦探小说的开山之祖。

仁·苏[1]的写作手段。我这可不是要谴责什么,只要你有才华,所有的写作方法都是好的。拉辛就能在亚历山大诗格[2]的禁锢下尽情展现人类的各种激情,而陀思妥耶夫斯基用通俗闹剧的元素也能创造出不朽的艺术佳作。但陀思妥耶夫斯基是位难以模仿的大师,有些活宝作家自己想要成为英国的陀思妥耶夫斯基,但最多不过是成为欧仁·苏的影子。

有时候,陀思妥耶夫斯基只是机械地使用这种写作技法,这个时候,他的人物就会很莫名其妙地坐立不安。一个场景虽以晴空霹雳结束,那动静其实也不过是球滚过铁皮折腾出来的。此时,他的人物扭曲变形,像是波伦亚画派[3]笔下毫无生气的人物画,都只是摆出些毫无疑义的姿势罢了。

我认为陀思妥耶夫斯基的人物塑造相当粗枝大叶。他的人物都是一个类型的。每个人的性格都是多面的,最伟大的作家们至少都暗示了这点,而陀思妥耶夫斯基的人物却永远一成不变,他们就像十七世纪流行的“角色”设置一样:铁血男儿就永远坚定如钢,轻浮女子就永远水性杨花,高尚之人就永远圣洁崇高——他们只是情感、品质或是弱点的化身,很少是个实实在在的人。而整个西欧世界天真地相信他们就是俄罗斯人,然而我所遇见过的俄罗斯人与其他民族的人没有什么差别。铁血男儿也会有他的弱点,轻浮女子也会有一颗善良的心,高尚之人也会有他的不是。读者能从小说家那

① 欧仁·苏(Joseph Marie Eugéne Sue, 1804—1857),法国通俗小说家,倡导长篇连载小说,以描写城市生活阴暗面著称,代表作有长篇小说《巴黎之神秘》(旧译《巴黎的秘密》)、《流浪的犹太人》等。

② 亚历山大诗格(Alexandrine)是诗歌的一种韵律格式,要求每行诗含有六音步或十二音节抑扬格,三音步后一停顿。

③ 波伦亚画派(the Bolognese School) 指的是十六世纪末十七世纪初在意大利北部城市波伦亚兴起的画派。该画派的信条是取前代大师的优势,博采众长,创作出更优秀的作品。但在实践中,这个画派却流于模仿主义,作品大多毫无生气、虚有其表。

里得到的最大乐趣，是看一个人既英勇豪迈又卑贱可怜，看人性矛盾无穷，丰富混乱，但从陀思妥耶夫斯基那里你得不到这种乐趣。陀思妥耶夫斯基从未塑造过于连·索雷尔①那样纠结复杂的人物。

我们都听说过，哲学上"绝对"这个概念深不可测，它涵盖了所有的痛苦和快乐，包括了所有的变化，蕴含了时间和空间，而人是如此之复杂，做"绝对"的象征正合适。可陀思妥耶夫斯基的人物都像是道德剧中的角色。你觉得他们复杂是因为你没法理解他们的所作所为，但稍稍有些"交情"后，你便发现他们实际上简单得过分，他们的一言一行真的从来都是按标准来的。

陀思妥耶夫斯基总让我想起艾尔·格列柯②。而如果说两个艺术家中，艾尔·格列柯似乎显得更伟大的话，可能是因为他所处的时代和环境更合适：他们两人都有着不同寻常的天才，可格列柯生活的时代和环境更有利于他全面发展这种才华。他们都有化无形为有形的本领，两人都激情澎湃，感情总是大起大落。他们都让人觉得他们窥探过灵魂不为人知的角落，他们在不一样的地方走过，那里的人呼吸的不是你我呼吸的空气。两人除了五官都还有其他的感官，凭着它识破了什么天机，非常希望将之公诸于世，但只能以五官感受来描绘表达，因此徒劳无功，两人便都因此无比苦恼，饱受折磨。他们都在努力地回想一个梦，记起这个梦对两人来说都无比重要，可这梦却总徘徊在意识的边缘，叫他们抓不着，让他

① 于连·索雷尔（Julien Sorel）是法国作家司汤达的著名小说《红与黑》中的主人公。

② 艾尔·格列柯（El Greco，1541—1614），西班牙文艺复兴时期的著名画家。"艾尔·格列柯"并非其本名，只因他出生在希腊，画作上又总用希腊字母签名，他便得了"El Greco"（西班牙语中"希腊人"之意）这个诨名。格列柯的作品多为宗教画、肖像画，受风格主义影响，色彩偏冷，人物造型奇异修长，代表作有《奥尔加斯伯爵下葬》等。

们无比痛苦。对陀思妥耶夫斯基来说，他巨大的画布上也画满了夸张的人物，他们也摆出奇怪但优美的姿势来表现自己，那些姿势里似乎饱含深意，可你却总是参不透。两人都通过人物姿态表达深意，这是一门艺术，而他俩都是这一艺术的大师。列奥纳多·达·芬奇也对这门艺术有些了解，他声称这是肖像画家最了不得的禀赋。

《复活》这本书能出名全仗了作者的名气。书中的道德说教掩盖了它的艺术性，与其说它是部小说，不如说它是本宣传册。狱中的几场戏、对罪犯流放西伯利亚一路行来的描写，总让人觉得是托尔斯泰特地死记硬背、硬着头皮写的，真是可惜。但托尔斯泰才华横溢，即使在这里也没被埋没。自然风景的描写处理得极出色，既写实又充满诗意，让人赏心悦目，他让我们领略了乡村夜晚的幽香、正午的炎热，还有黎明时分的神秘，俄罗斯文学中能有如此笔力的再无第二人。托尔斯泰的人物塑造能力非凡，也许聂赫留朵夫这个角色的塑造并不完全符合他的本意，但通过聂赫留朵夫这个耽于声色、神秘、无能、多情、糊涂、胆小又固执的人，托尔斯泰塑造了一个典型，大多数俄罗斯人都能从聂赫留朵夫身上看到自己的影子。不过若是纯从写作技巧的角度来看，这本书中最出彩的莫过于那许多形形色色的次要人物了，有些人只在一页上出现过一次，但托尔斯泰常常只用三四句话就能把他们描绘得性格鲜明、特立独行，任何一个作家读了都会啧啧称奇。莎士比亚戏剧中小人物大多根本没有什么个性：他们只是些名字，有几句台词要念而已，而演员们多半在这种事上直觉很准，他们会告诉你想要把这些木偶演出性格得花多大的力气。可托尔斯泰却赋予每一个人物以独特的生命和性格，于是，只要书评家够能干，哪怕是描写得最粗略的人物，他也能估摸得出这个角色的过去，揣测出他的未来。

我最近一直在读屠格涅夫。我觉得，像他这样才华如此有限，却能获得如此声誉的作家，大概是找不出第二个了。世人多高估俄罗斯文学，有些作家出名正是沾了这一点的光，而屠格涅夫最是如此。他与奥克塔夫·弗耶①或是谢尔比列②的写作理念和风格一致，他最大的优点也是他们最大的优点：有柔情有涵养，知足常乐。因为他的身材和出身，他在巴黎的文学圈中颇引人注目，若能知道这个圈子里的人到底是怎么看他的，应该会很有意思。他认识福楼拜和莫泊桑、龚古尔兄弟、于斯曼③以及玛蒂尔德公主④沙龙中的那些常客。他的书读起来让人心安：你绝不会按捺不住好奇心，要立即翻到最后一页看看，你会一页一页地顺着看下去，看到最后一页后也不会后悔看了这本书。读他的书就像行驶在河面上，整个过程平静、平稳，一路既没有惊险也没有激情。有人说他的作品中涉及了某些主题，由于俄罗斯政治凶险，他不敢明讲，便在作品中暗示（不过他是在巴黎写作，和莫斯科离得远，很安全，所以他其实完全可以同大胆的赫尔岑⑤或巴枯宁⑥一样，没必要畏畏缩缩），似乎只

---

① 奥克塔夫·弗耶（Octave Feuillet, 1821—1890），法国作家，出版了许多部小说，代表作有《小伯爵夫人》、《卡莫尔先生》等。

② 谢尔比列（Charles Victor Cherbuliez, 1829—1899），法国小说家，代表作有《挑战》、《罗薇尔小姐》等。

③ 于斯曼（Joris-Karl Huysmans, 1848—1907），法国颓废派作家，代表作有《沉浮》、《逆流》等。

④ 玛蒂尔德公主（Mathilde Laetitia Wilhelmine Bonaparte, Princesse Française, 1820—1904），拿破仑一世的侄女，法国公主。她的沙龙里聚集了当时的文学艺术名流。

⑤ 赫尔岑（1812—1870），俄国作家和政治活动家，倡导适应俄罗斯国情的社会主义，即农民民粹主义。1861年制定解放农奴法令时，他抨击该法律背叛了农民。之后，他便把精力完全投入到《往事与随想》的创作上，这本散文集被公认为俄罗斯最伟大的散文作品之一。

⑥ 巴枯宁（1814—1876），俄国无政府主义者和理论家，1864年参加第一国际。他反对马克思主义，从事分裂活动，1872年被开除。

要他一说到某个主人公在种地，俄罗斯的读者们就会兴奋不已，认为这暗示了革命运动，当然这和他的书到底有没有价值毫不相干，一本糟糕的书不会因为政治局势问题变成一本好书。这就好比那些粗制滥造的文艺作品，就算创作它们是为了挣钱糊口、养活妻儿，也无法让它们成为艺术品。屠格涅夫的优点主要在于他热爱自然，他们那一代的人描写自然都像列清单，一笔一笔地记下各种声音、气味和景色，而不会提及自然让他们产生了什么样的情感，屠格涅夫也是这样写自然的，但我们不应该因此责备他，再说他的描写还是相当优美怡人的。他还写过亚历山大二世统治时期的一个贵族家庭的乡村生活，他的描写也很有韵味，读起来很叫人喜欢。而时过境迁，现在再读起来，还添了一分风趣的优雅，增了几成历史价值。他的人物塑造都很程式化，而且人物类型也很少。每一本书中都有一个年轻女孩，每一个都严肃、端庄、充满活力；每一本书中都有一个索然无味的母亲，一个夸夸其谈、懦弱无能的男主人公，次要人物都写得含糊、苍白。在他所有的书中，唯一一个在你合上书本后，还依旧拥有自己的生命的人物，是一个叫乌瓦·伊凡诺维奇·斯塔霍夫的大胖子，他出现在一本叫《前夜》的小说中。他笨重乏味，总是打着响指，说起话来含混得过分。但最能叫屠格涅夫的读者们惊讶不已的，肯定是他的故事居然都那样琐碎。《贵族之家》写的是一个不幸福的已婚男人爱上了一个女孩，后来听说自己的妻子死了，就向女孩求了婚。但他的妻子突然出现，这对情人又分开了。《前夜》写的是一个女孩爱上了一个年轻的保加利亚人。他生了病，他们结了婚，他的病发展成肺结核，然后他死了。这两种情况，如果前一个中的男主人公采取了最基本的措施，先写了封信给他的律师，确认一下他妻子是否的确死了，而后一个中的男主人公去取护照时穿了件厚大衣，故事也就都不会发生了。屠格涅夫和安东尼·特罗洛普①,将他们俩做个比较,你会很受启发:除了写作风格之外,每一点上都是那个英国作家占优势。他更通人情世故,变化更多,更幽默,视野更广,塑造的人物更形形色色。特罗洛普笔下普劳迪主教跪在死去的妻子床边,祈求上帝让自己不要为此欣慰感激,这一幕是如此震撼,它将永远印刻在人的记忆中,但屠格涅夫就从未写出过这样的场景。

这上面的判断可真够差劲的。屠格涅夫的确不像陀思妥耶夫斯基那样被激情所吞噬,也不像托尔斯泰那样广博、慈悲,但是他有其他的品质,他有魅力、风度和柔情。他优雅而与众不同(这可都是绝佳的特质),理智,并且对乡村很有感情。即便是读译作,你也能看出他的文笔是多么漂亮。他从不走极端,从不虚伪,从不乏味。他既不是说教者,也不是预言家,他满足于做一个小说家,纯粹而简单。下一代人的定论很可能将他看做三个人中最伟大的。

陀思妥耶夫斯基墓。墓地外围着整齐的铁栏杆,地上平整地铺着沙砾。一个角落里立着一个巨大圆盒子,前面是一块玻璃盖,里面放着一个巨大的花环,花环是由人造花朵编成的,古板的白玫瑰和铃兰,比真花大得多,上面系着个大蝴蝶结,还拖着一条长长的绸带,上面印着金字。我希望这墓地无人问津,盖满了落叶,就像它周围的那些墓一样。它这样整洁,显得庸俗,真叫人难受。陀思妥耶夫斯基的半身雕像放置在花岗岩石碑前,那石碑根本没什么形状,上面刻了些毫无意义的徽章,而且它看上去就要垮塌,让人觉得很

---

① 安东尼·特罗洛普(Anthony Trollope, 1815—1882),英国小说家。以虚构的巴塞特郡系列小说(Chronicles of Barsetshire)著名,包括《养老院长》(*The Warden*)、《索恩医生》(*Dr. Thorne*)等,其他重要作品还有政治小说《首相》(*The Prime Minister*)、《你能原谅她么?》(*Can You Forgive Her?*)等。

不舒服。

那是一张被满腔热情扭曲了的脸。那头颅大得惊人，让人情不自禁地觉得那就是一个世界，大得足够容纳他笔下那数不胜数的人物。他长着一对大招风耳，耳垂很厚实，一看就是感官主义者的耳朵。他的嘴巴也很性感，凶巴巴地板着个脸，却又像是一个噘着嘴的伤心孩子。他的两颊瘦削，太阳穴深陷进去。他留着络腮胡和八字胡，都很长，脏兮兮、乱蓬蓬的；长头发稀疏；额头和脸颊上各有一大颗痣。那张脸上透着一种痛苦，一种可怕的东西，既让你想转身走开，又牢牢地吸引着你。他的相貌比他所有的作品都骇人。他看上去像是一个去过地狱的人，在那里看到的不是无止境的煎熬，而是卑鄙和矫饰。

涅瓦大街①。邦德大道②狭窄而弯曲，就像中世纪城市的街道，它让人时时想起这座贵妇人前来度社交季节的城市，就是在邦德大道，最后一位克利夫兰女公爵掴了她仆人一耳光。和平大街③有着法兰西第二帝国的耀眼华贵，它宽阔大气，庄严凛然，却又欢快轻松，似乎科拉·珀尔④和奥尔唐斯·施奈德⑤的影子依然对着所收集的宝石笑得那么灿烂。第五大道也很欢快轻松，但它的那种欢快与和平大街不同，它神采奕奕、兴高采烈，它青春气盛，有着年轻人那种缺乏想象力却灿烂辉煌的光彩。尽管每一条街道都有自己的特点，也只可能和自己所在的那个城市契合，但这些伟大的街道有

① 涅瓦大街是俄罗斯圣彼得堡最著名的大街，全长四公里。一路有图书馆、博物院、音乐厅、饭店等，旁边还有一条运河流过。
② 邦德大街(Bond Street)是伦敦主要商业街道。
③ 和平大街(Rue de la Paix)是巴黎的一条大街，以优雅奢侈著称。
④ 科拉·珀尔(Cora Pearl, 1835—1886)，十九世纪巴黎著名的交际花。
⑤ 奥尔唐斯·施奈德(Hortense Schneider, 1833—1920)，法国十九世纪的著名女高音歌唱家。

一个共同点，它们都彬彬有礼，欣欣向荣，正合适代表一个站住了脚跟、充满自信的社会。但它们都没有涅瓦大街那样有个性。涅瓦大街昏暗肮脏、邋遢破烂、破败不堪。它很宽也很直。街道两旁的房子低矮、单调、油漆脏兮兮的，失去了光泽，建筑风格也乏善可陈。街道让人感觉乱七八糟的，虽然我们也知道它是照计划建成的，但它却一副没有完工的样子，使你想到美国西部小镇的某条街道，经济景气时匆匆开建，经济渐渐衰落，它也就无人问津，破旧不堪了。商店橱窗里塞满了俗气的商品，像是来自维也纳或柏林郊区某个破产公司的库存。街上人山人海，川流不息，也许涅瓦大街的个性就来自于这摩肩接踵的人群。它不像其他的大街，街上走的主要就是某一阶层的人，涅瓦大街上什么阶层的人都有。若是在街上闲逛，便可观察到各式各样的人：士兵、水手，以及学生、工人和资产阶级，还有农民，他们没完没了地说着话，一群群人热情地围着卖最新一期报刊的小贩。这些人看上去温和敦厚，脾气随和，很有耐心，我觉得他们不会像巴黎的群众那样脾气暴躁，动不动就闹出不快，大动干戈；我也相信他们肯定不会像法国大革命中的群众那样行为恶劣。他们给人的印象就是一群老实人，想要找点乐子，寻点刺激，但他们只把生活中大大小小的事件当做有趣的谈资。现如今，肉铺和食品店外面总排着长长的队伍，戴着头巾的妇女、小男孩儿、小女孩儿、白胡子老头，还有面色苍白的年轻人，他们都排着队等着领取食物，一个小时接一个小时地等待着，耐心地等待着。

我觉得，这一群群人最不可思议的是他们的容貌各式各样，其他国家的人们面孔多半都差不多，但这些俄国人可不是这样的。相较之下，他们的灵魂深处的强烈情感似乎都明明白白地写在了脸上，这一张张脸不是面具而是索引：沿着涅瓦大街一路走，你可以看见所有伟大的俄罗斯小说中的各种人物，你可以一个一个将他们对号入座。有阔脸厚唇的商人，一把浓密的胡须，放荡、大嗓门、粗俗；有脸色苍白的理想主义者，双颊深陷，肤色蜡黄；还有人群中那些冷漠的女人，一脸木然，毫无表情，像是一架乐器，由着任性的手弹拨，从女性的娇柔中你能窥到残忍。情欲就像某种古老道德问题的化身，在街上游荡，同它一起的还有美德、怒火、恭顺，以及饕餮。俄罗斯人总是说，世界没法儿理解他们，他们也没法儿理解自己。他们以神秘自居，这有点儿虚荣。许多人宣称俄罗斯人的神秘难以解释，我也不知道怎么解释，但我自问这样的神秘是不是源于他们的简单，而非复杂。他们完全屈从于情感，这很奇怪，相当原始。比方说英国人，他们有扎扎实实的性格“基础”，虽然情感会影响它，但它反过来又会影响情感；但俄国人好像完全处于情感的控制下，每一种情感都能完完全全地支配个体，指使着他向东往西。他们就像风鸣琴①，一百阵风就能吹出一百种旋律，这乐器因此就显得难以想象的复杂。

涅瓦大街上，我常能看到一个异乎寻常、使人惊骇的家伙在沉思，在俯瞰人群。它看上去都不像是人，而是一个畸形的小侏儒，他姿势古怪地蹲在一根粗柱子上，柱子的高度让他正好高过行人，下面有一个壮实的农民扶着柱子，收取善人的施舍。侏儒栖在柱子上，像一只怪鸟，他的脑袋上有些什么看上去很像鸟，更加强了这种效果，但奇怪的是那脑袋的形状匀称，这是一颗年轻人的头，长着大大的鹰钩鼻，厚实的嘴唇，眼睛很大，靠得很近，眨都不眨一下，一直盯着人群。他的太阳穴深陷，双颊苍白瘦削。五官这种古怪的美感

① 风鸣琴(Aeolian harp)是一种由风力鸣响的弦乐器，名称源自希腊风神埃俄罗斯(Aeolus)。由一长窄的木质音箱构成，上面纵向张以十或十二根羊肠弦，弦线长度相同，但粗细不一，所有弦线调成同度音。风力使其振动，依次发出更高的和音。

可不是一般地显眼，因为俄国人通常都是扁平、模糊的。这颗头像是雕塑馆中某个罗马帝国时期人物的头。这个家伙一动不动，看上去凶险邪恶，他注视着人群，专注得像一只猛禽，可却又什么都没看，而那张残忍的厚嘴微微翘起，带着点嘲讽的笑意。这个家伙冷漠孤高中显出一丝可怕，他对这世界既鄙夷又漠然，既恶毒又宽容。人群就好像身处"冷嘲精神"的注视之下。人们在他身边来来往往，将铜板、奖券和纸币投进那农民的盒子里。

亚历山大·涅夫斯基修道院。走到涅瓦大街尽头，街道变得更加破败寒酸。这里的房子都像城郊的房子一样脏兮兮的，它们让人感觉邋遢又神秘。走着走着就突然没了路，好像大道没铺完似的，这就到了修道院的大门前。走进大门，两边各是一片公墓，再跨过一条小渠，眼前便是这世界上最出人意料的景象。这是一座巨大的方形庭院，草地新鲜翠绿，让人仿佛置身乡村一般。庭院的一边有一座礼拜堂，然后就是大教堂了，周围是修道院低矮的白色建筑。这些建筑极其奇特，装饰虽非常简单，但却给人以华丽的感觉，让你想到十七世纪的荷兰淑女，一身肃穆的黑衣却显得雍容华贵。这些建筑看上去端庄，但却毫不矜持。桦树上，白嘴鸦呱呱地叫着，将我的记忆带回了坎特伯雷城郊，那里的白嘴鸦也呱呱乱叫，这种声音总会引得我伤心。我想到我的童年，我因为腼腆，虽然生活在一大群孩子中，仍然感到孤独，我的童年真是不幸，但那童年又是富足的，因为我心中充满了对未来模糊的幻想。头顶上是一样的灰色。我想家了。我站在东正教会的教堂台阶上，望着修道院里长长的一排建筑，望着一棵棵光秃秃的白桦树，但我看到的是坎特伯雷大教堂长长的中殿，殿上的飞檐，还有中央的塔楼，在我饱含深情的眼中，它比欧洲哪一座塔楼都要宏伟、可爱。

革命成功后，小费就废除了。饭店和旅馆的服务员从此不收小费，而是取账单的一部分作为服务费。他们把小费看作是对自己人格的侮辱。人们出于习惯仍然会给小费，但是他们无一例外地拒绝接受。我就有过一次奇怪的经历。我有一次为了什么事大大地麻烦了旅馆里的擦鞋童，于是就想给他五卢布。他拒绝了，尽管我再三要塞给他，他还是不肯要。说来，如果这是哪个饭店里的服务生，接了小费有可能会被同事看见，那这也就没什么奇怪的，但是现在是在我房间里，只有我们俩，就算这个擦鞋童（这类人天生喜欢占点小便宜）拿我给的赏钱，也没人会看到啊。我们不得不承认，这些服务生的观点的确是变了。这些人，几个世纪以来一直忍受着残酷的压迫，现在终于有了全新的感觉，隐隐约约体会到了人的尊严。他们是受了政客们蛊惑民心的煽动，但因此就诋毁他们实在是很蠢的做法，从自己拒收小费等一系列行为里，他们看到了展开崭新生活的希望。我问那个常接待我的餐馆服务员这种变化对他有没有什么好处。“没有，”他说，“以前我们收小费时赚的钱更多。”“那你还愿意再回到过去吗？”“不愿意，”他笑道，“就这样挺好。”这样的精神值得赞扬。但不幸的是大部分情况下，这些人越变越无礼。我们只能得出这样一个结论，面对无情的事实：人骨子里都是粗人，他们憎恶为同类服务，要想要他和蔼友善，就得付钱给他。

萨温科夫①。革命前，他是恐怖分子的头领。他策划并执行了

① 萨温科夫（1879—1925），二十世纪初俄国的一个政治人物，组织和参与了多起震撼俄国的恐怖行动。1906 年被捕，成功越狱，后一直流亡国外。1924 年试图重返俄罗斯时再次被捕，后在狱中自杀（一说是被秘密处死）。他著有《一个恐怖分子的回忆录》等作品。

对普列韦和塞尔吉乌斯大公[1]的暗杀行动。他被警察追捕,逃亡了两年,使用的一直是一本英国护照。他最终在一家旅馆里被逮住了,被带进餐厅里,逮捕他的士兵就在那里写报告书。士兵们告诉他,若是他想要什么,可以给他。他要了苏打水和香烟。苏打水送了上来,执行此次逮捕行动士兵的长官从自己的烟盒里抽出一支烟,丢给他。萨温科夫火冒三丈,他抓起香烟扔到长官的脸上,说道:"您忘了,先生,我和您一样都是绅士。"他是笑着告诉我这话的。这正证实了我的理论是对的:我认为当人的情绪激动时,常常会言行夸张,说的话好似通俗剧里的套路。这就是为什么最好的作家写作时常常不忠实于生活的缘故。

我问他被捕时心里是怎么想的,是不是极度恐惧。"不是,"他说,"毕竟,我知道这是迟早的事,当我当真被捕了时,说来也怪,我倒是感到松了口气。要知道,我原来的生活一直很紧张辛苦。我实在是累坏了。我觉得我当时的第一反应是:现在我终于可以休息了。"

他被判处死刑,行刑前那段时间被关押在塞瓦斯托波尔[2]。我听说他曾用他那雄辩的口才,说动了狱卒参加革命队伍,还帮他逃跑。我问他这是不是真的。他哈哈大笑。事实没这么浪漫。主管监狱哨兵的那个中尉已经参加了革命,被别人劝诱,最终放走了萨温科夫,用的是最简单的方法:中尉大摇大摆地走进牢房,命令把萨温科夫带出来,叫萨温科夫跟着他,然后就快步出了监狱。哨兵们看到长官经过,也没有提出质疑,他们就这样到了大街上。他们

① 普列韦(1846—1904),沙俄的内政部长。塞尔吉乌斯大公(1857—1905),沙皇亚历山大二世的儿子,在其兄亚历山大三世和侄子尼古拉二世统治时期对政坛极有影响。

② 塞瓦斯托波尔是黑海边一城市,现属乌克兰。

奔向港口，上了一条早已准备好的敞篷小船，划船过黑海。他们一路上多次遇到可怕的风暴，不过用了四天他们就抵达了罗马尼亚海岸。萨温科夫从那儿去了法国，一直住在巴黎和里维埃拉①，直到革命成功后才得以重返俄国。

我说策划并执行那些暗杀一定需要巨大的勇气。他耸耸肩："一点也不要，相信我，这和所有的事儿都一样，做着做着就习惯了。"

彼得格勒。傍晚时分，这里会十分美丽。这里的一条条运河有着自己的个性，也许你会想起威尼斯或阿姆斯特丹，但这么想只是因为看得出它们有多么不同。这里的色彩淡雅柔和，它们好似粉彩涂抹，又具有画笔鲜能绘出的轻柔。能找到康坦·德·拉图尔②作品中梦幻的蓝色，淡淡的粉色，还有玫瑰花蕊的嫩绿、浅黄。十八世纪法国音乐的明媚忧伤会让一颗敏感的心涌上千般情感，这样的画面也会。这画面安详宁静，质朴纯真，这个背景衬着那些想象力天马行空、感情疯狂的俄国人，真是不太协调，但还是很让人愉快。

我的第一位俄语老师是个敖德萨③人，浑身上下都是毛。他是个矮子，差不多都能算是个侏儒。我那时住在卡普里，我的房子建在橄榄树丛中，他每天下午都上我家来给我讲课。他不是个好老师，畏畏缩缩而且心不在焉。他穿着褪了色的黑衣服，戴着顶形状奇异的大帽子。他出汗出得着实厉害。有一天他没来，第二天也没

① 里维埃拉（the Riviera）是南欧沿地中海一地区，在法国东南部和意大利西北部，是假日游憩胜地。

② 康坦·德·拉图尔（Maurice Quentin de Latour, 1704—1788），法国洛可可时期的肖像画家，特别擅长运用水粉。

③ 敖德萨市是前苏联西南部港口城市，现属乌克兰。

来，第三天还是没来，于是第四天我出门找他。当初得知他很穷，我没认真考虑就预付了他讲课费。我一路找到镇上一条狭窄的白色小巷里，又经人指点爬到一栋房子的顶层。这是顶楼的一间小阁楼，热得像个火炉，里面除了一张轮式矮床、一把椅子和一张桌子外是空空如也。我看见我的俄国人坐在椅子上，一丝不挂，酩酊大醉，面前的桌子上放着一大壶酒。我走了进去，他对我说："我写了一首诗。"然后二话不说，也没意识到自己现在是一丝不挂，光着毛乎乎的身子，就摆出夸张的姿势，背起他的诗来。那诗很长，我一个字也没听懂。

每个民族都为自己塑造了一个典范，并将自己的敬佩倾慕全都寄托其上，虽然鲜有人真能完全符合这个典型，但将它分析分析还是会很有意义也很有趣的。这个典范会随时代环境变化而变化。它是一个理想，小说家们都努力用血和肉来充实它。他们赋予这个美好想象各种特点，而这些特点正是这个民族此时隐隐约约渴望拥有的。不用多久，有些天真纯朴的人就被这些虚构的人物迷住，把他们当作模范，还真的据此改造自己。因此在现实生活中，你也能发现自己曾在小说中读到过的一些人物类型。作家们能虚构出一些性格特色，之后人们会把它们当做自己的性格，还真是奇怪。据说，巴尔扎克笔下的人物，与其说像他同时代的人，倒不如说更符合他下一代人的特征；而曾有一度，只要在这世上转转，终归会遇到一些处处模仿吉卜林笔下人物的家伙。他们的品味这么差劲，倒也许值得我们注意。如今最叫英国人着迷的人物范式似乎是强壮而沉默的男人。他到底是什么时候闯进英国小说里的，这不好说。《简·爱》中的罗切斯特有可能是第一个例子，此后他就一直备受女作家们青睐。他之所以吸引女作家，吸引所有的女人，有两个原因：她们都渴望被保护，而从他身上她们看到了能够保护自己的力量，而她们又能左右这种力量，这便大大满足了她们天生的统治欲。因为这样的男人是在小说中和戏台上更常见，而不是在生活中，而且要描写一个男人，却总不让他表达自己，这实在是困难，所以虽然沉默是定义他性格的特征之一，却不是他最鲜明的特点，实际上他容易啰嗦。但原则上他是个沉默寡言的人，话少，用词也不丰富。他和人说话时会用上一堆的术语，而这些人根本就不属于能听懂那些术语的人，作家用这个来体现出他是一个能干、会办事的人。他和一般的人打交道会感到窘迫，言行举止大有改进余地；但奇怪的是，尽管他和自己的同胞相处得很尴尬，和各地的原住民们来往时却从容潇洒，有天赋异禀。他不谙待客之道，在客厅里会茫然无措，但碰上狡猾的东方人却是棋逢对手。他对待他们慈爱而严格，就像一个好父亲对待自己儿子那样。他正直、公正、诚实。他算不上多爱读书，但他阅读研究的都是不错的文学作品：《圣经》、莎士比亚、马可·奥勒留①、《威弗利》系列小说②。他不健谈，若是说话一定是开门见山。他智商很高，但稍显褊狭，他知道二加二等于四，但永远不会想到在某些复杂情况下也可以等于五。他对艺术没什么耐心，对待哲学很天真。他从来不会对什么是“重要的事情”产生疑问，实际上，他从来看不出一个问题不只有一个侧面，这是成就他力量的一部分原因。他的性格比他的智力更好。他具有所有的男性

① 马可·奥勒留(Marcus Aurelius, 121—180)，罗马帝国五贤帝时代最后一个皇帝，公元161年至180年在位。其关于斯多葛哲学(stoicism)的《沉思录》(亦译《自省录》)是历史上最重要的书籍之一，全面阐述了他的宗教观和道德观。其统治时期常被认为是罗马的黄金时代。

② 《威弗利》系列小说(Waverly novels)指的是英国苏格兰小说家司各特的一组历史小说，以十八世纪苏格兰詹姆斯党人起义为题材，歌颂高地人民的英勇，也哀悼苏格兰氏族社会必然衰亡的命运。主人公威弗利既怀着正统思想，又同情起义者，在两个阵营之间徘徊不定。这个人物类型在司各特的历史小说里一再出现，被文学评论家称为“中间道路”主人公。

优点,不仅如此,他还具备女性的温柔。但不能就此认为他完美无缺,作者总是在暗示他的风度礼节并非时时都好,有时候他甚至很乖戾粗暴;这样,若是哪个灰眼睛的英国女孩能获得他忠诚的心,将百炼钢化为绕指柔,那这胜利该有多伟大!他的脾气,虽然总是控制得很好,但也常常让人震惊,当他拼命忍着不发怒时,凹陷的太阳穴上便青筋暴跳。他的品性变化不定。有时他很纯洁,有时则相反,他在生命的某一个时期曾很是放荡不羁。他严厉苛刻,必要的时候还甚至会无情冷酷,但不管怎么说他还是心地善良的。他的相貌与他的性格相符。他有鹰一般的眼睛,头发卷曲灰白(尤其是两鬓处的头发),下巴方方正正,但那张嘴倒不显得坚毅。他是人中豪杰。就是这个强壮沉默的男人,肩负着白人的使命,缔造了我们的伟大国家,建设着我们的帝国,是我们实力的依靠、中流的砥柱。他在地球上人迹罕至的偏远地区无休止地辛苦劳作;他守卫着帝国的边疆:遥远的印度、帝国最荒凉的地区、非洲内陆的热带森林里都有他的身影。想到他,没有人不会顿觉骄傲,无比激动。只要是可望不可即的地方,就会有他。实际上,这就是他经久不衰的原因所在。

小说故事献给这个世界的人物里,没有哪个能比阿廖沙·卡拉马佐夫更可爱了,他总能使书中遇见他的人感到愉快,也总能让书外他的读者感到愉快。他让人心情舒畅,就好像是英格兰六月的清晨,空中弥漫着花朵的芳香,鸟儿在歌唱,海上吹过带咸味的海风,海风拂过高地,成了清新的微风。你觉得活着真是太好了。你觉得能有阿廖沙这样叫人愉快的伙伴,活着真是太美好了。他有着这世界上罕见也是最美好的品质:他善良,与生俱来、纯真质朴的善良,这让所有天资聪明的人都显得平凡浅薄。阿廖沙并不怎么聪明,他不大会做事,有时看到这个世界如此混乱,想到只有态度更坚决果断才能解决问题,你也肯定会对他不耐烦。他不是一个行动果断的人,事实上他根本就不像是人,他几乎同神祇一般非人。他的美德是被动的而不是主动的,他温顺、耐心、隐忍,他从不评判他人,他也许不能理解他们,但他对他们却有无限的爱。我想,这就是充满他灵魂的强烈情感,这种无私、热忱的爱,在这种爱面前,性爱叫人憎恶,甚至母亲对孩子的爱也蒙着凡尘。陀思妥耶夫斯基是个残忍的人,却也仁慈了一次,他把阿廖沙的灵魂塑造得和他的肉体一样美丽。他像天使一样快乐,和天使一般从不知凡世间的痛苦。他走到哪里,哪里便阳光灿烂。他甜甜一笑便抵得过别人的聪明才智。他有一种无比美妙的禀赋:他知道如何安慰一颗焦躁不安的心。对痛苦中的人来说,他的出现,就像是发高烧时,感觉到心上人柔软冰凉的手在抚摸自己滚烫的额头。

民主大会今起在亚历山大剧院召开。大会代表的是工农阶级,因此可以推测这些来自俄罗斯各地的代表们都是自己阶级里的典型。粗略看看他们的脸,我的感觉是从整体上看是,这都是些农民的面孔。当然那里也有许多犹太人,目光机警而谨慎,而我猜在这一大群人中(剧场里有将两千人)也不乏恶棍无赖,但总的来说,我的印象是这倒不是一群堕落的人,而是一群笨拙的乡巴佬:他们一脸无知,表情呆滞,浑身上下透着农民的狭隘、顽固和粗俗。尽管有些人带了硬领、穿了夹克衫,还有几个人穿着制服,我还是觉得他们更像是面向黄土、慢吞吞耕作的农夫。他们听着演讲,无动于衷。那些演讲非常之长。计划四点开会,实际上到五点才开始,而且一直持续到近午夜,这么长的时间里一共只有五个人演讲,每个人讲得都差不多长。演讲者们说起来都滔滔不绝,都一样的激越热诚;

他们都非常郑重其事，根本就没想说点故事或开几个玩笑来调节气氛，让讲演轻松点。他们甚至不肯讲几条明明白白的事实，好让听众放松放松思想，只知道一个劲地概括、劝诫；每篇演讲实际上都只能算得上是一篇演讲的收尾。曾经有一个法学教授告诉他的学生们："打官司的时候，如果事实对你有利，把他们'砸进'陪审团的脑子里；如果法律对你有利，把它'砸进'法官的脑子里。"一个学生问："那要是事实和法律都对你不利呢？""那就拼命砸桌子，"教授回答。这些雄辩家们就一直在拼命砸桌子，但这一点都不震人，伦敦南区激进党候选人争取选区选票时也是这样的。人人都说切尔诺夫①是"革命的邪才"，个个谈其色变，都认为他有着巨大的影响力。但这个人其实既没有气势，也没有个性。他个子很矮，五官粗犷，满头白发。他看起来和世界各地的社会主义演说家都差不多，演说起来拖沓冗长，还强调这强调那的，让人厌烦。外长采赛特里的演讲倒是清楚明了，都说到了点子上，但他的演讲风格没什么特色，不过是一个很普通的人做的很普通的演讲。这个庞大的帝国居然就由这么些个平庸的人来掌管，真是奇怪。我问自己，到底是什么让他们从芸芸众生中脱颖而出，他们无论是性格、魄力还是智力都不比别人优秀到哪里去。

真正让与会人员热情高涨的是克伦斯基②。这个人在这样短的时间里就获得了如此了得的声望和权力，我很好奇，想见见这个人，但见到他后，我又大惑不解了，要说这人缺什么，他明显缺乏气力。我真不懂为什么他的对头们会认为他和拿破仑一样野心勃勃，

---

① 切尔诺夫(1873—1952)，俄国社会革命党创始人。
② 克伦斯基(1881—1970)，俄国政治家，曾参加过社会革命党，担任过俄罗斯临时政府总理、海军部部长和俄军总司令，后反对苏维埃政权，逃往美国。他善于夸夸其谈，又野心勃勃，列宁曾讽刺他是"小拿破仑"和"小牛皮家"。

有所企图。他像圣茹斯特[1]胜过像波拿巴。他坐在原来的皇家包厢正中，当主席叫到他上台讲话时，他沿着剧场的中央过道走上了台。他穿着卡其布衣服，身后跟着两个副官。他比我想象的要胖些，没蓄胡子，剃了个平头，而最引我注意的是他的脸色。我们经常会读到书上说谁吓得脸都绿了，我一直以为这只是小说家的杜撰，但克伦斯基的的确确就是这个样子。他快步走过去，上了台后，绕着理事会的桌子走了一圈，和每位委员依次握了手。他握手也就是抽搐似的抖一下，脸上仍然是紧张得毫无表情。他一副极其绝望、走投无路的样子。很明显，他非常紧张。这一刻对于他来说很是危险，舆论普遍指控他是科尔尼洛夫将军[2]军事叛乱的同谋，召开这次会议的布尔什维克们也对他充满敌意，大家都知道这次会议也许会决定他的命运，如果激进主义者占了大多数的话，理论上他们就会令他辞职，这样于他们有利。不知道若是那样他打算怎么做，但大家普遍认为他会拒绝，然后将自己的内阁迁到总司令部，把彼得格勒留给布尔什维克们，依靠军队来统治国家。他的开场白便是呼吁大家投他的信任票。他口若悬河地讲了一个小时，没带稿子，时时被打断。他很煽情。在乐池上面有个过道通往台上，他就不时地从这条过道走下台，最后几乎是站到听众中间，似乎是想感染每一个人，面对面地恳请每一个人都支持他。他这番呼吁针对的是人的感情而不是理智。掌声越来越频繁地响起，听众们对打断他演讲的人越来越不耐烦、越来越忿恨。人们似乎觉得这是一个诚恳且正直

① 圣茹斯特(Louis-Antoine-Leon de Saint-Just, 1767—1794)，法国革命领导人。1794年被捕，与罗伯斯庇尔一起被处以死刑。

② 科尔尼洛夫(1870—1918)，1917年反革命叛乱首领，原先为沙俄将军。1917年俄国二月革命后任彼得格勒军区司令，同年8月被任命为临时政府军队总司令。9月发动军事叛乱，迅速被工人和革命军队粉碎。11月逃至顿河一带，组织反革命的“志愿军”。次年被击毙。

的人,就算他犯过什么错误的话,那也是无心之过。他的声音一点儿都不好听,只有一个声调,根本没有抑扬顿挫。他演讲起来不懂使用对比,而且要我说根本没有什么激动人的东西。他唯一的长处似乎就在于他严肃且超然。他讲完了,绕着桌子和代表们飞快地再次握手,掌声雷动,在一片叫好声中他回到自己的座位。他在自己的包厢里又说了几句,以感谢听众的掌声,然后没过一会儿就离开了剧场。他大获全胜。

芭蕾舞。从舞者转瞬即逝的优美舞姿中,我看到生命的象征。这样的美要通过无止境的努力才能获得,凌空一跃,摆出优雅的姿势,这样的舞姿值得刻成浮雕,万古流芳。可由于重力拼命地将舞者向下拉,因此这样的美在获得的那一刻便消失了,只有一阵美妙的感觉留在记忆里。而生命,若是活出色彩,活得广博,便也像这舞蹈一般,只有到了它美丽的尽头才得以成为艺术品,并且刚刚达到完美便化为了乌有。

萨温科夫坐在小酒馆里喝茶,这时一个农民走上前来问:“我上哪儿能找到上帝?”他醉得可有点厉害。萨温科夫看着他,表情严肃,但两眼带着笑:“在你的心中,我的兄弟。”农民半晌没有作声,那醉得稀里糊涂的脑子慢慢地消化着这答案。“那么,我这日子该怎么过呢?”萨温科夫反问道:“你多大岁数了?”农民看上去有些犹豫,他耸了耸自己宽阔的肩膀:“四十,”口气不太确定。“这个年龄可以相信自己的直觉了,”萨温科夫说,“你健康强壮,去干些你知道如何干的活儿,至于其他的就看你想做什么了。我就知道这么多。”农民定定地站着,目光柔和、友好,直勾勾地盯着萨温科夫,然后他摸了摸自己的胡子,深深地鞠了一躬,慢慢走开了。

萨温科夫。他四五十岁的样子，中等个头，身材修长，有点谢顶，他的五官普通，眼睛小而冷酷，两眼靠得很近，可以想象得出，必要的时候，这双眸子会射出凶光。他衣冠楚楚，穿着立领衣服，打着条颜色素雅的领带，别着领带夹，身披礼服大衣，脚穿漆皮鞋。他看上去像个律师一样富足。他看上去一点都不暴力。他给我的印象就是一位有教养的男士，虽多少有些平常，但也不乏卓越之处。他安静、缄默、谦虚。直到他开口说话，我才发现他的非凡所在。他说俄语，也说很棒的法语，他的法语地道准确，只是偶尔会弄错词的阴阳性。他说话很慢，似乎是一边思考，一边大声说出来，但很明显，他会用合适的词来表达他的思想，这可是了不得的本事。他的声音柔和、好听，口齿非常清晰。我从未遇到过哪个人说起话来如此有魅力。当话题要求严肃时，他便严肃庄重，当可以幽上一默时，他又风趣幽默。他的话句句在理，不可能不被他感染。他极能说服人，但是他说每句话都深思熟虑，态度之克制也令人肃然起敬，这说明他坚毅决断，也让人理解他何以冷酷无情。我从未遇到过谁能让我如此满怀信赖。

他给我讲了一两则秘闻轶事。

七月十八日一战，俄国军队一败涂地。克伦斯基一直和他一起亲眼目睹了军队的溃逃，然后克伦斯基邀萨温科夫一同乘他的车子出行。萨温科夫当时是陆军部长，以为他要和自己商量如何补救、扭转局面，就上了他的车。他们出发了，但克伦斯基一直一言不发，他坐在那儿，和一个吓坏了的、满心绝望的懦夫没什么两样。他终于张嘴，却冒出句哪个二流诗人的破诗，陈腐至极。萨温科夫简直不敢相信自己的耳朵。这句无病呻吟的诗和他们国家的悲剧之间到底有什么联系？他得出结论："这个没受过教育的家伙就这么个德性，居然会用这么拙劣的诗来安慰自己。"相似的一幕在塔尔诺普陷落时又上演了，看见俄国军队潮水一般四下逃散，萨温科夫跑去通报科尔尼洛夫。科尔尼洛夫面无表情，毫不犹豫地立刻下令："格杀勿论。"听萨温科夫说这个故事的口吻就知道他很高兴发现了一个和自己一样有气魄的人。

另一件秘闻。他和克伦斯基一道从前线回来，抵达圣彼得堡，到车站时，底下的人呈给总理一封电报。克伦斯基扫了一眼，就把它递给萨温科夫，说："你能不能处理一下？"这是一个女人替儿子求情，她儿子当了逃兵，要被枪决。这事情萨温科夫实在没法管，判决的不是他，他也没有赦免权。克伦斯基自己不想承担这可怕的责任，就把电报给了他。讲完故事，萨温科夫说："最奇怪的是克伦斯基之后再也没提起过这件事，他一直没敢问我到底是怎么处理那事的。"

他说克伦斯基是个只会说不会做的人，是一个自负的家伙，容不得一点不同意见，便找了一群马屁精围在自己周围。这人唠叨得都有些变态，他和手下的部长们聊天时会长篇大论地大做演讲，和副官们一起坐在车上也会对着他们发表演说。他是一个没受过多少教育、缺乏想象力的人，一个疲倦不堪、神经过敏的人。"如果他有点儿想象力的话，"萨温科夫说，"他就不会带着他那些女人入主冬宫了。"

克伦斯基。他看上去身体很不好。大家都知道他是个病秧子，他也常说自己快要死了，好像还带了点炫耀的意思。他的脸很大，脸色是一种奇怪的黄色，而他一紧张时，脸就发青。他的五官不算丑，眼睛大而有神，但给人的整体印象依然是相貌平平。他穿着件怪衣服，是卡其布的，但既不像军装，也不是平民百姓穿的衣服，不好归类，而且脏兮兮的。他快步走进房间里，身后跟着他的副官，他匆匆地和我握了下手，那手握得机械但有力。他看上去似乎非常焦躁不安。他坐了下来，一边不停地讲着话，一边拿起一只烟盒，烦躁地合上又打开，掀开盖子又关上，拿在手里转过来又转过去。他的话说得飞快，一直用的是强调口气。看到他这么紧张，我也跟着紧张起来。他似乎没有幽默感，但却和孩子一样，喜欢开开玩笑，捣捣乱。他的副官中好像有一个年轻人在风月场上混得不错，女人们常常要打电话给他，而电话机就在克伦斯基的办公桌上。克伦斯基的人生乐趣之一就是代替他的副官接电话，装成自己是那位年轻的军官，和电话那头不知名的女子拼命调情。茶端了上来，还有一杯给他的白兰地，当他正张口要喝，屋里的副官拦住了他，酒精对他身体不好。听见他像一个被宠坏了的孩子一样，一通乞悯告怜，试图哄着年轻人让他喝一杯，只喝一杯。他乐呵呵的，动不动就开怀大笑。我想不通，到底是什么特质让他在如此短的时间内就升到了如此显赫的位置。从他的谈话里听不出他有多少文化，好像连普通教育也没有接受过。他毫无人格魅力。我既看不出他思想有多活跃，也没看出他精力有多充沛。但我实在没法相信他的升迁仅仅是事出偶然，而能坐稳这个位子仅仅是因为没人来顶替他。随着谈话的深入（他一刻不停地说着，好像自己累得刹不住话头一样），我似乎感受到了一丝可悲，我觉得自己很为他难过。我突然意识到，也许他的本事在于他能激起别人的怜惜之心，弄得别人想要去保护他，他身上有些极具感染力的东西，让你觉得自己应该去帮助他。他具有查尔斯·弗罗曼①的那种非凡品质，即能激起别人为他做事的欲望。不少人都说他非常自负，我倒一点也没看出来，正相反，我发现他质

① 查尔斯·弗罗曼（Charles Frohman，1860—1915），美国的一名剧院经理，以其成功的订票机制、剧场经营，以及对有前途演员的提拔等举措影响了美国的剧院产业。

朴，且毫不做作。你不可能会怀疑他的诚实。我觉得这是一个诚心诚意尽全力做事的人，他充满了一种极为纯粹的热情，倒不是非常想为国家服务，而是满怀热情地想为他的同胞们服务。他这样感情用事，在俄国倒算是一种长处。在这儿，浅薄的情感流露就能带来不可思议的巨大收效，但性格谨慎内敛的英国人却会觉得这很难堪。我希望他的声音不要这样动不动就颤抖起来。听到别人如此直露地表达出如此高尚的情怀，真叫人有些尴尬。但这就是英国人与俄国人之间的差异。正因为此，两个国家将永远是陌路人。我最终的印象是这个人疲惫不堪，他似乎被权力重担压垮了。我很能理解他为什么无法果断行事，他怕把事做错甚于想把事做对，于是他什么事也不做，一直等别人逼到头上才去做。而到了那会儿，他最关心的就是如何避免承担可能归咎于他的责任。

高更。克里斯蒂安尼亚①美术馆里的一幅静物，画的是各式水果，有芒果、香蕉、柿子，色彩无比奇特，真难用言语描述它们会让人产生多么纷乱的情感。画中有阴沉的暗绿色，像中国玉石雕成的碗一般，虽不透明，却灿然生辉，暗示着生命的神秘悸动；有腐臭的生肉般可怕的紫色，却又洋溢着感官享受的快乐，使人想起黑利阿加巴卢斯②统治下的罗马帝国；有红色，像冬青树的果子那样明艳（使人想到英格兰的圣诞节，皑皑白雪，大家其乐融融，孩子们欢声笑语），却又似乎被某种魔法变得柔和下来，最终变得像鸽子胸前淡淡的颜色；有深黄色，似乎带着奇怪的激情，渐变成春天般芬芳的绿

① 克里斯蒂安尼亚（Christiania）为挪威首都奥斯陆（Oslo）的旧称。
② 黑利阿加巴卢斯（Heliogabalus）即埃拉阿加巴卢斯（Elagabalus，204—222），罗马皇帝，荒淫放荡，臭名昭著，强令罗马人崇拜太阳神；他处决异己，任人唯亲，还大搞同性恋放荡聚会，激怒了罗马社会。他宣布立堂兄弟亚历山大为继承人，后又改变主意，引起了禁卫军哗变。禁卫军将其杀死，拥立亚历山大为帝。

色，又似山涧流水一般纯净。谁知道是何等扭曲的想象力创造出了这些水果？它们像是长在赫斯帕里得斯[①]波利尼西亚的花园里。它们看上去异常特别，似乎它们生长在凡世那段混沌的历史时期，彼时万物皆未定型。它们极尽奢华，带着浓郁的热带风情。它们自己似乎也拥有严肃忧郁的情感。这些是被施了魔法的水果，尝上一口，也许就会为你开启一扇大门，通往天晓得什么灵魂之秘，或是通往想象力世界的魔法宫殿。这些水果极其危险，人吃上一口也许会变成野兽，也许会立地成仙。

① 赫斯帕里得斯（the Hesperides），为天后赫拉看守金苹果园的众仙女。

一九一九

他们告诉他有人这样说他:“他很聪明,他深藏不露。”他面露喜色,他认为这是在恭维他。

她一头扎进陈词滥调之海,使出横跨英吉利海峡游泳者有力的蛙泳蹬腿,自信满满地向显而易见之白色崖岸游去。

一对夫妻。她爱他,自私而狂热地爱着他,他们的生活就像是一场战斗,他拼命要保卫自己的灵魂,而她则奋力要拥有他的灵魂。后来他被诊断出患了结核病。他俩都明白是她胜利了,从此以后,他再也逃不出她的掌心。他自杀了。

杰米和他的妻子。这是两个沉闷无趣的人,成天除了读小说什么也不做。他们的生活单调至极,但在精神上却是浪漫的。他们所有的经历都是虚幻的。他们生了一个宝宝,宝宝死了。杰米希望妻子不会再生一个。这一切打乱了他们的生活常规。葬礼后,他俩长吁一口气,坐下来,又拿起刚从图书馆借来的小说,读了起来。

阿诺德。三十年来,他一直在培养自己摆出一种特定姿态,这姿态最终成了他的第二天性。后来他又对此感到无比厌烦,而当他审视自己的内心,想要寻找他真正的自我时,却怎么也找不到了,只剩下那个装腔作势的“姿态”。他去了法国,想要战死沙场,但战后却毫发未损地回来了。摆在他面前的是茫茫一片、无穷无尽的空虚。

芝加哥。猪群被赶进围栏里，它们嘶号着，似乎知道等待它们的是什么。工人抓住它们的后腿，把它们甩到传送带上，传送带把它们送到一个穿蓝色工装的人面前，那人浑身溅满了血，提着一把长刀站在那里。这个年轻人长得很讨喜。他把猪头拽向自己，一刀扎进猪的颈静脉，顿时鲜血喷涌，这一头移过去，下一头接上来。猪一头接一头移动着，规律、机械，让人想起移动的自动扶梯台阶。长相讨喜的年轻人漠然地一头一头地宰着猪，平静而冷漠，这大大地震撼了我。就像一幅恐怖的讽刺画，画的是死亡之舞：诗人、政治家、商业巨子，他们来到这个世上，挣扎着、叫喊着，不管他们曾有过怎样的理想、怎样的激情或怎样的高尚追求，他们都被无情的命运赶着匆匆向前，谁都逃脱不了。

这工作强度很大，传送带把猪从一个人手上传到另一个人手上，被宰杀的猪先进一个机器去毛，接下来第一个人把没有去干净的毛刮掉，第二个人取出内脏，第三个人切下后腿。几个人的工作环环相扣，没有片刻的停顿，我很好奇，若是一个人失手，没来得及做自己那一部分工作会怎么样？那里有一个白胡子老头，抡起一把巨大的斧子，机械地剁下后腿。他的动作从容、规律，接连不断，看上去有一种奇怪的神秘感。他们告诉我，这一成不变的动作他已经做了三十年了。

瓦伯什大街。多层建筑，白色、红色、黑色，不过脏兮兮的，再加上防火梯，真像是怪异的大蘑菇上生了怪异的寄生虫。路边的汽车连成了长长的一条。高架桥上传来火车低沉的隆隆声；一辆辆有轨电车满载着乘客，哐啷哐啷地驶过市区，焦躁、匆忙；交警指挥着交通，威严地吹着哨子，嚯嚯的哨声和嘀嘀叭叭的汽车喇叭声混在一起，尖锐刺耳。街上没有人闲逛。穿着白色制服的街道清洁工，穿着脏兮兮棕色或蓝色大褂的艺术家，人人都行色匆匆。街上各个种族的人混杂在一起，有斯拉夫人，日耳曼人，爱尔兰人的大红脸上挂着灿烂的笑容，中西部来的人则冷峻严厉，脸拉得老长，不自在得厉害，好像自觉是入侵者一样。

H. B. 到乡下去住。他隔壁的邻居是位小老太太，非常安静，一本正经。和她熟了之后，他渐渐弄明白她就是五十年前一场轰动一时的著名谋杀案的主角。她当时接受了审讯，法庭最后判她无罪，但证据实在是对她不利，所以虽然最终裁决她无罪，舆论仍普遍认定她就是凶手。她发现他认出了她是谁，就此责备了他，然后对他说："我猜你想知道我到底有没有干。是我干的，而且，如果一切重来的话，我还会这样干的。"

一个意大利人，为贫困所迫，来到纽约谋生，最终在街头找到份零工。他十分爱恋自己留在意大利的妻子。流言传到他耳朵里，说他的侄子和他妻子睡到一块儿去了。他怒火中烧。他没有钱回意大利，不过他写了信叫侄子到纽约来，说这儿的薪水优厚。侄子来了，到纽约的当天晚上，这个做丈夫的就杀了他。警察逮捕了他。妻子被传到美国来出庭，为了救他，她只得撒谎，承认那个侄子是自己的情人。男的被判处有期徒刑，不多久就假释出狱了。他的妻子在等他。他知道她没有对自己不忠，但她法庭上的那番交待大大损害了他的荣誉，和她真的偷了情没什么两样。他难以释怀，感到无比耻辱。他对她极其粗暴，最后她绝望了，让他杀了她，因为这是唯一可做的事情，因为她爱他。他一刀刺进她的心脏，荣誉得到维护。

游遍美国后，我曾常常自问，我在火车特等包厢或是酒店休闲室里看到的那些人都是些什么样的人？他们躺在摇椅上，旁边放着痰盂，透过巨大的平板玻璃窗看外面的街道。我不知道他们的生活是什么样的；对于存在这个概念他们是怎么想怎么看的。他们穿着很不合身的成衣，俗丽的衬衫，打着花里胡哨的领结，身材着实是胖了些，虽然没有蓄胡子，但还是应该再刮一刮，后脑勺上搭着顶软毡帽，嘴里叼着雪茄，这些人对我来说像中国人一样奇怪，比中国人还要不可理喻。我常常试着和他们交谈，但发现我们没有共同语言，谈不起来。他们让我胆怯。现在我读过了《大街》①以后，觉得他们不是那么陌生了。我可以将他们对号入座。我知道他们在家里会怎么表现，会谈些什么。我关于人性的知识愈加丰富了。但《大街》的作者不只是细致准确地描写了中西部一个小镇的居民们，而且我也不知道他这样是有意还是无意的：他描写了一种非常有趣的状况，那便是阶级区分意识在美国的觉醒，而这在欧洲早已是日常生活中极其重要的一个部分。有意思的是，在欧洲，一场大战似乎让人们淡化了这种意识，而与此同时，它在这里却渐渐兴起。《大街》的故事很简单，写的是一位闺秀嫁了个算不上是绅士的男子。他这个人好极了，可她却难受极了，因为他的行为粗俗，而且她周围的人都是些粗人。若是在英国，一个女人碰到这种情况，会立即意识到两人的阶级差别，会犹豫该不该下嫁。她的朋友们可能会对她说："亲爱的，他确实是个好小伙，但他不是个绅士，你跟他在一起不会幸福的。"一个乡村社会的各阶层也会上演类似的故事，商人看不

① 《大街》（*Main Street*）是美国小说家、剧作家辛克莱·刘易斯（Sinclair Lewis，1885—1951）的著名长篇小说。刘易斯是美国第一个获得诺贝尔文学奖（1930）的作家，作品主要描写中产阶级生活，多以乡村和小市镇生活为题材，代表作还有《巴比特》（*Babbit*）、《阿罗史密斯》（*Arrowsmith*）等。

起农民,农民看不起雇工。阶级意识在英国乡村发挥到了极致,但在英国乡村里,每一个人都清楚他的位置,并且毫无怨言地接受这个现实。似乎每当一个文明成长到复杂且稳定地步的时候,就会导致细微阶级差异的产生,而坦率地承认它们的存在能让人心情舒畅。在《大街》描绘的社会里,人们嘴上说大家都是一样的,但他们心里可是一刻也没有这样认为过。银行家不会请牙医到家里做客,牙医不会和裁缝店的店员密切交往。嘴上说的平等只能导致表面上的亲密,而这只会让社会地位略低的人更加意识到他们之间并没有发自内心的亲近感。因此从长远看,这种情况下阶级间的互相憎恶最有可能演变为更加尖锐的敌对。

一九一九

一九二一

哈登·钱伯斯①。今天早上我听说哈登·钱伯斯前天早上死了,我说了一句:“可怜的家伙,我很难过。”但我立即意识到我说这话完全是照着很蠢的惯例。在哈登·钱伯斯自己看来,他这一辈子过得相当成功。他很好地享受了自己的生活。他大势已去,除非他那洋洋得意的脾性能给他找到哲思来源,不然这世上也没什么东西可以吸引他这种脾气的人了,他不会有什么盼头了。他死得正是时候。如果将来人们还能记得他的话,那不是因为他的戏剧,而是因为他创造的说法:“the long arm of coincidence(无巧不成书)”,很可能英语能存在多久,这句话就能熬多久。他个头极小,一套时髦的衣服松松垮垮地套在干瘪的身上,好像一片枯叶。而就像落叶一样,他常常飘进自己常去的地方,停留片刻,你还没觉得他有一刻的安定,他就又漫无目标地飘走了。他似乎对哪里都没有多大的眷恋。他来了,又走了,好像听命于随意的机遇。他乍看上去还算年轻,但再仔细看时,就会发现他其实老矣,老得很啦;他的眼睛静下来便显得很疲惫,他得拼着意志力才能让两眼炯炯有神;他的脸平滑得不自然,像是做了按摩,敷了雪花膏来滋养;他看上去像是个埋在地下多年的人,然后又被挖了出来。这让他看起来比实际年龄要老得多。他从来不说自己的年龄。他生命中的头等大事就是显得年轻,对于其他事他从未如此严肃对待。他有“情圣”的名声,且极其看重这一点,远甚于他看重他的戏给他带来的声誉。他无数风流韵事中至少有一件是闹得尽人皆知,这件事有这么大的名气,他一直到死都引以为荣。他总喜欢装出一副他在和什么人暗通款曲的样子，时不时含沙射影一下，给一点暗示，说话只说半截，挤眉弄眼，耸肩摆手，让你充分了解他仍在追求自己的风流大计。但是当他从俱乐部里出来，穿着对他来说太年轻了的衣服，一副潇洒派头，摆出要去约会的架势时，你会忽然觉得他其实是要去索霍区②某个餐馆的后屋吃晚饭，在那里他不会碰上认识的人。既然他是写剧本的，我想大概得算他是个文人，但真没有哪个文人这么不在乎文学的。我不知道他是否读书，但他和人谈话绝对从没讨论过书。他唯一还感点兴趣的艺术是音乐。他一点不在乎自己写的那些剧本，但当有人把他最好的戏剧《霸道的眼泪》当成是奥斯卡·王尔德写的时候，他却恼火不已。犯这样错误的居然还大有人在，我实在是想不通。只要稍微对对话有点感觉或是对幽默有点品位的话，就不可能犯这种错误。奥斯卡·王尔德的对话简洁精炼、尖锐率直，而他的幽默则是温文尔雅、文质彬彬；《霸道的眼泪》里对话松散，恰当却一点都不精彩，一点都没有警句那样的精辟透彻；它的幽默像是酒吧而不是沙龙里出来的。它的趣味在于应景，而不是因为它措辞方面有什么高明之处。它一看就是哈登·钱伯斯写出来的，具有其鲜明的特质。他是个喜爱交际的家伙，当我想要总结他的典型特征时，我就会看到一个衣冠楚楚的小个子男人，泡在酒吧里，和一个泛泛之交就能愉快地攀谈起来，谈女人，谈马、谈科文加登③上演的歌剧，可又一副在等人的架势，好像随时可能有人走进门来见他。

---

① 哈登·钱伯斯（Haddon Chambers，1860—1921），一位剧作家，出生在澳大利亚，1882年移居英国后一直活跃在当地戏剧界。

② 索霍区（Soho）是伦敦的一个区，以餐馆多而闻名。

③ 科文加登（Covent Garden）是英国伦敦的一个广场，现为皇家歌剧院所在地，是英国国家歌剧和芭蕾舞团的起源地。原为威斯敏斯特的本笃会女修道院花园，1630年规划为住宅区广场，在1670—1974年间一直是伦敦主要水果、花卉和蔬菜市场。早先的剧场称为皇家剧院，建于1732年，上演各种戏剧、哑剧和歌剧。曾被大火焚毁两次，后又重建，其间先后改为皇家意大利歌剧院（1847）和皇家歌剧院（1888）。

一九二二

对于以前那些看人只看一面的小说家来说,写作这件事着实容易得多。总而言之,他们的英雄好得十全十美,他们的恶人坏得彻头彻尾。但你看X。她不只是常常撒谎,她简直就有撒谎癖,是个说谎狂,她会编极其恶毒的故事,这些故事没有任何事实根据,但听到她如此言之凿凿,对情况的细节了如指掌,你几乎都要相信她自己也以为这是真的。她贪婪,为了得到想要的东西什么卑鄙手段都使得出来。她势利,就算人家不想结识她,她也会厚颜无耻地硬要结识人家;她趋炎附势,但由于头脑空空,没有见识,二流的货色就能让她心满意足,所以她追逐的不是大人物本人,而是他们的秘书;她记仇、善妒;她是个嘴硬的恶霸;她自负、粗俗、浮夸。她的的确确是邪恶。

她聪明。她有魅力。她品味极好。她慷慨大方,花起自己的钱和花别人的钱一样大方,一直花到最后一个子为止。她热情好客,客人能快乐,她便也会跟着快乐起来。随便一个爱情故事就能让她感动唏嘘;和她毫不相干的人,若是心中苦闷,她也会千方百计地帮着宽慰。有人病了,她便会尽心尽职地照顾。和她谈话很轻松愉快。她最大的好处在于她富有同情心。她会体谅地倾听你的诉苦,那同情心是发自肺腑的;她会竭尽全力为你排忧解难,就算实在解决不了也会设法让你心里好过点,那善心绝不掺假。她会全心全意地关注你所有的事情,你成功她便开心不已,你失败了她也跟着痛心。她实实在在是善良。

她可恶又可爱,贪婪又大方,残忍又善良,恶毒又大度,自私又无私。一个小说家究竟如何才能把这些对立的特点结合在一起，让它们看起来的确和谐，使得人物形象因此真实可信呢？

在这方面，读一读巴尔扎克的《邦斯舅舅》会受益匪浅。邦斯贪吃。为了满足他不光彩的食欲，他经常在吃饭的时间硬蹭到别人家里去，也不管人家明显对他的到来不满，主人不情愿招待他，对他冷眼相向，欢迎他的时候也尖酸刻薄，家里的下人也耻笑他，他都生生受下来，不吃到酒足饭饱，坚决不走人。碰上得花自己的钱在自己家里吃饭的情况，他整个人就蔫了。这一陋习叫人恶心，这样的角色只会让人厌恶。但巴尔扎克却要求你同情他，并且能巧妙地获得你的同情。首先，他把总被邦斯揩油的人家写得卑劣粗俗；然后，因为邦斯是个收藏家，他便着力描写这个主人公无懈可击的品味，以及他对美的热爱。为了买一幅画、一件家具或是一只瓷器，他不仅可以放弃奢侈，甚至连自己的生活必需品也会克扣。巴尔扎克一遍又一遍地强调他心好、善良、憨厚、能为朋友两肋插刀，一点一点地，你忘掉了他的贪婪可耻，忽视了他因吃了别人一顿美餐便奴颜婢膝地奉承、感谢他，你只会对他感到深深的同情，他的那些受害者们倒是让你相当憎恶，虽然他们也被邦斯折腾得够呛，巴尔扎克却连一点优点都没加给他们。

我和 A 太太是老朋友了。她是个美国人，嫁给了一个外交官，他战前在彼得堡任职。我那天在巴黎遇到了她。她告诉我她刚刚遇到一件怪事，让她心里有些不快。她偶然遇到一个俄国朋友，革命前她们有来往，那时这个朋友很富有，A 太太也经常参加她举办的聚会。看到她穿得如此寒酸、衣衫褴褛，她很震惊。她给了她一万法郎，让她去买些新衣服，这样她也许能找到家时装店当个女店员之类的。一周后，A 太太又碰上了她，她依旧穿着那套旧衣旧帽旧鞋。她问她为什么还没有给自己买套新装,俄国人面有愧色地解释说,她的朋友个个都穷困潦倒、破衣烂衫,若只有自己一人衣着光鲜,她实在没法接受,于是她把她们都请到银塔餐馆①吃了一顿大餐,之后她们又进了一家又一家夜总会,直到把每一分钱都花了出去。她们早上八点才回到家,身无分文,疲惫不堪,但心情舒畅。A太太回到丽池饭店,把此事告诉了丈夫,他很恼火自家太太这样浪费钱:“你根本没法帮那种人的,”他说,“她们根本无药可救。”“他说得当然没错,”她告诉我说这件事时这样说。“我也很生气,但是你知道吗,不知怎么地,我居然隐隐有一点羡慕她们。”我的朋友懊恼地看着我,“我觉得这表现了一种气概,这种气概我从未有过,也永远不会有,”她叹了一口气。

查理·卓别林。他长得挺帅气,身材相当匀称,手脚小巧好看。他的五官端正,鼻子稍大一点,嘴巴富于表情,眼睛很漂亮。他黑色的头发里夹杂着几缕银白,一头鬈发十分浓密。他举手投足极其优雅。他很腼腆。他说话还隐隐约约地带着点年轻时候的伦敦口音。他热情洋溢,神采飞扬。若是和一伙让他不觉得拘束的人在一起,他就会大出洋相,毫无顾忌,令人愉快。他创造力丰富,生气勃勃,并且极具模仿能力,这可是个好天赋:他虽法语、西班牙语一句不懂,却能模仿操这些语言的人说话,模仿得风趣幽默、惟妙惟肖、让人捧腹。他即兴表演兰贝斯②贫民窟里两个女人间的对话,那场景既怪诞又感人。如同任何幽默,这些对话都基于细致的观察,而它

① 银塔餐厅(Tour d'Argent)是巴黎最著名的酒店之一,始建于1582年,据说当初法国国王亨利四世就常去这家餐馆就餐。

② 兰贝斯(Lambeth)是伦敦的一个区,该地区的犯罪率和失业率在全英数一数二,当地人口密集,街头毒品泛滥,无业游民也多。

们的真实性，以及那真实里暗含的一切，都透着无限凄凉，因为这些对话充分显示表演者对贫寒、凄惨生活的熟悉。接着他会模仿二十年前音乐厅里的各类演奏者，或是模仿那些在沃尔沃思路边小酒馆里为一个车夫义演的业余表演者。不过我这儿只是在列举：我没有描述他举手投足间令人难以置信的优雅。查理·卓别林轻而易举地就能让你连着笑上几个小时，他是个喜剧天才。他的玩笑朴素简单、可爱讨喜、自然率真，但这期间，你一直觉得那欢笑的后面透着深深的忧伤。他是个情绪化的人，不用他开着玩笑宣布："哎哟！昨晚我突然大发忧郁症，我都不晓得拿自己怎么办好了，"你也清楚他的幽默中满是哀伤。他给你的印象并不是一个快乐的人。我觉得他十分怀念自己在贫民窟的生活。他的盛名，他的财富，都将他拘于一种生活方式，而这种生活方式本身也只让他感到拘束。我认为，尽管他年轻时忍饥受冻，穷困潦倒，但现在回想起那时的自由，他还是无限渴望，却又知道这样的渴望永远也不可能再得到满足。对于他来说，伦敦南区的大街小巷上才有嬉闹欢乐，才能肆意冒险。对于他来说，它们才是真实的。那些有人精心照料的大街，街道两旁整齐干净的房子，房子里住的是富贵人家，它们永远不会有贫民窟来得真实。我可以想象他走进自己的房子，心里嘀咕着自己跑到这个陌生人的家里来究竟是要做什么。我猜，大概只有肯宁顿路①上那栋小楼二楼的背阴房间，才能让他觉得是家吧。有一天晚上我和他一起在洛杉矶街头散步，不知不觉中走到城市最穷的地方，那里有脏兮兮的出租公寓和破旧俗气的店铺，店里卖的是穷人们每天要买的东西。他喜出望外，声音里充满了愉悦，叫道："我说，这才是

① 肯宁顿路（Kennington Road）是伦敦的一条街道，卓别林的童年就是在这里度过的。

真正的生活呐,对吧?其他的全是装模作样。"

沙捞越①。地平线上有一线细碎的洁白云朵,除此之外天空中再无一丝云。很奇怪,它们看上去似乎兴高采烈。它们就像一排跳芭蕾舞的女孩儿,穿着白裙,候在后台,既紧张又开心,等着大幕升起。

天空是灰色的,灰蒙蒙的天上挂着雄奇的乌云,烈日刺破这片灰色,在云尖镀上一抹银白。

日落。大雨猛地就停了,山头蜿蜒密布的云块似乎在狠狠地攻击太阳,就像狂怒的提坦们疯狂攻击神圣的阿波罗,太阳虽然战败,却败得恢弘壮丽,将朵朵黑云变得灿烂辉煌。乌云似乎怔住了,停下了手,神灵临死前最后一搏,将它们淹没在一片绚烂之中,接着,忽地就入夜了。

这条河很宽,河水又黄又浑。沙滩的后面长着木麻黄,微风拂过它们缎带般的叶子,窸窸窣窣的声音像是有人在说话。当地人管这些树叫"说话树",他们说如果你在午夜时分站在树下,就会听见不知名的人的声音,轻轻地告诉你大地的秘密。

一座碧绿的小丘。密林从山脚一直覆盖到山顶,一片醉人的翠绿,绿得如此浓郁,让你屏住了呼吸,同时还觉得有一丝窘迫。这是

① 沙捞越(Sarawak)是马来西亚最大的一个州,位于婆罗洲岛之西北岸。1888年成为英国的保护地,1946年成为皇家殖民地,1963年并入马来西亚。

绿的交响曲，似乎有一位作曲家，用的是颜色而不是音符，试图用粗糙方式表达出微妙的东西。山上的绿色从水蓝宝石的浅绿到绿玉的深绿，应有尽有，山间的翡翠绿就像小号齐鸣，一株灰白的鼠尾草好似笛声悠扬。

正午炎炎的烈日下，那条黄色的河泛着死一般的惨白。一个当地人划着一条颤巍巍的独木舟逆流而上，舟小得几乎全没在水面之下。两边的河岸上散落着建在桩子上的马来民居。

傍晚时分，一群白鹭向河边飞来，飞得低低的，然后四下分散开。它们像轻轻的白色音符，甜美、纯洁、春意盎然，好似一只看不见的手拨着一把看不见的竖琴，弹出一段优美的和弦。

S。小伙子十八岁，刚开始出来社交。他是个长得挺好看的年轻人，蓝眼睛，栗色的鬈发，浓密的头发一直盖到脖子。他正在蓄胡子，想留一抹唇须。他的笑容很迷人。他天真无邪。他有着年轻人的热情和骑兵军官的风度。

红树林。河口沿岸长着红树和聂帕榈。聂帕榈是一种矮棕榈，叶子很长，就像老画上棕榈主日①里用的棕榈枝。它们长在水边，使土壤肥沃，待制造出一片新的沃土，便渐渐消失，由热带丛林取而代之。它们是开拓者，开垦出了土地，等着生意人和各色人群接踵而至。

① 棕榈主日（Palm Sunday）是复活节前的星期日，纪念耶稣受难前胜利进入耶路撒冷，因为当时民众曾用棕榈树枝欢迎耶稣，故名。

沙捞越河。河口非常宽。两边都长着红树和聂帕榈，浸在树里，被水冲刷着。郁郁葱葱的丛林后面，在更遥远的地方，碧蓝的天空映衬出崎岖山峦的深色轮廓。你一点都不觉得阴郁，也不觉得压抑，反而觉得开阔、自由，绿色植物在阳光下泛着光，天空无忧无虑、轻松愉快。你好像是踏入一片友好而富饶的乐土。

天空是蓝色的，既不是炎热炙烤下的倦怠苍白，也不似意大利的天空那般暴躁，好像是混合着奶白色的铁。朵朵白云像海上的一只只小帆船，在太阳下亮闪闪的，优哉游哉地漂过。

一间屋子。墙是未上漆的实木，上面挂着凹版印刷的学院照片、迪雅克[①]盾、帕兰刀[②]，还有装饰匀称、色彩鲜艳的大草帽。长长的藤椅。几件文莱铜器。花瓶里插着兰花。桌子上盖着张脏兮兮的迪雅克布。一个粗糙的木架子上放着廉价版小说，还有好几本年代久远的游记，皮制封面已有磨损。一个角落里有一个放满了瓶子的架子。地板上铺着藤席。

屋外连着一条回廊。它离河只有几英尺远，你能听见河对面集市上中国人欢庆时的喧天锣鼓。

叽咳咭咳。这是一种棕色的小蜥蜴，它得这么个名字正因为它会发出“叽咳咭咳”的声音。真难相信这么小的喉咙里能发出这么大的声响。晚上就能听到这种声音，这声音极像人声，猛地打破沉寂，听上去很有点嘲讽的味道。你也许会觉得这声音是咯咯地在嘲

① 迪雅克(Dyak)人是沙捞越的土著居民。
② 帕兰刀(parang)是马来人用的带鞘砍刀。

笑那帮白人,他们来了又走了,一事无成,什么都没改变。

清晨时分的色彩明艳而柔和,随着一天中时间的推移,它们变得疲惫又苍白,最后只剩下深深浅浅的炎热。这像用小调写的中国曲子,单调得令人发指。你竖起耳朵期待着它过渡到和弦,但它永远都停在原地。

囚犯们得服劳役,你可以看见他们被一个锡克人看守着,在路上不慌不忙地干活,那些戴着镣铐的人(他们以前逃跑过)行动起来似乎一点都不受镣铐的影响。

丛林。地上连一条小路也找不到,铺满了厚厚的腐叶。树长得浓密,有的长着巨大的叶子,有的长着洋槐树一样的羽状树叶,有椰子树,有长着笔直细长白色叶茎的槟榔树,有竹子,有野生西米树,好像长着大束大束的鸵鸟羽毛。树间偶尔杵着一棵死树干,光秃秃的,颜色苍白,那白色由周围的绿色衬着,显得格外显眼。林间还零星长着几棵丛林之王,高高的大树暗暗较量着,枝繁叶茂,拔地而起,蹭蹭地向上蹿,远高过一般的树木。

林中还有寄生植物,大团大团的绿叶长在树杈上,开花的藤蔓像婚纱一样罩在树上。有时,它们把高高的树干整个裹住,像是套上了一把光彩照人的鞘,长长的藤条上开满花朵,从这一枝挂到那一枝。

大清早的,看到这么一大片绿,叫人欢欣鼓舞。它们既不让人觉得阴暗也不让人感到压抑,但这些植物这般生机勃勃、热情奔放,其中透着一种奇怪的亢奋,像是酒神走在前面,侍女们紧随其后,一路毫无顾忌地高声喧哗,嬉笑打闹。

沿河而上。头顶上高高地飞着一对鸽子，一只翠鸟疾速掠过水面，一抹亮色一闪而过，这是一块活宝石，像一只中国瓷器一样明媚鲜艳。两只猴子并排坐在树上，尾巴垂了下来；另一只猴子在树枝间跳来跳去。林中知了一个劲地叫着，叫声中似有怒气。那声音没完没了、单调乏味，和小溪流过岩石散布的河床时发出的哗哗声一般。突然一只鸟放声歌唱，一时蝉儿们都闭了嘴，鸟儿唱的旋律同英国的画眉一样。

晚上，青蛙呱呱、呱呱、呱呱地叫着，大吵大嚷；不时会有哪只夜间出没的鸟插进来，短短地唱上一句。萤火虫把树丛装扮得像点满了小蜡烛的圣诞树。它们柔柔地闪烁着，像是平静的灵魂放出光芒。

河道渐渐窄了，像是到了泰晤士河哪个植被茂盛的河段。

杜鹃。它只叫三个音符，只缺一个就是一段和弦了，竖起耳朵也等不来第四个，真是叫人要发狂。

涌潮。我们看见它从离我们很远的地方涌过来，两三个大浪接踵而至，但看上去没什么好让人紧张的。它离我们又近了些，来势汹汹，惊涛骇浪般咆哮着。我意识到这浪比我想象的要大得多。我看它们来者不善，便勒紧了裤带，这样的话，要是非得游泳逃命，裤子也不至于会掉。说时迟那时快，顷刻间潮水就打了过来。好大的浪头，八英尺、十英尺、十二英尺高，我们立刻就清楚，这种情况下，没有船能抗得住了。第一个浪打过来，把我们全浇透了，还灌了半船水，紧接着另一个浪又打过来。船工们开始大叫起来。他们是从内陆监狱来的囚犯，还穿着囚服。他们控制不住船，船被大水冲得直打转，浪尖把我们都颠到了船的一侧，又一个浪打过来，船开始下沉。我、杰拉尔德,还有 R 原先躺在船上的遮棚下面,现在连忙爬出来,船突然一下就支持不住了,我们一起落进水里,我们的周围都是滔天巨浪。我的第一个反应是赶紧游上岸去,但 R 大声叫杰拉尔德和我抓紧船。我们紧紧抓住船,坚持了两三分钟。我以为当潮往河上游涌去以后,浪就会慢慢平复下来,最多再过个几分钟,水就会又平静下来了。可我忘了这潮水正卷着我们一起前进。浪一个接一个地打在我们身上。我们拼命抓住船舷,抓住藤条遮棚的框。接着一个更大的浪打来,把船掀翻过去,扣在水中,于是我们面前只有滑溜溜的船底,没有别的可以抓。我们一看大概还可以够到龙骨,便拼命一把抓住了它。船继续像个轮子似的翻滚着,一会儿我们又重新扒住了船舷,觉得稍微安全了点,可刚松了口气,船就又翻了,我们被逼到水下,一切又得重来。

这翻来覆去地不知道持续了多久。我觉得这种情况是由于我们都挂在船的一侧造成的,我试图叫几个船工去攀住另一侧。我想,一半人留在这边,一半人到那边,我们就能保持船底向下,这样更容易抓紧、坚持住。可没人明白我的意思。浪继续冲击着我们,每一次抓不住船舷,我就被推下水面,只有抓住龙骨,才又能把头露出来。

渐渐地,我开始喘不过气,我感觉自己的力气在一点一点地流逝。我知道自己坚持不了多久了。我觉得最好的办法就是拼一把劲游上岸去,但杰拉尔德求我一定要咬牙坚持住。现在岸看起来离我们不超过四五十码。我们仍然被奔腾汹涌的浪潮卷着前行。船一圈一圈地翻滚,我们像笼子里的松鼠一样跟着它一圈一圈地转。我被灌了一肚子水。我感觉自己快差不多了。杰拉尔德在我旁边,帮了我两三把。他也只能做这些了,因为当船翻过来的时候,我俩一样无助。然后,我也不知道是什么原因,船保持底朝下,稳了三四分钟，我们得以攀住船舷，歇一口气。我以为危险终于过去了。能喘过气来真是不容易。但船猛地又翻了过来，一切又从头再来。刚才缓了那几分钟，我现在又有力气再坚持一会儿。没一会儿我又上气不接下气的了，我觉得自己虚弱极了。我精疲力尽，不知道自己还有没有足够的力气游回岸上。这回杰拉尔德也和我一样，差不多要累瘫了。我告诉他我唯一的活路就是设法游上岸。我猜我们当下所处的河段比刚才更深了，因为浪潮似乎没有那么汹涌。杰拉尔德左右各有一个船工，他们不知怎么地明白了我俩要撑不下去了。他们向我们打着手势示意我们现在可以试试往岸边游。我疲惫不堪。他们抓住漂过来的一个薄垫子（我们之前曾躺在这上面），他们把它卷成一圈，当做救生带。虽然这东西看上去似乎不太管用，但我仍然一只手抱住它，另一只手全力朝岸边划去。那两个人跟着我和杰拉尔德。其中一个游在我身边。我都不太清楚我们是怎么到了岸边的。杰拉尔德突然大喊说他踩到底了。我把腿伸下去，但什么也碰到。我又向前划几步，再试一次，我的脚陷进了厚厚的泥中。脚踩着恶心的软泥，心中直感到谢天谢地。我继续扑腾着，终于到了岸边，直起身来，黑黑的淤泥一直没到我们的膝盖。

我们拽住露出淤泥的死树根向前爬，爬到了河堤顶上，看到一块杂草丛生的平地。我们瘫倒在地，四仰八叉地躺了一会，浑身虚脱。我们累得动弹不得，从头到脚都糊着黑泥。歇了一会，我们脱掉身上的衣物，我把直滴水的衬衫围在腰间。然后杰拉尔德犯了心脏病。我觉得他就快要死了。我束手无策，唯有让他静静地躺着，安慰他一会儿就会好的。我不知道我们在那儿躺了多久，我猜大概近一个小时吧，我也不知道我们刚才在水中呆了多久。终于，R 划着一条独木舟来把我们接走了。

我们去河对岸迪雅克人的长屋里过夜。尽管我们从头到脚都裹着厚厚一层泥,尽管我们平时一天要游三四回泳,但我们这会儿实在是不想再下河了,只在桶里用水草草洗了洗。我们都没说什么话,但我们绝对都觉得当天晚上再也不想和那河发生任何干系了。

现在回头看看,我很吃惊地意识到当时我始终没觉得恐惧。也许是因为和大浪的搏斗实在太激烈,我都没来得及产生任何情感,就连我觉得自己力气渐失,再过一刻自己就要放弃了的时候,想到马上就要被淹死了,我也一点都没感觉害怕或是痛苦。我太累了,死对我来说倒更像是一种解脱。那天晚上,我穿着一条干莎笼①,坐在迪雅克人屋子里,看到黄色月亮挂在天空,心中产生的愉悦无比强烈,甚至有了几许感官上的快乐。我禁不住想起这会儿自己完全可能已经是一具浮尸,被潮水挟着向河上游漂去。第二天早晨我们又出发了,沿河而下,看到天空明媚,阳光和煦,草木碧绿,我心中更是又添了一份快乐。那天的空气出奇的清新。

迪雅克人的房子。非常长,建在桩子上,屋顶覆盖着茅草。进屋得沿着一根粗粗凿出几级台阶的树干向上爬。房外是一条回廊,回廊的地板是用藤条捆扎竹子做成。有一间长长的公共起居室,里面有一个平台,还有好几个房间,每间住一户人家。公共起居室的墙边立着一些大罐子,这就是迪雅克人的财产。我们走进屋子,主人铺开干净的垫子让我们坐下。家养的鸡到处乱飞。一根柱子上拴了一只猴子。狗儿四处转悠着。主人在平台上为我们铺好了床。一整夜公鸡叫个不停,到了破晓时分,它们更是吵得要死。接着房里又渐渐响起人声。男人们出发到稻田去干活,女人们到河边去打水。太阳还没升起来,长屋里就像蜂箱一般忙得热火朝天了。

---

① 莎笼(sarong)是马来群岛土著所穿的布围裙。

迪雅克人身材较小，但很匀称，棕色皮肤，炯炯有神的大眼睛并不凹进去，有点像科普特人①马赛克画上的眼睛，鼻子也是扁平的。他们脸上总是挂着甜甜的笑容，风度翩翩。女人们个头都不大，腼腆，脸上同僧侣一般毫无表情，她们相貌漂亮，年轻时身材娇小。但她们老得很快，头发变白，皮肤松松地包在骨头上，皱巴干枯，干瘪的乳房直往下坠。有一个很老很老的瞎眼老妪，像尊雕像似的坐在角落里，挺直了腰板，谁也不理睬。忙碌的生活忽略了她，她依旧沉浸在对往事的回忆中。煮饭的事归女人做。这里分工严格，千百年的习俗传下来，分配给女人的活儿男人根本不会想到要去插手。女人们只在腰间围一块长及膝盖的布。她们手臂上套着一个弯弯曲曲的银圈，许多人的腰上也有，那圈儿看上去就像巨大的钟表发条。她们在脖子上系条大围巾，做成个兜椅。让孩子坐进去，背在背上。男人们戴银手镯、耳环和戒指，穿戴整齐后，他们显得英俊而俏皮。许多人披着长发，这让他们看上去隐约有几分像女性，看上去怪怪的。尽管他们随时面带微笑，举止令人欢喜，但你仍能感觉到下面藏着一丝略叫人吃惊的野性。

长屋下面，猪四处拱着，吃着垃圾，弄出窸窸窣窣的声响；鸡鸭则咯咯呱呱叫个不停。从房子到河有一条路，是粗木板子铺成的，这样人就不需要深一脚浅一脚地走在泥里。但落潮的时候，你就得踩着又黑又黏、深至膝盖的淤泥爬上河岸。

当我回到古晋②，便写信给沙捞越的行政长官（之前我一直投宿在他家），问他能否帮个忙，想法给那两个救了我一命的囚犯减刑。他回信说，其中一个他已经释放了，但另一个他恐怕帮不上忙，

① 科普特人（Copt）指古代埃及人，或是七世纪伊斯兰教传入埃及后保持原有信仰的那些埃及人的后裔。
② 古晋（Kuching）是马来西亚港市，沙捞越首府。

因为他在回塞棉港的途中顺道回了一趟他的村子，把他的岳母给杀了。

东边的一条河，河两岸都是大片的密林，在满月下，那丛林比夜还要黑，万籁俱寂，沉寂中透着不详。想到那厚厚的枝叶下藏匿着的黑暗、残暴的东西，你就不由得浑身战栗。它似乎在期盼着什么。但在明净的天空上，月亮悠然地走着：它像哪位乡绅的胖夫人，穿着最好、最体面的衣服，顺着村中教堂的过道向前走。接着在东方，在一朵云参差不平的边缘出现了一抹淡淡的红色。平静的河面上，一条舢板默默地滑过，水面倒映着站在舢板上的渔夫那模糊的身影。岸上，丛林野地间射出一束热情友好的光，你猜那来自一间紧挨着水边的草舍，茂盛的棕榈、名字古怪的树，还有攀爬植物把它围得严严实实。现在东方的那抹红越来越耀眼。凌乱的云团被撕裂、扭曲：太阳气势汹汹地升了起来，似乎是拼着神秘、黑暗、残忍的力量杀将出来。再低头看河时，已经是白天了，但回头看看，月亮还静静地挂在天上，夜晚依然安详宁静，还没有过去。

L。他四十出头，中等个头，瘦，很黑，头微秃，黑发，眼睛又大又凸。他说起话来永远只有一个调，没有抑扬。他看上去不像英国人，倒像地中海东部的人。他在边远分驻所呆得太久了，和人在一起会觉得害羞，一言不发。他有个自己并不怎么关心的当地妻子，四个混血的孩子，他把他们送到新加坡去接受教育，好让他们将来能到沙捞越的政府办事处去做职员。他根本不想回英国去，在那里他觉得自己是外人。他的迪雅克语和马来语说得和当地人一样流利，他出生在这个国家，不大了解英国人，却对当地人的思维方式了如指掌。他有一次去英国休假，和一个女孩订了婚，但想到自己在马来的家庭，他便心中十分不安，最终解除了婚约。比起驻扎在古晋，他更乐意呆在边远的驻地。他不苟言笑，是个病态、忧郁的人，做事一丝不苟，生怕犯了错。他一旦说起话来，就又长又枯燥，一点都不风趣。生活就是一条死胡同。

古晋集市。集市由几条窄窄的街道组成，街道上有像博洛尼亚地区那样的拱廊，每栋房子都是一个商店，可以看见里面挤满了中国人，过着中国城忙碌的生活，干活、吃饭、聊天。河两岸是当地人的茅草房，在那里，马来人还按照千百年流传下来的生活习惯过着日子。当你在人群中闲逛，当你驻足观望，你会体会到生活的急迫感，顿觉奇怪而激动。你悟出这是快乐、平常的活动。出生和死亡，爱情与饥饿，这些就是人类的事务。密集的人群中走过一个白人，这便是这里的管辖者。他永远都不会是身边这生活的一部分。只要中国人不闹事，乖乖缴税，他就不会管他们的闲事。他只是一个皮肤苍白的外人，穿行在现实中，像是外星来客。他不过是个警察。他是个永远的流放者。他对这个地方一点兴趣都没有。他只是在等着退休，而且他知道当那天终于到来，他就已经只适应这里的生活了，在别处绝对住不下去。他们经常在俱乐部里谈起自己退休后能去哪里生活。他们对自己感到厌烦，也对彼此感到厌烦。他们对挣脱枷锁获得自由的那天翘首以待，但未来又让他们气馁。

种植园主。他在剑桥大学念的书，拿到学位后，决定去做个种植园主。他在这里已有十年之久，还是单身。突如其来的经济萧条毁了他。经济繁荣的时候他赚了两千美元，把它全投到橡胶种植业上，但现在，他投资的大部分胶林又都变回了丛林。他是位小个子男人，五官不端正，有着一双柔和的黑眼睛和一副温柔的嗓音，很腼腆,很有模仿天赋,热爱音乐。各种乐器他都多多少少会演奏一点。他收集马来银器。他让人觉得有些可怜。他住在一间乱糟糟的平房里。墙上贴着数不清的裸女照片,各种姿态都有。粗糙的架子上摆着些现代小说。

T太太。金发女郎。由于天热,她没烫鬈发,但这头发挺漂亮,颜色是极浅的淡黄色。她长着一双蓝眼睛,颜色稍浅,虽然她不会超过二十六岁,却已开始显现疲惫之态。正面看上去,她这种面色苍白的样子还算漂亮,但她的下巴很小、不起眼,一看就不是坚毅之人。从侧面看,她就有点像头山羊。她的皮肤曾经白皙滑腻,但现在,就像热带的一天,已开始销蚀。她穿着棉布和薄纱做的衣服,蓝的粉红的,敞着领口,短袖子。她常戴的饰物是一串白珊瑚珠子,头上还戴着顶菲律宾草帽。

N太太。金发,体肥,四十岁。她是个人高马大、深色皮肤的女人,有一双明亮的眼睛,待人友好。你会觉得她可能曾在歌舞团做过舞蹈演员,但实际上,她来自处理东方事务的世家,她们家做这事儿都有一百多年了。她很胖,而且不停地越长越胖,这让她极其郁闷,可她对食物没有抵抗力,吃起奶油、土豆和面包,她便狼吞虎咽,津津有味。

新加坡:鸦片幻梦。我看见一条两旁立着高高白杨树的路,就是那种在法国常见的路,这条路在我眼前一直向前,白色笔直的路,一直通向无比遥远的地方,我能望到很远的地方,我从没看得这么远,但白色的路依然向前延伸,路两旁依然是碧绿的白杨。我似乎是在沿着路疾速前进,身边白杨飞一般地掠过,比坐特快列车时窗外的电线杆闪得还要快。长长的两列白杨,它们一直向前,一直在我的前头。然后,突然间,白杨就不见了,放眼望去,只见洒下浓荫的阔叶乔木、栗树和悬铃木,树与树间隔很开。我不再是以全速前进,而是优哉游哉地走着,不一会儿便来到一片开阔地,低头俯瞰,下面是一片灰色的海,海面平静。零星有几条渔船正在驶进港湾。远处,海湾的另一边,有一座整洁漂亮的花岗岩房子,花园里立着根旗杆。那一定是海岸巡逻队员的房子。

他在马来联邦的一个州做了二十年的行政长官。他的日子过得和帝王差不多。他非常古怪而且凶狠。他独断、暴戾、严酷。他有一个马来老婆,她以及其他女人给他生了一大群孩子。后来他退休了,定居在切尔滕纳姆①,娶了那里的一个女人,从此之后,他唯一的愿望就是她的愿望:打进最好的社交圈。

D 夫妇请我赴晚宴,见见他们的朋友,这是一对夫妇,要在新加坡待上几天。男的在英属北婆罗洲的某个地方做行政长官。D. 夫人告诉我他曾是个大酒鬼,每天晚上都带一瓶威士忌上床睡觉,天亮之前喝干。后来,他实在是太招人嫌了,总督就派他回英国去休假,告诉他如果休假结束回来之后他还清醒不过来,就炒他的鱿鱼。那时他还是个单身,总督建议他回英格兰娶个好姑娘,她能叫他从此规规矩矩的。休假结束他回来了,结了婚,洗心革面,从此滴酒不沾。

他们来参加晚宴。他是个又胖又大的男人,脸上光溜溜的,有

① 切尔滕纳姆(Cheltenham)是英格兰中西部自治城市,位于伯明翰市南部。自从 1716 年发现矿泉之后成为旅游胜地。

些谢顶，无聊而傲慢。她个头很小，皮肤黑，既不年轻也不漂亮，但机敏，而且明显很能干，风度很是优雅。她这样的女人你会在坦布里奇威尔斯①、切尔滕纳姆或巴斯能碰上一大堆，她们天生就是老处女，似乎从未年轻过，但你觉得她们也永远不会变老。他们结婚五年了，看上去很幸福，我看她完全是为了能嫁出去才嫁给他的。

之后我再也未碰到过这对夫妇，他们也永远不知道自己那晚赴宴招惹了什么。我以他俩为原型写了篇故事，名叫《宴会之前》②。

爪哇。车站上有一群垂头丧气的人，三男两女，都戴着手铐，由爪哇士兵看押着。这些囚犯是本地的基督徒。他们八个人到一个村子里去传道，劝村里的人皈依基督教。他们宣讲了自己“普天下人人和平、友好”的信条，村落的首领和他们理论起来。争论越来越激烈，后来领头的福音传教士打了村落首领。他们打起架来。女人们也加入了进去，村落首领被打死了。这一下发展成了一场混战，结果是村里死了七个人，传教士死了三个。

礼拜四岛。这家旅馆是布朗夫妇开的。她是位小个子女人，有些胖，穿着网眼式衬衫，黑色的头发烫成大波浪。她爱开玩笑。她的目光敏锐，显得颇狡黠，鼻子红得离奇。她也许曾经挺漂亮。和她的丈夫一样，她满脑子都是如何发财的离奇计划。他中等身材，四十岁左右，一头鬈发又稀又长。他的四肢和动作都松弛得奇怪，好像是安了弹簧似的。他做过许多工作，一开始是理发师，接着是职业赛跑运动员、赌注经纪人、训练师，他开过矿、贩卖过烟草，最后

① 坦布里奇威尔斯(Tunbridge Wells)是英国东南部肯特郡的海浴胜地。
② 即“Before the Party”，1922年发表。

文回头做了理发师。谈起自己的职业赛跑生涯他很直率,他从中赚了很多钱。这项运动似乎不正当,他说起自己用假名字参加赛跑,说起自己在赌注经济人的指示下故意输掉比赛,大赚了一笔,等等,等等。他对这家旅馆不大上心,心思都在附近一座岛上的一处矿上,他指望在那儿淘到金。他从不饮酒。他有一个前妻生的女儿,名唤奎妮,在旅馆当服务员。她觉得自己干这个工作太掉价了,把客人的吩咐看作是对自己含沙射影的辱骂。一旦有客人揶揄她,她就会把菜单砸到人家头上,口中喝道:"滚滚滚!"做家务活的女用人是个干瘪的三十岁老姑娘,脸色蜡黄,五官分明。她的刘海上总绑着卷发垫纸,她顶着这头卷发垫纸大大咧咧地到处走。她曾在酒吧做过女招待,认为做家务活儿实在有辱她的尊严。她特好嚼岛上诸人的舌根。

C。他有一条吃水二十吨的双桅船和几只小艇,他原先用来采捞珍珠,只是后来碰上大萧条,采珠业无利可图,他也就不出海采珠了。他有六英尺高,身材魁梧,脸圆圆的,蓝色的眼睛透着诚实。他的举止有些拘谨,但脾气好,而且能为人着想。他的头发剪得很短,只在前额上留了一绺微卷的垂发。他的年龄在三十五到四十之间。他驾船出海时,就穿上非常破旧的粗布裤子和背心,但若是上岸,不管天气多炎热,他都要穿上黄靴子,灰西装裤,白色外套,一件花衬衫(他不系扣子),浆直的硬领子,佩一个黑色的针织领结,他把那领结弄得看上去像是用一个简捷的小装置绕过脖子,而那装置系在衣领扣上。当他微晃着身子大摇大摆地走在路上时,你一眼就能看出他是条小船的船老大。

丁顿号。这是一条五十五英尺长的双桅杆船。船员除了C之外，还有四个人，他们来自托雷斯海峡[1]中的海岛。这四个人皮肤黑，头发卷，体态健美。他们穿着打了补丁的脏裤子、汗背心，带着破旧的呢帽。汤姆·奥比是个白头发老头，身体很壮实；其他的都是年轻人；亨利是个花花公子，长得挺帅，时髦潇洒，喜欢自吹自擂。尤坦，只围了一条印花布裙，在船舱里架柴生火，负责做饭，这里也是船员们的卧舱。客舱在船尾，船桅正好穿过它。舱室太低了，人根本没法站直。天花板被吊灯的烟熏得漆黑。客舱里面可容两个人竖着睡，再有一个人横睡在门口。在舷墙和船舱之间塞了两只救生艇。

我们原定上午九点出发，但 C 迟到了，来了以后又发现忘了带备用三角帆，只好又派了两个船员去他家拿。我们终于起锚出发，潮水推着我们向前。风很紧，但阳光明媚，天空湛蓝。站在主帆和三角帆之下，随船飞速前进，真令人振奋。我们估摸着当晚就能到莫比亚哥岛，航程大约有四十五英里。船航行在星期四岛和威尔士亲王岛之间，我们在甲板室里吃午餐，有冷牛排、腌菜、煮土豆，还有一个松糕。我们还喝了茶。当我们最终驶离大陆的庇护时，发现海上刮着猛烈的季风，波涛汹涌。C 收起前帆，捆紧了装淡水的水桶。狂风时不时向我们袭来，一个浪打来，一阵海水涌上甲板。海浪看上去很大，白色的浪头，坐在那样小的一条船里，人就是在风口浪尖。我们一路经过了许多小岛，每到一个我就在想要是船翻了自己能不能游上岸。几小时后，我们来到巴渡岛，C 说应该在那里抛锚，第二天再往莫比亚哥去。我们环岛绕行，岛拦住了风，让我们舒服多了。我们找到一处锚地，那里已有十来只采珠船，它们也是为躲

---

① 托雷斯海峡（Torres Straits）位于澳大利亚和新几内亚岛之间，是东南亚和印度洋地区与澳大利亚、新西兰和南太平洋诸岛间海上联系的重要航道。

避恶劣的天气而来的。采珠人都是些日本人，只有一个澳大利亚人，他的船员是黑人。我们抛了锚以后，就放下一只救生艇去接他。我们请他喝了杯茶，邀他晚餐时分再来吃晚饭、玩桥牌。我们上岸，游了会儿泳。我们在路上打到一条无鳔石首鱼，做了晚餐，晚餐还有冷盘肉和苹果馅饼。我们用小锡杯喝茶，喝掺了苏打水的威士忌，酒足饭饱之后就在甲板室里就着明亮的防风灯玩起了桥牌。T（那个澳大利亚人）告诉我们，再往北边去，天气还要恶劣，他的船险些就被掀翻了。他预备等到风暴平静下来再说。毕竟现在水太混了，也采不到珍珠。他个头和我差不多，尽管他显然还年轻，但看上去已没什么水色。他很瘦，金发，一张脸饱经风霜、满是皱纹，他戴着假牙，长着一双蓝眼睛。他穿了一条深色裤子，套了一件汗衫。到九点钟左右，我们都觉得很困，他便回去了。夜晚清朗，月亮已接近满月，而我们那庇护所里没有一丝风。我们拿一只帆撑了个帐篷，把各自的床垫铺在甲板上，躺下睡觉。

第二天，我们早早就出发了，好赶上向外流的潮水，但我们没走多远就撞上沙洲，搁浅了。潮水向外海流去，我们陷在那里动弹不得，直到潮水又改变方向，托着我们离开了那里。我们穿过一座座岛屿，很快就到了外海。莫比亚哥岛还在远方，看上去只是隐隐约约、高低不平的一团。风比前一天还要猛，风大浪高。我们穿过一座座岛屿，行驶在浑浊的水中，到处都是礁石。一个船员站在船首的三角帆桁上负责瞭望。每一次一个浪打过来，我们就四处躲闪，免得被浇透。突然传来一声闷闷的刮擦声，我们知道这是船刮到礁石了。我们磕磕绊绊地开了过去，又回到了深水中。瞭望员挥着胳膊指挥着掌舵的C。他很紧张。我们又刮到一块礁石，又磕磕绊绊地开了过去。然后我们船头向外，驶了出去，好避开礁石。

莫比亚哥岛外围着两重环礁带。我们驶向一条环礁的入口，打算进入后在两条环礁间奋力前行，绕着岛寻找一个可以抛锚的地点。我们找到了外层礁带的入口，驶了进去，行至离岛内层礁带只有几码远的地方，再掉头（船几乎是原地大转弯）退到外层礁带旁。风刮得很紧，我们扬起所有的帆。船掉头的时候，帆布噼里啪啦直抖。如此反复了五六次，终于慢慢靠近了岛的尽头。三角帆已撕裂，抽打着主桅杆，发出巨响。我们全都湿透了。最后我们终于驶进莫比亚哥岛和我们要抛锚的小岛之间的一条航道。潮水逆风涌来，这让海水愈发地翻腾。我很害怕。船着了魔似的直晃，倾侧下去又猛地正过来。我看见一个大浪向我们扑来，撞上船身，淹没了甲板，我以为第二个浪会在船正过来之前就打上来，但我们的船像人一样灵巧地避开了浪，洋洋得意地驶向前去。然后外层的小岛给了我们保护，我们奋力驶向锚地。

我们上了一条救生艇，划上了岸。在那里，一个小海湾海滩边缘，有一块椰树环抱的凹地，C 在这儿有一间小木屋。一具死猫的骨架躺在地板上。我们刚才被浇得透湿，现在能穿上干衣服，喝杯茶，真是太舒服了。我们在岛上四处闲逛。岛上居民的茅舍掩映在椰子树丛中，很漂亮。那天晚上，大风狂暴，在椰树间呼啸着，吵得我睡不着觉。第二天上午，船员们把海滩上的大石头搬到小船上去，以增加压舱物的重量。下午他们去了村子里，直到晚上才回来。汤姆·奥比到木屋来，说天气实在太糟，C 决定再等上一天。椰子树被风吹得七歪八倒，我们抬眼望海，看到远处黑沉沉的风暴直冲小岛，化作绵绵细雨。云疾速划过天空。我们玩纸牌打发时间。尽管风大浪高，村里人还是驾着小艇出海去了，晚上带回来四头海牛。岛上所有的人都跑来看他们分海牛，分割完毕，每人都拎着大块大块的红肉走了。海牛肉的味道像牛排，但不够嫩。

校长。他年龄在五十到六十之间,又高又瘦,满脸皱纹;一头浓密的灰白头发,唇上是灰白的髭须,下巴上的灰白胡子一周没刮了。他一口大黄牙,牙齿烂得厉害。他讲话口齿不清,半是由于牙齿漏风,半是因为唇上的髭须太浓,所以要听懂他的话很是费力。他穿着卡其布褂子,一条黑白相间的破裤子,旧网球鞋、戴顶没了形状的呢帽。他非常邋遢。他在莫比亚哥生活了十五年,住在水边一间破烂的平房里,周围都是椰树。房子用木板搭成的,上面罩了波纹铁皮屋顶。藤条椅子摇摇晃晃。墙上贴着许多照片和彩色的广告画。一个小架子上摆着他的书,是些廉价版流行小说和杂志。他的太太有当地人的血统。她是一个黑皮肤女人,枯瘦,一头灰白的鬈发,是个驼背。她穿着一条破旧的白裙子和一件不是非常干净的白衫。当我走进他们家的时候,有十来个当地女孩正坐在地上学做针线活,她们都不到十五岁,丰满健康,聪明伶俐。

传教士。他非常瘦,蓝眼睛,满头白发。他一般是穿一条灰裤子,套一件无袖汗衫。但当他想穿得讲究一点的时候,就戴上牧师的硬白领,汗衫上面罩一个黑色前襟,穿一件白色外套。他的书橱里摆着廉价小说和神学书籍。他自己有条小帆船,他常驾着帆船往来于各个岛屿之间,因为他的教区由八个岛组成。他很少在家。他的妻子留着短鬈发,如果她不戴眼镜,打扮一下的话,会是个漂亮女人。她的厨艺很差,屋子收拾得乱七八糟。她在生人面前很害羞。

回廊前面种着木麻黄树,从树间可以看见海和远方的岛。太阳下山后许久,海上还留着血红的余辉,衬托出木麻黄树的轮廓。它们像花边缎带,优美而虚幻。这样的景色让人想起日本印花布。最后，阵阵微风吹得它们左摇右摆，树间露出一颗白色的星星，刚跳入眼帘，又倏地不见了。

木麻黄树就像让人开心的念头展开的梦幻轻纱，隔在你和眼前的美景之间。

第二天早上，我们出发去迪里瓦伦斯岛，C 要到那儿去送货。风刮得没昨天厉害。天空低层的云仍疾速飞过天空，背后厚重的乌云看上去却是一动也不动。阳光明媚。我穿着衬衫和帆布裤子，光着脚，坐在甲板上看书。有一阵子风极顺，C 把主帆和前帆都打开。迪里瓦伦斯岛地势很低，一开始只能看见地平线上隐隐约约的一团，接着映入眼帘的是树梢。我们一直环岛行驶，好找一个背风点来抛锚。环礁没有开口，我们只得在离岛一里多的地方停船抛锚。海上波涛汹涌，我们划了一个多小时小艇才上了岸，一路上都在用一个空水果罐往外舀水。

回到船上以后，我们丢了一根鲨鱼线下海，上面系一块儒艮肉作诱饵，突然海水搅动起来。我们收线。线下的东西拼命地挣扎反抗。我们看到一条鲨鱼。C 去拿来了他的左轮手枪，我们把鲨鱼拖上水面，拉近船舷，C 开了枪，海水上泛起血色。鲨鱼还在挣扎，C 又朝它开了六枪。然后我们放下一根带套的绳子，穿过鲨鱼头，套在背鳍后方，绳子另一头系滑轮上。我们把它拉过船舷，它重重地摔在甲板上。它还没死透，尾巴抽搐着，抽打着甲板。尤坦拿了把战斧，朝它的头骨上狠狠敲了几下，然后拔出长刀，划开它的肚皮。这条鲨鱼胃里有海龟的骨头。我们割下巨大的鱼肝，又切了一片鲨鱼肉挂在钩上接着做诱饵，把鱼线抛进海里。没过几分钟便又钓上一条鲨鱼。不一会儿我们就逮到了三条大鲨鱼，从十四尺到十八尺长不等。甲板上到处都是油腻和鲜血。第二天一早我们就把鲨鱼扔回海里，出发前往马老奇①。C想用鲨鱼肝熬点油，用在主桅和桅杆上，于是两个船员一整天都在用煤油罐装上鱼肝块，架在柴火上熬。那气味真是够呛。

迪里瓦伦斯岛和马老奇之间有些浅滩，所以我们不能笔直前行，而是得先向正西方向开五十英里。正好是侧风行驶，船摇晃得厉害，船舷一下倾下去，一下又猛地正过来。就这样来来回回折腾了好几个小时。然后我们看到海水逐渐浑浊，这说明已经到了浅海。我们每十五分钟就测一次水深，注意水是不是太浅了。水面潮涌不太厉害，我们的船摇晃得也轻了些。视线中早已没有了陆地，身边没有一条航船经过。在这茫茫大海中，我们显得十分渺小。下午渐渐过去，水深测量显示水深八浔，我们已经穿过了浅滩，转而向北航行。风和，浪静，能平稳地航行真惬意。风越来越静。地平线上有厚厚的白云，但它们一动也不动，好像是在画里的一般。太阳落山，天空渐渐变暗。夜暮降临，星星一个接一个地爬上天空。晚饭后我们坐在甲板上抽烟。空气和暖清新，月亮从云层间挤出来，缓缓升起。能在这样的夜间航行真是太美妙了。我时醒时睡，每一次醒来，心中都荡漾着快乐。大约凌晨两点的时候，C收起主帆，只留下前帆继续航行。

破晓时分我醒了过来。甲板上凉爽，但不冷。四周还看不到陆地。太阳升了起来，阳光洒在身上暖洋洋的，很舒服。在这样清新的早晨，抽上几根烟，真是舒畅。一两个小时后我们看到了陆地。那块陆地又平又低。我们继续前进，直到海岸线变得十分清晰。那个地方树木茂盛，透过望远镜我们还远远地望见了几座小渔村。我

① 马老奇（Merauke）是印度尼西亚东部伊里安查亚南部地区的政治中心和港口。位于马老奇河河口，临阿拉弗拉海，东距巴布亚新几内亚边界七十公里。曾以出口珍奇美丽的极乐鸟羽毛著称。

们沿着海岸行驶，寻找马老奇河。我们不知道它在哪里，这让我们觉得自己像是以前的探险者。我们测了水深，又试图通过所在的海岸线形状判断河的位置。我们知道河的入口处有光，一直留意着。我们航行了几个小时，一路摸索前进，终于我们看到了水面漂浮着草叶，水愈发地浑浊，C 说那肯定意味着我们离河不远了。我们继续驾船向前，隐隐约约地看见海岸线上有个开口，又过了一会，看见一条细长的白带子，像一根旗杆一样，这就是透进来的光。我们看到远处有个浮标，便朝它开了过去。潮水正向里涌，尽管风很小，我们也开始快速行进。前面就是河口了，我们向上游开去，潮水推着我们，顺利进入。

我们看到了镇上红色的屋顶，港湾里泊着的双桅船，还看到了一个码头。我们收起帆，抛下锚。我们到了。

马老奇干净整洁，看上去很像荷兰小城。英国殖民地的类似城镇都脏兮兮、乱糟糟的，马老奇却不是这样。小城前面是木框架结构、波状铁皮屋顶的政府办公楼，还有一两个大货棚，以及检查员的房子。与这里成直角相交的是镇子上唯一的街道，中国商人们住在那儿。我们逗留期间，一直在他们的一家店里吃饭。在吃了一个星期的儒艮肉、咸牛排、淡水鱼和水果罐头之后，能吃到咖喱饭菜真是一种享受。

在水枯泥泞的小溪里，有成百上千的泥鱼，从两寸长的小东西到九十英寸长的大胖家伙都有。它们趴着，用又大又圆的眼睛狠狠地盯着你，然后“唰”地一下躲进它们的洞里去。看它们撑着鳍肢在泥上疾行，真叫人惊奇。泥里尽是这些东西。你会觉得它们就是地球远古时期的缩影，那时这些生物体型庞大，它们就是当时地球的居住者。它们离奇得有些可怕。它们叫你恶心地觉得泥巴竟然神奇地活了过来。

都宝(阿鲁群岛①)。这是一个脏兮兮的小镇,有两条街,街上是中国人和日本人的店铺。本地马来人的村落建在水边的木桩上。港湾里停泊着采珠船。西里伯斯贸易公司的员工有一座乱糟糟的大框架式宿舍,但他们大部分时间呆在公司的大帆船上,只有当汽船带信件来时,才回都宝。

卡登。他的父亲是个依靠家里汇款的英国人,母亲是个波利尼西亚人。他是个大块头,又高又胖,眼睛亮闪闪的,牙齿很白,头有些秃,但耳朵和脖子后面还有鬈发。他说起话来很急,说爆破音的时候口水四溅。他是个乐呵呵的家伙,动不动就纵声大笑。他的谈话中充斥着各种澳大利亚脏话,污秽下流。

坦那尔。这是一个水边小镇,房子都建在木桩上,里面住满了中国人、阿拉伯人和马来人。从客栈的回廊望去,你可以看到从高高的木麻黄树间流过的河水,对面的小岛,还有一两栋房子。外面的灌木丛繁花似锦,色彩明丽的大蝴蝶从这一丛轻快地飞到那一丛。一群脑袋或红或黄的绿色鹦鹉掠过湛蓝的天空,明媚鲜艳如波纹般荡漾开来。傍晚时分,鸟儿们放声歌唱起来,它们的曲调狂野而奇特。远处飘来咚咚的鼓声,也许还有木管的演奏声。日落的时候,正对面的岛屿笼罩在一片红色的光辉之中。

---

① 阿鲁群岛(Aroe/Aru Islands)是印度尼西亚东部一群岛,为新几内亚西南部阿拉弗拉海一带摩鹿加群岛的一部分。该群岛由荷兰人发现,并在1623后年被他们开拓为殖民地。

凯伊群岛。穿过一连串地势低矮、树木成荫的小岛，就好像在迷宫里穿行。太阳升起来了，海面平静、蔚蓝。它是如此美丽、如此安详、如此离群索居，让人充满了敬畏。你会觉得自己是第一个闯入这片寂静之海的人。你屏住呼吸等待着，却不知道自己在等待什么。

班达。两座地势较高、密林覆盖的岛之间，有条浅浅的水湾，沿着它便到了班达。镇子对面是一座火山，山上草木丛生。海湾里的水又深又清澈，水边有一座座货栈和建在木桩上的茅草屋。

班达的街道两旁是一排排平房，但这个地方死气沉沉，平房里空荡荡的，寂静无声。路上偶尔看见几个人，走起路来都静悄悄的，好像生怕走出回声来。没有人抬高声音讲话。孩童玩耍起来也是不吵不闹。不时能闻到一阵肉豆蔻甜甜的香气。商店里卖的都是同样的东西：罐头食品、莎笼、棉布，商店里都静悄悄的，有一些店里一个店员也没有，似乎根本不指望会有客人上门来。到处都看不到有人做买卖。

这里没几个中国人，因为他们从不在没生意可做的地方定居。但这里有许多阿拉伯人，有的戴着漂亮的开罗毡帽，穿着整洁的帆布西装，有的则戴着白帽子，穿着莎笼。他们黑皮肤，长着一张闪族人的脸，眼睛大而有神。镇上有很多马来和巴布亚岛人混血儿，当然还有许多马来人。偶尔还会看到个荷兰人，晒得黑黝黝的，或者哪个结实的荷兰女人，穿着宽松的浅色衣服。

老式的荷兰平房是茅草盖顶，屋顶又高又尖，屋檐伸出来，由多利斯或科林斯式柱子支撑着，形成一道宽阔的回廊，柱子则由砖块垒成，外刷灰泥。回廊里摆着圆桌子，硬邦邦的荷兰椅子，还挂着吊灯。地上铺着瓷砖或是白色大理石。房子里各房间都很暗，家具是生硬的荷兰风格，墙上挂着拙劣的画。客厅横跨整个房子，两头是卧室。后面是墙围起来的花园。墙上的白石灰粉正一片一片地开始剥落，由于潮湿，掉了墙皮的地方就变成绿色。园子无人打理，杂草丛生。里面有的植物乱长一气，有玫瑰、果树、藤蔓、开花灌木、香蕉树、一两棵芭蕉、一株肉豆蔻，还有一棵面包果树，乱七八糟地长作一堆。再往后是用人的屋子。

四处闲逛，总能碰到一道长长的白墙，已经崩塌了，里面是些建筑废墟。这里原是葡萄牙的女修道院。海岸沿线，葡萄牙人堡垒的后面，是荷兰官员整洁的新房子。

一共有两座葡萄牙人的堡垒，一座离海稍远，有一条壕沟围着，沟里乱七八糟地长着树和灌木，但是这座堡垒现在只剩用巨大灰石块砌的厚墙还在，原来的方院里热带植物丛生。堡垒对面是一块开阔地，往下通到海边，那里长着巨大的树木，有木麻黄、卡纳里树，还有野生无花果。它们都是葡萄牙人种的，我猜他们以前晚上就在这里小憩。

另一个堡垒在一座山头上，居高临下，这座灰色的堡垒光秃秃的，四周环绕着一道深深的护城河。它保存得还算完好。唯一的入口是一道离地面约有十二尺高的门，需顺着梯子才能爬上去。在方形的城墙里还有一座堡垒，中央有口井。里面有一些大房间，门窗是文艺复兴晚期的风格，比例匀称，但装饰朴素，大概是给守军的军官们住的。

森林。高大的卡纳里树把肉豆蔻笼在自己的树荫里。树下没有乱七八糟的灌木丛，只有一层腐叶。耳边是那种个头大似鸡的鸽子响亮的咕咕声，还夹杂着鹦鹉叽叽喳喳的尖叫。偶尔能看到几座惨兮兮的茅舍，里面住着破衣烂衫的马来人。树林里潮湿闷热。

他们说以前这里的商人家财万贯，出手阔绰，互相攀比。他们有马车，晚上可以沿着海岸、绕着广场悠悠地驾车兜风。船只非常多，有时港湾全被占满了，新来的船只好在外面等着，待有船只离开，它们才有机会进港。他们以前从荷兰带大理石来作压舱物，还带着巨大的冰块，因为他们是驾着空船来，要把岛上珍贵的香料运回去。

热带的下午。你试图睡一会儿，但最终死了这条心，昏昏沉沉地走到回廊上。天气又热又闷，令人窒息。你的脑子一刻不停地转着，但又漫无目的。时间拖着步子，几乎停滞，漫漫长日，似无尽头。你冲个澡想求一丝清凉，但起不了多大作用。在回廊里坐着实在是太热，于是你只得又上床躺着。蚊帐里的空气似乎是凝固的，你无法阅读，无法思考，又无法休息。

凉爽的夜晚。空气柔和清新。你深感舒畅安宁。你的想象中闪过一幅又一幅图景，但一点也不让人疲惫，而是叫你十分愉快。你深深地体会到自由的感觉，就像是精神摆脱了肉体。

望加锡①港。夕阳西下，灿烂辉煌，先是一片黄色，然后是红色、紫色，远处一座长满椰树的小岛好似悬在光辉中。茫茫大海好似打磨得锃亮的黄铜，熠熠生辉。你搜肠刮肚地想着如何描述这炫

---

① 望加锡(Kota Makassar)为印度尼西亚南苏拉威西省的首府，亦是苏拉威西岛上最大的城市。望加锡坐落于苏拉威西岛的西南部，濒临望加锡海峡。在1971至1999年间，这个城市曾称作乌戎潘当(Ujung Pandang)。

烂的景象。它壮丽得让你有些不安，觉得膝盖有些发软，但同时它又让你心中生出万丈豪情，如果你会唱歌的话你便会纵声高歌。唱《纽伦堡的名歌手》中的五重唱么？不，唱格列高利圣咏。这样的死亡只有满足没有悲伤。

海港内船只频繁地进进出出，有不定期的货船、客船、带着异域情调的纵帆船（它们身上仍有当初最早进入这片遥远水域的大帆船的影子）和深海捕鱼小船，日出，日落，这就是那些东方城市能给你的最美好的事物。

一九二三

T。他是个复出的退役军官,战后来锡兰,凭着他管过一个团的本事,做了一个俱乐部的秘书。他又矮又胖,身子长,腿太短。他穿着松垮垮的裤子和宽松的手织布外套,两样东西穿在他身上都有些惨不忍睹,让他看起来古怪滑稽。他给你的印象是他曾当过骑兵,但实际上他是 K. O. Y. L. I. ①出来的。他一头黑发,头发很稀,涂了油,紧紧地贴在头皮上,不过他有一把非常浓密飘逸的小胡子。他很为自己打得一手好桥牌骄傲,对每一个和他打牌的人都要指指点点。他喜欢和人说起他认识的名人,以及和他交情好的将军和元帅。

抢夺贼。他五十出点儿头,但看上去很老很虚弱。他秃头,头发和胡子都白了。他长着一个大红鼻子。他坐下时,你觉得他有些驼背,但他站起来,你会吃惊地发现他比一般人都要高。他是个优秀的渔夫,总是不停地谈论着他的事业。他的口袋总揣着几只有翅昆虫,他对蝴蝶很感兴趣,正着手出版一本关于锡兰蝴蝶的书。他贪酒,很乐意和人谈自己和人家开怀畅饮的故事。我不知道为什么人家要叫他"抢夺贼"。

丛林。太阳落山前有那么一刻,林中的树似乎一株株都脱离巨大的森林,成了有个性的东西,你一时间在林中竟看不到树了。在这神奇的时刻,它们似乎有了另一种生命,你几乎能想象到它们有了灵魂,随着太阳下山,便能移动自己的位置。你觉得在某一刻它们身上会发生某种非同寻常的事情，它们会奇迹般地变幻模样。然后夜幕降临了，那一时刻过去，丛林又把它们抢了回去，树又变成树林的一部分，一动不动，一片沉寂。

种植园主的房子。这座两层的小楼坐落在一个小山头上，四周是花园，有几个草坪，长的不知是什么粗劣牧草，园里还有亮黄色的美人蕉、木槿和开花灌木。房子后面是一株开红花的大树。从回廊上可以看到长而窄的山景，山上种着橡胶树。后屋是一间小而正式的客厅，但起居室是一片宽敞的回廊，里面摆着家具，有腿加长了的大椅子、藤椅、一两张桌子、几个架子，架上摆着索然无味的廉价小说，书已破破烂烂。卧室在楼上，里面陈设简陋，一张铁床、上了漆的五斗橱、一个盥洗盆架，上面放着不成套的破陶罐。吃饭时用的是粗制的玻璃杯，破旧的盘子，陶器也是最便宜的那种。晚餐倒是挺丰盛的，有羹有鱼，有烤肉，有甜点，但做得都不怎么样，上桌时也毫不讲究，一点都引不起人的食欲。

仰光。他们是父子，都是一家中国公司的货船船长。父亲把他整洁、聪明、英俊的儿子视若珍宝，当发现他爱上一个缅甸姑娘时，惊骇不已。他们不仅仅是相爱，简直是海誓山盟，情深意浓。他被迷了心窍。他变得像个当地人，开始吸食鸦片，最终丢掉了工作。老人认为是那个姑娘给自己的儿子施了魔法，下决心要拯救他。一天人们发现姑娘溺水身亡了。没有人知道她是怎么死的，但大家都确信这是那个父亲干的。儿子心碎了。他崩溃了，他原先对父亲深

① K. O. Y. L. I. 是 King's Own Yorkshire Light Infantry 的简称，即国王私人约克郡轻步兵团。

深的爱变成了深仇大恨。

月光下的曼德勒①。银色的月光洒满白色的门洞,块块剪影似的天空映照着上面的建筑,看上去简直令人陶醉。曼德勒的护城河是世界几处小家碧玉式美景之一。它不似基拉韦亚有火山般的庄严崇高,也不似科摩湖②那般风景壮丽如画,它没有南太平洋海岛海岸线的醉人魅力,也没有伯罗奔尼撒半岛某些地区的高贵肃穆。但是它的美,你能抓得住,享受得到,可以拥有。它的美不会让你飘飘欲仙,但却能给你持久的快乐。其他的那些美景需要有心情才能享受、欣赏,而这幅美景一年四季不管什么样的心情都让人陶醉。这就像赫里克③的诗,当你心情不好,不想读《地狱》或《失乐园》时,你可以很开心地读他的诗歌。

F。他是个又大又胖的男人,头顶几根稀疏的灰白头发,但他那张红脸又圆又光滑,所以有时候看起来居然有些孩子气。他长着牙刷式的灰色小胡子,一口牙掉得差不多了,唯一能看到的是嘴里正中的一颗黄色长牙,松松地悬在那里,似乎用力一拽就会掉下来。他满脸是汗,亮光光的。着便装时,他会穿一件卡其布衣服,一件敞口宽领的网球衫,不打领结。他过去打仗时受过重伤,落下一条瘸腿,走起路来跛得厉害。他生活中唯一好的是马,讲起马来头头是

---

① 曼德勒(Mandalay)是缅甸中部的一座城市,位于仰光以北伊洛瓦底江畔。是1860年到1885年缅甸王国的首府,1885年被英国侵占。二战中该市遭到极其严重的破坏。曼德勒是重要的佛教中心,有著名的马哈牟尼塔,有730座收藏大理石碑佛经的宝塔。

② 科摩湖(Lake of Como)位于意大利北部阿尔卑斯山山区,意大利第三大湖,景色优美,素有"意大利最美的湖泊"之称。

③ 赫里克(Robert Herrick, 1591—1674),英国牧师、诗人,作品复兴了古典抒情诗风格,著有诗集《西方乐土》(*Hesperides*)等,"Gather ye rosebuds while ye may(好花堪折直须折)"便是他的名句。

道，成天挂在嘴边。他赌马赌得很凶，自己还养了几匹赛马，但只是个笑话，因为他从来没赢过一次。他成天乐呵呵的，但让你觉得他深谙赛马场上的各种阴谋诡计，并且会毫不犹豫地使出妙招。

E。他说自己出生于乡下，而且大概就因为自己常因此受辱，他特别强调自己以此为荣。他的父亲原在一艘跑中国航线的茶船上做大副，后来在毛淡棉①定居下来，娶了一个缅甸女人。1885 年，E作为译员来到曼德勒，然后就在这儿呆了下来，起先是在政府部门做事，后来改为自己做生意，卖玉器、琥珀和丝绸。我去找他，被带到一间既是客厅又是商店的屋里。房间里塞满了廉价的欧式家具，铺了软垫的椅子和沙发，一两张茶几，以及诸如此类的东西，到处可见陈列柜，里面放着些二流的玉石和琥珀。这个地方没有电扇，又闷又热，而且处处有蚊子咬。他在梳妆打扮，让我等了好久。终于，他走进屋子。他是个瘦高个，长着白头发，病态的黑皮肤，鼻子扁平。他说起话来滔滔不绝，嗓门很大，声音很毛糙，他似乎喜欢自己的声音。他说话很正式，用的词我们多半只习惯在书面见到。他总是选择用大词而不是小词来表达同一个意思。他对陈词滥调情有独钟。不管他在什么情况下提到任何一个人，也不管他要提多少次，他都说这个人的全称。于是，他和我谈到了莱迪史密斯之围的英雄乔治·怀特将军阁下；还有维多利亚十字勋章的获得者哈里·普伦德加斯特将军阁下。

G。他有六英尺多高，身材修长，虽算不上英俊，但也很好看。

① 毛淡棉（Moulmein）是缅甸南部城市，位于仰光以东的马达班湾。1826 年到 1852 年英属缅甸的主要城镇，是海港兼商业中心。

脸晒黑了，两颊深陷；蓝眼睛里带着笑意。脸刮得很干净，只留了牙刷状的小胡子。头发剪得很短，还没发白。他四肢关节灵活，举手投足轻松而优雅。他没有精心打扮，但穿着得体，衣服宽松地套在身上，可裁剪得很得当。他是一个骑兵，可以想象，他穿上军装该是怎样一种英姿。他说话方式很独特，慢吞吞的，有几分幽默的味道。他喜欢冷嘲。他是个业余相马师，也是一个优秀的运动员，轻描淡写地讲述着他参加过的所有不寻常的运动会。

T。他是个瘦高个儿，脸色苍白，不蓄胡子，戴着眼镜。这让他看上去怪怪的，像个学生，你会觉得他是个爬格子的记者，而不是个钻丛林的好手。他害羞又谦卑。由于他长期独处，有些沉默寡言。他穿着卡其布短裤、长袜和卡其布衬衫。他的职业是矿工，在缅甸北部发现了一个玉矿，指望靠那个大发一笔。他雨季会到曼德勒来，其他时间都呆在矿上，方圆七英里内除了他之外再没有第二个白人。

一九二九

婆罗洲。H穿着卡其布衬衫和短裤，脚上是一双棕色的鞋，腿上是长至膝盖下方的长袜。他中等个头，挺胖，红脸上总挂着亮晶晶的汗珠，长着个红红的鹰钩鼻子。他有一双蓝眼睛，头发算是黄色吧，前面已经有些谢顶。他说起话来用的几乎全是流行语，尤其是和喝酒的人在一块儿时。这是他的表达方式，说明自己是个好样儿的。但当他和你单独在一起时，他说起话来就更自然些，有绅士的风度。他养了两只猫和一条狗。他来自一个牧师家庭。

A。他是威尔士人，说话时威尔士口音颇重。他很瘦，不修边幅，不蓄胡子，长着一对招风耳，五官不规则。他长得既不好看，看上去身体也不健康。他的幽默体现在对别人的冷嘲热讽上，会虚情假意地奉承别人，看到人家听信了他的花言巧语，他觉得颇有乐趣。他的穿着不得体，邋邋遢遢的。他钢琴弹得挺好，非常喜欢古典音乐。每当生气时，就弹钢琴来平定自己的情绪。你对他的印象，会是觉得他是个出身草根的乡下孩子，但因为聪明，在学校和选拔考试中都混得不错，最终得以就任公职。他的房间里有许多学校发的奖状，随便捆扎着。他喜欢读法文，手头有一小批现代法国小说，但他的法文说得很糟糕。

苏丹[①]。苏丹定了十点在会客室接见我们，我们走着，看见他和随从从住处出来，住处在会见室一侧的楼上，我们等了一会，让他先进。苏丹由两个中年男子和一个随从陪着，其中一男子为苏丹撑着一把伞，那三个人看起来都有点烂糟糟的。会客室是一间长而低矮的屋子，一头是张颜色俗丽的宝座。座前是一张桌子，围着六把餐厅椅，稍稍远离桌子两旁的地方，沿着大厅摆了两排椅子。有人将我们介绍给苏丹和两位摄政王。苏丹是个十三岁的小男孩，长着一张马脸，苍白的象牙色皮肤，嘴巴挺大，笑的时候就会露出长长的牙齿和牙龈。他还长着一双犀利的小眼睛。他穿着黄色的绸布衣服、外套、裤子和莎笼，头上戴顶黑色的土耳其毡帽，帽子上有镶人造钻石的金线织锦贴花，脖子上挂了好些条金链、项链，还有一块金质的大徽章。两位摄政王都是他的近亲，头上都戴着绘图蓝灰色绸缎头巾，穿着深色的裤子和马来短衣，其中一个斜眼得厉害，戴了副蓝色眼镜。苏丹的弟弟是个脸色苍白的八岁男孩，由一个用人带着，整个会见过程他就坐在这个用人腿上。苏丹不时瞟一眼那个斜眼的摄政王，看自己该做什么，但他好像也很自信，一点也不害羞。他坐在桌子一头的扶手椅上，两个摄政王坐在一旁，英国特派专员和我们坐在另一旁。他后面站着一群侍官，穿的衣服都很破烂。有一个捧着国剑，另一个拿着长矛，第三个托着垫子，第四个拿着敲槟榔的工具。给大家散了当地的香烟，每一支都有普通蜡烛那么大，用聂帕榈叶子裹着婆罗洲粗烟草制成，但抽起来倒是轻松惬意。其他大臣坐在大厅两边的椅子上，看起来好像正专心地听着圆桌边的会谈。苏丹后面宝座的边上，燃着两只巨大的蜡烛，插在大铜烛台上，它们代表着苏丹对我们纯洁友好的感情。那个小男孩，苏丹的弟弟，一直瞪大了眼睛看着。摄政王代表苏丹向我们致以亲切的问候，然后，特派专员代表我发表了长长的演说，告诉他们我是谁以及我的情况。之后大家随便聊了几句，每一方都搜肠刮肚地想找点话

① 苏丹（sultan）是某些穆斯林国家的最高统治者。

讲。然后摄政王作了最后的致辞，特派专员优雅地作了回应，我们就告辞了。

特派专员官邸后面的山上长满了各种各样的树，但无人料理，完全是自然的状态，这反而看上去像是为了艺术效果而特地设计的，看上去就像中国古画里绿树盖岭的青山。

我们去参观了儿茶[①]厂。工厂建在山脚下的河边上，各式各样的屋棚建在木桩上，用粗劈的木材做墙，瓦垄钢皮为顶。工厂后面长着香蕉、木瓜和各种树。工厂一副粗制滥造但还凑合能用的样子，好像是因为突然要使用，才杂乱无章随意搭建而成。这里杂乱邋遢，一点也不似英国或美国工厂那般厂房整齐。儿茶是从红树皮中提取出来的物质，用来硝皮。走在工厂里，到处都能闻到淡淡的硝味。树皮事先由一架复杂的机器粉碎，然后倒进巨桶中，用水冲洗、熬煮，直到提炼出鞣酸。制成的儿茶是一种浓稠的红棕色黏液，看上去很像糖浆。工人们把这液体晒干，成为很硬很大的块状物。厂主和他的两个助手住在一座小山上的平房里，每人有一个房间。他们还有一个小俱乐部，每天晚上就上那里去。俱乐部就是一间长长的屋子，一边放着张台球桌，剩余的空间里摆着小吧台，一张桥牌桌，还有一张堆着报纸（像《每日画报》、《每日镜报》，还有《皇家杂志》和《河岸》这样的杂志）的桌子。俱乐部由一个男孩管理，他负责上饮料，上饮料的间隙又负责当台球记分员。小俱乐部里脏兮兮的。厂主有些胖，戴一副角质框架的眼镜，有假牙，没蓄胡子，一张

① 儿茶（catechu）是从某些亚洲热带植物中提炼出的物质，可用于染色、鞣制或用作收敛药物。

方脸已被晒成了古铜色。他在这儿已经呆了二十五年,据说在当地人中很有影响力。他喜欢在谈话中夹杂些拙劣的法语。据说他很友好,很可靠。工厂的职员就是这三个人了,但三人根本合不来。他们吵架吵得厉害。机械师快到三十岁了,说话时苏格兰口音很重,英格兰人要听懂他的话不容易。他中等个头,穿着寒酸的粗斜纹灰布衣服和破旧网球衫。他的脸不难看,有些魅力,五官虽扁平却并不让人不舒服,一双蓝眼睛总是一副惺忪的样子,让你觉得他是喝醉了酒,但你若是细看,那双眼睛又显得高深莫测,有些悲戚。你觉得它们似乎很困惑,似乎这人看见了东方的什么东西叫他没法理解,你也许会暗暗想,这个原始、简单、未受过教育的苏格兰人察觉到了什么奇怪的东西,它给了他很大的冲击,让他不知所措,独自一人在生命之海上随波逐流。据说他特别贪酒,喝醉了酒就变得讨厌、暴力。第三个人个子不高,但骨架很大,一头淡茶色的头发,长着一个大鼻子,沉默寡言得厉害。

纳闽岛①。从一个小码头登岸,就上了沿海而建的主街。街上有中国人和犹太人的商店,它们很有特色:一家店里做两三种生意,在门的这一边,敞开的窗户下摆着把牙医的椅子或剃头匠的家什,而门的另一边有位钟表匠正在工作台上做着活,同时店里的其他部分则售卖罐头食品。有三四家商店是从巴格达来的犹太人开的。其中一家是个普通的杂货店,任何小商贩货包里会卖的东西这里都卖。一个犹太女子在后面的长椅上休息,她美得惊人,美得简直让人难以置信。她半坐半卧,懒洋洋地不管不顾,只穿了一件褪

① 纳闽岛(Labuan)是马来西亚婆罗洲东北海岸的一座岛屿。1848 年后有一段时期曾是英国的直辖殖民地,1963 年并入马来西亚。

色的粉红睡衣，露出白皙的玉足。她有一张可爱的鹅蛋脸，色泽白腻，一头厚厚的乌发，羚羊般漂亮的眼睛，楚楚动人。她就像刚从一千零一夜中的哪一夜里走出来的一样。她慵懒得性感，美丽得撩人，叫人屏住呼吸，无限赞叹。她的丈夫是一个又高又瘦的犹太人，蓄着胡子，戴着眼镜，在伦敦东区你经常会看见这样的人，他们机警、狡猾、善于奉迎讨好。

马来联邦。海上黎明。破晓时分我恰好醒来，便走上甲板。霹雳州①的山一片灰色，山顶飘着灰色的浮云，太阳升起来了，瞬时就把云染成了粉红和金黄，看上去像丁加奴②人的莎笼。

禾雀。一群白色的禾雀到处乱飞，就像脑中闪过的杂乱思想，不讲道理，不守秩序。

特派专员参赞。他是位小个儿男人，约莫五十到五十二岁之间，长着灰白的头发和浓密的灰色眉毛。他的脸侧面轮廓很好，可以想象得出他年轻时曾很英俊。他的蓝眼睛现在露出疲惫之态，薄薄的嘴唇让他看起来乖戾易怒。他说起话来好像嘴里没有牙齿，嘟嘟囔囔地不知道他到底在说什么。人们说他为人腼腆，但他给你的印象不过是不通社交规矩而已。要他把一个人介绍给另一个人会让他很窘迫。除非有人先走，不然他就鼓不起勇气离开聚会。他负责、勤奋，但很愚蠢。他这样的官员总是怕做错事，满脑子愚蠢的偏见，官僚派头十足。尽管他在这儿呆了三十年了，可还不怎么会说

① 霹雳州(Perak)是马来西亚的十三个州之一。“Perak”在马来语中指“银色的”，也许指的是此州丰富的锡矿资源，也有可能暗指这里的渔业。
② 丁加奴州(Trengganu)是马来西亚十三个州之一。

马来语,他对这个国家没有一点兴趣,他对什么都没有兴趣,只是拼命工作,这样他的上司就不会批评他,他准备一到拿退休金的年龄就立马走人。他的脑子里满是琐碎的东西,根本不关注大事情。他只操心本地事务,而“本地事务”局限于俱乐部和他辖区内的人员来往。

种植园主们。他们大多似乎分属两个阶层。大部分是普通“粗人”,稍低于中产阶级,说起英语来要么带着可怕的口音,要么是明显的苏格兰腔。他们思想粗鄙,只关心橡胶、橡胶的价格和俱乐部的活动。他们的妻子要么非常文雅、急于表现自己的淑女风度;要么就很俗气、高嗓门大喉咙、热情过度。另一类种植园主,他们在公学读过书,也许还上过大学。他之所以做了种植园主是因为他在英国无法维持生计,而种橡胶看起来是唯一不需要训练和经验就能挣到钱的工作。他经常有些急于想让你知道他出身绅士,但除了他回英国度假时生活稍有不同外,他的谈话、他的兴趣和前面说过的那类种植园主没什么两样。所有的种植园主对政府官员似乎都抱有相同的态度,混杂着敬畏、嫉妒、鄙视和怒气。他们在背后嘲笑政府官员,但又将参加特派专员官邸的花园聚会或晚宴视作生活中的大事。想在种植园主中找出一位有文化、爱读书或出众的实在是太难了。

马来联邦。马克住在客栈里,他住在荷属婆罗洲,从那儿赶过来,希望能把属于荷裔马来人的几块橡胶地卖给邓禄普公司。但只要有人想买的东西他都准备经销,于是他花大把时间想劝某个年轻的欧亚混血儿买一辆汽车,又拼命想吊起新加坡来的几个犹太人对黑金刚石的兴趣,他声称自己能搞到在婆罗洲的采矿权。过去三十五年里他在马来半岛的许多地方都呆过，从事过各种工作：他刚来的时候做的是传教士，然后做了政府官员，在霹雳州做调查工作，后来又当了种植园主、开矿人，他还为许多欧洲公司做过中介。他似乎一事无成，现在已是年逾六旬。他长得高大壮实，走起路来一副庄稼汉的姿势，好像靴底沾满了厚厚的泥块。他长着张深红色的脸，蓝眼睛，红眼眶。他给你一种卑鄙狡诈的印象。他讲起自己在马来联邦的故事，多半似乎讲的都是那些用各种方式坑了他的人，让你觉得在这个流氓恶棍遍地的世界上，他是唯一的老实人。他跟我讲的故事中唯一一个有点价值的，说的是一个女人嫁给了一个男人，事后发现村里有三四个混血儿是他的孩子，便和村长密谋，把他们都溺死在河里了。也许这故事里没一句真话，但他讲故述时那冷冷的讽刺口气却让这故事很扣人心弦。

O。他是俱乐部的秘书，是个驼背的小个子，大约五十岁，做了很多年的种植园主。他对世界和文学的了解远远超过他大多数的同行。种植园主的妻子们总抱怨自己是流放此地，苦不堪言，他对她们这种态度很不以为然，冷嘲热讽。他说，所有的种植园主自然都属于中产阶级下层，他们大多数人的老婆根本不适合住在仆人满堂的房子里，拥有一辆汽车，在柜台后头招呼客人对她们来说才是正道。

G. R. 。他是政府工程师。他是个短小精悍的家伙，五官鲜明，一头灰白头发。他言行举止严谨得体，是十足的军人和绅士。他在怀特岛有一处住所，预备明年退休后就去那里住。他想找点事情做，打算养鸡，希望能靠这个打发他的时间，还能赚个十分之一的利润。他是典型的复出服役的退伍军官，无比尊重军人阶级的所有偏见。可以想象，当他最终在文特纳定居下来，与那些退伍老兵们毗邻，他将能多么成功地融入那个集体。

P。他是个魁梧的爱尔兰人，长着双下巴。他有爱尔兰人的红脸、鬈发、蓝眼睛，说话带着爱尔兰土腔。他在这个州呆了三十五年了，刚来的时候只是个普通警察，现在已经是警察局长了。他最近又结了婚，娶了一个漂亮的贝尔法斯特姑娘，这姑娘是酒吧女招待那种类型的，比他的女儿还年轻。他四处转悠，心情愉快，脾气极好。他带我们去参观监狱。在那里我们看到了囚犯，腿上戴着铁镣的长期囚犯，干着各种不同的活。有一些在淘米做饭，有一些在做木工活。在两间小牢房里，我们看到几个死刑犯，他们盘腿坐在床上，他们只穿了一件囚犯莎笼，也就是一块脏兮兮的白布，是犯人们自己做的，上面打了监狱的标记。他们什么也不做，瞪着眼睛发呆。狱卒告诉我们，在临刑前的三天，他们每天可获得五美元，可以随意买他们想要的食品、饮料和香烟。行刑的那天早上，他们被带到院子对面，在那洗个澡，接着被带到一个房里吃早饭，之后爬上一小段窄窄的楼梯，就到了行刑室。他们头上戴上白罩，冲着墙。一条绳子一头系在天花板上的铁环上，另一头拴在他们脖子上，然后抽掉他们脚下活板上的栓子，给我解说的是个粗俗的伦敦小个子，一口黄巴巴的断牙，他娶的是一个日本女人。我问他当刽子手是不是很糟糕，而他大笑说这从来不会影响他晚上睡觉。他告诉我有一个男的第二天要被绞死，当问到他是不是还想要点什么的时候，他说："是的，我想要一个女人。"警察局长咯咯笑了起来，"还真他妈是个爷们儿，"他说，"我倒是不介意，但你也晓得，我没法儿照办，我会惹得整个社区都来骂我的。"

看囚犯们洗澡挺好玩儿的，他们每天要洗两次澡，他们分批走到一个大水槽前,狱卒给每个人发一个桶,然后一声令下,囚犯们就舀水兜头冲四次,接着开始搓身子,然后又是一声口令,他们再舀水冲四次。然后他们匆匆穿上干莎笼,把地方让给下一批人。

夜幕下的槟榔树修长而优雅。它们具有三段论式的瘦削美。

L. K. 。人们管他叫"粉扑珀西"。他在牛津大学贝列尔学院念过书,与大部分种植者和政府官员们(他这辈子都得和他们打交道)相比,他的教养要高得多,也读过更多的书。他起初是个见习军官,现在当了校长。他的桥牌打得很棒,舞跳得也很出色。别人总抱怨他太自负,社区里的人对他有不小的敌意。他的衣服穿得有几分帅气,人很健谈,说话有着牛津式的风趣。他能机灵地使用俚语,同时却又能显示出自己的教养。他有一套自己的词汇。他模样不错,一张透着灵气的脸,他完全可能做个牛津、剑桥的年轻教师或是夜总会的舞蹈演员。

C。他学究气十足,好做学问,严谨可敬,无聊乏味。他的妻子举止轻浮。他很有能力,在新加坡位高权重。他们隔壁住着一对夫妻,那丈夫壮得像头牛,成天乐呵呵的,那太太则和 C 一样一本正紧,受人尊敬,而且无聊乏味,夫妻两个都是中年。叫所有的人都大吃一惊的是有一天 C 和那个女的私奔了。被抛弃的两位提起离婚诉讼,后来各自又重新结了婚。C 丢掉了工作,和那个同他私奔的女人住在英国,生活很拮据。新加坡那边两位自是很称心,美中不足的就是据说英国这一对过得非常幸福。

我走着走着,突然想起了一条我经常在梦中见到的大路,就像我脚下的这条路一样，它是盘旋而上的山路。那条路通向一座城市，我也不知道为什么就是想赶紧走到那城市。男男女女都在匆忙赶路，我常常醒过来发现自己已起身走出了半个屋子，急着要加入他们。城市清晰可见，就在山顶，周围环绕着设有城垛的城墙，那条路宽阔洁白，抬眼可见它蜿蜒而上，直抵巨大的城门。空气清新、甜美，天空蔚蓝。他们一个劲地走着，男人、女人、小孩，相互之间根本不交谈，埋头赶路，满脸期待。他们既不左顾也不右盼。他们匆匆走着，目光急切，双眼熠熠生辉。我不知道他们在期待什么，我只知道他们被什么迫切的愿望驱使着向前。那城市有点让人想起艾尔·格列柯笔下的那些城市，矗立在一座石头山悬崖的边缘，是灵魂之城，当一个闪电撕开夜的黑暗时，人们才战战兢兢地瞥见一下。不过，那些城市的街道狭窄曲折，云遮雾罩，而我梦中所见的城市阳光明媚，街道宽阔笔直。我隐隐约约地觉得自己认识这神秘城池里的人，了解他们的言行举止，知道他们能抚慰饱受折磨的心灵，但我这城里到底是些什么人，为什么路上那些人都如此急切地追寻它？我不知道。我只知道赶紧进城对我来说很重要，而当我最终走进城门时，等待我的便是幸福。

诗句。

我曾无法忍受“失去你”这个想法
亦不敢想象我们的生活不再有瓜葛
但我也知道，在你飘忽不定的心里
没有对我一丝的温柔或爱意
因为我看到，你曾把吻献给多少不需要它的人
但当我试图打破禁锢我的铁链时
你又用你细软的胳膊抱住我的脖子

不肯放我走
你装出爱我的样子，我谦卑地感谢你
我用金子换来你勉强的吻
我原以为这爱将天长地久，它现在已经死去了呀！
以前你那神奇的力量哪里去了？
曾经你展颜一笑便能让天空一片金光灿烂
你随意一句话就让晴朗的夏日乌云密布。
疲惫，而非生离死别，才是
爱之苦涩。我的激情已然耗尽
像一条河流被烈日烤干
我看看我空空的心，气馁地蜷缩起来
我的灵魂像一片沙漠，沉默、荒凉狂野的风肆虐其上
夜行的鸟儿把巢筑在国王的墓间
我悲哀地看着你，懊悔
我的痛苦，我的狂喜，我的酸楚，我的极乐。

一九三〇

尼科西亚[1]的客栈。这里提供的食物是在贝斯沃特[2]私营旅馆里能吃到的典型英国食品：汤、鱼、烤肉和一份甜点，甜点是乳脂松糕或是热干果布丁，星期天还有美味可口的酿馅鸡蛋。客栈有两个洗浴间，里面安了用柴火烧水的锅炉。房间里有漆成白色的小铁床和廉价家具。地板上铺着几块小地毯，看上去像是鞍褥。客厅里有裹了印花棉布的大椅子，以及铺着马耳他抽绣的桌子。房间里的灯很亮，但位置摆得很别扭，不适合阅读。到了晚上，这里的客人们就坐在一起玩红心大战，赌的金额很小。满堂的说笑嬉闹声。房主是个胖胖的小个子希腊人，英语说得不大好，餐厅里有一个矮小的希腊男孩给他打下手，男孩子眼睛长得很漂亮，镶了一颗金牙。

房客们。一个军人，是退役的重骑兵，很有礼貌，很有绅士风度。他有结核病，总是在里维埃拉的旅店里疗养，或是在近东地区闲游。他又高又瘦，五官鲜明，头发有些稀，都贴在头皮上。一位上了年纪的胖妇人，满头白发。她热情奔放，举止轻佻，属于那种被称为"有男人缘的女人"。她在餐厅里隔着桌子和其他客人谈笑风生，揶揄嬉笑。她动不动就放声大笑，活泼得过头。一个从埃及来的商人和他的胖太太。他长着一张红脸，头发略有花白，剃了个士兵头，也许他原先是当兵的吧。一位戴着金丝眼镜的老先生，他正慢悠悠地畅游欧洲，调查社会福利状况。他常为些小报写点文章，现在正在收集材料，准备写一本关于工人阶级社会生活条件的书。他成日里就唠叨这一件事。他肚里有一大堆成年旧事，总是想讲给其他人听，而他们则总是想方设法阻止他讲。客栈里还住着两位苗条、体弱的女士,大部分时间都呆在自己的卧室里。她们每餐饭前都要求先上一杯鸡尾酒,这让其他女宾好生奇怪。一个胖胖的小老头儿,留一撮尖尖的白胡子,戴着眼镜。他曾在日本住过二十二年。地震大大影响了他的生意,不再赚得到钱,只好宣布破产。他回到英国,预备和他女儿住在一起。他在哈罗③买了处房子,打算和女儿女婿住在一起,度完余生。她六个月大就被送回了欧洲,打那以后,他基本上就没见过她,当他回到英国和她一起过日子的时候,发现他们完全是陌生人。两人间起了矛盾,于是他把房子留给了女儿,自己去了近东地区。他思念日本,很想再回去,但觉得自己囊中羞涩,无力在那里按以前的习惯过日子。他加入了这里的俱乐部,每天去俱乐部里看看报纸,打打台球。晚上回到客栈他就玩玩单人纸牌,或者听别人的谈话。他很少加入那些谈话,似乎觉得自己是个局外人,不过听到别人你来一句我回一嘴地互相揶揄,他也会咯咯地笑。他只是在等死。对于所有人来说,互相打趣是谈话的主要内容。客栈住宿费为每天十先令。

纽约。她是个有钱女人的秘书。她住在一家小旅馆里,同旅馆的还有一位英国诗人的父亲。她对这位诗人极为仰慕,因此热心地照顾诗人的父亲。这做父亲的又穷又贪酒,还没什么好名声。他爱自己的儿子,以他为荣。然后那诗人来纽约,宿在她老板家中。她认为他肯定还不知道自己父亲生活多么窘迫,认为他一旦得知了父亲的情况,就会马上出钱赡养父亲。但日子一天天过去了,他一点

---

① 尼科西亚(Nicosia)是塞浦路斯首都及最大城市,位于该岛的中北部。大约建立于公元前七世纪,1489年被威尼斯人控制,1571年又落入土耳其人手中。1960年当塞浦路斯获得独立时被确立为首都。

② 贝斯沃特(Bayswater)是伦敦的一个区。

③ 哈罗(Harrow)是大伦敦东北部一个建于1571年的主要住宅区,是哈罗公学所在地。

也没有想去看父亲的意思。终于,有一天她正记录他口授信件的时候,告诉了诗人自己认识他的父亲,实际上他们住在同一家旅馆里,而且他的父亲十分想见他。“噢?”他说,然后便继续口授信件。她目瞪口呆。她觉得自己必须把这事告诉那位老人。老人咯咯地笑着说:“他以我为耻呢。”“他真是个差劲的诗人,”她愤愤地说。“不对,”他说,“他是个差劲的人;倒还是个伟大的诗人。”

对于作家来说,最重要的事情是不断地观察人。我的麻烦在于我常觉得这件事无比枯燥乏味。它要求人有极大的耐心。当然,世上有那么些特征明显的人,像一幅完成的画作那样清晰精确,供你观察。他们是“角色”,鲜明醒目、生动别致的人物形象。而且,这些人常常乐于展示自己的特色,似乎他们自己把自己逗乐了,也想让你分享这样的乐趣。但这样的人少之又少。他们从普通人中脱颖而出,他们的与众不同既是优势又是不利。他们身上生动鲜明的东西却容易显得不真实。相较之下,观察普通人就大不相同了。普通人实在难以把握。的确是有这么一个人,有着自己的性格,双脚立在大地上,身上有千百种特色,可整体画面却是朦胧混乱的。既然他自己都搞不清楚自己,关于他自己,他又能告诉你些什么呢?不管他多喋喋不休,他什么都说不清。他身上也许有什么能让你如获至宝,但不管他有什么,他也不知道那是珍宝,空把金钗雪里埋。如果你想象雕刻家从石块中刻出人像那样,从这一大群影子中甄别出一个人来,你就需要有时间,有耐心,同中国人一样足智多谋,此外还要有其他种种禀赋。你必须做好准备,愿意花上大把时间一遍遍重听二手信息,才能捕捉到一两句有用的话,是你的观察对象不经意间说出来的,却揭示了此人的真实面目。要真正了解芸芸众生,你就得因为他们是他们而对他们感兴趣,而不是为了自己的目的而对他们感兴趣，这样你才会在乎他们说的话，因为那是他们说的。

人物外貌。小说家觉得棘手的一件事是描写人物的外貌。最普通的方法当然是一本正经地列清单：身高、肤色、脸型、鼻子的大小、眼睛的颜色。这些信息可以一次性给出，也可以在需要的时候再提，某个明显的外貌特征，若是在合适的时候反复提起，会引起读者的注意，加深他们的印象。可以在初次介绍人物的时候描写他的相貌，也可以在吊足了读者对他的兴趣时再写。但不管哪一种情况，我觉得读者都不会对他有多么明确的认识。老一辈的小说家列举人物的外貌细节详尽细致，但是作者如此详细描述的人物，若是世上真有其人，我觉得读者要是遇上了他，也是认不出来的。我认为我们很少能读了那些文字后，心中就勾勒出一个确切的形象。我们若想知道小说中的重要人物到底长得什么样，就得等插图画家把他想象中的形象强加给我们，比如菲兹画的匹克威克先生，坦涅尔画的爱丽丝①。像这样列举外貌特征的确很无聊，为了让自己的描述生动起来，许多作家改用写意手法，完全忽略客观事实。写到人物相貌时，他们多半妙语连珠，只用一两句隽语，或者只通过描写某个活跃的旁观者对他容貌的反应，就妄图能让读者在心中构建出一个人物形象来。阅读这样的描述通常是件乐事，这是干巴巴列举特征没法做到的。但要我说它也就只止步于此，没法再深入下去了。我觉得那些作者心中对自己所塑造的人物根本没有勾勒出一个清

① 菲兹(Phiz)即哈布洛特·奈特·布朗(Hablot Knight Browne, 1815—1882)，是英国著名的插图画家，狄更斯的十五部小说中有十部是他画的插图，其中便包括《匹克威克外传》。“菲兹”是他的笔名。坦涅尔(John Tenniel, 1820—1914)，英国插图画家和讽刺画家，他为许多书画过插图，其中最著名的是为刘易斯·卡罗尔的作品《爱丽丝漫游奇境记》及其续集所作的插图，作品以微妙精巧著称。

晰的形象,只是他们写得轻松活泼,便掩盖了这个事实。他们是在逃避困难。有一些作家似乎一点也没意识到外貌特征有多重要。他们似乎从未发现人物体态特征对人物性格有多大的影响。一个身高五英尺七英寸的人和一个六英尺二英寸的人眼中的世界是截然不同的。

一九三三

蒙塞拉。像一首晦涩、刺耳的诗,那诗人给自己的诗句强加上怪异的和声,他同自己的诗句角力,试图让它美得意味深长,让它肩负言语无法表达的思想力量。

萨拉戈萨①。礼拜室里光线昏暗,只有圣坛上点着几支蜡烛,圣坛的台阶上跪着两、三个女人和一个男人。圣坛上方是“十字架上的耶稣”像,几乎是真人大小。他低低的眉,厚厚的黑发,凌乱的黑色短须,看上去就像个阿斯图里亚斯②农民的相貌。礼拜堂一个阴暗的角落里,有一个女人远离他人,跪着祈祷,她的双手不像一般人那样十指相握,而是手掌朝着圣坛摊开,胳膊稍微张开,似乎她正托着一只看不见的浅盘,里面盛着一颗痛苦的心,作为供品献给耶稣。她长着一张长脸,脸上光滑没有皱纹,她大大的眼睛紧紧盯着圣坛上方的耶稣像。她的姿势中流露着无尽的哀婉悲伤,哀求着,无助而茫然;她心中纷乱,痛苦忧虑,向主寻求帮助。可以说她不明白为什么自己要承受这样的痛苦。我相信她不是在为自己祈祷,应该是为别人向主求情。为了病危的孩子,为了丈夫,还是为了在狱中或是被流放的情人?她一动不动,眼睛一眨也不眨地盯着将死的耶稣的面庞。这雕像只是一个简陋的符号,象征着主的真身,但这个女人并不是在向主苦苦祈求,她发自肺腑的祈祷完全是说给这幅狰狞、逼真的画像——这幅人工作品听的。从她的眼中可以看到她对上帝意志完全的恭顺服从,但也能看到,她信心满满,相信只要自己能打动那木头躯体的心,这木头雕像就会送来安慰和救助。她的脸因虔诚而容光焕发。

牟利罗[3]的画用来装饰宗教建筑最好,除此之外就没什么可说的了(除了说他的画没有巴尔德斯·莱亚尔[4]的那么差劲)。随便换别的哪个角度看,它们都无足轻重得紧。他挺会构图,笔下的色彩柔和、好看。他的作品松散、感伤、优雅、肤浅。但这些画本为教堂而作,若把它们挂在幽暗的礼拜堂里,配上华美的画框,礼拜堂华贵的气氛补足了画作的色彩,这时你无法否认这些画确实有点意思。会被它们感染的是那种过度紧张、病态式的虔诚心理,那是粗暴、残忍、野蛮的西班牙人的另一面。一般的西班牙人动辄涕泪肆流,喜爱孩童,肤浅地渴慕漂亮姑娘,多多少少出于迷信而仁慈,牟利罗的画吸引的就是这样的灵魂。

《塞莱斯蒂娜》[5]。这书读起来还算有意思,但现如今已很难打动人了。它的重要性是历史的。看起来,它既是流浪汉小说又是西班牙戏剧的先驱。后来不少作家一再重复、强化了书中的某些人物。但文学史家对它的赞誉言过其实,称它是一部“伟大的杰作”,真是荒唐。书中复杂的情节毫无意义。有人赞扬书中的对话非常

---

① 萨拉戈萨(Zarogoza/Saragossa)是西班牙东北城市,萨拉戈萨省省会。
② 阿斯图里亚斯(Asturias)是西班牙西北部自治区和省份。
③ 牟利罗(Bartolomé Esteban Murillo, 1617—1682),西班牙巴洛克画家,风格柔和细腻,作品有宗教化《圣母无罪原始态》、《圣莱安德罗》及风俗画《童丐》等。
④ 巴尔德斯·莱亚尔(Juan de Valdés Leal, 1622—1690),西班牙巴洛克时期画家。
⑤ 塞莱斯蒂娜(La Celestina)是西班牙中世纪对话体长篇小说。又名《卡利斯托和格利别耶的悲剧》。1499 年出版。作者情况不详。作品讲述了一个爱情悲剧故事。青年骑士卡利斯托爱上了贵族少女梅莉贝娅,许以重金请塞莱斯蒂娜替他们安排幽会。故事结局是塞莱斯蒂娜被杀身亡,卡利斯托坠梯而死,梅莉贝娅自杀殒命。这部长篇对话体小说,对于恋爱之中青年男女的心理,对于那个时代的社会时尚、习俗、观念都有十分真实和洞察人微的描写,并成功地塑造了下层社会贫穷妇女塞莱斯蒂娜的形象,一反中世纪教会的道德观念,被誉为西班牙中世纪最优秀的长篇巨著。

自然，它的确是用简单的俗语写成的，但每一个人物说起话来都是同一个风格，动不动就要说几句至理名言，这是西班牙文学的通病，糟糕透了，连塞万提斯也不能免俗，使用过度。所有的幽默都是一个模式的，表现方式就是让某个老鸨说出些道德箴言，她就是这部悲喜剧中的最主要、最生动的人物，这样的"幽默"下流又荒唐，它连让人微微一笑都不大做得到，只有笑神经极其发达的人才有可能笑得出来。书中的某些场景写得欢快、真实。你会赞赏它们，但绝不会有如临其境、完全融入的感觉。尽管书里讲的是一位年轻骑士和一位高贵少女的爱情故事，尽管他俩似火的感情惹出了一堆事端，但整本书自始至终都没有一处能动人心弦。这是一个没有爱情的爱情故事。当然，男女主人公都那么呆，这实在是倒霉：卡利斯托是个傻瓜，梅莉贝娅是个笨蛋，只不过是个饱读诗书的笨蛋，当她因情人之死而绝望，正准备要从塔顶跳下殉情时，她还有闲情学着普卢塔克①的风格，道出她心中对人世无常的一系列深思，论证中还不忘引经据典。

这本书能出名实属偶然，完全是由于"生"对了时代，绝不是因为它本身有多高明。

塞维利亚②。傍晚时分的乡下，天空一片暖暖的金黄，牟利罗笔下的圣徒们周身就散发着这样的光芒，天上小朵小朵的白云就像那些围绕着无上荣耀的圣母的小天使。

① 普卢塔克(Plutarch, 46? —120?)，古希腊传记作家、散文家，一生写下大量作品，其中最著名的是《希腊罗马名人比较列传》。

② 塞维利亚(Seville)是西班牙历史悠久的城市，安达卢西亚自治区的首府，是西班牙最主要的内河港口。

斗牛场里的人群。天气炎热,上千把各色纸扇上下翻动,看起来像一群突然振翅高飞的蝴蝶。

巴尔德斯·莱亚尔。他的画好似没有定向的流体,笔触含糊,不知其有何意义,像张没聚焦的模糊照片。画上的人物身体里都没有骨头。巴尔德斯·莱亚尔不会构图,他的画没有布局,似乎只是肆意地填满巨大的画布。他使用的颜色黯淡、传统。我们得承认他的确有一定的想象力,但那是反宗教改革①时期那种晦涩、夸张的想象。

安达卢西亚②。月亮低低地斜倚着天空,像一个白脸小丑懒洋洋地倚靠着马戏团剧场的墙。

驱车行路,一轮获月③在林间时隐时现,像一个乐呵呵的胖妇人在玩捉迷藏,带着一丝既怪异又迷人的狡黠。

摩托车的笛声和排气管的轰鸣声刺透了夜晚的宁静,就像日本的山峦,锯齿似的山尖顶着无云的天幕。

M. P. 。他行善,"把自己的面包扔到水上"④,是深信自己将会获得四倍的回报。就算万一造化弄人,他也有万全之策: 他特意在

---

① 反宗教改革(the Counter-Reformation)指的是十六至十七世纪初天主教教会发起的意在对抗新教改革的一个改革运动。改革始于批判文艺复兴时期历代教皇和许多神职人员的世俗化生活态度和政策。
② 安达卢西亚(Andalucía)是西班牙南部自治地区和历史地区,首府塞维利亚。
③ 秋分前后的满月。
④ "把面包扔到水上"(throw bread on the waters)是英语成语,意为"行善"。

“面包”上系了线，一旦需要，就可以把它拽回来。

发展一项技艺，从最初的质朴迷人到后来的老练优雅之间总有一个过程，而完美就产生于这一时期。但枯燥乏味也是这个“间隔期”的产物，因为到了这个时候，艺术家的艺术技巧已经娴熟，如果他们不想一味单调地写实，他们的画作就必须有与众不同的个性。

可以比较一下：拉斐尔早期作品如春天一般明媚可爱，在梵蒂冈时期的作品壮丽华贵，但当他的风格与朱利奥·罗马诺①一致时，他的作品就变得空洞无聊了。

达到了完美，衰退就随之而来，叫人不安，令人不快。

艺术家天生了无牵挂、自由自在，玄理家为达到这种境界靠的是压制自己的欲望。

与追寻上帝的玄理家一样，艺术家的精神也是超然凡尘的。

大强度的活动会让做事的人感觉麻木，忘了负罪感，只有当活动受到阻挠的时候，才有机会感受良心不安的折磨。

文艺复兴时期的艺术作品会在瞬间让你感受到它全部的魅力。它平和、健康、宁静。它比任何其他艺术风格都更接近于完美。它扣人心弦，但激发的不是人的想象，而是全身心的幸福感。它给人一种肉体上的满足感，像是沐浴在春日早晨的阳光之中。

---

① 朱利奥·罗马诺(Giulio Romano, 1492？—1546)，意大利建筑师和画家。拉斐尔的学生，他发展了“风格主义”矫揉造作的画风，在后期壁画中表现得尤为明显。

科尔多瓦[1]。波特罗广场。广场狭长，两边都建着白色的小房子，尽头是一条河，靠近上游的地方有一眼喷泉，泉中的基座上塑着一匹奔马。附近的人们拿陶罐来这里汲水。清流由一管空竹中汩汩流出，他们就在竹子下面接水。驴和马直接从水池里饮水。站在河边向左前方看去，便是那家客栈[2]了。从正面看，这就是一座朴素的房子，一共两层，刷了石灰，有一扇大门，夜间紧闭。不过宅子里却是一个大院子，草草地铺了地面，凹凸不平的。里面有好几间马房，每间大小仅够容下一匹马，马夫或小马童就睡在马身边。如今这里只有两三匹马。一间马房里住着一个沿街卖花的小贩子，一路叫卖着回到客栈。一条宽阔的拱道从院子通向大街，女孩子们就在拱道里熨布。客栈还有两间公用的小厨房。一道坑坑洼洼的石阶通往二楼。房屋四周都是突出的木阳台，栏杆摇摇晃晃的，沿着这阳台就可以走进房间。这是塞万提斯以前的住所。

拉曼查[3]。橡树。起伏的大地上，延绵大片橡树林，它们既不高，也不宏伟，但看上去极结实，树干虬曲，木瘤密布，好像憋足了气力。它们凭着强健的体魄和精力抵挡了时间、风和雨的侵袭。

然后，放眼望去，连绵数英里都是线条毫无变化的犁沟。

走在路上，有时你会碰见一个正在犁田的农民，两头骡子拉着一只木犁，那犁就像罗马时期人们用的一样。有时你碰见哪个农民骑在驴上，或是又有一个骑在马上，儿子坐在自己背后。寒风呼呼

① 科尔多瓦(Cordova)是西班牙南部科尔多瓦省省会，位于瓜达尔基维尔河两岸，可能是迦太基人所建，城中有许多宫殿和清真寺，至今仍然是典型的摩尔风格的城市。
② 这里的“那家客栈”指的是波特罗客栈，据说塞万提斯曾在这里投宿，并把它写进了《堂吉诃德》。
③ 拉曼查(La Mancha)是西班牙中南部一个地区，是光秃秃的高原，因被塞万提斯选作《堂吉诃德》的故事背景而闻名于世。

地吹,他们裹着棕色的毯子,缩着身子。有时你碰见一个裹紧了毯子的牧羊人,也许正守着一群绵羊,羊儿啃着地面稀疏的青草;也许他守着的是一群山羊,比起绵羊来要散漫、活泼得多。这些牧羊人都是瘦削的老人,没有蓄胡子,长着浅色的小眼睛,目光敏锐,他们朴素的面庞瘦削、满是皱纹、透着精明。冬天的严寒和夏日的酷暑似乎已把他们熬干了。他们行动迟缓,想来他们也应该是寡言少语的。

村中的房屋用石头和黏土砌成,和贫瘠的土地一个颜色,它们看上去像是临时的庇护所,很快就会坍塌,回归脚下的尘土。

埃纳雷斯堡①。城里有一个四周带拱廊的大广场,一条有拱顶的街道,以及一些外表朴素的双层小楼。这是个空荡荡、死气沉沉的城镇。街那头有几个闲逛的人,一辆骡子拉的大篷车,还有一个骑在马背上的小贩,马背左右是两个大筐。大学,有一个漂亮的天井,建筑物表面装饰繁复华丽,但艺术性实在不高。其他的街道狭窄、灰暗、安静。

《宫娥》②。你首先注意到的是这幅画的华丽欢快,然后你意识到之所以会有这种效果,全仗日常的暖光,这光线奇迹般地将画中人物笼罩其间。委拉斯凯兹的所有画里,这一幅最能展现出他快

① 埃纳雷斯堡(Alcalá de Henares)是西班牙马德里自治区一城市,塞万提斯以及阿拉贡的凯瑟琳(Catherine of Aragon,1585—1536,英国国王亨利八世的第一任妻子)就出生在这里。1998 年,埃纳雷斯堡的大学区和历史区入选联合国教科文组织世界遗产名录。

② 《宫娥》(Las Meniñas,亦译《宫女》、《侍女》)是西班牙画家委拉斯凯兹(Diego Velázquez,1599—1660)1656 年创作的一幅宫廷生活画,是他的代表作之一。委拉斯凯兹是西班牙著名画家,西班牙国王腓力四世的宫廷画师。画风写实,代表作除了《宫娥》外,还有《腓力四世像》、《布雷达守军投降》、《纺织女》等。

乐、温和的天性。它活泼欢快，这是安达卢西亚人最典型也是他们最看重的美德。

委拉斯凯兹描绘的侏儒和小丑大有莎士比亚之风，觉得好笑也不加掩饰，兴高采烈地，一点也不在乎他们恐怖的畸形，亦不同情他们悲惨的境遇。他性情开朗，知道上帝创造出这些丑陋可鄙、发育不全的东西来就是为了娱乐公子王孙的，于是也能带着愉快的心情看待他们。

委拉斯凯兹从未在哪幅肖像画里透露出自己对模特的看法。他忠实地描绘他们的外貌。他画作的魅力似乎带着一种明媚的冷酷。我想不会有人去否认他不凡的技巧：他笔下有些公主们的衣裙着实妙不可言，但你欣赏之余，心中也会有一丝顾虑，不知这出神入化的技巧究竟有多大价值。这就像一位作家，说起话来无比镇定清醒，但却说不出什么要紧的话来。我们没有理由偏爱深度，贬低广度，但我们总忍不住要这样做，抑制不住这样的冲动。委拉斯凯兹也许是肤浅的，但他肤浅得宏大。他画上的人物安排是多么巧妙，入眼是多么美丽的图案！他是有史以来最伟大的宫廷画家。

伦敦。理发师。他十六岁就开始从事这一行。他那时发育良好，便说自己已经十八岁，也就蒙混过关了。他长着一头漂亮、蓬松的鬈发，正是这头浓密的头发鼓舞着他进了理发师这一行。他喜欢读诗，每周日（那时的理发师每周只工作六天）他就外出，当时对哪个诗人感兴趣，就去朝拜哪个与之有关的地方。当他读《失乐园》的时候，去拜访了了查尔方特-圣贾尔斯①；他参观过济慈的出生

① 查尔方特-圣贾尔斯（Chalfont St. Giles）位于英国白金汉郡东南，因其美丽的池塘、十八世纪古村舍以及历史悠久的街道著称。1665 年伦敦暴发瘟疫时，弥尔顿迁居至此，在此完成了他的鸿篇巨制《失乐园》（*Paradise Lost*）和《复乐园》（*Paradise Regained*）。

地，以及柯尔律治曾住过的房子；他去了斯托克波杰斯[①]，在那里的墓园徘徊，就是那儿给了格雷灵感，写出了《墓园挽歌》。他一心扑在诗歌上，满腔的热情天真可爱。他所有的余钱都花在了书上。他午饭就在气膨面包公司的一家连锁茶室[②]里吃，一边喝牛奶、吃黄油圆饼，一边翻着他宝贵的书。就是在这样一家茶室里，他邂逅了那位后来成为了自己妻子的姑娘。她在多佛大街的一家裁缝店干活。然后他有了个儿子。当年他追求妻子时，她仰慕的就是他喜欢读书，可结了婚以后，她就看不得他一天到晚泡在书里了。他下班回来，两人吃过晚饭以后，她希望他能带她出去散步或去看电影。他们结婚七八年后，战争爆发。他参了军，受一个常来刮脸客人的影响，他和装甲部队一起去了俄国。战争期间他一直在外。战争结束时他在罗马尼亚。最后他回来了，重操旧业。他仍然年轻，才三十三岁，想到余下的半生都要在给人剪发和刮胡子中度过，他很是气馁惆怅，但是他又不知道自己还能做什么事。剪发、刮胡子，他就只会这个。他的妻子觉得他退了伍还能有一个好工作，应该感恩戴德才对。他和妻子关系不再像他出征前那般融洽。她则觉得他执迷不悟，想入非非。看到妻子如此满足于现在的生活，他很是气短。他意识到自己必须拼命赚钱，养活妻儿，这样的现实他无法逃避。那孩子现在十岁了。他开始厌恶自己的顾客。我问他现在是不是还读书。他摇摇头，“读书有什么用?”他说，“它解决不了我的问

---

① 斯托克波杰斯(Stoke Poges)是英格兰中部偏东南的一个村庄，位于伦敦以西。通常认为它是托马斯·格雷(Thomas Gray, 1716—1771)《墓园挽歌》(*Elegy*)的背景。托马斯·格雷是英国诗人，浪漫主义运动先驱，诗作不多，代表作是《墓园挽歌》，全诗128行，花八年时间才完成。

② 气膨面包公司(Aerated Bread Company，通常缩写成A. B. C.)是一家英国公司，1862年成立，使用新的面包发酵手段(不用酵母，而是用碳酸氧，即“气膨”)制作更加健康的面包。除了有连锁面包房外，自1864年起，公司旗下的连锁茶室投入经营，广受欢迎。二十世纪八十年代，气膨面包公司退出了历史舞台。

题。""它可以使你不意志消沉,释放自己,"我回答。"或许会吧。但我总得回归现实吧。"他下定了决心,自己没得到的自由,一定要让儿子尝到,这是他剩下的唯一梦想。他被击垮了,一丝希望也不留。但是他怀恨在心,恶狠狠地期待着儿子能为自己报仇,一雪自己幻想破灭之恨。他儿子长大成人后,还是干了理发这一行,不过专为女士美发,因为这样收入更高。

秘诀。年轻人都很认真。这个年轻人,一张脸看上去有些挑衅好斗,但挺好看。他有一头浓厚的头发,梳着大背头,时下流行头发油光水滑,他便在头发上狠狠地擦了不少油。他的兴趣稍稍偏文,他问我该如何写讽刺短诗。既然他是空军部队的,我自然就这样回答了:"你拿一句陈词滥调,翻个筋斗,然后在字里行间俯冲下来。"他眉头紧锁,细细思忖我这回答。他对我的话严肃对待,着实恭维了我一番,但我只想要他微微一笑作回报。

有一位夫人的儿子有点文学天赋,一天她问我若是他想要成为一个作家,我会建议怎么训练他。我估计这提问者也不会把我的答案当真,于是这样回答她:"每年给他一百五十镑,给五年,叫他见鬼去吧。"后来我琢磨过,觉得这个建议还真不错,比我当时想象的好多了。有这笔薄资,年轻人不至于挨饿,但也不够享受,文章憎命达,享受是作家的大敌。有这笔薄薪,他就可以周游世界,而由于囊中羞涩,比起手头宽裕的人,他更有可能看到生活的多姿多彩、五光十色。仅有这笔薄资,他会常常穷到身无分文,为了衣食住行而辗转于各种有意思的工作之间。他需要投身不同的行当,尝试各种职业。尽管非常优秀的作家们生活窘迫,但他们书写得很好,不是因为环境使然,而恰恰是因为不受环境影响。有多少老姑娘一年中大部分时间都呆在巴斯，她们也都写过小说，但世上只出了一个简·奥斯丁。一个作家就应该尽量地让自己身处合适的环境，能经历人世的荣枯变迁。他不需把一件事做到极致，但需要什么事儿都做一点。要我说，就应该让他把补锅匠、裁缝、士兵、水手挨个当一遍；让他情场失意，饥肠辘辘，烂醉如泥；让他和旧金山的无赖玩牌，同纽马克特①的马探打赌，与巴黎的公爵夫人调情，和波恩的哲学家辩论，与塞维利亚的斗牛士一起驭牛，和卡纳卡人在南太平洋里畅游。世上所有的人都值得作家去结交：每一件事情都是他磨坊里的谷物。哦，拥有天赋，年方廿三，前方五年的游历时光，每年有一百五十镑，若是这样，该有多美！

这两个人都已去世。他们是兄弟俩。一个是画家，另一个是医生。画家坚信自己是个天才。他傲慢、暴躁，并且虚荣，他鄙视自己的兄弟，觉得他是个不懂艺术的俗人，还多愁善感。但实际上他几乎一分钱也赚不到，若不是靠着兄弟接济他，他早饿死了。奇怪的是，尽管他看上去笨拙粗鲁，他画的画倒还算漂亮。偶尔也能举办一场画展，总能卖出一两幅画，但绝不会多过这个数。最后做医生的终于意识到自家兄弟根本不是什么天才，不过是个二流画师。自己为他做了那么大的牺牲，这现实真是残酷。这一发现他没有说破。后来他死了，把所有遗产都留给了兄弟。画家在医生的家里发现了所有自己二十五年来卖给不知名买主的画。一开始他想不通，好好琢磨了一番，他恍然大悟：这个狡猾的家伙是在搞投资呢。

对于英国观众来说，极端的爱情总是挺荒谬的。若是爱过了头

① 纽马克特(Newmarket)是英格兰东南部一城镇，著名的赛马中心。

就是置自己于荒唐可笑的境地。

人到中年。我比大多数人都清楚自己的年龄，有年龄意识。我的青春在不知不觉中就溜走了，我觉得自己正在变老，心中颇沉重。因为我活了这么些年，颇见过些世面，游历过不少地方，又因为我书读得比一般人广些多些，总是在思考超出自己年龄思考范围的东西，所以我总显得比同龄人老。但直到 1914 年大战爆发，我才开始意识到自己不再算年轻人了。我吃惊地发现四十岁的人已经算是老家伙了。我安慰自己说这只是出于军事需要，但不久之后我碰上一件事儿，让我彻底坐实了"老先生"的称号。我同一位相识多年的夫人以及她十七岁的侄女一起吃了一顿午餐。饭后我们搭出租车出去。夫人上了车，然后她的侄女也上来了。但她坐在折叠加座上，把后排她婶婶旁边的位子留给我坐。这是年轻人对一位不再年轻的绅士的礼数（与女性特权形成鲜明的对照）。我意识到她这是"尊老"呢。

年轻人已经不把你当他们一伙儿的了，承认这一点真叫人不爽。你是另一代的人。对他们来说，你的时代已经过去了。他们尊敬你，他们钦佩你，但你和他们之间有距离，他们最终会发现同龄人的友谊比你的更让他们愉快。

但人到中年也是有好处的。年轻人一言一行都受公众舆论的束缚，中年人则可以享受自由。我记得自己毕业离校时对自己说："从今往后，我爱什么时候起床就什么时候起床，想什么时候睡觉就什么时候睡觉。"那当然是夸张了，我很快就发现文明人中规中矩的生活仅允许轻度的自由独立。一旦你有了一个目标，为了实现它你就必须牺牲某些方面的自由。但是人到中年，你就会发现，只要能实现心中的某个目标，牺牲再多自由也是值得的。我小的时候，因为生性腼腆,很是吃了些苦头,到了中年我多少算是从中解脱出来了。我体力从来就欠佳,走多了路就会疲惫不堪,但我还是咬着牙坚持下来,因为我羞于承认自己的弱点。现在我不这么认为了,省去了许多不适。我一向讨厌冷水,但我坚持洗了好几年冷水澡、在冰冷的海水里游泳,因为我想和别人一样。我常从高得让我紧张的地方跳水。我体育运动不如人,以为这是奇耻大辱。我若是不知道什么,也不好意思承认自己的无知。人到中年,我才发现说声“我不知道”是多么容易的事儿。我发现到了中年,再也没人会指望我徒步行走二十五英里,或是打高尔夫杆数差点为零,或是从三十英尺的高处跳水。这样好极了,让生活美好多了:不过就算他们真指望我这样做,我也不会在乎了。年轻人一心想要从众,这就是他们为什么不幸福,而人到中年学会了和自己妥协,这就是为什么步入中年也还算不错。

人无法从生活中获得完全的满足,于是就通过想象来补偿自己。总有这样那样的生存需求,逼得他放弃对自己许多最根本本能的满足,但人很难真正放弃什么,他渴望荣誉、权利、爱情,求之不得时,他就会通过幻想来自我欺骗。他逃离现实,躲进人造的天堂,在那里他可以尽情地满足自己的各种欲望。然后因为自负虚荣,他便当这心理行为具有特殊价值。对他来说,发挥想象力就是人类能做的最高尚的事儿。但其实想象就是失败,因为发挥想象就是承认自己在与现实的对决中败了阵。

小说家的素材。小说家总面临着这样一个风险:随着他对社会深入了解(正是这个社会给了小说家他的创作主题),随着他越来越能把握思想、使之连贯,随着他对写作艺术技巧的运用愈加娴熟，他可能不再会对芸芸众生千奇百怪的经历感兴趣，可总的来说，这些经历就是他的写作素材。随着年龄、智慧，以及满足感的增长，他不再拼命关注那些有关人类普遍特征的事情，于是他就迷惘了。一个小说家必须一直同孩子一般，坚信那些以常理而言并不重要的事情其实事关紧要。他一定不能彻底长大。就算有些事已经和他这种年纪的人无关，他也一定要打破沙锅问到底，自始至终感兴趣。一个五十岁的人，需有特殊的思想方式，才会把姑娘小伙儿的火热情感当回事儿，严肃对待。如果一个人悟出人事之琐碎庸俗，那他就再没法儿当小说家了。你时常能察觉到某些作家意识到自己深陷这种困境，心中苦闷不已，你亦能看到他们是如何应对的：有时他们试图从另外的写作题材中找寻深意，有时他们抛开现实写科幻，还有时，因为他们和自己的过去渊源颇深，无法挣脱现实的罗网，他们便用尖牙利齿的讽刺来处理以前的素材。于是乔治·艾略特和H·G·威尔斯不再写被诱惑的少女和多情的小职员，而转向了社会学；托马斯·哈代从《无名的裘德》过渡到了《列王》；福楼拜不再写乡下感伤派的爱情故事，转而创作了《布瓦尔与佩舒舍》这样残酷的故事。

艺术作品。当我观察音乐会的听众或画廊里的人群时，我有时会想，他们看到这些艺术作品到底有什么反应。看得出来，他们常常感触颇深，但我看不出这样的感受对他们有什么影响，若是没有影响，它也就没什么价值。艺术对他们来说只是一种娱乐消遣或是一处逃避现实的地方。他们认为工作就是自己存在的理由，工作累了，艺术可以给他们一点喘息的机会；若是对现实失望了，艺术可以给他们一点慰藉。艺术就是工人工作间隙灌下的一杯啤酒，或是娼妓从生活之累中抽身片刻、用来消愁的一口杜松子酒。“为艺术而艺术”和“为喝酒而喝酒”没什么两样。那些半吊子们欣赏艺术作品,会有些了无新意的情感涌上心头,便对自己这种感情视若珍宝,这种人和酒鬼也是半斤八两。他们抱着悲观主义者的态度,生活或是苦苦挣扎一场,或是疲惫乏味一世,于是他们要通过艺术来喘口气,或者把想忘的遗忘掉。悲观主义者拒绝现实,但艺术家接受现实。只有当艺术品激起的情感可以影响人的性格,让他最终有了行动,它才是有价值的。不管是谁,若是能有这样的反应,自己本身就算是个艺术家。艺术家对艺术作品的反应直接而理性,因为在他身上,情感转变成了与自己的目的相关的想法,而对他来说,有想法就是有行动的一种形式。不过我并不是说只有画家、诗人和音乐家才能从艺术中汲取营养,那样的话艺术的价值真是大打折扣了。我说的艺术家还包括另一种人呢,他们从事的是艺术领域中最微妙、最被人忽视、最有意义的一门艺术:人生的艺术。

我的第一本书是1897年出版的,算是蛮成功的。埃德蒙·戈斯①很欣赏它,对它赞赏有加。在那之后,我又出版了其他的书,还成了一名受欢迎的剧作家。我写了《人性的枷锁》和《月亮和六便士》。我以前每年见一两次戈斯,如此保持了二十年。我每次见他,他都会油腔滑调地对我说:“啊,我亲爱的毛姆,我太喜欢你的《兰贝斯的丽莎》②了。写完那本书后,你就金盆洗手了,你真是太明智了。”

---

① 埃德蒙·戈斯(Sir Edmund William Gosse, 1849—1928),英国诗人、作家、文学评论家,作品有《十八世纪文学史》(*A History of Eighteenth Century Literature*),《当代英国文学史》(*History of Modern English Literature*)等。

② 《兰贝斯的丽莎》即 *Liza of Lambeth*,是毛姆的一本小说,1897 年出版;《月亮和六便士》即 *The Moon and Sixpence*, 1919 年出版。

垂死的诗人。他病得太厉害了,照顾他的朋友觉得应该发电报给他的妻子。她算是个画家,到伦敦的一个小画廊里办个人画展去了。朋友告诉病人已经通知了她,病人发起火来:“你为什么不肯让我安安生生地去死?”他大叫。之前有人给他送来一篮桃子。“她到了这儿,要做的第一件事就是挑出最好的那个桃子,一边啃,一边大谈自己以及自己在伦敦取得的成功。”

朋友到车站接她,把她带到公寓。

“噢,弗朗西斯科,弗朗西斯科,”她风风火火地闯进房间,嘴里嚷嚷着。他的名字是“弗朗西斯”,但她总管他叫“弗朗西斯科”。“太糟糕了!哎呀,这桃子真漂亮!谁送你的?”她挑了一个,啃起多汁的果肉来。“个人展预展。有名头的人都来了。大获成功啊。大家都欣赏我的画,都围着我。他们都说我真是才华横溢。”

她一个劲儿地讲着。最后朋友跟她说时候不早了,得让她丈夫睡觉了。

“我累死了,”她嚷道,“这趟旅程真够呛,我坐了一晚上,太可怕了!”

她走到床边去吻病人。他别过脸,躲了过去。

他是个运务员。他十四岁就参加工作,在一家公司一干就是二十二年。他二十八岁结了婚,一两年后他的妻子因病得了终身残疾。他是个深爱妻子的丈夫。他开始偷保险印花,倒并不是因为他想要钱(不过他的确拿这钱给妻子买了好吃的),而是因为老板以为自己是个可敬可靠的职员,而自己根本就不是,自己想想就觉得好玩。后来他的事情败露,他知道自己会被解雇,还可能会入狱,妻子就没人照料了,于是他就杀了她。她死了以后,他在她头下垫了个枕头,身上盖了床羽绒被。然后他把她的宠物狗带到兽医那儿,请他帮忙给狗实行安乐死,他自己实在是下不了手。然后他就去警察局自首了。

T。他是个高个子,清瘦但不干枯,走起路来背有些佝偻。我猜他约四十五到五十岁的样子,因为尽管他的鬈发依然浓密,但已经花白了,他的脸刮得干干净净,脸上布满了皱纹,气色并不好。他戴着金边眼镜。他低调。他说话声音低低的,除非有人和他说话,否则很少开口。他尽管从没说过什么聪明话,也从没说过一句蠢话。他在美国最重要的公司之一供职,很受人信赖,最吸引人的正是他的可靠。看得出,他不是个太聪明的人,但他绝对是个诚实的人。他为人稳重。他有一个自己深爱着的妻子,两个自己颇引以为豪的孩子。你可以放心地打赌,赌他这辈子没做过一件让自己有理由后悔的事。他对自己工作的公司很满意,对自己的职位很满意(它体面,但不引人注目),对自己所住的房子很满意,对他工作的城市很满意,对他每日上班乘坐的那班火车也很满意。他是个极有能力的雇员。他是巨大的机器上的一颗铆钉,并且乐于做一颗铆钉。不论是大操作杆、巨大的旋转齿轮,还是庞大的汽缸,也没让他动心,觉得自己除了做铆钉外还能做别的什么。他的不同寻常就在于他寻常到了极点。

那是在一场家庭宴会上,邮件刚刚送到。女主人递给她一封信,她认出这是自己情人的笔迹。她打开信开始读。突然她发觉自己的丈夫就站在身后,从她背后读这封信。她把信读完,然后把它递给女主人。

“他似乎爱得很深呐,”她说,“但要我是你,我就不会让他给自己写这样的信。”

如果你比别人稍富有一些，你就知道他们会想方设法榨你的油水，但恼人的是，他们居然把你当成傻瓜，以为你不晓得他们心里是什么打算。而如果他们真的得了手，那也不过是你让他们得手的罢了。

埃内斯特·P。他是个年轻的法国人，家庭出身很好，才华横溢，家人都期待他能有一番大作为。他要进外交部工作。二十岁时他疯狂地爱上了一个比他大八岁的姑娘，但她嫁给了另一个更适合她的人。这打击毁了他。他原在学习，以通过进外交部所需的考试，让家人大惊的是，他抛开了学业，跑到巴黎的贫民窟做起了社工。他渐渐变成一个虔诚的教徒（他的家人都不信神），沉迷于神秘主义文学之中。那时摩洛哥发生骚乱，他参加了一次危险的远征，遇险死在了那里。这一切对他爱过的女人、他的母亲，以及他的朋友来说，是个沉重的打击。他们深感不安。他们觉得他们中间曾生活过一个有几分圣徒气质的人。他的可爱，他的善良，他的虔诚，他的灵魂之高尚都使他们惭愧——并且害怕。

我觉得仅凭这些事实，不加渲染，就可以写一篇感人的故事。这可怜男孩的生死对他接触过的人带来了巨大的影响，这让我很感兴趣。但我觉得太难处理了，故事也就一直没写成。

人们有时会因你为他们做的好事原谅你，但有时他们伤害了你，很少会因此原谅你。

作家必须同时既戏谑又严肃。

船尾航迹的水沫闪着磷光，点点光亮，像是躺在海底的死者在嘲讽地眨着眼睛。

日落。厚厚的云层搭成一道拱门，太阳古怪地躲在拱门后面，缓缓下降。拱门下方是浅绿、金黄的天空，闪闪发光，像是通向神秘魔法国度的入口。它使你想起华托的《发舟西苔岛》。它让想象充满希望和从未感受过的快乐。太阳降到了地平线以下，拱门也崩落消散，现在天空中有耀眼的余辉，还有阴暗的云层，云层就像一座巨大城池的废墟，宫殿、庙宇、巨大建筑的废墟。前面几分钟的希望和信心现在就像加沙的石柱般崩裂倒塌①，心间蒙上了绝望。

廉价惊险小说。写廉价惊险小说的人并不受人尊敬，但是他们于人类实在是有功。他们清楚世界不怎么把他们当回事，而讲到自己的作品，他们也笑一笑，耸耸肩，自贬自损。他们忙不迭地向你保证自己不是容易上当受骗的蠢蛋，让你不好鄙视他们。他们怯生生地看待别人对他们的赞扬，不敢把它当真。但是他们的确应得到赞扬。有些时候你无心读“好文学”，有些时候你的大脑很累却又静不下来，有些时候读经典著作你觉得不耐烦，有些时候你烦躁、不快，有些时候你要乘火车出行，有些时候你会生病——到了这些时候，还有什么能比一本不错的惊险小说更让人愉悦？你一头扎进凶杀、抢劫、背叛、监禁、入狱、九死一生中，出没于鸦片馆、盗贼们的厨房、艺术家的工作室、富丽堂皇的酒店房间，会碰上伪造者、小偷、持枪歹徒、侦探、坏女人、卧底、逃犯、受虐待的女主角和遭诬陷的男主角。评判惊险小说优秀与否的标准同其他艺术形式不同：故事里

① “加沙的石柱”指的是《圣经》中的大力士参孙推倒加沙非利士人神庙的石柱，与他们同归于尽的故事。

写了根本不可能发生的事儿也不会影响你读得开心，故事编得不够离谱倒是缺陷，文风优美与这样的文体格格不入，幽默风趣会破坏整体风格。如果读着书，你本不想笑，嘴角却忍不住要上扬，那就完蛋了：读惊险小说你必须绝对高度严肃。你的手紧张地一页一页翻书。时间飞快地过去，你打败了时间。然后你忘恩负义地冷笑一声，把书扔开，还要瞧不起它的作者。这真是无礼。

他是个职业哲学家，于是我就向他请教了一个问题，这问题我从来就没想明白过。我问他“二加二等于四”这个陈述有没有什么含义？要我说，“四”只是“二加二”的一个好用的同义词而已，我实在看不出它还能是什么。如果你在《罗格同义词词典》中查“粗暴”一词，你会看到它有五十来个同义词，这些词的内涵不同，而因为它们音节、字母组合或是发音上的差异，在某个句子里，用某些比用另一些更合适，但它们的所指都一样，当然这是粗略地说，因为没有一个同义词可以和原词在意义上丝丝入扣。而“四”也不只是“二加二”的同义词，也可以是“三加一”和“一加一加一加一”的同义词。我的这位哲学家说，他认为“二加二等于四”这句陈述有确定的含义，但他好像说不出来到底是什么含义。而当我问他数学是不是说到底就是一部无比复杂的《罗格同义词词典》时，他改变了话题。

一九三六

圣洛朗监狱。监狱长是个矮胖子，长着一双炯炯有神的大眼睛，穿着干净的白色制服，紧身短上衣上挂着荣誉勋位团十字勋章。他说起话来手势极多，带着很重的南法地区口音。他乐呵呵的，庸俗又无知，但为人和善宽容。他靠着某种政治影响力得到了这份工作。他年薪六万法郎，不过很可能还有高额的津贴。他喜欢这份工作，因为这样他日常花销不多，可以攒些钱。他很期待十年之后退休，可以到里维埃拉建一栋自己的房子。

他的妻子圆圆胖胖的，长得挺漂亮，但有些不修边幅。她的母亲在塞特开了家烟草店。她和她的丈夫是青梅竹马。她几乎总是穿着一件蓝底白点的薄绸衣，这衣服和她的蓝眼睛相配。她天真，有些轻佻，但她爱她的胖丈夫，以他为傲。

监狱看守长是个巴黎人，高个子，头发不是深色而是金色的。他真诚、腼腆、非常有礼貌。他对刑罚学很感兴趣，读了很多书。他认为，只要能感染囚犯们，唤醒他们天性中善良的一面，就能有巨大收效。他希望能改造他们。

圣让的老看守。他长着短而浓密的白发，一大把白胡子，晒黑的脸上布满了皱纹。他反对死刑，认为谁都没有权力剥夺别人的生命。他讲了一件事，说一个医生和一个即将上断头台的人约定，砍了头之后若还有知觉就眨三下眼睛。他说他看到那人眨了两下。

要判一个人死刑，必须得到巴黎部长的最终批准。星期天不执行死刑。如果两个或两个以上犯人要同时行刑，就首先处决罪行最轻的人，这样他不必胆战心惊地看着同伴死去，不用多受一份罪。行刑前看守会走进来说“鼓起勇气来”之类的话，在此之前犯人并不知道自己会上断头台。当有人被处决时，其他的犯人都情绪低落，心情紧张，做工时也郁郁寡欢，一声不吭。

脑袋被砍下来以后，行刑者就揪着耳朵把它拎起来，向围观者展示，嘴里说着：“Au nom du peuple français justice est faite.（法语：代表法兰西人民，让正义得到了伸张。）”断头台的旁边是一个大柳条筐，上面盖着黑色的布料，尸体就放到里面。断头刀以闪电般的速度落下，血溅得刽子手浑身都是。每次行刑后都要发给他一套新衣服。

监狱长的房子。这是一栋白色框架式大房子，屋里的家具是政府统一发的，每个房间的中央都有一盏枝形吊灯，休息室里摆着后背笔直、坐上去很不舒服的椅子。房子面朝大海，有一个很大的游廊用作客厅。花园里种着九重葛、巴豆、肉桂、番木瓜、凤凰木，看起来乱七八糟的，像是市郊哪个退休商人的园子。

处罚室。它们又长又窄，里面有一张简陋的木板床，一张小凳和一张固定在墙上的小桌子。房间里闷热极了，只有厚厚的大门上有一个小口，可以透点光进来。被判关禁闭的犯人锁在里面，只有早晚能出来放一个小时的风。走廊尽头的几间牢房里漆黑一片，因为只有走道那头的入口处才能透进光来。

大多数囚犯都住在有五六十个床位的监房里，不过在这个监房的楼上和另一座院里还有一些单人牢房，那些表现好的犯人如果提出要求就可以搬进去。不过有时他们不喜欢单独一人住，又要求回到集体监房里。每一间单人牢房里都有一张吊床，还有一张小桌子供犯人放他们的零零碎碎、剃须刷、剃须刀、梳子、一两张照片。墙上贴着他们从画报上剪下来的图。

囚犯。他们穿着红白条纹的睡衣，戴着圆草帽，穿着木底皮面的鞋，但不穿袜子。他们的头发剪得很短，而且剪得非常糟糕。他们的食物包括灰面包（一天两大块）、骨头和肉熬的汤、土豆、包菜叶，如果他们表现得好，还有一份奶酪，以及一份酒。他们从一个蓝色小包里拿粗烟草卷烟抽。他们坐在走廊或房子的门廊上，聊天、抽烟，或者四处闲逛，有的是独自一人，有的由狱卒看守，干起活来也漫不经心。尽管食物充足，他们还是很瘦弱，他们时常发烧，容易生钩虫，他们全都直愣愣地瞪着眼睛。他们看起来神智不太正常。有朗姆酒喝是最奢侈的享受。他们都有刀。

看守都不敢在晚上锁门后再进囚犯监舍，不然他就别想活着出来。

监狱的大门整天大敞着，他们可以随心所欲，自由进出。

监狱里的下层看守是表现良好的犯人，这个职位基本上也可以算是官了。他们不和其他犯人住在一处，戴的是毡帽而不是草帽。其他犯人不喜欢他们，经常有人被杀害。

剑子手，他也是个囚犯，他有两条杂种狗，是专门训练了来保护他的，它们晚上就在大院里巡视。他自己有一座小房子，就在狱长家边上。其他的犯人都不跟他说话，他的饭由助手从监狱厨房端来。他闲暇时间就在公共花园里散散步，钓钓鱼。他把钓到的鱼卖给狱长太太。

断头台在监狱里的一个小屋子里，但是外面专门有一道门通进去。为了确保它工作正常，他们就拿香蕉树干作演练，因为它和人的脖子一样粗。从缚好犯人到他人头落地，整个过程只要三十秒。刽子手每行刑一次可以得一百法郎。

上任刽子手失踪了，他们认为他逃跑了。三个星期后他被发现吊在一棵树上，身上有刀伤，人们能找到他是因为看见有一群兀鹰（他们叫“胡兀鹫”）聚集在树上。他之前就知道囚犯们要杀他，于是申请调去卡宴①或调回法国。他们还是抓住了他，把他捅死之后拖到了树林里。

这些流放犯都是些惯犯，把他们送到圣让来，倒不完全是要让他们服刑，而是为了维护国内社会治安。他们抓蝴蝶和甲虫，制成标本放在盒子里出售，或是用水牛角做饰物。在拘留营的一处有一个报亭，就和一个法国小火车站上的报亭一样，那里有书出租，还整整齐齐地放着一个月前的各类报纸。报亭上面写着“Le crédit est mort.（法语：赊账免谈。）”另一处有一座小剧院，里面有舞台，舞台背景是流放犯们草草画成的。

海里尽是鲨鱼，他们笑着说鲨鱼就是最好的监狱看守。

---

① 卡宴（Cayenne）是法属圭亚那的首府，十九世纪中叶成为法国在圭亚那的犯人流放地中心，有“囚城”之称。当地的几个监狱于 1945 年关闭。

我今天调查了这些杀人犯的作案动机，想看看是什么让他们锒铛入狱，基本上得终生服役。我很惊讶地发现，虽然从表面上看，他们杀人是因为爱情、嫉妒、仇恨、被冤枉了进行报复，或只是突然一下控制不住情绪，但当我再进一步追问，就认识到在表象之下、隐藏并不很深的真正动机是金钱。我所询问的所有杀人犯里，作案的根本动机总是这样那样地和金钱牵扯在一起，只有一个例外。这个例外是一个年轻小伙子，是个小羊倌儿，他强奸了一个小姑娘，当她叫喊时，因为害怕别人听见，他掐死了她。他现在才十八岁。

马提尼克岛①。1902 年，培雷火山②爆发，吞没了圣皮埃尔镇，四万人丧生。火山爆发前不久有一些火山活动，圣皮埃尔镇北部有一次喷发，死了不少人。几天后，熊熊大火突如其来，像燃烧着的漩涡一般横扫圣皮埃尔镇，摧毁了港湾里的船只。火焰后面跟着的是滚滚而下的熔岩和火山灰，还伴有浓稠的毒气，躲过了前面几劫的人没逃过这一劫，都窒息而死。只要能跑的都纷纷出逃，往镇外跑，全家人一起冲，但是奇怪得很，毒气并不是均匀地扫过人群，所以最前面和最后面的两批人得以逃脱，而中间的那批却被毒气包围，丢掉了性命。

我问我的朋友们这场灾难对那些幸存者有什么影响。我很想知道大难临头、侥幸脱险对他们的精神、道德有没有影响，这场灾难有没有改变他们之后的生活，他们是更加虔诚还是动摇了信仰，是变得更好还是更坏。所有人给我的答复都是一样的：灾难对他们一点儿影响都没有。他们大多数人都彻底破了产，但他们从打击中恢复过来之后，他们重新振作起来，好好生活，好像什么也没发生过

① 马提尼克（Martinique）是法国海外省，西印度群岛中向风群岛的一座岛屿。
② 培雷火山（Mt. Pelée）是一座海拔约 1 373 米的火，位于法属西印度群岛马提尼克岛北部。曾于 1902 年 5 月 8 日爆发，致约四万人丧生。

一样。他们的虔诚没有增减一丝,他们的好坏没有改变一毫。我想人大概天生有韧性,有遗忘的本领,或者仅仅是迟钝麻木,因此虽然自他们来到这个世上起就一直处在各种各样数不胜数的恐慌之中,他们却依然能存活下来。

西印度群岛。一个女孩来到这里做家庭教师,负责照看定居在岛上的某家英国人的孩子,不久后有一个种植园主向她求婚。乍一看起来,这个对象很不错:他富有,是个好人,大家都喜欢他。他稍微有些有色人种的血统,因此他不属白种人阶级,但从他的外貌、习惯、举止上看,他同任何一个白人男子一样"白"。女孩很爱他,他也很爱女孩,但女孩的雇主告诫她切不可草率行事,他们劝她回英国去呆上六个月,这样才能看清自己的心意。六个月后她回来了,两人结了婚,两人达成共识不准备生孩子。种植园主是一个好丈夫、好情人、好伴侣,她幸福极了。后来他染了伤寒,病得厉害,女孩在他年老的黑人奶妈的帮助下照料他。她奇怪地感觉他渐渐变了,而她无法理解这种变化。他似乎是精神上,而不是肉体上,在崩溃。他似乎中了迷信的毒,她知道有色的人种一向很迷信。有一天他拒绝去英国医生那里看病:"只有我的老奶妈能救我,"他没好气地说。她好言相劝,他则粗暴地叫她闭嘴,"你压根儿不知道自己在说什么。"那天晚上他们把她赶出门外,奶妈领着三个老男人进来,他们都是黑人,其中一个人胳膊下面夹着只白公鸡。她站在门外,听到里面奇怪的咒语,然后是一阵扑腾声,应该是翅膀扑棱吧,她意识到他们在宰鸡。这些有色人走出房间后她才得以重新进房间,进去之后,她看见病人的额头、脸颊、下巴、胸口、双手、双脚上都涂满了鲜血。那时她才明白,尽管她的丈夫有光洁的蜜色皮肤和红色的鬈发,但他心底下还是个黑人。两三天后,她发现自己怀孕了。

一九三七

想要诚恳地判断文学作品的优劣实在是太困难了。评判一部作品，几乎不可能一点不受评论家或是大众意见的影响。对于公认的伟大作品来说，它之所以伟大，一部分是舆论意见赋予的，这使其评价工作更加困难。想要以首位读者的眼光去读一首诗，就好比想撇开笼罩景致的气氛专看美景。

亨利·詹姆斯的许多作品都是法国人（他非常欣赏法国人）耸耸肩不屑一顾的“littérature（法语：文学）”。他不参与生活，他只是透过窗户观察生活，还常常满足于只听朋友告诉他当他们透过窗户向外看时看到了什么。然而除非你身处其中，你又怎么能了解生活呢？除非你是这悲喜剧中的一个角色，有些东西你是不会注意的。总之，亨利·詹姆斯的意义既不在于他的艺术才能，也不在于他的严肃性，而在于他的个性，而这奇怪、迷人还略显荒唐。

有没有人认为，通过阅读一本背景设在汽车制造厂、人物都是汽车制造商的小说，就可以获得关于汽车的有用知识，你又是否认为人的灵魂没有汽车发动机复杂呢？

爱伦·坡以为只要动脑筋就可以获得新颖感和原创性，他错了。想要新颖，唯一的方法就是不断地改变自己；而想要原创，唯一的方法是不断提高、扩大并深化自己的个性。

“求你今天赏给我们日用的食粮，”虔诚的祈祷。我倒以为，向一个善良、万能的主讨要生活必需品是对他的侮辱。我们客气地对待自己的邻居，不是给他恩赐，是他该得的。

真实的不仅仅比虚构的更奇异，而且更引人入胜。知道了某件事的确是发生过的，会使人觉得更感人肺腑、动人心弦，若是承认某件事是虚构的，就没有这样的魅力了。正是为了能拨动人的这根心弦，有些作者会使出浑身解数，想让你觉得他就是在陈述事实。

有些书既出色又无聊，我马上就能想到的有梭罗的《瓦尔登湖》、爱默生的《散文集》、乔治·艾略特的《亚当·贝德》。这些书差不多都是同一个时期，这是偶然吗？

作家应该修养卓然，见多识广，但若是他把这些都写进作品中，大概就犯错了。如果你把自己关于进化论、贝多芬奏鸣曲或是卡尔·马克思的《资本论》的观点全写进一本小说里，那只能说明你幼稚。

害羞：懦怯和自负的混合物。

他幼年时鲜有人关爱，结果等长大了有人爱他时他觉得害臊。有人告诉他他的鼻子长得好看，他的眼神透着神秘，他觉得尴尬，不知所措。当别人赞扬他时，他不知道该说什么，向他表示喜爱之情则让他觉得自己是个傻子。

三十年之后。一张满是皱纹、憔悴蜡黄的脸。一个烦人的话篓子。一个劲儿地往外冒傻话，只会讲她的孩子她的房子。浅薄，浅薄。时不时洋洋得意地瞧他一眼,仿佛在说她可记得他当时追求她时是多么如痴如狂。他想到自己当时那傻样儿就觉得惭愧不已,他曾在她住的街上走来走去,期望能遇见她;也曾心神不宁、坐立不安,等着邮递员来敲门:他也许会送来一封她的信;为了能坐在她身旁,他硬撑着看完沉闷的音乐喜剧,还要做出很享受、很欢喜的样子,这样她才会喜欢他。为了她,他曾假装自己也追星,也对最愚蠢无聊的小道消息感兴趣,而且最糟糕的是,就因为她对这些东西感兴趣,他不仅假装自己感兴趣,他是真正地对它们感兴趣。不管她说出来的话多蠢,他都听得如痴如醉。为了她,他曾低声下气地求人帮忙,若是为他自己,这样的事儿他是绝对没脸做的。

懊悔。他曾疯狂地爱过一个女子,并嫉妒另一个也爱着她的男人。他原是一个诚实、正直的人,并以此为荣。但由于妒火中烧,他使了一个下三滥的手段,把情敌挤出了局。他娶到了那个女子。但是渐渐地,他满脑子都是自己曾经做过的卑鄙可耻的事儿,让他困扰不已,痛苦不堪。结果他痛恨起这个女人来,当初就是为了她他才那么做的。

两个男子坐在沃信①一家旅馆的长沙发上,谈论着各大报争相报道的一桩谋杀案。一个男的坐在他们附近,听了他们的谈话,问自己可否参加讨论。他坐下来,点了酒。他说了自己关于他们刚才谈论的谋杀案的看法。“你们必须挖出作案动机,”他说。“一旦找到了动机,揪出凶手就只是个时间问题。”然后,就好像自己在说再

① 沃信(Worthing)是英格兰东南部一自治城市,位于伦敦西南偏南的英吉利海峡,为海滨旅游胜地。

平常不过的事情一样，他突然说道："我不介意告诉你们，我就杀过人。"他告诉他们自己杀人就是为了好玩，向他们描述了那种刺激。既然他根本没有作案动机，也就知道自己永远不会被发现。"那是一个我从未见过的人，"他说。他喝完酒，起身，向他们点点头，推门而出，身后两人目瞪口呆。

一九三八

印度。C少校。他虎背熊腰，棕色的头发剪得很短。不太好估他的年龄，他也许三十五岁不到，也可能都五十岁了。他没有蓄胡子，一张脸很大，但五官较小，鼻子又短又扁。他的脸上一副平和快乐的表情。他说话慢悠悠的，但是很流利，嗓门挺大。他满面微笑，还经常大笑。他的举止令人愉快。他非常有礼貌，做事儿也尽量讨人喜欢。不好说他到底是聪明还是有点傻。他肯定书读得不多。他有些童子军脾气，这叫人觉得挺别扭。要是瑜伽士进了他的房子，坐在他的椅子上，他就乐得和个孩子一样。他和我说了好多遍，说他拥有其他住在阿室罗摩①里的人所没有的特权。他的做派和那种因为得校长宠而喜欢吹嘘的学生类似。

他在阿室罗摩已经生活了两年。人家特许他造一座自己的小木屋，后面还可以带个厨房。他有自己的厨师。他不吃肉、鱼和鸡蛋，但储藏了大量从马德拉斯②运来的罐头，他的厨师用这些和着咖喱酱和凝乳为他做饭。他除了茶什么都不喝。

在他的单间房里有一张简陋的木板床，一张桌子，两把椅子，其中一把是扶手椅，还有一个小书架，架子上有五十来本书，是些有关吠檀多③哲学著作《奥义书》等的译本，还有些瑜伽士写的书以及评论瑜伽士的书。墙上有几幅小画，一幅达·芬奇画的基督，几幅丑陋的毗湿奴④像，一些廉价的彩色印刷物和一张瑜伽士的照片。墙漆成绿色。地板上有一张藤条垫子。

他穿着一套白棉布做的上衣和裤子，衣服像是中国式样的。他光脚走路。

他无比崇拜瑜伽士，他说在自己眼里，他是自基督以来这个世界上最伟大的精神领袖。

他不怎么愿意谈自己的过去。他说自己在英国没有亲近的人，以前经常外出旅行，但现在到了这儿，他达到了自己的目的，不会再继续旅行了。他说自己找到了平和安定，而且（这话他说了一遍又一遍）只要知道瑜伽士在，时常能看到他，他的精神就感到莫大的平和，这才是无价之宝。我问他一天都做些什么，他说他读读书、运动运动（他有一辆脚踏车，每天都要骑上八英里），还要冥想。他每天要和瑜伽士一起在大厅里打坐许久，不过他常常和他一个星期也说不上几句话。可是他正值壮年、精力旺盛，于是我问他他的自然精力能否得到充分发泄，他说他很幸运，他是少数几个真正渴望并且喜欢冥想的人之一，他总在打坐冥想。他补充说，冥想是剧烈运动，几个小时下来，身体就精疲力竭了，必须躺下休息。但我实在弄不清楚他嘴里的“冥想”到底指的是什么，我不晓得他是不是在积极地思考某个问题。我同他将耶稣会信士会就某些特别的主题（比如说“耶稣受难”）进行思考，他说冥想可不是那样的。他说自己花力气是要实现个人“自我”与宇宙“自我”的融合，把能思考的“我”从“自我”中分离出去，因为他说那就是无限。当他做到这一点，真正

① 阿室罗摩（Ashrama）是印度教徒一生按照理想经历的四个行期的统称，亦指瑜伽修行者聚集居住的地方。

② 马德拉斯（Madras）是印度东南部的一个城市，位于孟加拉湾的科罗曼德尔海岸。

③ 吠檀多（Vedanta）是印度六派正统哲学体系之一，是构成大多数现代印度教派别的基础。吠檀多有三种基本的经典：《奥义书》、《薄伽梵歌》和《梵经》。《梵经》是对《奥义书》教义的简要阐释。对这些经典，根据对个人自我（我）和绝对（梵）之间的关系和同一程度的不同认识，发展出好几个吠檀多派。但都信仰轮回和吠陀的权威，并且相信梵是世界的物因和动因；而灵魂是自己行为的动因，因此是行为后果的接受者。

④ 毗湿奴（Vishnu）是印度教信奉的主神之一，据说他守护并保存世界，匡扶诸法。毗湿奴主要通过诸化身特别是罗摩和黑天来显现。据说在需要的时候就会显身战魔，而且面貌有很多种，不过最常见的有十种。他有千名，信徒在祭拜时反复称念。

看见或感到自己的“神性”就是无限的“神性”的一部分时，他就悟了。他决定一直呆在那儿，一直呆到自己悟了，或到瑜伽士去世。

实在不好说他到底是什么样的人。他的确很开心。我本想从他的外表、言谈里探出他的真实情况来，但我完全弄不清楚。

海得拉巴①。我坐汽车从毕达去海得拉巴，路上我看见一大群人，就是常见的印度人，女人穿着颜色鲜艳的莎丽，男人裹着印度腰布，驾着牛车，赶着母牛——我以为这是个小集市，但帮我扛行李的人告诉我，这个地方住着一个术士郎中，这些人都是从周围村子赶来请他治病的，怀不上孩子的女人则来治不孕症。我问我能否去见见他。司机告诉我，他原是海得拉巴一个富有的承包商，因受到感召，要过圣人的生活，便把财产转交给了家人，然后在这个地方住了下来。他住在一棵菩提树下，照管着路边的一座小湿婆庙②。我们挤进人群，那里肯定有三四百人。病人们躺在地上，有些女人怀里抱着生病的孩子。我们走近神庙时，术士郎中就迎了上来，恭顺地向我们鞠了一躬。他裹着脏兮兮的白头巾，穿着无领衬衫，衣摆盖在脏兮兮的缠腰布上。他的耳朵上挂着银耳环。他刮了脸，不过留着短短的小灰胡子。他是个小个子，手脚麻利，动作很快，兴高采烈，忙忙碌碌。他看起来一点也不像个圣徒，倒像集市上头脑清醒、积极活跃的店主。要不是他抛家弃财，而且帮人治病分文不取，你肯定会觉得他显然就是个骗子。他就靠人们带给他的米和水果过

① 海得拉巴（Hyderabad）是印度南部安得拉邦首府。十六世纪由戈尔孔达苏丹建立，1685 年被莫卧儿帝国侵占，遭到劫掠破坏，1724 年曾成为独立的海得拉巴王国首都。四周围有城墙，有许多兼具印度和穆斯林风格的建筑。

② 湿婆（Siva/Shiva）是印度教所崇奉的主神，集多种神威于一身。他是复杂而矛盾的神话人物之一。他既是毁灭者，又是起死回生者；既是大苦行者，又是色欲的象征；既有牧养众生的慈心，又有复仇的凶念。他在湿婆教中是主神。

日子，而且把自己不需要的东西都送给了别人。他坚持要送我们一些椰子。他是这样治病的：他向自己庙里的神念一条祷文，然后行按手礼。当我要离开时，他请我给他一个祝福，这让我很尴尬。我告诉他我做这个不合适，但他一再坚持，所以，在众目睽睽之下，我只好照他想要的做了，深感自己又虚伪又愚蠢。

苏非派信徒①。他住在海得拉巴穷人区的一座小房子里。这儿基本上是个贫民窟。那里有一条走廊，我们就在那儿等着向导传话，看圣人是否愿意接见我们。进门前我们脱了鞋子，然后被领进一个小房间中，房间用蚊帐隔成两块，我们只能看到这么多，我猜看不见的部分应该是他睡觉的地方。我们所坐的那块被一个高座或是平台样的东西占去一大半，那平台高出地面约十八英寸，上面铺着廉价毯子，毯子上摆了块藤垫，圣人就坐在上面。他非常老、非常瘦，一把乱糟糟的白胡子。他戴着顶土耳其毡帽，穿着白色的棉布上衣和白裤子，光着脚。因为他的脸极度消瘦、颧骨突出、两颊深陷，所以眼睛显得特别大。他的手修长而漂亮，但十分干枯，他的手势丰富、优雅、富有表现力。他尽管这么老、这么虚弱，看起来却精力充沛，讲起话来眉飞色舞。他乐呵呵的，脸上的表情非常慈祥可爱。他好像没讲出什么精彩的话。我对苏非派一无所知，所以听到他同印度教一样极力宣讲“自我”与“最高自我”，吃了不小的一惊，要是对苏非派略知一二，大概我就不会这么大惊小怪的了。他给我留下的印象就是他是个非常可爱、温柔、慈祥且宽容的老人。

① 苏非派(Sufi)是伊斯兰教的神秘主义派。

一位神职人员。阿卡巴·海德里爵士①派车去接他,他准时走进房间。他身着盛装,穿一件上好料子做的猩红大衣。他是个中年人,高个子,外表英俊,举止文雅。他不会说英语,便由阿卡巴爵士当翻译。他说起话来口若悬河,滔滔不绝,声音洪亮。他讲的东西我已经听别人说过二十次了。这就是印度思想家最讨厌的地方,他们总是用同样的话说同样的东西。如果其间确有真理(他们对此深信不疑),而且这真理是不可分割的整体,那么他们像鹦鹉一样不断重复它是很自然的事,你就不应该觉得听起来烦躁,但尽管如此,不可否认的是,没完没了地听同样的说法实在是叫人心烦。你希望他们至少不要一天到晚援引《奥义书》里的隐喻、明喻、例子,能想出些新鲜点的东西来。又听到他们说蛇与绳子的寓言②,你心里顿时就泄了气。它都被用得滥得不能再滥了。

我问他自己如何才能学会冥想的本领。他叫我找一个黑暗的屋子,盘腿坐在地板上,双眼盯着烛火,清空脑子里所有的思想,让它变得一片空白。他说如果我能每天这样做一刻钟,我不久就会有不同寻常的体验。“先做九个月,”他说,“然后你再来,我教你另一项修炼。”

那天晚上我按他说的做了。开始前我记了时间。我觉得自己一直保持那状态,时间肯定远远超过了他建议的一刻钟。我看了看表,才过了三分钟。我感觉那段时间长得无穷无尽。

---

① 阿卡巴·海德里爵士(Sir Akbar Hydari, 1869—1941),时任海得拉巴邦首席部长(1937—1941)。

② “蛇与绳子”是《奥义书》中的一条典故,讲的是圣者个人开悟的经验。他在黑暗中见一毒蛇,心生畏惧,两股战战。待走近一点看,发现原来实相是一条绳子,根本就没有蛇。于是他悟出“苦从迷执而来”的道理,并认为人不用受生死轮回之苦,因为人根本无生无灭;人也不用受苦,因为人的本性是极乐。

一两个星期前,有人给我讲了一件事,建议我根据这个写一个故事,之后我一直在考虑,可我不知道怎么写。事情是这样的:两个年轻人同在山上的茶园工作,在那儿邮件要到好远的地方才能取到,所以他们隔很长时间才取一次信。其中一个年轻人,我们就叫他 A,每次都有许多信,十封十二封的,有时候还更多,但另一个人,B,却一封信也没有。他总是嫉妒地看着 A 拿到一捆信,开始一封一封地读,他渴望自己能有一封信,一封就够了。一天在等信的时候,他对 A 说:"喂,你总是收到一大包信,而我一封也没有。要是你让我拿一封你的信,我就给你五英镑。""行啊,"A 说。等到信送到,他就把一捆信递给 B,说:"随便挑吧。"B 给了他五英镑,看了看那些信,挑了一封,把其余的还给了 A。晚上,当他们饭后喝掺苏打水的威士忌时,A 若无其事地问道:"顺便问一下,那封信上说了什么?""我不告诉你,"B 说。A 有些吃惊,又问:"那么,是谁写的?""那与你无干,"B 回答道。他们小小地争执了一番,但是 B 坚守自己的权利,拒绝透露关于买来那封信的任何细节。A 开始发愁,一连好几个星期,他想尽办法劝 B 让他读那封信。B 一直拒绝。最终 A 又着急又担心又好奇,觉得自己再也受不了了,于是跑去对 B 说:"喏,这是你的五英镑。把我的信还给我吧。""没门儿,"B 说:"我付了钱,那就是我的信了,我才不会给你呢。"

故事讲完了。如果我是现代派的短篇小说家,我看我这样写就行了,顺其自然。但这样不合我的性情。我希望一个故事有条有理,而除非你能给它一个不会招致质疑的结局,我不知道你如何让故事有条理。但是就算你做得出让读者悬在半空、摸不着头脑的事儿,你也不会想同他一起悬在半空、摸不着头脑吧。

我与太子和太子妃，也就是贝拉尔①亲王和王妃共进午餐。席间，太子和我聊了我的旅行。“你一定到过孟买吧？”他问。“是的，”我回答，“我是从那儿登陆的。”“你是住在游艇俱乐部吗？”“是的，”我说。“你下面准备去加尔各答吗？”“是的。”“你应该会在孟加拉俱乐部下榻吧？”“我希望如此，”我回答道。“你知道它们之间有什么区别吗？”太子问。“我不知道，”我呆呆地回答。“在加尔各答的孟加拉俱乐部，他们不让印度人和狗进入，但是在孟买的游艇俱乐部，他们不介意狗进入，他们只拦印度人。”当时我死活也想不出该怎么回答，到现在也没想出个好的。

宗教大师。他穿着橘色的僧袍，但那袍子不泛黄，而是透着些许粉红。他头上缠着同样颜色的头巾，披着条斗篷。这一身打扮看起来真够热的。他穿着白色袜子，非常干净的棕色鞋，那鞋子挺像轻便舞鞋。他个子很高，有些臃肿，长着张肉乎乎的大脸，金边眼镜后面一双好看的眼睛闪闪发光，嘴巴很大，嘴唇很厚。他说起话来声音洪亮，演讲时却会有些粗嘎。他爱笑。他的举止带着油滑的善意。你的印象是这个人不是一般的自满。他喜欢奉承，喜欢谈论自己。一次我问他放弃世俗的快乐，他后不后悔。“我为什么要后悔？”他说，“我前世都享受过了。”

托钵僧。典礼在一个伊斯兰墓地举行，这里葬着几世纪前教团的一个圣徒。教团领袖是个大个子，长着个鹰钩鼻子，看上去聪明、威风凛凛。他穿着用上好的棕色料子做的阿拉伯袍，头上细致地缠着干净的白头巾。他坐着，面前摆着一个燃着木炭的小火盆，他不

① 贝拉尔(Berar)是印度中西部一地区。

断地往里添香，面前还有德尔维希①们表演时要用的各种工具。

他们坐在他对面四五码的地方，坐成一排。各个年龄的都有，有一个肯定还不到十四岁，有些是年轻人，而最重要的人物（按印度人的习惯分）是那些长着长须白发的老人家。这帮人长着长长的头发，穿着五颜六色、松垮垮的破烂衣服，戴着耳环，挂着项链，看上去狂放不羁。

仪式开始了，教团领袖先带头念了一段长长的祷文，每隔一段时间其他众人就会大叫大喊地应和。然后其中一人走上前来，拿起一根大概有两英寸长的串肉扦，在香上熏一下，请领袖摸一下，然后把它戳进自己的脸颊，一直往里推，直到扦子从另一侧面颊戳出，露出至少两寸。他绕场一周，向别人展示自己，然后小心翼翼地把扦子取出来。他轻轻地揉了揉扦子刺进和戳出的地方，那里不但没有血迹，连个伤口都没有。另一个人走上前，也拿起一根串肉扦，从脖子上气管后面的位置穿过去，然后又抽出来。然后一个人拿起一把又短又钝的匕首，先做了许多夸张的手势，大叫了一阵，然后把自己的眼珠挖了出来。他绕场一周，眼珠就挂在脸上，这景象真是恶心，然后他又把它安了回去，揉了揉，看上去完好如初。又有一个人把串肉扦穿在自己肚皮的皮肤上，另一个刺穿了自己的舌头。他们似乎一点都不觉得痛。表演大概持续了半个小时，结束时他们又念了长长的一篇祷文。有一两个人流了一点点血，就一两滴，不过很快就止住了。

① 德尔维希（dervish）是伊斯兰教苏非派教团的成员。这些神秘主义者强调通过狂喜、舞蹈和旋转表达献身的情感。云游四方的托钵德尔维希叫做托钵僧，常被视为具有神奇力量的圣人。多数穆斯林将他们视为非正统和极端分子，但该教派活动仍持续至今。

术士。他是个小个子，脸圆圆的，眼睛圆圆的，鼻梁上架着副眼镜，说起话来滔滔不绝。他参加过大战，一直升到少校。他游历过不少地方。他是个基督徒，也研究帕尔切尔苏斯①和埃利法斯·莱维②。他分得清什么是法术，什么是妖术。他对“神迹”不屑一顾，但声称自己能悬在空中。他辩解说若只是为了满足观者的好奇心而展示自己的能力，那人的能量就会损失。他的能量完全是精神上的。他声称自己能治病，但说自己的妻子（她和他来我这儿做客）有比他还要大得多的能量。她是印度人，穿着莎丽，已经不算年轻了，沉默而警惕。他们临走时，她告诉我我有的时候能看到她，她凌空出现的时候总穿一件深蓝色的莎丽。

我们的“自我”或许的确是我们一切邪恶的根源，但它也是我们的音乐、我们的艺术、我们的诗歌的源头。所以，那又怎么样呢？

艾哈迈德·阿里，阿卡巴爵士的秘书，告诉了我这个故事：他说有一个被蝎子蜇了的女人被送到了他这儿，人家告诉他，只要他在地上写上16这个数字，然后再用一只鞋擦掉，她就会痊愈。他虽不相信，但还是这样做了，可什么也没发生。她走了，然后有人指出他写的不是16，是13。自那以后他就写16，治愈了好几个人。

一个瑜伽修行者想过河，但是身无分文，付不起摆渡钱，于是他

① 帕尔切尔苏斯（Paracelus，1493—1541）是德裔瑞士医生、炼金术士，他把疾病这一概念引进医学，认为疾病是分割身体的外用药剂的结果，而不是体内失调，并主张使用药物抵抗致病药剂。
② 埃利法斯·莱维（Eliphas Levi，1810—1875）是一位法国术士。

就用自己的双脚从河面上走了过去。另一个瑜伽修行者听到此事说，这个神迹只值一趟乘渡船过河所需的那几个小钱。

一个瑜伽修行者想乘火车去某处，但没有钱，便问站长能否免费乘车，站长拒绝了，修行者于是就在站台上坐了下来。到了发车时间，火车却开动不起来。他们估计是发动机出了什么问题，请来了机械师，机械师们把能做的都做了，火车还是开动不了。最后站长和官员们说了瑜伽修行者的事。他被请上了火车，火车立马就开了。

术士和艾哈迈德·阿里都说这条铁路线上有个站长会医蛇伤，他们说要是有人被蛇咬了，他有权免费给站长拍封电报，他会拍封电报回来，治好病人。

我举办一个小型晚宴，请了六个人，是些哲学家、梵学家，还有学者。说着说着，话题就转到瑜伽修行者通过戒律和禁欲所获得的力量上去了，他们告诉我，有一个瑜伽修行者把自己埋在一口枯井底，叫人们六个月后再打开。到时如果他头顶是热的，就说明他还活着，应该让他苏醒过来；如果是冷的，就说明他死了，把他烧了就是。他们照做了，发现他还活着。他很快恢复了元气，到现在都十六年了，他依然活得健康快乐。这些人要么见过他，要么认识见过他的人。他们认为这件事的确发生过。

孔雀。我们驱车穿过丛林，林子不密，忽然我们看到树间有一只孔雀正打开它漂亮的尾巴。它走着，骄傲而华贵。它踱着步，步伐中透着特别的柔美和从容，是如此优雅，如此美丽大方，让我想起了科文加登舞台上的尼金斯基①,他走起来就是这般柔美、优雅、美丽大方。那只孔雀独自走在丛林里,我很少能见到如此动人心弦的景象。我的同伴叫司机停下,一把抓起他的枪。

“我来打它一枪。”

我的心脏骤然停止了跳动。他开枪了,我希望他失手,但他没有。司机跳出车子,捡回了死鸟,片刻之前它还是那样欢快鲜活。这一幕真是残忍。

当晚我们吃了孔雀脯肉。那肉白嫩、多汁。在印度每天晚上都吃瘦得皮包骨头的鸡,换个口味真不错。

贝拿勒斯②。在日落前的傍晚时分,泛舟恒河上,顺流而下,没什么能比这更美妙的了。浅色的天空映衬着城中清真寺的两座尖塔,看着真激动人心。观者心中忽然升起一片平和安宁的感觉。四周万籁俱寂。

然后,早晨在太阳升起之前,驱车穿过城里的大街小巷。店铺还没开门,人行道上还有人裹着毯子在睡觉。三两个人向河边走去,手里拿着铜钵,照例到圣水里去洗浴。登上一艘游艇,艇上有三个船工,沿着河边的台阶慢悠悠地向前滑。一大清早的,天气还很冷。每个石阶上的人不一样多,其中有一个上面挤满了人,我也不知道是为什么。这景象真是奇特,台阶上、水边都挤满了人。洗浴者的浸洗仪式各不相同:对一些男孩子来说,这是玩耍嬉戏的大好

---

① 尼金斯基(1890—1950),俄罗斯芭蕾舞蹈家,以其有力的弹跳和不可言喻的优雅著称。许多人认为他是二十世纪最伟大的舞蹈家。

② 贝拿勒斯(Benares)又称瓦拉纳西(Varanasi),是印度北方邦城市,位于北方邦东南部恒河岸边,为世界上一直有人居住的最古老的城市之一,公元前2000年即是雅利安人的定居点。是印度教七圣城之一。有许多神坛、庙宇、宫殿和数英里的沐浴石阶。每年有一百多万的朝圣者。贝拿勒斯以北的萨尔纳特为释迦牟尼第一次布教处。

时机,他们扎进水里、钻出水面、再一次扎进水里;对于一些人来说,这项仪式得赶紧做完了事,可以看到他们机械地摆出一系列表示虔诚的姿势,含糊地匆匆地念着祷词;还有一些人严肃对待这项仪式,他们膜拜徐徐上升的太阳,双臂高高举过头顶,满腔热忱地诵读祷词。浸洗仪式结束后,有些人便和他朋友聊起天来,看来这是他们每天的必修课,是个交换新闻、嚼人舌根的好机会。另一些人盘腿打坐进入冥想状态,其中一些人纹丝不动,叫人钦佩得紧:他们坐在熙熙攘攘的人群里,就好像身处幽静的庙堂。我看到一个老人,双眼上用白灰画了两个大圈,额头画着一块宽宽的长方形,两颊上画着方块,看上去好像是戴着副面具。许多人洗浴完毕,就仔细地擦洗他们的铜钵,他们要用铜钵盛圣水回家辟邪。

这幅景象变幻多端,动人心弦。人群熙熙攘攘,来来往往,这画面活力四射。而与之形成鲜明对比的,是那些一动不动,陷入冥想状态的人们,这么一对比,他们看上去愈发的沉默、静止,飘忽于人际交往之外。

太阳在天空中又爬高了一些,笼着这幅画面的灰白色光线变成了金黄色,这让眼前的景色更添五彩光辉。

他长得短小精悍,走起路来轻快活泼。他有一个圆圆的光头,一双明亮的蓝眼睛,眼睛周围有不少皱纹,看上去开开心心的。他是政府工程师,负责建造公路、大坝、桥梁。他的平房面对着一条河,客厅里有舒适的扶手椅,中央摆着一张有雕饰的印度桌子,墙上挂着精细的木雕,刻的是神话故事里的场景;墙上还钉着他猎到的动物头颅以及装在相框里的照片。在走廊和河之间有一个细细长长的小花园,花园中有一棵树美极了,引起了我的注意。它的叶子不甚稠密,这样就可以非常清晰地看到它的枝条,在天空的映衬下,它们呈现出精致美丽的图案。我大谈它有多可爱，但看得出工程师从未注意过它，我觉得他认为我这么说挺可笑。

我们谈到射击，他提起自己有一次曾打死了一只猴子。“我再也不会打猴子了，”他说，“当时我正在修一条公路，所有的劳工都罢工了，一共六百来人。他们的头人病了，他们担心他会死掉，他们下定了决心要离开工地不干了。我想尽了一切方法劝他们留下来。最后他们说，他们可以留下来，只要我打一只猴子来，这样他们就可以取它心脏里的血，用它治好头人的病。唉，我不能让工程停下来啊，所以我就拿起枪，沿路往前走。通常会有很多猴子在那里玩耍，黑脸的猴子，过了一会儿我就看到了一只。我瞄准、开枪，但我只打伤了它。它跑过来乞求我保护它，叫着，叫着，就像个孩子。”

“那头人好了吗？”我问。

“噢，实际上他真好了。不管怎样，路是修完了。”

范·H。他六十来岁的样子，是个大个子，长着个大肚子，一张肉乎乎的大脸，一只大鼻子，一把灰白的胡子，一头灰白的头发，一双蓝眼睛。他爱说话，说得也挺标准，就是带了一点口音。他大嗓门，总是快快活活的。他年轻时绝对不好看，而现在，他穿着寒碜的衣服，不修边幅，一身赘肉，尽管他的大个头让他“举足轻重”，但他既不显得庄重尊贵，也不引人注目，让人印象深刻。他在东方呆了三十多年。他最早去的是爪哇。他是个优秀的语言学家，也是梵文学家，广泛阅读了东方宗教和希腊哲学方面的书。这样他的兴趣自然主要在赫拉克利特上，书架上有现存的关于他的所有文献。他的寓所里堆满了书。墙上挂着许多西藏小旗，屋内还随意放着几块藏族的铜饰。他在西藏呆了挺长一段时间。他爱吃，爱喝啤酒。受利德比特①的影响，他成了一个见神论者，去了印度，在阿迪亚尔做了纪念图书管理员，但后来和贝赞特夫人②吵了一架。我问他怎么看待“大圣”是否存在之争，他说他的看法是，关于他存在或不存在的证据各占一半。尽管他早就不相信见神论了，他依然很欣赏利德比特，相信他具有神力。我想他现在是笃信佛教。

他年轻的时候在爪哇，雇了一个仆人。那男仆跟着他一起游历了八个月，然后把自己的身世告诉了他：他是爪哇一个苏丹的后代，结过婚，有一个孩子。他的妻子和孩子都死了，他悲痛欲绝，隐居到丛林中，一直过着苦行僧的生活。最终他遇上了一群烧炭工，和他们一起生活了几个月。终于有一天，他们对他说这不是一个君主的后人应该过的日子，劝他去拜见一个怪人。那是个种茶人，是爪哇人，大概四十岁，大家都相信他就是某个战败后便不知所踪（就像那那·萨希布③那样）的著名造反分子本人（而不是他的转世），一百多年过去了，还依然健在。这个人叫他去巴达维亚④，说在那里他会遇见一个白人，并给他做九个月的随侍。他还告诉他这个白人哪一天会到。而一切都同种茶人预言的一模一样，这激起了范·H 的兴趣，他便前去拜访种茶人。他见到的是一个相貌普通的人，人们对他十分尊敬，但他一点也不透露自己的事情，别人认为他是那个古代英雄，对此他既不肯定也不否定。范·H 问他到底是什么让他指示那年轻人去巴达维亚，做了自己的仆人，他的回答是：“有

① 利德比特（Charles Webster Leadbeater，1854—1934），英国神智学者协会（the Theosophist Society）的重要早期成员，出版了不少关于神秘学的著作。
② 贝赞特夫人（Mrs. Annie Besant，1847—1933），英国重要的神智学者、妇女权利运动家、作家、演讲家，支持爱尔兰和印度独立自治。她 1908 年当选神智学者协会主席，后半生大部分时间在印度度过，在阿迪亚尔（Adyar）成立了神智学者协会。
③ 那那·萨希布（Nana Sahib，1824—?），1857 年印度民族大起义领袖，1859 年失败后退入尼泊尔丛林，下落不明。
④ 巴达维亚（Batavia）即雅加达（Jakarta/Djarkata）的旧称。

的知识来自头脑，有的知识来自心灵。我看看我的心，看到什么，就说什么。”

一个年轻官员乘半岛暨东方轮船公司的轮船回家，在路上，人们看到他在甲板上忙着阅读有关泰姬陵的书。人家问他为什么要读这些，他回答说：“噢，我在阿格拉①干了四年，可从没去瞧过。但我晓得等我回到家以后，大家都会问我关于泰姬陵的事，所以我觉得自己最好在到家之前恶补一下。”

泰姬陵。尽管关于它我有过各种想象，看过许多照片，但当我第一次站在陵门前的平台上，亲眼看到泰姬陵的时候，我还是被它的美征服了。我意识到这就是真正的“艺术的震撼”，努力想趁我的感觉清晰的时候好好体会一番。我现在知道，当人们说有些东西美得叫人窒息的时候，他们可不是随便打个比方：我的的确确感到自己喘不过气来。我的心里有一种奇异、美好的感觉，好像我的心在膨胀。我感到惊奇、愉悦，我想还有解脱、自由。但是我当时正在读数论派哲学②，这个学派认为艺术和绝对解脱（这是所有印度宗教的目标）同类，是一种暂时性解脱，所以我感觉到解脱自由，也许只是忆起了这个说法，并把它当成了自己的实际感受。

对同一件美丽的东西，我没法看两次都同样的狂喜不已，所以当第二天我在同样的时段又去了泰姬陵时，欣赏同样的景色的是我

① 阿格拉（Agra）是印度中北部城市，位于新德里东南方向的朱木拿河沿岸。它曾是十六世纪和十七世纪蒙兀儿王朝的首都，也是国王沙·加汗在1629年其爱妻死后所建的泰姬陵所在地。

② 数论派（Samkhya）哲学是印度六派哲学体系之一，持一种前后一贯的物质和灵魂（或自我）的二元论。认为这两者足以解释宇宙的存在，无须以神的存在作前提。数论一方面将心理和生理功能作了彻底区分，另一方面建立了纯粹“人格”。

的思想。不过话说回来,我也还是有不同的收获。夕阳西下,我走进大殿,殿内只有我一人。我站在一头,望着分隔大殿的一间间幽室,我突然有一种怪异、诡秘的感觉,深感大殿的空旷、寂静。我有些胆寒。我只能用这句根本说不通的话来描述我的感受:我似乎听到了神祇无声的脚步。

辛达拉姆。描写印度人真是天大的难事儿。会这样,也许是因为你对他们的身世和生活环境了解甚少;也可能是因为你认识的印度人很少(相对而言),于是你就没法比较自己对他们的认知;或者也可能是因为他们性格多变,像流水一样,没有显著的特征;当然,还可能是因为他们只向你展示他们希望展示的一面,或者只向你展示他们认为你会感兴趣、会喜欢的一面。辛达拉姆是一个马德拉斯①人,是个壮汉,身高若放在欧洲属于中等水平,肤色不是很黑。他缠着腰布,穿着白衬衫,戴着顶甘地帽。他有一个又短又粗的鼻子,一张挺大的嘴,嘴唇肥肥的,脸上随时挂着悦人的微笑。我觉得他挺喜欢提自己认识的大人物,不过他的虚荣也就仅限于此。他心肠特别好。他是一个清教徒,他说他这辈子都没进过剧场或是电影院。他是个有诗情的人,山川、河流、鲜花、白天的天空和夜晚的天空能带给他无限的快乐。他一点都不懂逻辑,对探讨问题一点都不感兴趣。他的信仰来自印度传统文化,是他的古鲁②传授给他的,他喜欢滔滔不绝地讲自己的信仰,但一点也不在乎它们到底合不合理,就算自己的想法相互矛盾他也不介意。他判断事情的依据是情感和直觉,他毫无保留地信任它们。他严格地遵守正统印度教关于

① 马德拉斯(Madrassi)是印度南方的一个城市。
② 古鲁(Guru)是印度教的宗教领袖或宗师,也可指个人的宗教老师(或指导)。

饮食、洗浴、冥想等的戒律。他主要靠牛奶、水果和坚果获得营养。他告诉我有一回自己钻研一本重要的典籍,一连六个月都只靠喝牛奶过日子,而且一句话都没说。提到自我克制、绝对事物,以及我们大家心中的上帝(上帝就是一切,我们都是上帝),他无比虔诚。他随手就能抓出一把现成的比喻,这些比喻在印度已经流传了好几个世纪,他用起来得心应手。显然,对于他来说,和人理论用这些比喻就足够了。一个关于恒河的优美意象对他来说同一段三段论一样有力。看得出,他深爱着自己的妻儿,并以他们为荣。他的孩子们都礼貌极了,教养极好。他每天清晨五点起床,做冥想,他认为这个时间最吉利。我见过他和几个大学生在一起,他待他们非常好,但他虽亲切,却不像有些传教士待信徒那样甜得发腻,他亲切自然、颇有人情味儿。

帝国的缔造者。他是位将军,一头白发,留着白色的牙刷状小胡子,高个子,壮实但不肥胖,长着一张红脸,一双蓝眼睛,一个蛋形的脑袋。每天早晨六点钟他都要出去兜兜风,他房间里放着一个划式拉力器,这样他回来洗澡之前就可以在上面锻炼锻炼。而一旦暑气稍退,他就上网球场去,他打起球来很猛,打得很好(他吹嘘说和只有自己年龄一半的人对打也不会吃亏,而且他喜欢单打,因为这样得到的锻炼就更多),直到天黑得看不见球了,他才回到屋里,在划式拉力器上锻炼一刻钟,再去洗澡。“在这个国家你必须保持身体状态良好,”他总是这样说,而且抱怨道:“我没法得到充分的锻炼。”他在印度待了三十年:“印度只有一点可取,让人能耐着性子待下去,那就是有猎可打。我有许多猎手,个个都是好手,我的意思是,你完全可以信任他们,就把他们当英国人看,一流的猎手,绝对热情,我的意思是,除了肤色,他们是不折不扣的白人。要知道,我可没夸张,这就是事实。”

阿什沃思。他告诉我说他在大学学哲学时,老师说所有的东西都是一体,他没法理解。怎么能说他就是桌子,桌子就是他呢?这好像毫无意义嘛。后来有一天他终于茅塞顿开。他去看迈索尔①的大瀑布,乘着公共汽车在树林中走了很长时间。他以前从未见过大树,而当他乘车穿梭在绿色的隧道之中,头顶便是参天大树时,他心神荡漾。然后他到了瀑布前,站在巨大的圆潭边,眼前滔滔大水(那时雨季刚过)从天而降。这让他生出一种不同寻常的感觉,他觉得自己就是水,自己正像那水一样从高处跌落潭中,那水就是他自己,他意识到自己和水就是一体的。他三十八岁,作为一个德干高原的印度人,他的个子算是高的,大概比我高一两英寸的样子。他有一头黑色的头发,天生就是卷的,开始变得有些花白。但他的脸依然非常年轻,额头光洁,基本没有皱纹,眼睛下也没有细纹。他有一双水汪汪的大眼睛,鼻子挺短,但形状好看,略显丰满,嘴巴挺大,厚嘴唇,小小的耳朵紧贴着脑袋,但长着又大又厚的耳垂,就像达摩头像上的耳垂,不过当然没有那么夸张。他修了面,但胡子很厚,即使刮过了,他暗蜜色的皮肤上仍有一抹黑色。他长得不英俊,但他满脸的热情、直率,让他显得很迷人。他的牙齿很漂亮,洁白整齐。他的手比大多数印度人的要大。

他裹着用最便宜的料子做的棉腰布,穿着件棉布衬衫,戴着顶甘地帽,围着所有有地位的印度人都围的围巾,光脚穿着双皮凉鞋。

① 迈索尔(Mysore)是卡纳塔克(Karnataka)的旧称,是印度西南部的一个邦。濒临阿拉伯海,范围包括德干高原南部的高原地区和东西高止山脉西部丘陵地区。古时曾为印度一系列王朝所统治,直到 1831 年英国人取得了控制权。1881 年迈索尔回归本地人统治,为一王侯邦。1973 年更名为卡纳塔克(意为“高耸的土地”)。

尽管他从未去过英国，他的英语却说得很流利，嗓音洪亮悦耳。他真诚纯粹和心地善良是显而易见的，但我不敢肯定他有多聪明。他脑子里的每一件事都是他自己想出来的，可他并不知道，这些自己绞尽脑汁、苦思冥想悟出的“真知灼见”中十之八九其实都平庸得可怜。看到他一本正经地发表最陈腐的陈词滥调，真是叫人浑身别扭。不过，偶尔他也会有不错的想法，有时甚至算得上是有独创性的。

他曾因在自己的报纸上发表了一系列煽动性文章而被捕，被判入狱一年。他被单独关押在一间牢房里，这样他就不能和其他犯人聊天，没法把他们带坏了。不过，尽管上面没有强求他去做苦功，他自己却主动要求做，和其他犯人们一起在工作间里织毯子。自己锒铛入狱这件事儿对他打击很大。他告诉我他以前常常一哭就是好几个小时，有时发了疯地想出去，于是便猛捶牢门的铁条，试图把它们砸断，还会大喊大叫，一直叫得自己精疲力竭，然后瘫在垫子上，倒头就睡。吃了四个月的牢饭后，他病倒了，被送到了医院，剩下的几个月都是在医院里度过的。就是那时他决定放弃自己的财产。但是打官司已经花了他很多钱，坐牢期间他的报纸收益也很不好。到他重获自由时，他发现自己已经债务累累。他花了好几年才还清了自己的债务。然后他把他的员工都召集起来，把自己的报纸、机器、所有东西都给了他们，条件是他们每月付给他母亲三十卢比生活费，好养活她、他的妻子、他的妹妹，以及他的两个孩子。

我想知道他的家庭对他的决定是怎么个反应。他不大在乎他们的感受。“他们不高兴，”他说，“但我也没办法。要做自己想做的事情，总会伤害或是妨碍某些人，这是没办法的事儿。”他出生时占星家给他算了一卦，说他要么会成为一个非常富有、非常成功的人，成为人中豪杰，要么就会成为一个乞丐。以前那么多年，他一直志在获得功名利禄，但当他决定放弃自己所拥有的一切的时候，他的母亲想起了占星家所说的话，因而尽管伤心却也不吃惊。我问他，等他的儿子长大了，埋怨父亲生下自己，却不给自己本应得的地位和良好的教育，而是只让自己学到点基本知识，成人之后除了做个工匠别无选择。要是这样，他会如何回答呢？他轻轻地笑了笑。“我想他很有可能会怨我，”他说。“但他会有个家可以睡觉，有口饭吃，这些都是我给的。我看不出为什么就因为你生了个儿子，你就得为了他能过得更好而荒废自己的生活。你和他一样有生活的权利。”

他给我讲了个故事，我很喜欢。他处理掉全部财产后的第一天，他去探望一个朋友，朋友住的地方离班加罗尔①有几英里。他步行去了朋友家，回来的时候觉得累了，就上了一辆路过的公交车，可是突然想起自己口袋里一个子儿也没有，只好请司机停车，下了车。我问他投宿在哪里。

“如果有人愿意让我借住，我就睡在回廊上，如果没有，就睡在哪棵树下。”

“吃的呢？”

“如果有人给我吃的我就吃，如果没有，我就饿着，”他的回答很简单。

我和他的相识很奇特。当时我是第二次去孟买，住在那个城市，他从班加罗尔写信给我说他想来看我，因为他确定他能从我这里听到重要的话。我回信说我是个很平凡的人，不过是个写小说的罢了，根本不值得他赶两天的路来看我。但他还是来了。我问他车

① 班加罗尔（Bangalore）是印度中南部马德拉斯以西一城市，建于1537年，是一个重要的工业中心和交通枢纽。

费是哪儿来的，他说他到了火车站，然后就守在那里。过了一阵，他和一个等车的人聊了起来，他告诉那人说他要来见我，但没有买车票的钱，于是那个人就给他买了一张票。我要给他回去的车费，但他不要我的钱。

"我终归有办法回去的，"他笑道。

我们一连谈了两天，其间我一直感觉糟透了，我晓得他想听我谆谆教导，听到些大道理，或者至少能听到一条真知灼见，可我根本没什么教诲他的，他只能失望了。也许我应该应个景儿，说些大话空话塞他的耳朵，但我实在是开不了口。

果阿①。你驾车在椰树林中穿行，随处可见废弃的破旧房子。渔船航行在潟湖里，三角帆在耀眼的阳光下泛着点点白光。城里的教堂高大、洁白，正面装饰着蜜色的石壁柱。教堂里面又大又宽敞，讲道坛是葡萄牙巴洛克风格的，雕刻得极为精细繁复，祭坛画也是同样风格。在侧祭坛的一个讲道台上，一位牧师（是个本地人）正在做弥撒，身边有个黑脸侍祭在帮忙。没有人来礼拜。在圣方济各大教堂你会看到一个木雕的耶稣受难像，向导会告诉你在这个城市被毁的六个月前，它流泪了。大教堂里，他们正在举行宗教仪式，有人在弹管风琴，风琴台上，一个当地人组成的小唱诗班正粗着嗓子唱着，正是这粗哑的嗓音，让天主教圣歌染上了一丝神秘的印度异教特质。在这个荒僻的地方，有这些空旷巨大的教堂，日复一日地，从没有人去听牧师做弥撒，这个景象让人难忘，令人生奇。

① 果阿（Goa）是印度的一个邦，位于西海岸，与马哈拉施特拉和卡纳塔克邦交界，临阿拉伯海，首府为帕纳吉。经济以农业为主，因当地特殊的建筑物和美丽的海滩而成为观光客常去的旅游胜地。

牧师。他到旅馆来看我。他是个印度人，个儿高，不胖也不瘦，五官端正、略显扁平，一双明澈的黑色大眼睛，眼白亮亮的。他穿着神职人员的长袍。一开始他非常紧张，手都不知道摆哪里好，不过我尽力让他平静了下来，他的手也不乱动了。他的英语说得非常好。他告诉我他出身于一个婆罗门①家庭，他的一个婆罗门先人被圣方济各·沙勿略②的一个追随者感化，皈依了圣方济各派。他刚刚三十出头，体格健壮，风度翩翩。他的声音浑厚、悦耳。他在罗马呆了六年，在欧洲期间走过不少地方。他想再回欧洲去，但他的母亲年事已高，希望他能留在果阿直到她去世。他在学校教书、传道。他的大部分精力都投在感化首陀罗③改变宗教信仰上。他说现在试图度化高等种姓的印度人根本就是白费力气。我想让他谈谈宗教。他对我说，他认为基督教足够宏大，应该可以包容所有其他的宗教信仰，但可惜罗马方面不允许印度教会按照本地人的意志发展。我感觉他接受基督教教义是把它当做一种学说，而不是狂热地盲从。我不知道如果一个人能洞悉自己的宗教信仰，他是不是会发现自己对它多少会持一点怀疑态度。我觉得，尽管他背后是四百年的天主教，他心底仍然是个吠陀。我不知道对他来说，基督徒的上

① 婆罗门(Brahmin)是印度教流行地区四个瓦尔纳(社会阶层)中的最高一级。婆罗门的崇高种姓地位可追溯到吠陀时代末期，长期以来被认为比其他等级纯净很多，可单独执行某些宗教工作，如负责保存吠陀时代的赞美诗集。由于声望崇高和受过传统教育，主宰了印度学术好几个世纪。婆罗门身为宗教和知识的精英分子，握有政权的刹帝利(武士)常以他们作顾问，印度独立后有许多婆罗门担任各邦的首长。虽然在法律上已不再认可，但他们仍保有传统的特权。他们通过一些严格的戒律来保持宗教的纯净，如素食和不能从事某些行业。

② 圣方济各·沙勿略(St. Francis Xavier, 1506—1552)是西班牙裔法国传教士。出身于贵族家庭，在巴黎大学完成学业。1537年受神职为司铎。1542年奉使至印度传教三年。1545年在马来群岛建立教会。1549年抵达日本传教，首次系统地介绍基督教义。1551年返回印度，翌年正准备前往中国时染病而死。据说经他接受洗礼的信徒约有三万人。1622年被谥为圣徒；1927年成为所有外方布道团的主保圣人。

③ 首陀罗(Sudra)是印度种姓制度中最低的一等。传统上该等级由工匠和劳动者组成，最初可能包括了所有印度文明中被征服并编入种姓系统的人民。其成员不能参加入法礼，也因此不能阅读吠陀。

帝和《奥义书》信徒的婆罗门是否有所融合，就算他没有这样想过，模模糊糊的潜意识里是不是这样的。他对我说，即使是在基督徒中间，种姓制度依然存在，他们绝不会和其他种姓的人结婚。一个婆罗门血统和一个首陀罗血统的基督徒结婚是闻所未闻的。他有些得意地告诉我他的身上一滴白人的血都没有，他的家族一直保持着血统的绝对纯正。“我们是基督徒，”他告诉我，“但我们首先是印度人。”对待印度教，他的态度是宽容同情。

特拉凡哥尔①的回水河汊。它们是些窄窄的沟渠，多多少少算是人工开凿的，我的意思是人工把天然的水域用围堤水渠连接起来，形成一条从特拉凡得琅②到柯钦③的水道。水道两边长着椰子树，泥顶的草房子傍着水道，每个房子外都环绕着一个小院子，院里种着香蕉、木瓜，有时还会有一株菠萝蜜。孩子们玩耍，女人们闲坐，有些则在舂米；不牢靠的船上有时装载着椰子树叶或牛吃的草料，男人和男孩们划着船慢吞吞地行驶在河上。岸边有人捕鱼。我看见一个人背着弓和箭，身上挂着一小串他刚刚射到的鱼。大家都到河里洗浴。这里绿意盎然、清凉、宁静。你生出一种异样的感觉，觉得这里田园般的生活祥和且原始，却不是太艰苦。时不时地有一条大驳船通过，有两个人撑杆，从一个镇子到另一个镇子去。时而可以看到一座简朴的小庙，或一座小小的礼拜堂，这里的人口中信奉基督的比例很高。

---

① 特拉凡哥尔(Travancore)是印度西南部一地区。
② 特里凡得琅(Trivandrum)是印度南部港市，临阿拉伯海，位于班加罗尔西南偏南方。它是港口城市和制造业中心。
③ 柯钦(Cochin)是印度西南的一个区域，古时为一王侯州，在阿拉伯海的马拉巴尔海岸。

河里长满了水葫芦。这种植物开着淡紫色的花,根不扎在土壤里,而是在水中,顺水漂浮,你的船划过,把它们推到两边,显出一条干净的水道,但船刚一走,它们立即就随水顺风漂回来盖满水面,让人根本看不出你刚刚从这儿划过。我们这些在世上引起过小小轰动的人也是一样。

联邦首席部长。我早就听说,他这个政客不仅精明狡猾,而且肆无忌惮、不择手段。大家一致认定他既聪明又奸诈。他强壮结实,和我差不多高,目光炯炯但眼睛并不大,浓眉毛,鹰钩鼻,厚嘴唇,圆圆的小下巴,一头浓密漂亮的鬈发。他缠着白色的腰布,穿着白色束腰外衣,领口箍得挺紧,还戴着白围巾。他赤脚穿着双凉鞋,时不时地把鞋子蹬掉,穿回去,再蹬掉。他待人亲切随和,这是政客的温和,这是多年来逼着自己对每个人都热情相待练出来的。他的英语说得非常好,很流利,词汇丰富,他能把自己想说的清晰且有条理地表达出来。他的声音洪亮,举止随和。我说的许多话他不同意,果断地纠正我,但谦恭有礼,自信我足够聪明,不会因为别人有反对意见而觉得被冒犯了。他当然非常忙,一个邦里的所有事都要他管,但他似乎有足够的闲暇,和我聊印度的玄学和宗教聊了近一个小时,好像这是天底下最让他感兴趣的话题似的。他似乎不仅阅读过大量印度文学作品,还读了不少英语文学著作,但听他的谈话,看不出他对其他欧洲国家的文学和思想有什么了解。

当我开始说印度的宗教是他们所有哲学的基础时,他纠正了我的说法。“不对,”他说,“不是这样的,印度没有你所指的那种宗教,有的是各种哲学体系,而神学,印度教神学,是它们中的一种。”

我问他,受过教育、有文化的印度人是否还认真相信因果报应和转世轮回。他的回答斩钉截铁:“我个人对此绝对相信。我坚信在我这世生命开始之前，我已经活了无数世，而且不知还要再经历多少世，才能获得解脱。在我看来，因果报应和转世轮回是唯一能解释人与人间的不平等和世间丑恶的东西。我若不相信它们，这个世界对我便毫无意义。”

我问他，相信因果报应和转世轮回是否让印度人不像欧洲人那样畏惧死亡。他花了一点时间思考怎么回答，而当他在考虑的时候，他又说起其他事儿来（后来我发现这是他的习惯），我还以为他不准备回答了。然后他说：“印度人不像日本人，日本人从小被灌输的思想就是他们的生命毫无价值，在很多情况下，他们要毫不犹豫地牺牲自己的生命。印度人并不因为死亡会结束他的生命而畏惧死亡，他畏惧死亡是因为他不知道下一世自己会投胎成什么。他有可能转世为婆罗门、天使，乃至神灵，也可能投胎为首陀罗、一条狗或是一条虫，一切都没有定数。当他想到死亡时，是来世让他感到惧怕。”

印度七弦琴演奏者。他是个胖胖的四十岁男子，没有蓄胡子，脑壳前半部分也刮得干干净净。他后面的头发留得很长，梳了一个髻。他缠着腰布，穿着件无领衬衫。他坐在地上弹奏。他的乐器装饰华美，刻有浅浮雕，尾部是一个龙头。他弹了几个小时，不时唱上一唱，有的曲子已有好几百年的历史，有的则没那么历史悠久，就是上个世纪的，当时的统治者还是特拉凡哥尔大君，大君本人就是位技艺高超的音乐家，他那个时代的人民对音乐艺术热情高涨。这都是些非常繁复华丽的音乐，需要全神贯注地听，而且要是我一点都不了解现代音乐的话，我想我是根本听不懂它的。它的节奏很慢，当你的耳朵适应了之后，就能听出它丰富多彩、音调谐美。近些年来，作曲家受现代音乐（欧洲音乐）的影响很大，你能在这些东方曲调中察觉出低低的风笛声或是军乐队的威武之音，这感觉怪怪的。

印度人的房子。主人是一个法官，房子是祖辈留下来的。他已经死了，接待我的是他的遗孀。她是一个胖太太，穿着一身白，白色的鬈发披在背后，光着脚。你从一方白墙上的一个门洞走进去，就发现自己置身于一个凉亭内，天花板是菠萝蜜木的，上面雕饰着荷叶，中心是一个起舞的湿婆浮雕像。亭子后面是一个灰扑扑的小院子，里面长着变叶木和山扁豆。再往后就是房子了。房前有一道有飞檐的回廊，露出屋顶的木榫卯结构服帖地结合在一起，还有深棕色雕饰的天花板，和凉亭里的一样。两头各有一个拱起的部分，下面是贮藏间，主人通常把衣服放在里面，同时又能当座位使用。以前他就是在这里接待客人的。后面是两扇门，门上有漂亮的锁和铰链，都是用雕饰过的铜做的。两扇门通向两个昏暗的小房间，每间里面都有一张床，其中一间以前是主人的卧室。一侧有一个封住了的缝隙，它通向谷仓。从一个小边门穿过去，你就到了另一个院子，院子深处就是女眷的住处，旁边是厨房和其他一些小房间。太太带我参观了一个房间，里面摆着些破旧的老式欧洲家具。

第一个院子虽年久失修、灰头土脸的，但到了夜晚肯定看不出来这些，在月亮和星光下，它凉爽而寂静，定是个浪漫的所在。我希望能坐在那里听七弦琴手弹奏，铜油灯的灯芯浮在椰子油里，烟气腾腾的灯火照亮了琴师严肃、投入的脸庞。

瑜伽士。他的个子同一般的印度人差不多，皮肤是深蜜色的，一头白色的短发，一把白色的胡子。他不肥，稍有点胖。他尽管只围了一条腰布，看上去还是很整洁，非常干净，甚至算得上“衣冠楚楚”。他走路慢吞吞的，拄着拐杖，有点瘸。他的嘴有点大，嘴唇厚厚的，一双眼睛既没有大多数印度人的大，也没有他们的亮，眼白里充着血。他的生活习惯虽简单朴素，举止却庄严大方。他乐呵呵的，爱笑，有礼貌，我觉得他不像位学者，倒像个好脾气的老农。我正躺在小木板床上，他走进屋来，身后跟着三两个弟子，寒暄了几句后，他坐了下来。我当时身体不太好，之前还昏过去一阵子，他就坐在我手边。他就是因为听说我不舒服，没法起身去客厅（他一般都坐在客厅里），才到这间小屋来的（我之前是被人抬进来的）。

一开始他还看我几眼，后来他就不再看我，只斜着眼睛盯着我的肩膀上方，好像有什么怪东西悬在那里似的。他的身体一动也不动，但一只脚不时轻敲几下地面。这个状态他大概保持了一刻钟，后来他们告诉我，他那是在集中精力为我冥想。然后他转过脸来，问我有没有什么话要对他说，或是有没有什么问题要问他。我既虚弱又难受，就这样照实说了，听我这么说他笑了笑，说："沉默也是交流。"他又把头微微偏开，全神贯注地冥想起来，眼睛还是盯着我肩膀上方，好像要看的东西就在那里似的。这样的状态他大概又保持了一刻钟，大家都一言不发，屋里的其他人都目不转睛地盯着他，然后他起身，鞠了一躬，向我笑笑作别，然后拄着拐杖慢慢一瘸一拐地走出了房间，他的弟子们紧随其后。

我也不知是休息得好，还是瑜伽士的冥想起了作用，反正我感觉自己好了许多。过了一会儿，我去了大厅，他白天在那里打坐，晚上就睡在那儿。那房间空荡荡的，我看大概有五十英尺长，宽是长的一半。房间四面都有窗户，但窗户顶上笼着飞檐，屋里还是很昏暗。瑜伽士就坐在一个铺着虎皮的矮台上，前面摆着一个小火盆，里面焚着香，散发出好闻的香气。过一会儿就会有一个弟子上前，再点上一根。信徒们坐在地板上，有的在诵读，有的在冥想。过了一会儿，走进来两个陌生人，提着一篮水果，他们给瑜伽士行了大礼，献上他们的贡品。他微微点了点头表示收下了，示意弟子把贡品拿走。他和蔼地和陌生人交谈了一阵，然后又微微点了下头，示意他们可以退下了。他们又行了一个大礼，然后退下，和其他信众坐在一起。然后瑜伽士陷入冥想状态，在场的每个人似乎都打了个寒战，我蹑手蹑脚地走出了大厅。

后来我听说关于我晕倒的事儿，谣言传得神乎其神，不仅在印度各地区广为流传，还传到了美国。有人说我昏厥是因为要见圣人，心头猛生敬畏之情所致；还有人说他人还未现，力量就已经在我身上产生作用了，让我有那么几分钟灵魂出窍、身处无极。人家向我打听是不是这么回事儿，我只是微微笑笑，耸耸肩膀。其实我晕倒不是一次两次的事儿了，那次不是第一次，也不会是最后一次。医生告诉我，那是腹腔神经丛受刺激，导致横隔膜压迫心脏造成的，那一天压得久了一点。碰到这种情况，有几分钟会觉得身体不适，然后就什么都不知道了，直到清醒过来——如果还能清醒过来的话。

马都拉①。夜晚的庙宇。印度总是吵吵闹闹的，印度人整天扯着嗓子说话，但在庙里他们说话的声音比什么时候都大，吵得简直吓人。人们做着祷告，背诵着连祷文，相互大喊大叫、大声辩论，争得面红耳赤，互相打着招呼。他们没有一点敬畏神灵的样子，然而周遭却又有一种势不可当的强烈神圣感，让你的脊梁骨直发凉。说来奇怪，那里的神灵似乎是活生生的，就在附近。

人群拥挤，男人、女人、孩子挤作一团。男人们赤着膊，他们的额头上厚厚地涂着烧牛粪剩下的白灰，胳膊上和胸口一般也会有。

---

① 马都拉（Madura）是印尼爪哇东北部一岛。

很多人白天工作的时候会穿西装，但到了这里，他们便抛开了西方服饰、西方文明，以及西方思维方式。在这庙宇之中，只有对西方一无所知的印度本地人。你看见他们向一个又一个的神龛行大礼，有时完全趴在地上，面朝下，摆出五体投地的朝拜姿势。

你穿过长长的大厅，有雕花柱子撑着屋顶，每个柱子脚边都坐着一个托钵僧。有的是胡子一把的老者，有的消瘦憔悴得厉害，有的是身强体壮、浑身是毛的年轻人。每个人面前都摆着一个接受施舍的钵或一张小垫子，不时有善男信女会往里面投上个铜板。有的穿着红衣，有的几乎赤裸；有的漠然地看着你走过，有的在读书，或是默念或是朗诵出声，毫不理会来来往往的人群。内殿外面的地板上坐着一群僧侣，脑壳儿前部的头发剃了，后面的头发扎了个髻，他们挺胖，光溜溜的棕色胸膛和胖乎乎的胳膊上用白灰画得一道一道的。走进来一位有学识的大师，他也是位闻名遐迩的圣徒，他戴着红头巾，胳膊上套着镯子，围了一条彩色的腰布，留着一把灰白的胡子，一副很权威的派头，他走进来，身后跟着两三个小弟子，在一个神龛前念了一段祷文，然后由弟子开道，庄重气派（受人尊敬的人就是这样的）地大步走进圣殿里最神圣的地方。

庙里点着没有灯罩的电灯泡，它们吊在天花板上，刺眼的光直射在神像上，但是在它们照不到的地方，黑暗就显得越发神秘。尽管这里人山人海、人声鼎沸，也有可能正是因为这个，你最终的印象是这里既隐秘又可怕。

我准备离开印度的时候，人们问我看过的那么多东西里什么留给我的印象最深，我的回答如他们所愿。但让我触动最大的其实不是泰姬陵，不是贝拿勒斯河边的石梯，不是马都拉的庙宇，也不是特拉凡哥尔的群山，而是印度的农民，这些农民们虚弱憔悴，衣不蔽体，只有一块破布围在腰间，破布和他耕种的、太阳炙烤的土地一般颜色，农民们在黎明的寒冷中瑟瑟发抖，在正午的酷热下挥汗如雨，当落日把干旱的田地染成红色时，饿着肚子的农夫们仍不眠不休地劳作着，北边、南边、东边、西边，在印度广阔的大地上耕作着，他的父辈就是这样劳作的，从三千年前雅利安人第一次踏入这个国度开始就是这样劳作的。他为了少得可怜的收成辛苦耕耘，这是他维持生活的唯一希望。那就是我在印度看到的最能打动我的景象。

据说威灵顿公爵曾说过，我们是在伊顿公学的操场上打胜滑铁卢战役的。未来的历史学家也许会说，我们是在英国的公学里丢掉印度的。

一九三九

朗斯[1]。公用饭桌。一条长桌边坐着一排年轻人，都穿着体面的深色衣服，但给你的印象是他们有段时间没洗过澡了。他们是学校老师、保险办事员、商店营业员之流。他们大多一边吃饭一边读晚报。他们狼吞虎咽，啃了一块又一块的面包，喝着劣质酒。他们不怎么说话。突然走进来一个男子，"Voilà Jules（法语：好哦，是朱尔），"他们大叫，大家似乎都醒了过来。朱尔带来了欢乐。他瘦瘦的，三十岁的样子，长着尖尖的红脸，一脸滑稽相，你完全可以把他当成马戏团里的小丑。他的调笑方式就是拿面包屑捏成小球朝大家乱砸一气，被砸到的人就大喊："un obus qui tombe du ciel（法语：天上掉下来的子弹啊）"。

他们和服务员的关系都不错，互相之间不用尊称，"你"来"你"去的。有一个小姑娘，是老板的女儿，正坐在长凳上编着东西玩，他们都善意地揶揄她。你觉得，他们都很期待能够和她调情的那一天。

矿工村。一排一排的双层红砖小房，红瓦顶，大窗户。每栋后面都有一个小园子，矿工们在里面种菜养花。每栋房子有四个房间，前面是一个客厅（很少用得到它），客厅窗子上挂着厚厚的蕾丝花边花窗帘，后面是一个厨房，楼上有两间卧室。客厅里有张盖着台布的圆桌子，三四张直背椅子，墙上挂着些放大的家庭照片。一家人多半聚在厨房里。墙上挂着一把枪和电影明星照片。房里有一个炉子，一个收音机，一张盖着油布的桌子，地上也铺着油布。房间里横拉过一根绳子,好晾衣服。屋里飘来饭菜香。收音机从早到晚都开着,里面传出狄多·罗西的曲子、《兰贝斯大道》,还有各种舞曲。洗衣服的日子,炉子上就放上一口大锅。

有客人来拜访时,他们就拿出朗姆酒招待。谈话的内容一般是钱、生活开销、谁和谁结婚了、谁谁谁又在干什么。

矿工早晨从楼上下来吃早饭,就是一杯掺了朗姆酒的咖啡。他走到水槽边,洗洗手洗洗脸。他穿好衣服,只剩靴子和外套没穿,这要等他妻子递给他。

L的姐姐。她是个又瘦又高的黑发女人,相貌很好,眼睛漂亮。她缺了两三颗牙。她三十二岁,但看上去有五十岁,人很憔悴,皮肤干燥,满是皱纹。她穿着黑裙子黑衬衫,系着条蓝色围裙。四个孩子都脏兮兮的,衣着褴褛,都是些七拼八凑的衣服,是他们的妈妈用旧衣服改过来的。一个小女孩耳朵疼,头上扎着条围巾。L.的姐夫。他三十五岁,但看上去要老得多。他长着一张方方的、不规则的、饱经风霜的脸,但看上去脾气很好,和蔼可亲,只是有点倔。他不怎么说话,真的开口说话则慢吞吞的,声音很好听。他说起当地方言来比说法语顺溜。他有一双脏兮兮的大手,看起来很有力。他灰色的眼睛中透着一种温柔、可怜兮兮的味道,眼睫毛上粘着洗也洗不掉的煤灰更突出了这种感觉。

领班。他是一个快乐的家伙,大嗓门,有着佛兰德人的那种脾性,成天乐呵呵的。咖啡、朗姆酒、葡萄酒是他的慰藉,他太喜欢它们了。他的妻子是一个大块头,一头乱蓬蓬的花白头发,一张红脸,

① 朗斯(Lens)为法国北部一城市。

面露喜色。她很爱吃,圣诞节时,他们好好大吃了一顿,差点没撑破肚皮。她告诉你买鸡花了多少钱,细细描述每道菜,兴致勃勃。他们坐在那里,聊天,听收音机,唱歌,一直折腾到凌晨四点。

他们有两个儿子。他们不想让大儿子当矿工,于是让他去做木匠,但第一个星期他的右手就被圆锯锯掉了,现在他(年轻人戴着眼镜)在矿上做事。小儿子没走弯路,直接下矿干活了。

以前男孩子十二岁开始干活,现在则要到十四岁,他们每天干八个小时,三班倒,负责把煤里的石头拣出来。煤放在一个转动的大圆盘上,一小群孩子一个紧挨一个站着,盘子转到面前,他们就迅速把石头拣出来。他们的帽子紧扣在头上,穿着蓝色工装,小脸和衣服一样黑黢黢的,眼白闪闪亮,看起来很是古怪。

一个人要到三十岁才能掌握全部的专业知识,成为一名技艺娴熟的矿工,可到了四十五岁他的体力就过了巅峰状态,只能做些轻点儿的活,挣的钱也就少了。五十五岁时他拿到退休金,他自己得三千法郎,妻子也得这个数,但他一般只剩一两年的时间好花这笔钱。他说自己会在五十五到六十岁之间死掉,他非常平静,好像这事完全符合自然规律似的。

他的房租是象征性地每月交八到十法郎,外加四百公斤的煤。他每周工作五天,每天赚六十法郎,还有百分之二十五的津贴,不过如果上头让他去加班而他拒绝了的话,津贴就没有了。

医疗服务是免费的,但他抱怨医生根本不重视他。请他们来看病,他们若是忙就不会来,要到第二天才到,而且医药供应也不到位。

矿工们是一群友好、和善、乐于助人的人。他们知道自己的工作要依靠别人的工作，因此他们间有着自然、友好的伙伴关系。有些人住的地方离矿上有一个小时路程，或者还要更远，他们骑自行车上工。他们深爱着自己丑陋的小村庄，即使他们能在矿山附近弄到房子，他们也不离开村子。

矿上除了有技艺娴熟的矿工负责采煤、修通道、开凿隧道外，还有技术生涩的工人管电、推着煤车把煤从装载点运到升降机处，再把煤车推进升降机里。得先把煤车脱钩分开，然后沿着弯弯曲曲的轨道，用手一路推进升降机里。一个人一趟班能推一千两百车煤进升降机。这是一份苦差事，一天挣二十法郎。上一次大罢工前工人还只能挣到十四法郎。

升降机晃得厉害。它飞速地上上下下，喀嚓喀嚓地作响，吓死人了。降到矿底后，工人就把空煤车又推出去。

在安奎利克酒吧。这是一个小小的方形房间，顶里面是张小吧台，架子上摆着很多酒瓶。房里有三两张方桌，靠墙的一面摆着长凳子，对外的一面放着椅子，屋子中央摆着张圆桌。几名矿工正围坐在圆桌边，还有一个休假的士兵和他们坐在一起，他体格健壮，身着军装。一个人正在用一股毛线变戏法，这种小孩子的把戏让他们兴奋不已，那人每变几个戏法，他们就买杯酒庆祝。他们都热情友好。另一个桌子上，四个人在打牌。他们话很少，谈话内容也主要是关于工作和物价的。

店主一家住在酒吧后面的一间屋子里。有一个生病的波兰人卧床不起，六个人围在他身边，屋内空气污浊。

波兰人与法国人的相貌差别很大，他们的脑袋是方形的，结实敦实，即使身上糊满了黑煤，皮肤看上去也很是白皙。虽然他们和法国人能和睦相处，但还是不大和外族人来往。他们吃得很少，比法国人还少，省下钱来好汇回家买农场。他们一般只在公共节日和婚礼上才喝酒，这时他们就会举办盛大的宴会，把钱花得一分不剩，之后再节衣缩食几个月来弥补。他们法语说得结结巴巴，口音很重。

洗澡是件大事。水是用大铜盆烧的，盆子平时用来洗全家人的衣物，而轮到洗澡的日子矿工就坐在里面洗。有些年轻人很以自己能下矿工作为荣，他们就不洗澡，四处炫耀。单身汉在寡妇或没有太多小孩的人家寄居，占一个房间或是房间里的一个铺位。他们会上朗斯去狎妓，要么搭公交车去，要么自己骑自行车去。

矿下坑道只略高于普通人的身高，非常长，光秃秃的灯泡发出冷冷的光，刺骨的寒风穿道而过。走在坑道里，一个人影儿也没有，感觉很怪异。这些坑道七拐八转，一条连着一条，你纳闷人在里面怎么能不迷路，但是领班告诉我他闭着眼睛都能走。

走着走着，你突然就碰上一小群正在干活的工人，这感觉真是神奇。你爬过坑道壁上的一个洞，沿着一个狭窄的过道往前费力前行，有时得四脚着地匍匐前进，走啊走啊，坑道尽头他们也许在继续开凿通道，也许在采煤。钻子非常重，要两个人才抬得起来，它发出隆隆的巨响，那噪音有如魔音入脑。

光线昏暗，矿工们光着膀子，戴着安全帽，看上去简直不像人。

白班干到一半，他们有半个小时吃午饭。他们坐在煤渣上，吃着用罐子带来的食物：一大块面包，面包上涂着黄油或是里面夹了一根香肠,喝的是金属瓶子装的淡咖啡。

一日三餐。早餐喝黑咖啡,吃黄油面包。中午若是在家吃喝有汤,吃牛排或小牛肉、熬过汤后捞出来的蔬菜,还有土豆。他们喝的啤酒多半是自家酿的,几乎没有度数,味道怪怪的,得慢慢适应。晚餐又喝咖啡吃黄油面包,如果丰盛一点还会有片火腿。

没有哪间房子看起来能住得舒服,他们似乎也不追求舒适。他们对自己的薪水很满意,只希望一切能保持不变。工作、吃饭、睡觉、听收音机:这就是他们的生活。

经理提醒我说,参观者会觉得这里的工作无比艰苦,而实际上并没有苦到那个地步。习惯了就好了,即使不觉得轻松,至少也能忍受。他是个年轻人,矮个子,不留胡子,衣冠楚楚的。他有一个还算漂亮的妻子,她的鼻子挺长,穿着红衣服,有两个孩子。他对这项事业满腔热情,而且看起来聪明、有同情心、挺博学的。他的老丈人原是亚眠的首席检察官,现在和他们住在一起,他是个矮个子的小老头儿,留着把灰白的胡子。他说起话来滔滔不绝,会跟你说一些人们已经说了一个世纪的东西,一派对此深信不疑的架势,好像这是他经过深思熟虑才得出的看法似的。他是一个彻头彻尾的老实人、可敬的人、狭隘的人、无聊的人。

里维埃拉谋杀案。杰克·M得了肺炎卧床不起,这时他收到一封电报,说他的母亲阿尔伯特·M太太遇害了,她之前一直住在圣拉斐尔的一家旅店里。因为他无法下床,他的妻子就替他飞了过去。她自然也觉得震惊,但同时又抑制不住地有种解脱了的快感。她的婆婆把她的生活弄得痛苦难耐。因为玛丽喜欢参加宴会和舞会，常常花钱买衣服，她就一天到晚挑她的刺。她不赞成她持家和教育孩子的方式。更糟糕的是，杰克还崇拜他的母亲。在他的眼里，她不会做错事。要不是阿尔伯特太太每年都要去圣拉斐尔过冬，玛丽早就崩溃了。

飞机在戛纳着陆，一个英国律师在那里等她，之前杰克·M已经给他拍过电报。他们开车去圣拉斐尔，他向她说明了已知的事实。

“你迟早得知道的。当地的报纸上全是关于这个案子的报道。”

他们发现阿尔伯特太太被勒死在自己的床上，她的钱和珠宝被洗劫一空。她死时一丝不挂。

“要知道，里维埃拉有时会让这些英美来的孤独中年妇女昏了头。”

阿尔伯特太太在圣拉斐尔很出名。她频繁出入酒吧和咖啡馆，在那些地方跳舞，她和那些最不三不四的家伙厮混在一起。她是个大方的老太婆，随时请大家喝酒，他们尽管嘲笑她，却也喜欢她。她会带某个小混混回旅店，每周两三次，第二天早上他一定会得一千法郎。很显然是她的哪个情人杀了她。

玛丽听了这个故事，虽然大为惊愕，心下却狂喜。现在她终于可以从这个折磨她多年的女人那儿扳回一局了。告诉杰克这个道德模范，这个他要求自己效仿的榜样不过是个老荡妇，这将是最美妙的报复。

“他们知道是谁干的吗？”她问。

“不知道，有十二个嫌疑犯呢，她还真是随便得很。”

“我丈夫肯定受不了。”

“需要让他知道么？他们这里很乐意把真相压下来，把这案子定性为入室抢劫、事败谋杀。这样一桩丑事传出去,对圣拉斐尔这种过冬胜地来说一点好处都没有。”

“凭什么要压下来?”

“呃,是为了你们大家还有你的婆婆着想。我敢说她在英国的日子一定过得很无聊。她不过是想在死前找点乐子,你还怪她么?”

玛丽沉默了很久,然后说了让她自己都吃惊的话。

“我以前恨透了这个老婊子。我都想亲手杀了她,有时我也奇怪自己为什么没这样做。而现在我该知道的都知道了,我居然觉得自己有点儿喜欢她了,自从我嫁给我丈夫以来,这还是头一遭。”

垂死的帕斯基耶。他在尼斯的一个小巷里开了家小咖啡馆,后面是一间不透气的小房间,用作舞厅。咖啡馆上面的房子他自己住,也出租,从一个边门可以进去。他就住在那里,但要是哪个男人在咖啡馆里勾搭上了女人,他就会把房间租给他一个小时或一个晚上。由于帕斯基耶病入膏肓,咖啡馆由他的儿子埃德蒙和他的儿媳妇经营。埃德蒙娶的是一个常来泡咖啡馆的女人,帕斯基耶对这桩有辱门第的婚事大为恼火,把他们赶出了家门。但他这个人不会让名誉问题拦着自己的财路,埃德蒙对他有用,于是他没过多久又让他回来了。我去那地方的那晚,里面挤满了人,生意火爆。我问埃德蒙他的父亲怎么样了,他告诉我医生已经放弃他了,他只能再熬一两天了。他让我去看看他。我绕到后面,负责领客人去客房的让娜引我上楼去了他的房间。他躺在一张巨大的四帷柱床上,小老头儿穿着睡衣,脸苍白浮肿,手也是肿的。

“Je suis foutu(法语:我不行了),”他对我说。

“胡说啦,”我口气欢快地说,在病人面前大家都会故作欢颜。“你会好起来的。”

“我不怕。楼下怎么样？满座？”

“人挤人。”

他精神起来了。

“就算我的房间再多一倍，今晚也能塞满，”他按了铃，“我只能躺在这里，没法亲力亲为，真是糟糕。”女仆走了进来。“去敲敲门，”他对她说，“告诉他们动作快点，还有人等着呢。天啊，用不着花整个晚上做他们来这儿要做的事吧。”女佣出去了，他又说：“想到我可怜的老婆，我很高兴她已经死了。不然看到埃德蒙娶了那个婊子，她受不了这耻辱，会羞死的。而且请注意，我们可是给他提供了良好教育的。你知道等我走了以后他们要做什么吗？他们要把女人都赶走，把房间按月租给职员和店员。他们那样是挣不到钱的。再说，他为什么不能娶个中产阶级的小姐，娶个知道生意就是生意的正经商人家的女儿？我躺在这儿，明白我一入了土，我亲手创建的这份事业就要完蛋了，这太叫人难受了。”两大颗眼泪顺着他的面颊流了下来。“而为什么会这样呢？”他抽了抽鼻子，说：“就因为那个脏婊子想受人尊重。难道人家尊重你就会给你钱吗？Merde（法语：狗屁）。”

他两三天后死了。灵车上堆满了鲜花，不少经常去泡咖啡馆的姑娘也参加了葬礼。“这表明她们的心很好，”埃德蒙的妻子后来对我说。

浪漫传奇。约克公爵（乔治三世的一个弟弟）驾着他的游艇到了摩纳哥，在那儿身染重病。他请求摩纳哥国王接待他，国王同意了，但拒绝接待公爵随船带来的情妇。她就在罗克布伦①找了栋房

① 罗克布伦（Roquebrune）是法国一城市，毗邻摩纳哥。

子住下，每天跑去边境上看王宫上方是否还是旗帜飘扬。一天她看到下了半旗，知道爱人死了，她就投海自杀了。

有一天，在格罗夫纳广场①吃过晚饭后，我听到一位作家（他已经有些年纪了）抱怨现在的英国文人太不受尊重了。他把现在的英国文人地位同他们十八世纪的同仁做了对比，当代文人的地位真是低下，十八世纪的时候，他们坐在咖啡厅里，左右着人们的审美趣味；他们有慷慨的资助人，不必为了粪土般的金钱而折辱自己的才华。我很奇怪，他怎么没想到，那个时候，如果我俩真的在那间咖啡厅里，我们只能走后楼梯，而且如果他们给我们饭吃的话，也只会让我们坐在领班值班房中，喝上一大杯啤酒，再切上一片冷肉块。

他的名字叫保罗，是比利时人，他杀害了自己的妻子。他经审被判死刑。他难以接受这一判决，歇斯底里得厉害。他睡不着觉，害怕得很，可怜兮兮的。他们叫艾伦去探望他，看能不能稍稍安慰一下他，就算不能使他安心，至少也好让他认命。艾伦每天都去看他。一天他告诉我保罗想看一本书，但监狱的图书室没有，问我能否帮忙买一本。我当然答应了，问他是本什么书，结果让我大吃一惊。我想不通一个人被绞死前怎会这么想读这本书：斯特恩的《感伤旅行》②。

---

① 格罗夫纳广场（Grosvenor Square）在伦敦，此广场在第二次世界大战期间为艾森豪威尔总部所在地，1962年时美国大使馆也建于此。

② 《感伤旅行》（*Sentimental Journey*）是英国小说家斯特恩（Laurence Sterne，1713—1768）的代表作。小说借斯特恩另一部小说《项狄传》（*The Life and Opinions of Tristram Shandy*）中一个人物之口，讲述自己在英法战争期间前往法国和意大利旅行的经历。小说主人公是一个流浪汉，冲动，满脑子奇思怪想。因此，他的“旅行”也十分随性，与其没有章法、顺从天性的做法相吻合。与《项狄传》一样，《感伤旅行》也以人物的心理描写见长，书中人物多愁善感，常常为一些不足挂齿的小事而悲叹，在诙谐幽默之中会流露一种哀婉的情调。《感伤旅行》已成为感伤主义文学的代表作品。而它的“前传”《项狄传》则因为全书无情节，写法奇特怪诞，被认为是小说意识流手法的先驱。

旅馆客房。其中一间住着一个男的，在他眼中，旅馆客房就是自由的象征。他想到自己在这些房间里的奇遇，想到自己在这里做过的快乐思考，深感此刻的祥和、快乐，他觉得自己再也不会有如此完美的一刻了，于是就服用了过量的安眠药。在另一间里住着一个女的，她多少年来辗转于一家家旅店之间，这对她来说就是受罪。她没有家。她不住旅馆的时候，那就是她弄得朋友不好意思，只得请她去住上一两个星期。他们接纳她是出于同情，看到她走就松了口气。她觉得自己再也受不了这种悲惨生活了，于是就服用了过量的安眠药。对旅馆里的人和新闻媒体来说，这是个解不开的谜团。他们怀疑这是桩风流债。他们想找出他俩之间的关联，但什么也没找到。

他是一名成功的律师，他的自杀让他的家人和朋友很是震惊。他原是一个活泼开朗、精力充沛、英气勃发的人，你再也不会想到他会自尽。他热爱生活。他出身卑微，但由于在战争中立了功，被授予从男爵爵位。他非常喜欢自己的独子，他将承袭他的爵位，继承他的事业，进入议会，获得声名。没有人猜得出他为什么要自杀。他把自杀设计得像是一起意外事故，若不是他有一个地方疏忽了，可能真的就被当作事故了。没错，他的妻子是让他有些烦心：她正处于更年期，大脑有些受影响，虽然还没疯到要进精神病院的程度，但绝对算不上神志清醒。她有很重的抑郁症。他们没有告诉她她丈夫是自杀的，只是说他死于一场车祸。她的反应比他们预想的要好些。告诉她这消息的是她的医生。“谢天谢地我对他说过了，”她说，“要是我没讲，我这一辈子都不能安生。”医生想知道她是什么意思。过了一阵子，她告诉了医生：她已经向丈夫坦白了，他宠爱的儿子，寄托着他所有希望的儿子，不是他亲生的。

伯蒙齐[1]。一个水管工到一个退休的商人家去修管道。商人住在肯宁顿的一栋半独立式别墅里。他是个英俊的年轻人,那家的女儿喜欢上了他。他们晚上会在路上约会。但他觉得她非常清楚他们之间的差距,认为她是在把他当仆人对待。他决心报复她。他弄得她怀了孕。她的父母把她逐出了家门。水管工不肯娶她,但她还是跑去和他同居,生了孩子后,她到一家饼干厂去工作。宝宝寄养在别人家。在厂里,一个工人爱上了她,向她求婚。她知道水管工一点也不在乎她,于是离开了他。水管工勃然大怒,当他发现她是要嫁给另外一个男人时,他就去告诉那个人自己和她已经有了一个孩子。那个人便断绝了和她的来往。

伯蒙齐。一个男的在战争中因毒气负了伤,现在和妻子一起住在一栋三层小楼底层的两间房里,靠他的抚恤金生活。他们参加一个丧葬基金会。他病了很久,最后意识到自己要死了,没几天好活了。他征得妻子的同意,把准备给他办丧事的钱拿出来,办最后一个盛宴。他们邀请了所有的朋友,举行了一场盛大的香槟晚宴。他第二天晚上就去世了,但丧葬基金会的那份钱已经花掉了。他的朋友们聚集起来,商量要给他好好办一个葬礼,但他的遗孀不肯让他们出钱。大伙儿都到贫民公墓去给他送葬。当天晚些时候,他们中的一个人去看望了他的遗孀,并向她求婚。她大吃一惊,但考虑了片刻后,她答应了。但她觉得不等一年服丧期结束就嫁人不合适,于是她建议在那之前他可以以寄宿者的身份住到她家来。

伯蒙齐。一个退伍军人和一个在工厂女工彼此疯狂地相爱了。

① 伯蒙齐(Bermondsey)是伦敦泰晤士河南岸一地区。

他原来娶的是一个唠叨、善妒的女人，过得很不幸福。这对情人私奔，在斯泰伯尼住了下来。女孩读报纸的时候惊恐地发现那个男的原来已把自己的妻子杀了。他将来一定会被抓到的，但在逃亡期间两人陷在狂热的情感里。她后来明白过来，为了避免被捕，他打算自杀，也要杀了她。她很害怕，想要逃离他，但她又爱他至深，狠不下心离开。她犹豫得太久，失去了机会。警察来了，他在开枪自杀前，先打死了她。

伯蒙齐。丹已经待业好几个月了。他凄惨屈辱，而他有工作的哥哥伯特还欺负他，公然对丹说他是靠自己养活的。他拿丹出气，让他为自己打杂。丹痛苦极了，都有了死的心，多亏了他的母亲极力劝说，让他等着转机出现，他才没做傻事。他的母亲贝利太太在白厅的一个政府办公室做清洁工。她每天早上六点出门上班，要到晚上六点才能回来。一天，伯特回到家，就因为他正好想出门而丹还没有把他的另一件衬衫从洗衣店取回来，他就对丹破口大骂。他们打了起来，个子小些、身子弱些、营养不良些的丹被痛打了一顿。贝利太太走进门来，连忙制止了俩人的殴斗。她好好地骂了一顿伯特。伯特说烦透了这一切了，他要结婚啦。他们惊恐万状，没有了他每个星期拿来的钱，丹又一文都挣不到，贝利太太是不可能养活得了她自己、丹，以及另外两个年岁更小些的孩子的。这意味着他们都得饿死。他们对伯特说，他不能结婚，至少要先等丹找到工作。他说他非结婚不可，他的女朋友怀上了。他怒气冲冲地拂袖而去。他们哭成一片。贝利太太跪在地上，叫其他几个（丹和另两个孩子）也跪下，然后她祈求上帝可怜可怜他们，救救他们。伯特回来时，他们还在祈祷，他自己刚刚去取衬衫了。他气愤地看着他们。

"哎呀，好吧，好吧，"他叫道，"我给她十先令，叫她把那小混蛋拿掉好啦。”

贝利太太。她个子挺高,一头零乱稀疏的红发。她一张嘴,你就能看见她掉了两颗门牙。她的一只耳朵被丈夫扯掉了一块,额头有个疤,是有一次他把她从窗子扔出去的时候划出来的。他是个强壮高大又野蛮的家伙,在战争中受了重伤,因为他常常痛得厉害,贝利太太也就原谅了他的暴力。他们有四个孩子,他们都非常惧怕他。但贝利太太有很强的幽默感,真正伦敦本地人的幽默感,只要她不为自己生命担心的时候,她就风趣得很。她喜欢痛快地大笑。后来贝利终于死了,他死后,我去看望她,她对我说:“他其实不坏。你知道他对我说了什么吗?这几乎是他死前最后说的几句话。‘我让你过得很痛苦,是不是?终于要摆脱我了,你一定高兴得很。’‘不,内德,我一点不高兴,’我告诉他,‘你知道我一直爱着你。’他奇怪地看了我一眼,你知道他说了什么吗?他说:‘你这头老母牛。’那表示他真的是爱我的,是不是?——我的意思是,像那样叫我老母牛。”

我当时准备写一本关于伯蒙齐人的小说,就做了这些笔记。

一九四〇

前几天,我和一个法国军官聊了起来,我们自然就谈到了法国的沦陷。“Et dire que nous avons été battus par des imbéciles(法语:想想看,我们居然是被一帮白痴打败的),”他说。他的话让我愕然。法国人似乎无法明白,他们被打得落花流水、屁滚尿流,不是愚蠢的德国人侥幸打赢了,而正相反,德国人聪明得很。因为法国人都是些有文化、风趣健谈的空谈家,他们愚蠢地认为这世上只有自己聪明。他们狂妄自大,鄙视一切法国以外的东西,这让他们成了欧洲最孤僻褊狭的民族。当他们陷入困境的时候,他们真的相信一句俏皮话就能解救他们。但你的汽车若是出了故障,想要修好它,光凭满腹经纶或是会说俏皮话是不管用的,你需要的是一个机械师。在这种时候,只有他的知识才顶用,才算智慧,你有的只是愚蠢。德国人钻研、熟悉现代战争之道,为自己配备了现代化武器装备,难道这是没头脑么?他们精密安排战争机器,使之高效运转,这难道不是聪明吗?他们对法国了如指掌,知道它不团结、毫无防备、情绪不稳,好好地利用了这些,这难道展示的不是他们的机敏么?不,在这场战争中,白痴的不是德国人,而是法国人。然而法国遭受了这样一场灭顶之灾,却还依然如此无能自负,那还能指望什么呢?同盟国大谈复兴法国的必要性,他们尽可以为此讨论得热火朝天、面红耳赤,但除非法国人学会面对事实、认清自己,他们是不可能成功的。而法国人要学会的第一件事不是谦逊(那对他们一点好处都没有),而是理智。

一九四一

纽约。H·G· 威尔斯刚来过这儿。他显得衰老、疲惫、枯瘦。他还像以前一样意气洋洋,但那样子是努力做出来的。他的那些演讲都不成功。人们听不见他在说什么,能听得见的话又不想听。听众纷纷退席。他伤心又失望。他不明白,他说的就是自己过去三十年来一直在说的东西,他们这会儿怎么就没了耐心。滔滔河水向前流,把他留在了原地,孤立无援。作家有自己的几日辉煌(如果他够幸运的话),但很快就成了过眼云烟。但毕竟他曾经风光过,就应该知足了。理所当然应该轮到别人风光一把。我觉得,H. G. 想一想自己曾对整整一代人产生过多么大的影响,做了多少改变世情民意的事,他就应该很满足了。但他一直都忙得很,做不来哲学家,连边儿都挨不上。

对于一些极其明显的情感,她有一些再普通不过的感受,而她真心诚意地感受了,且不可思议地自信别人从未有过这样的感受。这个中年俗女人的天真简直荒唐,荒唐得不再可笑,且有些感人。在她的限度内她够聪明的了,但还是蠢得谁都可以难住她。

人们总就写作风格小题大做。我们想要写得再好些。我们努力把文章写得简单、清楚、精炼。我们力图句子平衡、有节奏。我们大声朗读句子,看它听起来好不好。我们绞尽脑汁,拼了老命。然而事实上,从古到今最伟大的四个小说家:巴尔扎克、狄更斯、托尔斯泰、陀思妥耶夫斯基,写作的时候根本不关心语言。这证明,如果你会讲故事、创造人物、设计情节，而且如果你真诚、具有激情，那么你的语言如何根本无关紧要。不过不管怎么说，写得好总比写得烂要好。

多愁善感是唯一一种能把你惹毛了的情绪。

这个世界一直骚动混乱。有过短暂的和平富足时期，但它们都是例外，而且由于我们中的一些人在这样的时期生活过（十九世纪晚期和二十世纪头十年），我们更没有理由认为这样的状态是正常的。人生在世必遇患难，如同火星飞腾①：这才是常态，我们还是认命为妙。如果我们能做到这点，就可以带着既无可奈何又幽默诙谐的态度来看待它，这也许是我们最佳的防御措施。

当你听到年轻人自信满满、目中无人地满口胡言时，当你看到他武断教条、偏执狭隘时，你生气做什么？指出他的愚昧无知做什么？你难道忘了，你和他一般年纪的时候也是这般愚蠢、武断、傲慢、狂妄？我说的你，所指当然是我。

若是你指责他是个骗子，他会大吃一惊。他是真的以为五五分的生意指的是他拿百分之七十五，别人拿百分之二十五。

人从根本上来说不是有理性的动物。正因如此，小说才会那么难写：今天的读者（或戏剧观众）要求人物做出来的事是有理智的。

---

① “人生在世必遇患难，如同火星飞腾”（Yet man is born unto trouble, as the sparks fly upward）这句话出自《圣经·旧约》中的《约伯记》第五章第七节。

如果我们不能接受故事人物行动的动机,觉得它不够充分,我们就会对这个故事表示不满。我们要求他们行为有理性,如果没有理性,我们就会说:“人才不会这样做呢。”我们愈来愈苛刻,对故事的现实性要求极高。我们拒绝巧合和意外。我们指望展现在我们面前的人物行事永远恰如其分。

《奥赛罗》中的人物行事都不理智得很,以奥赛罗本人为主,也包括剧中所有其他人物(虽然情况没前者那么严重)。评论家们绞尽脑汁、挖空心思想要证明他们并非如此。瞎折腾,白费力气。不如把《奥赛罗》看做是展现非理性正是人类劣根性的伟大例证,这样做才是正道。我相信,现今的戏迷们根本不会觉得《奥赛罗》里的人物有什么不妥。

我不明白,为什么宗教人士从来不让他们的上帝有常识。

年少时,我装作自己无所不知。这常给我惹麻烦,让我显得像个傻子。我想我这辈子最有用的一个发现就是说“我不知道”是多么容易。我至今没注意到有谁因此就看扁了我。唯一不便的是,你表明了自己不知道某些事情,有些人就会唠唠叨叨、长篇累牍地把这些事一股脑地告诉你,他们乐此不疲。但是这世上有很多事情我根本不想知道。

虚拟语气。美国作家用虚拟语气比我们用得厉害。我本以为他们这是习惯成自然,不觉得它别扭(在我们看来,用虚拟语气总是透着股迂腐气),但我没见过他们在日常对话中用它,我猜大概是他们的老师教过他们要在写作中使用虚拟式。他们的老师这样谆谆教导他们,大概是由于美国小学生讲话大都马虎、不顾语法,老师只好逼着他们写作时语言要拘谨严整。他们这样的做法是螳臂挡车，虚拟语气已经是苟延残喘了，我们应该给它个痛快，让它早点安息。毕竟，写作是建立在日常用语之上的，也不应该忘了，精炼的短语和生动的成语正产生于那些叫学究们恼火的马虎、不合语法的语言中。美国人，不论大人小孩，没哪个会说："I'll come to see you if I be in town①，"他会说的是："I'll come and see you if I'm in town②。"他也应该这样写，这样才更好。

当然，有的时候取舍很困难，是应该用准确的单词、短语呢，还是用常用的词句。"Lunch（用午餐）"是动词，"luncheon（午餐）"是名词，但现在的惯用法是也把"lunch"当名词用。除非谁记得"luncheon"才是准确用法，一般不会有人会请你去和他共进"luncheon"，大家都会自然而然地请你一起去吃"lunch"。我认为作家若是明智，就应该用较短的那个，让另一个自生自灭，渐渐湮没。仍然有人不肯管公交车叫"bus"，而坚持要叫它"omnibus"，但当他们想招出租车时，他们都会说"cab"，根本不会想起要叫"cabriolet"。

我曾在哪里读到罗杰斯（那位银行家诗人，他的早餐聚会很出名）说过他希望把"balcōny"说成"balcŏny"③的人永远不要出现在他的餐桌上。

一个小说家，除非能做到让人相信他，不然他就完了，可如果他完全可信，他就可能会枯燥乏味。这（绝对写实性）应该是人们改读侦探小说的原因之一。它有悬念，刺激着读者的好奇心，让他们

① "如果我上城里来，我就去看你"之意，原文用了虚拟语气。
② 意同上句，这里没有用虚拟语气。
③ 这是用韦氏音标对"balcony（阳台）"一词注音，/ŏ/相当于国际音标中的/a/，/ō/则相当于国际音标中的/əu/。

激动兴奋，作为回报，读者不要求它多么现实，他们只想知道坏事是谁干的，就算这家伙的动机再不可能、再不充分，他们也乐于接受。

作家不需要吃掉整头羊才能告诉你羊肉是什么味道。他只要尝一片肉就够了。但他必须去尝。

我们在得克萨斯的一个小镇上过夜。对于驾车横穿美国大陆的人来说，这是个歇脚的好地方，我们的旅馆都已客满。大家都早早地上了床。十点钟的时候，一个房间里的一个女人打电话到华盛顿，那房子是框架结构的，她说的每个字你都能清清楚楚地听见。她想找一个姓汤普金斯的少校，但她不知道他的号码，她告诉接线员他在美国陆军部工作。不一会儿她接通了华盛顿，接线员告诉她找不到这个人时，她发起火来，说华盛顿人人都认识汤普金斯少校。她说自己有要紧事，必须和他通上话。电话被切断了，过了几分钟她又打了一次。她每隔十五分钟就打一次。她辱骂当地的接线员，这是什么鸟不拉屎的破地方？她辱骂华盛顿的接线员。她的声音越来越大。大家都没法儿睡觉。愤怒的客人打电话到办公室，夜班经理上楼来，试图让她安静下来。我们听见他好言相劝，她恶言以对，后来他败下阵来走了，她又开始给电话交换局打电话。她打了一遍又一遍。穿着睡衣的愤怒男人，裹着长袍、蓬头垢面的女人都走到过道上，啷啷地敲她的门，叫她不要再吵了，好让大家睡觉。她叫他们统统见鬼去吧，变着花样骂，激得端庄的女士们勃然大怒。经理又被找了来，但他也黔驴技穷，只好找来了治安官。治安官来了，但他也不是她的对手，不晓得如何是好，于是又请来了一个医生。而在此期间，她依然在一遍一遍地拨电话，高声向接线员喷吐淫词秽语。医生来了，看了她一眼，耸耸肩说自己无能为力。治安官想让医生把她带到医院去，但医生拒绝了，给的理由我不懂，好像是说她是别的州来的暂住者，如果她是个疯子的话（这些狂怒的人对此都确信无疑），搞不好就得由本州出钱照料她。她接着打她的电话。她又喊又叫，大吼说自己必须接通汤普金斯少校，这事关生死。最后她终于接通他了。此时已是凌晨四点了，旅店里没一个人合过眼。

“你接通汤普金斯少校了吗？”她问接线员，“你确定你接通了？他在线上吗？”然后她气势汹汹、一字一顿、抑扬顿挫地撂下这句话：“告－诉－汤－普－金－斯－少－校－我－不－想－理－他！”

话音刚落，她“嘭”地挂了电话。

爱国主义有一点很奇怪：换一个地方，这种情绪就不起作用了。很多年前，我写了一部戏《凯撒之妻》①，它在英国大获成功，但在别处都铩羽而归。这戏写得并不糟糕。在其他国家的人看来，英国人为了心中对国家承担的责任而牺牲自己，这种事情不仅不太可能发生，而且还有些荒唐。我注意到当前的战争剧也有类似的情况。虽然它们的确无一例外地空话连篇、噱头老套，可只要涉及到美国人的英雄主义和自我牺牲时，美国观众就照单全收、深信不疑。但换作是英国人，也同样有英雄主义，也同样做出了自我牺牲，就激不起这帮美国人的同情，反倒惹来他们的讥讽。轰炸伦敦时英国人表现出来的勇气叫他们不耐烦；英国人在希腊的溃败（所有参加远征队的人都预料到会溃败）以及他们在克里特岛的绝望处境，只能让他们生气。

① 即 *Cæsar's Wife*，1922 年出版。

南卡罗来纳。风在树林间的呜咽,像远方黑人们的吟唱,向着漠然或是无能的上帝唱着他们悲伤的歌。

不知道一个故事的架构算不算是一种有助的记忆手段,让你牢牢地记住它。为什么我们一直记得莫泊桑最好的短篇:《羊脂球》、《泰利埃公馆》、《遗产》,就算过去了四十年仍然记忆犹新?这不完全是因为故事内容本身,那些情节不比我们过目即忘的那些故事高明多少。我想到这些,是因为莫泊桑的一个短篇小说。好几本选集都收了它,我编的那本里没收它,他也许还有点不快。他的写作很出色,他有那种美国作家特有的好本事,知道如何描写一个场景给人的感觉如何,闻起来如何,让人有何种印象。故事很有趣、很纠结,但它断成了两节,每节独立出来都会是一个很好的故事,他没有结构意识,没把它们融为一体。

我认为写故事的时候,必须保证重点不会转移。不管契诃夫的故事有时显得多混乱,他总是小心避免这种情况。实际上,写故事和写剧本一样,你必须努力想清楚自己到底想说什么,然后就死守住不放。这也是在说故事一定要有结构,只是换了种说法罢了。

美国人的一些错觉。

1)这个国家没有阶级意识。

2)美国咖啡好喝。

3)美国人做事有条理、有效率。

4)美国人性欲旺盛,红头发的人比其他人性欲更旺盛。

关于这个国家的一大堆噱头里,最莫名其妙的就是它没有阶级差别这一说,大家还都相信。我在西部的时候,有一天一个女人邀请我去用午餐,听说她有两千万美元资产。我还没见过哪个欧洲的公爵有她这么受尊敬的。看到那阵势,就好像从那富豪的嘴巴里吐出的每个词都是一张百元大钞,而客人们可以捡起来带回家去似的。的确,美国人会装出人人平等的样子,但也不过就是装装样子罢了。一个银行家会在火车的休闲餐车里和一个旅行推销员聊天,好像他们是平等的,但我可没听说过他会请他上家里做客。还有在查尔斯顿或圣巴巴拉这样的城市,一位旅行推销员的妻子,不管她有多可爱、多文雅,都不可能跻身上流社会、受到欢迎。归根结底,阶级差别是基于金钱之上的。十八世纪英国的大爵爷们受到下面人的阿谀奉承(我们今天听了都要恶心),不是因为他们有头衔,而是因为他们有钱财,有了钱财就会有影响力,有了影响力他们就可以给自己的朋友和属下以好处。随着英国的工业化,他们丧失了大部分的财富,影响力也随之而去。若说他们依然多少还算是一个独立于其他社会阶层之外的阶级的话,那是因为英国人天生守旧。但是他们再也不会像以前那样受重视。从他们那儿能拿到好处的时候,深深地热爱某位爵爷是对他表示尊重,符合规矩,但现在他没什么好处可给了,再这样做就可鄙了。

但若认为阶级差别只存在于社会中上层,那就错了。在英国,技艺娴熟工匠的妻子会觉得自己高普通劳动者的妻子一等,因此不会和她交朋友。我知道在美国的极西部有一座新近崛起的城市,是几年前才建了为一家大工厂的员工提供住处的。白领和工人们住在毗邻的街区,房子的样式都一模一样,毫无区别。他们吃的是同一种罐头食品,读的是同一份报纸,看的是同一部电影,开的是同一款汽车。但白领的太太不会和工人的妻子一起打桥牌。看起来,在社会状况中,阶级差别就是生活不可分割的一部分,与其去否认它的存在，还不如承认它来得大方。

我在想，人们担心民主能不能得到延续，而对于民主让雄辩术的影响力空前膨胀，这一点人们却不怎么担心，这真奇怪。一个人也许心无私念，只求精忠报国，他也许睿智、谨慎、英勇、练达，但除非他伶牙俐齿，能夸夸其谈，不然他绝对没法获得可以施展自己才华的政治地位。那天，我听几个人在讨论L有几成机会当选首相，他们一致认为他没有机会，因为他不善辞令。我想他们是对的，但要处理现代国家的各种复杂事务，政治家的必备才能居然是要有一副在广播里听起来不错的好嗓子，或是创造巧妙政治口号的小把戏，这难道不可怕么？若这个人能把这些小把戏与理智、正直、远见结合起来，那可得靠侥幸。雄辩家演说要蛊惑的不是听众的理智而是他们的情感。应该想得到，在攸关国家生死存亡的事情上，让谋略受情感的左右，那完全就是发疯。就这一句话："你不能把人类钉死在金制的十字架上①，"就差点让一个无知自大的蠢货入主白宫，在民主所遭受过的打击中，没哪个比这个更巨大的了。

母亲节自然是制造商们为了推销产品而出的妙招，但若不是有公众的热烈回应，他们肯定是不会斥巨资买昂贵的报纸版面来为这个"节日"做广告的。他们是在拿情感做生意。我觉得美国人的亲情比我们的要强得多。美国人都认为大家该感受到亲情，而大家的

① 原文是"You shall not crucify mankind upon a cross of gold，"这是1896年美国民主党总统候选人布莱恩(William Jennings Bryan，1860—1925)在民主党总统候选人提名大会上所做演讲中的结尾，批评了当时的金本位货币政策，布莱恩凭着他出色的演说成为民主党总统候选人，"你不能把人类钉死在金制的十字架上"这句话也在大选期间广为流传。但在最终选举中，布莱恩败给了共和党总统候选人麦金利(William McKinley，1843—1901，美国第二十五任总统)。

确也都感受到了。我惊讶地听说，一个任务繁重的办公室里一个工作繁忙的人请了一个星期的假，陪妻子去为岳母送葬了，墓地离纽约挺近，不会比从布里斯托尔到伦敦更远。若是在英国，他也许也会去参加葬礼，但最迟第二天就会回来。但让我吃惊的，不只是他觉得有必要从紧要公务中抽出这么长的时间去陪自己伤心的妻子（就我所知她应该是很伤心），让我诧异的还有他的老板，尽管这人告假给他带来了诸多不便，他居然还认为这样做是正确的、应该的。在这场战争中，我目睹过无数母子情深的场面，充分展现了儿对母的依恋，母对儿的不舍。有一次，我正在宾夕法尼亚火车站等车，看到了一队开往军营的入伍新兵。有一个女人，一个胖胖的、长相普通的小个子女人，紧紧地抱着自己的儿子，她的胳膊搂着他的腰，一脸绝望。她这副架势倒像是要和情人生离死别，而她的儿子不过是去参加集训，不知道要等多少个月才有可能派他出国呢。在英国，要是做母亲的肯去车站送儿子的话，也不过是在车门打开的时候轻轻吻他一下，说："好啦，老伙计再见，要乖哦。"然后笑一笑，挥挥手就走了。我在 U. S. O. ①的俱乐部里见过想家的士兵，那副样子可怜得都丢人。

在英国，母子分别都有三百年的历史了，母亲都知道有时一别就是永远，三百年让她们看惯了别离，觉得没有必要大惊小怪的。的确，在美国的开发过程中，西进的家庭是举家西迁，他们共同经历的千难万险让家人间的纽带更牢固，但毕竟还有成千上万的热血青年只身涉险，而当时留下来的信件和回忆录中没有一点表明他们的离别让父母痛苦不堪。也没有哪里记录过当捕鲸者们出发前往新

① U. S. O. 即 United Service Organization（美国劳军联合组织）。

贝德福德和楠塔基特①时，留在家里的女眷整日痛哭流涕、凄凄哀哀：在离别面前，她们都很有自制力。这种感情外露难道不是近来才有的事？今天的美国人比英国人更加情绪化，这个说法我想大家一定不会怀疑。据我所知，至少一百年前他们还不是这样的。那这到底是怎么产生的？我看只能把它归结为过去两三代人普遍混血的原因。情感是会传染的：德国人的多愁善感、意大利人的极易激动、爱尔兰人的热情洋溢，以及犹太人的多疑敏感已经打破了新英格兰人的沉默自制和弗吉尼亚人的自尊自傲。坚定沉着现在成了冷漠麻木的表现，显得愚蠢，会招来别人的嗤笑和打趣。

我经常想，我要是记得字母表，那我的生活该多轻松，能省下多少时间啊。我若不先默念 G 和 H，就搞不清 I 和 J 的位置。我不知道 P 是排在 R 的前面还是后面，至于 T 的位置，我到今天都记不住。

男人撒谎撒得最厉害的是自己的性能力。至少在口头上每个男人都是卡萨诺瓦②，正如他们内心深处所希望的那样。

她成功、富有、受人钦慕，她有许多的朋友。她本该是个非常幸福的女人，但她不是，她痛苦、紧张、总觉得不满。心理分析专家也帮不了她。她没法告诉他们折磨她的到底是什么，因为她自己也搞不清楚。她这是在寻觅自己的悲剧。后来她爱上了一个比她年纪

---

① 新贝德福德(New Bedford)，美国马萨诸塞州东南部的城市，建于十七世纪中期，是十九世纪上半期主要的捕鲸港。捕鱼业和多种制造业在其经济发展中占据重要地位。楠塔基特(Nantucket)，美国马萨诸塞州东南一岛屿，一直到 1950 年代中期都是捕鲸业中心，现今是受人欢迎的游览胜地。

② 卡萨诺瓦(Giovanni Giacomo Casanova，1725—1798)，意大利冒险家，以一部《自传》著称，其中大书自己的风流韵事，他的名字也就成为了“好色之徒”“浪荡子”“大众情人”的代名词。

小很多的年轻飞行员，做了他的情人。他是个试飞员，有一天他试飞时飞机出故障坠毁了。她眼睁睁地看着他罹难。她的朋友担心她会自杀。根本没有的事儿。她变得快乐，发了福，心满意足。她演绎过自己的悲剧了。

当自己的缺点到了别人身上，人就一点招架力都没有，这真是奇怪。骗子会相信别人骗人的鬼话，溜须拍马的人探不出别人阿谀奉承的深意。我所知道的一个最撒谎成性的人有一次愤怒地写信给我，说有人造她女儿的谣。我不知道自己当时怎么没回信问问她，是不是觉得这个世界上只有她一个人撒谎成性。R 说大话成瘾，但也总被别人的大话唬住。他总想让自己显得更重要一些，而且尽管一次又一次地失望，他却依然对别人类似的装腔作势确信不疑。正是因为这样，我才会强烈怀疑 T · E · 劳伦斯①是不是名副其实，因为我知道有两个他真心诚意信任的家伙其实是冒牌货。

旅美外国人一定都注意到了一件事：尽管多数美国人都认识一大群人，但很少有人真有朋友。他们有业务伙伴，有打桥牌的牌友、玩高尔夫的球伴，有一起钓鱼、打猎、驾帆船的哥们儿，有一块儿觥筹交错的酒友，有一同战斗的战友，但仅此而已。我在美国碰到的那么多人里，只有两位是亲密的朋友。他们会相约一同去吃晚

① T · E · 劳伦斯（Thomas Edward Lawrence，1888—1935）即著名的“阿拉伯的劳伦斯”，从 1916 年起，作为原英军北非情报员，他率领阿拉伯人抗击土耳其军队。10 月，他攻下了大马士革，还出席了巴黎和会。1922 年他舍弃了公职，隐姓埋名加入了英国皇家空军，成了一名普通的空军士兵。身份暴露后他再次化名，加入皇家坦克军团，后又于 1925 年转回皇家空军。1935 年退役。劳伦斯不仅是一个军人、阿拉伯语专家，还是名作家，作品有《智慧七柱》（*Seven Pillars of Wisdom*）、《沙漠暴动》（*Revolt in the Desert*）等。他的事迹被好莱坞改编为电影《阿拉伯的劳伦斯》（*Lawrence of Arabia*），该片一举获得 1962 年奥斯卡最佳影片、最佳导演等七项大奖。

餐，然后闲聊上一晚，因为有对方作伴他俩感到很快乐。他们彼此之间没有秘密，两人都对对方所关心的事感兴趣，就因为那是对方所关心的。说来，考虑到美国人大多喜欢社交，热情友好，这种现象就很奇怪了。我能想到的解释就是美国的生活节奏实在太快了，没几个人有时间去培养友谊。要把“认识的人”变成“至交”是需要有闲暇的。另一种解释是，在美国，一个男人结了婚，妻子就成了“夫纲”，她占去了他全部的注意力，把家变成了他的牢笼。

不管在什么地方，女人间的友谊总是不稳定的。她们永远不会完完全全地信任对方。就算两人关系亲密到了极点，也依然会对对方有所疑虑、有所保留。

真朋友。她已经人到中年，不过依然整洁漂亮，打扮入时，属于你看到时会说“她年轻时一定很漂亮”的那种女人，而你若问为什么她没结婚，人家会告诉你：“她一心都扑在母亲身上。”她极富同情心，没有人比她更善良了。若是你的丈夫犯诈骗罪上了法庭，开庭期间她会一直在你身旁陪着你；若是他被判入狱服刑，她会来你家陪你住，一直住到你适应了这种状态为止。如果你不幸突然破了产，她整整一个星期都陪着你，帮你做决定；如果你在里诺①，突然觉得自己没法面对上法庭这样的煎熬，她会跳上一架飞机，匆匆飞来给你鼓劲，一直陪到你拿到判决书。但她最拿手的是照顾有丧亲之痛的人。如果你的丈夫得了冠状动脉血栓死了，或者你的女儿难产而死，或者你的儿子车祸遇难，她会收拾几个箱子，乘上火车或者坐上飞机来到你身边。距离不是问题。北达科他的严酷气候吓不

① 里诺(Reno)是美国内华达州西部一城市，临近加利福尼亚州边界。是一个著名的旅游胜地，一度是美国的离婚中心。

倒她，得克萨斯夏天的酷热打不退她，赶上迈阿密旅游旺季，气氛欢快得不合时宜也不会让她胆怯。若是有恼人的媒体要打探惨剧的细节，她不会退缩，她待记者们很和气，而若是忘了提醒他们不要在报道中提自己的名字，她是绝不会原谅自己的。她永远都有耐心，愿意一遍又一遍地聆听你重述亲人临终时的点点滴滴。她会把该安排的都安排妥帖。她会负责采购鲜花，会替你回复那些你自觉不必回复的吊唁信。在教堂里她会在你身边祈祷，在墓穴前她会站在你身边抽泣。你们从墓地回来后，她会坚持要求你去休息一会，然后吃一餐不错的晚饭（"亲爱的，你得保持精力"），饭后她会建议玩一把金罗美牌①。她总是在葬礼后的那一天离开，她在纽约有上千件事情等着要做，她还会劝你："亲爱的，生活还要继续。"经历了这一切，回到大都市后，她自然是精疲力竭，但她还是拿起电话一个一个地给朋友拨过去，告诉他们过去的那一切是多么糟糕。

生活在美国的英国人对美国指指点点的时候，美国人会忿恨，这是再自然不过的事了，可以反驳的话显然就是："既然你不喜欢这个国家，你还赖在这儿不走干吗？"但他们不出口反驳，只是暗自生闷气。麻烦的是有时他们批评英国，你并不想反驳，反而极有可能对他们的话表示赞同，他们就说你这是狂妄自大。他们觉得这是冒犯了他们，因为他们觉得你不在乎。而你的确不在乎。

法国沦陷后，不少法国报纸杂志迁到了英国和美国，最近，有几家三番两次来请我写点东西。我都拒绝了，不是因为我不喜欢法

① 金罗美（in-rummy）是一种可以两个人或多个人进行的纸牌游戏。

国，相反，我对法国心存感激：培养我的是法国，教会我如何欣赏美的、优秀的、风趣机智的、条理清晰的东西的是法国，教会我如何写作的也是法国。我的许多快乐时光就是在法国度过的。我拒绝那些报社是因为我认为他们想要我写的文章只能给他们帮倒忙。后来有不少著名作家都做了我不愿做的这件事儿。在我看来，他们写的那些文章毫无意义。他们告诉法国人很长一段时间他们都是欧洲最文明的民族，他们的文化无可匹敌；他们提到了法国人历史辉煌、文学伟大、绘画卓越；他们告诉法国人说他们生活的国度美丽富饶，说巴黎是一个迷人的城市，全世界的人都想要去拜访。他们说的这些法国人自己再清楚不过了，太清楚了。正是这毁了他们，因为这让他们过于高看自己了。十九世纪初，法国是欧洲最富裕、人口最多的国家，拿破仑的战争榨干了她的财富，杀死了大部分人口。一百多年来，她一直是一个冒充一流强国的二流国家。这对她来说是双重不幸：一是因为她需要斥资维持假象，但她的"资"已消耗殆尽；二是因为这会导致强国提防她的野心，而事实上这种"野心"她根本无力实现。最精明的人所预见到的情况，通过这场战争已经大白于天下了。让她面对真相，决定怎么解决吧。她可以认命，做一个富一点的西班牙、大一点的荷兰，或者和意大利一样做一个美丽的度假胜地。但如果她不满足于此，渴望再次成为一个一流强国，那也要靠她自己。她有丰富的物产，有利的地理位置，还有机智、勇敢又勤奋的人民。但她不能再躺在过去的功劳簿上，不能再自我陶醉了，她必须勇敢、踏实地面对真相。她必须把共同利益置于个人利益之上。她必须愿意向她长久以来一直鄙视的民族学习，认识到国家如果没有牺牲就不会有力量，没有完整性就不会有效率，没有纪律就不会有自由。她应明智地堵上耳朵，不听那些文人墨客的阿谀奉承，阿谀奉承不能救法国，说出真相才行。只有她自己才能救自己。

有一个朋友告诉我他正在重读自己刚完成的一篇短篇小说，好把它改得更细腻微妙些，我听到这话后很诧异。我不认为这话该我来讲，但光靠想想是没法达到细腻微妙的境界的。能细腻微妙是一种才华，你若有自然会表现出来，这是抑制不住的。它就像原创性：没谁努力努力就能获得原创性。有原创性的艺术家不过是在做自己，他表现事物的方式是他自觉最正常、最显而易见的：因为那表现方法对于你来说是新奇新颖的，你就说他有原创性。他根本不知道你是什么意思。那些二流画家多蠢，有一些人画在画布上的东西永远都枯燥、平庸，为了用自己的"原创性"震一震世人，画了传统的学院派背景后，就在前景上添上些突兀、无意义的东西。

我老早就下定了决心，生命太短暂了，只要我能付钱让别人做的事，我就绝不自己动手做。现在我要把刮胡子这件事排除在外。到美国理发师那儿去刮胡子又耗时、又无聊、又复杂，那些说自己时间宝贵的大忙人居然还一周六天去受这个罪，真叫我诧异不已。

能生在一个相亲相爱、团结一致的家庭里肯定是好的，但要我说，对于一个长大了要去闯荡世界的人来说，这可没什么帮助。这样的家庭里，成员们互相钟爱垂青，这会让他错误地估计自己的能力，让他面对生活的跌宕起伏时越发手足无措。但若说它对普通人来说只不过算是个不利条件的话，对于艺术家来说它就是致命的了。艺术家是一条孤狼。他习惯孤僻。族群把他赶到荒郊野外去完全是对他好。有些最多不过能证明他有潜力的事情，溺爱他的亲人们看到了却会大肆赞扬，这只能害了他，因为他若听信了别人的话，觉得自己已经做得很好了，就不会想再进一步。自满会害死艺术家。

我注意到，这个国家的冒险精神似乎大大地减弱了，这让我很困惑。毕竟，正是冒险精神让人们来到了这个国家。我知道许许多多的人被贫穷逼出了欧洲，但还有更多的人留在那儿安贫守穷，只有那些有冒险精神的人才移民出来。我知道许多人走出欧洲是为了享有宗教和政治自由，他们肯定也有冒险精神，因为有更多的人选择妥协，接受了让他们苦恼的条件。我知道那些从海岸定居点迁徙到中西部的人中，有不少是举家西进；但数以万计的人，年轻的、中年的、年迈的都是孤身一人，独自西迁。他们聚集到内华达和加利福尼亚的矿区。当霍勒斯·格里利①说："年轻人，到西部去"时，不正是希望能勾起这些年轻人的冒险精神么？我和许多要上战场去的小伙子们聊过天。许多人参军是因为他们不得不去，有些是出于一种责任感，但我没遇上一个把这当做是激动人心的冒险活动的。看起来，他们唯一的抱负只是平平安安地留在家乡，在某个办公室或是哪家商店做一份工作，不必冒任何风险。

价值观。我们若是认为一个理论有错，却又知道许多伟大的哲学家对它十分推崇，那我们自然会犹豫。"价值观是绝对的，是独立于个人意识的"就是这样一个例子。我们会想，价值观如果真是绝

---

① 霍勒斯·格里利（Horace Greeley，1811—1872），美国一位报纸编辑和政治领袖。1841 年创办极有影响力的《纽约论坛报》，致力于各项改革、经济发展以及人民大众地位的提高。他一直任该报总编辑直到去世。他一生希望担任公职但未实现，1872 年当时的自由共和党曾提名他为总统候选人，但他竞选失败。

对的，是独立于我们的意识之外的话，人类到现在大概已经发现并且（这是理所当然的）决定绝对效忠于它了。但是决定什么样的价值观受推崇的是环境条件。一代人和一代人的价值观是有差别的。古希腊荷马时代所宣扬的价值观与伯罗奔尼撒战争时期人们推崇的价值观就不相同。国家不同价值观也会不同。欧洲人从未苟同过印度人的不执著，其他宗教信仰也不赞成基督教所鼓励的谦恭。我自己在世的这几十年里，就目睹过有些价值观念逐渐被废弃。在我年轻的时候，“gentleman（绅士）”这个概念是有价值的，但现在不仅仅是它所指的人，就连这个词本身也变得多少有些让人反感。在盥洗室门口，你常会看到一个门上写着“Ladies（女士）”，但另一个门上写的却是“Men（男人）”。如果我听过读过的那些东西都是真的话，那么最近三十年，未婚女子的童贞之德在盎格鲁-撒克逊国家已经不再有人在乎。拉丁国家仍然重视这个。但若是说既然道德价值不是绝对的，它们就要受偏见和喜好的左右，这么说也不正当。大家都已经认可了“语言的形成发展是为了应对生物进化的需要”这个观点，为什么道德价值就不会是以同样的方式形成发展的呢？它对于物种的生存至关重要，于是就在物种进化的过程中一起发展起来，这难道不可能么？如果说这场战争证明了什么的话，它证明了除非一个国家珍视某些价值观念，否则它们就会被摧毁。这些价值观绝对现实，因为它们之所以必须珍视，是因为它们不仅是维系国家存在的要素，也是维系个人生存的要素。

等战争打赢了，我强烈希望我们不要蠢到认为自己之所以能打赢是因为我们有敌人所不具备的美德。如果我们告诉自己说我们能胜利是因为我们爱国、英勇、忠诚、团结、无私，那我们就大错特错了：要不是我们有力量制造强大的武器，有条件训练庞大的军队，那些品质根本帮不上我们什么忙。打胜仗的是强权,不是公理。至于上面提到的那些美德,唯一能说的就是除非整个民族都践行它们,不然他们就会忽视或拒绝提供击退敌人所需的防卫力量(就像法国那样)。说我们的敌人不具备我们所有的一些美德,这很愚蠢,他们至少都是英勇、忠诚、爱国的。他们有些价值观念不同于我们的,若是他们实现了野心,统治了世界,那十有八九在百年之后,人们都会毫不犹豫地接受他们的价值观念,就像我们国家不动脑筋的那些人接受我们现在所推崇的价值观念一样。强权就是公理,这样说很残酷,我们既有的全部观念也都让我们去否定它,但这句话是真理。它讲的就是一个民族必须保证自己有强权来捍卫自己心目中的公理。

348 奥尔德斯[1]在他的《七思集》第一篇中说:"上帝在——这是根本事实。我们之所以存在,就是为了能通过直接经验,自己发现这个事实。"照他这么说,上帝真是一个大蠢蛋。

有些哲学家想将"美"编入绝对价值之列,这可是件大难事。当你说什么东西"美"的时候,指的是它激起了你某种特定的情绪状态,但那东西到底是什么,这就得由各种条件共同作用决定了。会受到个人癖好、学历见识、风格时尚、习惯习性、性,以及新奇感影响的"绝对"还算哪门子"绝对"? 人们可能以为一旦某件事物被认定是美的,它就有了足够的内在价值,能够无限期地在我们的眼里保持它的美。而我们知道事实并非如此,我们也会厌烦它。也许熟

① 奥尔德斯即奥尔德斯·赫胥黎(Aldous Huxley, 1894—1963),英国作家,写有诗歌、小说、剧本、文艺评论等,代表作为寓言体小说《美丽新世界》(*Brave New World*)、《针锋相对》(*Point Counter Point*)等,移居美国(1937)后作品带有神秘主义色彩。

悉不至于导致轻蔑，但的确会带来冷漠，而冷漠就是杀死审美情感的刽子手。

不论“美”是为了什么，它都是一种价值。然而，除非“美”能升华灵魂，让灵魂可以接受更加重要的价值，或者让灵魂调整好情绪可以接受更重要的价值，否则“美”就算不得是必要价值。可“灵魂”又究竟是个什么玩意儿呢？

外部因素会导致某些特定的感受，而这些感受能够让你心中产生某些情感，这些情感就是所谓的“审美情感”。但审美情感怪就怪在次等艺术也能激发它。有的人从巴尔夫的《波希米亚女郎》①中获得审美情感，有的人从贝多芬的《第五交响曲》中获得审美情感，我们不能因此就说前者的情感没有后者的真挚诚恳，不如后者那么有建设性。

艺术理论家说，“绝对美”指的就是敏感、受过教育、有文化的人一般会评为“美”的东西，这些理论家们太傲慢自大了。黑兹利特②绝对是一个受过教育、有文化、敏感、有品味的人，然而他居然能把柯勒乔③与提香相提并论。当他们列举他们心目中那些已经创作出绝对美的艺术家们时，他们一般都会提到莎士比亚、贝多芬（如果他们自诩格调高雅的话，他们或者会提巴赫），还有塞尚。他

① 巴尔夫（Michael William Balfe，1808—1870），爱尔兰作曲家和歌唱家。《波希米亚女郎》（*The Bohemian Girl*）是其最成功的作品。

② 黑兹利特（William Hazlitt，1778—1830），英国作家、评论家，著有《莎剧人物》（*Characters of Shakespeare's Plays*）、评论集《英国戏剧概观》（*A View of the English Stage*）及散文集《席间闲谈》等（*Table Talk*）。

③ 柯勒乔（Antonio Allegrida Correggio，1494—1534），意大利文艺复兴时期重要画家，创作了大量的油画和天顶画，多以宗教和神话为题材，著名作品有《耶稣诞生》、天顶画《圣母升天》。

们提前面那两位(或者说三位)是肯定没问题的,但他们怎么能肯定塞尚对后代人就一定能有像他对我们一般的影响呢?我们的孙辈完全有可能忽略他,就像我们现在看曾经名噪一时的巴比松画派①画家一样。我这辈子见过太多审美判断标准完全逆转的例子,于是再也不信任当下流行的看法了。济慈说美的事物是永恒的喜悦,其实不是这样的,它不过能在某个特定时刻激起我们某种特定的情感,如果它能做到这点,"美"能给予我们的一切,它就也能给予我们。仅因为别人与我们的审美观不同而蔑视别人,这是荒唐事。我们都是这样的。

看起来,一个民族的体态特征,以及基于此的理想美,不出一两代就会发生变化。我年轻时,英国的美女应该是丰胸、细腰、肥臀,看上去有能生许多孩子的潜力。而现在她应该是苗条的,臀部纤窄、乳房小巧、双腿修长。人们欣赏她的这些特征,是不是因为现在经济条件大不如前,孩子太多不受欢迎了?而她的体型近乎男性,还讨人欢喜,是不是正因为这意味着她可能不育?

如果画像和照片算数的话,你就会发现上世纪的美国人都是瘦削颀长、五官鲜明、鼻子大、上唇长、嘴巴薄、下巴显眼。而现在你很难看到有谁长得像英国漫画家笔下的山姆大叔。现在的美国人丰满、圆脸、五官很小而且还有些模糊。他们穿着打扮方面不太行。你可以在美国看到许多漂亮的年轻人,但中年人里就没谁还保持着年轻时的漂亮面孔了。

① 巴比松画派(Barbizon School)是指法国十九世纪中下叶自然主义风景画派,因画派的主要成员均住在巴黎附近的巴比松镇而得名。

我又在重读桑塔亚那①。读他的书是件乐事,可当你读完一章时,停下问问自己读了之后有没有变得更好或者是更睿智的时候,你不知道如何作答。大家都赞赏他语言优美,但句子只有在意义清晰的时候才算得上漂亮,而他却常常语义含混。他很有才华,会选意象,会做漂亮的隐喻、恰当的明喻,举例证明的时候才气逼人,但我可没听说过哲学需要如此华丽美妙的修饰,这会分散读者的注意力,让他们忽视了论点。读完之后,读者很有可能会心里不踏实,觉得这论证要是真有说服力,就犯不着用这么花里胡哨的陈述方式了。

我觉得,桑塔亚那之所以能在美国获得那么大名声,完全是仰仗了美国人那可怜的不自信情绪,他们以为只要是外国的就一定比本国的有价值,所以他会骄傲地给你端上法国卡门贝尔干酪,尽管事实上他们国产的干酪和进口的一样好,通常还更好一些。要我看,桑塔亚那算是误入歧途了。他知道如何反唇相讥,他伶牙俐齿,有常识有理智,通人情达世故,悟性极好,我觉得凭着这些,他完全可以像阿纳托尔·法朗士②那样,写一些带哲思的传奇故事,要真是这样的话,读那些书一定是件大乐事,一遍接一遍都不会腻。他和那位法国人一样机智,学识比他更渊博,视野更开阔,心思更细腻微妙。桑塔亚那决定做哲学家而不当小说家,这是美国文学的损失。实际上,他的作品中最让人读起来受益匪浅的是皮尔索尔·史

① 桑塔亚那(George Santayana, 1863—1952),西班牙哲学家、文学家、批判实在论代表之一,移居美国(1872)后曾在哈佛大学任教,著有《存在的领域》(*The Realms of Being*)、小说《最后的清教徒》(*The Last Puritan: A Memoir in the Form of a Novel*),以及诗歌、评论等。

② 阿纳托尔·法朗士(Anatole France, 1844—1924),法国小说家、文艺评论家,关心社会问题,后逐渐倾向社会主义,1921 年加入法国共产党,同年获得诺贝尔文学奖,主要作品有《希尔维特·波纳尔的罪行》(*Le Crime de Sylvestre Bonnard*)、《现代史话》(*L'Histoire contemporaine*)四卷等。擅写智慧小说和短篇故事。

密斯①从他的文集中摘选的那些小散文。

谦逊是一种强加在我们头上的美德。而至少就艺术家而言，这样是有道理的，实际上，当他对比自己做出的和自己想做的，对比自己叫人沮丧的努力成果和世上的名家杰作时，他就会发现，所有的美德里，谦逊最容易践行。除非他谦卑，否则别想进步。自满对他来说是致命的。奇怪的是，别人的谦逊会让我们感到尴尬，当他们在我们面前自谦时，我们会局促不安。我不知道为什么会这样，或许是这里体现出的奴颜屈膝触犯了我们为人的尊严吧。当初我想雇两个黑人女佣来帮忙，带她们来的是个种植园的监工，她俩出生在那个种植园。他说了一大通推荐的话，最后一句是："这两个黑鬼不错，她们很谦恭。"她们中的某个会用手指捂住脸和我说话，或者会紧张地咯咯笑一阵，然后问她能不能用某件我扔掉的东西，这种时候我就会想叫："行行好吧，别这么低三下四的啊！"

或者，我们之所以觉得局促不安，是因为别人的谦恭逼着我们意识到自己也没什么价值？

人见到了上帝，凭什么就得要谦卑恭顺呢？因为上帝比人更好、更聪明、更强大？这理由真差劲，和我的用人在我面前会恭恭敬敬的原因半斤八两：她谦卑是因为我是白人，比她钱多，受过的教育比她好。要我说，该谦卑恭顺的是上帝，要是他认识到自己造人造得多么蹩脚，他就很应该谦卑谦卑啦。

① 皮尔索尔·史密斯（Logan Pearsall Smith，1865—1946），美国作家，主要写散文和箴言，作品有《琐言录》（*Trivia*）、《回想集》（*Afterthoughts*）及自传《难忘的岁月》（*Unforgotten Years*）等。

我不懂，为什么批评家总指望作家应该能写得更好。作家很少按自己想做的做，而是按自己能力范围内最好的标准做。莎学家们读莎剧中碰到明显的缺陷漏洞时，如果他们不闭着眼睛坚称这不是什么缺陷，而是承认莎士比亚偶尔也会乱了阵脚，那么他们就会少了许多头疼事儿了。我看不出为什么要认定莎士比亚没意识到有几部戏里的动机太牵强了，让虚构的剧情根本没法成立。批评家们为什么要说他没有意识到？要我说，完全有证据可以证明他自己也意识到了这点。要不是他意识到了手帕事件实在是太牵强了，根本经不起推敲，他为什么要安排奥赛罗说“那方手帕是一个埃及女人给我母亲的……”这段话？他是想有更好的设计，但实在想不出——我想，要是我们肯得出这么个结论，一定能省掉不少麻烦。

他是一个高大壮实的家伙，一头金色的鬈发，在阳光下会闪闪发亮。他长着明亮的蓝眼睛，一脸的友好大方。他没接受过太多教育，英语说得一塌糊涂。他一点自我意识都没有。他不做作，是个话匣子，很合群。他是一个飞行员。他在谈自己的经历。“我以前从不信教，”他说，“但当我陷入困境时，我就会做祷告。‘啊，上帝，’我说，‘让我活到明天吧。’我就这样一遍又一遍地说。”

她是个小个子女人，黑头发、黑眼睛，因为年轻，所以漂亮，看上去整洁利索。由于战事的无常，她流落到了南方腹地，但在此之前她一直住在俄勒冈的波特兰市，她依然用那个城市的标准、习惯和生活方式来衡量这里的一切。只要是与那儿不一样的，就会让她鄙夷。晓得自己不比别人逊色，而且比大多数人还聪明（按美国人的理解），她很开心。但是在这里，她局促地意识到周围的人都比自己阶级地位高，却还不得不与他们交往，这让她窘迫得很，难过得很。

她既局促不安又咄咄逼人：局促不安是因为她怕别人不按她自己的看法看她，咄咄逼人是因为她决心不让他们捉弄了去。结婚前她给一个生意人做秘书，而且以前她从没有过仆人伺候。这让她很困惑，困惑里夹杂着些许恼怒，她觉得这样不民主，可她为什么会觉得让别人帮忙做饭就比让别人帮忙写信要不民主，这旁人就弄不懂了。她怨恨老板对她和气，觉得他们这是在施恩，而别人为她做的事，她都心安理得地接受，因为她觉得作为一个被迫背井离乡的人，这是她应得的。她讨厌东部人，认为他们傲慢自大，矫揉造作，一副屈尊纡贵的样子，还目中无人，实际上她讨厌他们和美国人嫌恶英国人是一样的。她拿他们和俄勒冈的波特兰市人比上一比，就把他们给否定了。

如果同盟国因为自私、目光短浅而且愚蠢，在战后因为憎恶德国人的罪孽，就不去吸取他们的优点，那就太叫人扼腕了。德国人残暴无情、言而无信、暴戾阴险、奸诈腐败。没错儿，字字是真。他们教会了自己的人民奋斗进取、纪律严明，这已成了习惯。他们花了大力气，把自己国家的青年们训练得强壮、威武、英勇无畏。他们把他们教得为了公共利益会心甘情愿地牺牲自己。（他们对公共利益的理解和我们的不同，但这并不相干。）他们把爱国主义精神化作了一股强大、积极的力量。这些都是好的，我们要是明智就该效仿。人应该读读历史。当初意大利各城邦的人以为只要肯大把花钱，就能收买那些威胁他们的敌人，就能让雇佣兵来保卫他们的边境，从而维护自己的自由。他们的历史说明，一个国家的人民除非积极备战，除非愿意花钱充盈军火库，不然就会失去自由。只有愿意放弃部分自由才能享有自由，这句话是老生常谈，总是被人抛之脑后。

当朋友一掌拍在我背上，说我是好家伙的时候，我非常欣慰，但我实在讨厌他拿另一只手掏我的口袋。

他是个骗子，坐过牢。现在他在部队，过得很不快活。他刚刚又晋升了一级，这叫他沮丧。他痛恨生活，因为他说他很挫败，所有理想全都实现了，现在他没有生活的动力了，他没有活下去的目标了。

她相当热情地问我："出名的感觉如何？"

我想这个问题我已经被问了不下二十次了，我以前一直不知道如何回答，到今天我才灵光一现，想出个答法，可惜太迟了。

"感觉就像人家给你一串珍珠。珍珠链子很漂亮，等过一阵子，如果你还能想起它的话，你也不过是想知道它到底是真的还是人工的。"

现在我有答案了，我看也不会有人再问我这个问题了。

下水管。美国人一点不在乎吃进肚里的食物质量如何、烧得好不好，却很为自己用来处理排泄物的装置而感到无比自豪，这简直是莫名其妙。

生命既悲惨又琐碎，它是一部通俗闹剧，剧中人生最高尚的情感也许只是用来激起一干庸俗的观众俗不可耐的感情——这真是太悲哀了。

让我们吃吧，喝吧，开心点儿吧，因为明天我们就死了——是的，但我们死得痛苦悲惨——不过也不总是如此：有时候我们开心地打完一场高尔夫球后,坐在扶手椅上,喝着一杯掺苏打水的威士忌,然后就这样静静地走了,或是躺在床上沉沉睡去,无痛而终。我想,要是这样的话,我们就可以好好嘲笑某些人了,他们试了又试,不眠不休,直到最终被死亡追上,去时还有多少夙愿未能实现。

他们说他全知全能,还有一堆我也搞不清楚的本事,但他们从来不夸奖他有常识,不承认他宽容,这在我看来真是奇怪至极。如果他像我这样了解人性,他就应该知道人是多么懦弱,他们的情感是多么难以控制,就应该晓得他们心中有多么恐惧,是多么可怜,就应该明白,再坏的人也有善意,再好的人也有坏心。如果他还有感情的话,他也就一定会有"懊悔"这种感觉,而当他想到自己把创造人类这件事搞得如此之一团糟时,他除了懊悔以外还能有什么感受呢? 奇了,做出这么蹩脚的事儿来,万能的他怎么不干脆把自己灭了算了。也许他真的就这么做了。

如果知识不能引出正确的行为,那它还有什么用? 可什么是正确的行为呢?

谁都可以耍我一回,这我不介意,我宁愿自己是被骗的那个而不是骗人的那个,而且我觉得被人当傻子耍一回挺好玩的。但我自会当心,绝不会让同一个人耍我第二回。

作家应切忌解释过多。

G. K. 。他知道 X 是个骗子,但以为不管他骗谁也不会骗他。他不知道骗子首先是骗子然后才是朋友。但是我觉得 X 的奸诈狡猾中居然有极其吸引人的地方。他弄得G. K.倾家荡产,然后逃到美国以躲掉官司。我在纽约碰见过他,他正在一家豪华饭店吃饭。他和从前一样无忧无虑、和蔼可亲、兴高采烈、善解人意。他看上去似乎真的是很高兴见到我。他自在得很,觉得尴尬窘迫倒是我。我确信他肯定不会因良心的谴责而睡不着觉。

我们可能会以为,有人帮了我们忙,我们道声"谢谢"是件容易事,然而其实许多人觉得这话说不出口。我想,大概是他们觉得帮忙的人弄得自己受人恩惠,于是下意识地自尊心就抗拒起来。

我正在重读罗素的《我们对外部世界的认识》。也许正如他所说,哲学不能也不试图提供解决人类命运问题的方法,也许它不应该指望能为生活中的实际问题找到答案,因为哲学家另有要事待做。那么该是谁来告诉我们活着有没有意义,人类的存在是否不过是一场悲剧呢?不对不对,"悲剧"这个词太崇高了,应该说"人类的存在是否只是一桩可笑的倒霉事呢"。

在美国待的时间长了,没有人不会注意到"嫉妒"这个恶习在这儿多普遍。它会带来糟糕的后果,因为它会弄得人们轻视那些本身美好的东西。举止优雅、穿着得体、英语说得文法准确、生活有一定的讲究,这些竟然沦为做作甚至堕落的标志,这太奇怪了!一个上了一所好的寄宿学校,又在哈佛或耶鲁读过书的人,必须处处小心,否则就会引起那些没有享受过这些好处的人的敌意。文化人为了不让别人觉得自己摆架子,只好违背自己的习惯故作熟络热情,说话风格也随着大流,这看了真叫人心酸。要是嫉妒别人的人能想着把自己提升到受他们嫉妒者的水平,这些就都不会发生了。可他们不想,他们只想把别人拽下来,压得和自己一样没水准。他们理想中的“正常人”长着毛乎乎的胸膛，啃馅饼，用餐不换正装，还打嗝。

皮尔索尔·史密斯在《琐言录》中某个地方颇有些自得地发表意见，说畅销书作者嫉妒文学素养更高的作家。他错了。他们对那些人一点不在乎。史密斯想说的那种作家是另一级别的，他只是个刚入门的畅销书作家，但他想要当文人，他自认为应该得到的表扬，文学批评界没给他，他顿觉失了面子。休·沃尔浦尔①就是这样的人，我毫不怀疑他会很乐意拿大众对自己的喜爱换知识分子的敬重。他谦恭地敲着他们的门，恳求他们让他进去，而他们只是大笑，让他感到无尽辛酸。真正的畅销书作家根本不会被这种欲望所困扰。我认识已故的查尔斯·加维斯②。他的书人人都读：英国的每一个女佣，每一个女店员，还有许许多多其他人都人手一本。有一次在加里克俱乐部，我听到人家问他的书销量多少。开始他不愿说：“噢，不值一提。”但那人穷追不舍，他最后只好有些不耐烦地挥了挥手，说：“七百万册。”他这个人谦虚，不摆架子，知礼节。我相信，当他坐在桌边，给他那数不清的作品再添一部时，他是心有灵感，全心全意扑在创作上的。

关键就在这里：想要写出一本畅销书，靠努力是没用的。他必须真心诚意地写。那些陈腔滥调惹得你大笑，老掉牙的人物角色、

---

① 休·沃尔浦尔（Sir Hugh Walpole, 1884—1941），英国小说家，代表作有长篇小说《坚韧不拔》（*Fortitude*）、《黑暗的森林》（*The Dark Forest*）等，最受欢迎的是系列小说赫里斯家族纪事（The Herries Chronicle）《无赖汉赫里斯》（*Rogue Herries*）、《朱迪斯·帕里斯》（*Judith Paris*）、《城堡》（*The Fortress*）、《瓦奈萨》（*Vanessa*）等。

② 查尔斯·加维斯（Charles Garvice, 1850—1920），英国畅销小说家，擅长写浪漫传奇故事。从 1913 年起一直到他去世，他写的小说每年至少能售出一百七十五万册。至 1914 年，他已出版了一百五十部小说，售出七百万册。本涅特称他为“英国最成功的小说家”。但尽管当时他的小说很受大众欢迎，文学评论界对他评价并不高。如今他的作品鲜有人问津。

用烂了的情景场面、寻常平庸的故事情节让你嗤笑不已，而这些在他眼里却既不老掉牙，也没被用滥，更非寻常平庸。正相反，他认为它们既新颖又真实。包法利夫人有多吸引福楼拜，他创造的这些人物就有多吸引他。好多年前，爱德华·诺布洛克[①]和我决定合作写一部电影剧本。那是出惊悚情节剧，我们堆砌了一个又一个惊悚事件，刚设计完一桩，又想出一桩，我们的肚子都笑疼了。我们写了两个星期，这段时间过得实在是痛快。这剧本写得很说得过去，结构合理，扣人心弦，可我们一直找不到人肯把它排出来。读过这剧本的人说的话都一样："你们写的时候好像就是闹着玩的。"当然，他们说的一点不差，我们就是闹着玩的。结论很明显：除非你能让自己信服，否则就别指望能写出让别人信服的东西。畅销书作者的作品畅销是因为他是呕心沥血地创作的。他的精神状态调得和大众一样，实实在在地是和他们有一样的志向，一样的偏见，一样的情感，以及一样的观点。他给的都是他们想要的，因为那些也都是他自己想要的。哪怕一丝一毫的不真诚读者都能察觉，然后拒不接受。

人类的一大不幸是，当他们早没了能勾起别人性欲的风华之后，自己的性欲犹存。他们想要满足这样的欲望大概没什么不合适的，但我觉得他们最好还是不要谈论这一点。

他告诉我说他的妻子少言寡语，他希望有办法能让她开开口。"哎呀，"我说，"那就大声读报纸，这样她马上就会和只喜鹊一样叽

① 爱德华·诺布洛克（Edward Knoblock，1875—1945），美国小说家、戏剧家，他写过的剧本有《天命》（*Kismet*）、《牧神》（*The Faun*）、《虎！虎！》（*Tiger! Tiger!*）等，小说有《蚁巢》（*The Ant Heap*）、《有两面镜子的男人》（*The Man with Two Mirrors*）等。

叽喳喳，喋喋不休。”

好几个世纪以来，讽刺家们一直在耻笑那些人老珠黄却对不情不愿的小青年死缠烂打的女人，而人老珠黄的女人们依然一直在不知疲惫地对不情不愿的小青年死缠烂打。

她不是个笨女人，实际上她是个聪明人。她看都不看报纸一眼，也不听收音机，她说既然这场战争自己也插不上手，她凭什么还要惦记它。她实实在在地是不能理解，为什么你更乐意看新闻，而不愿听她讲关于她自己的事儿。

我给了她一本我新作的样书。她热烈地赞扬它，她每一句赞扬的话都让我气闷。我使上了全部的自制力，才压下了叫她闭嘴不要满口胡言的冲动，还硬做出一副很欣慰、很受用的样子。如果那书只如她所见的话，那我为它花的所有心思、读过的所有文献、做的所有努力就全都白费了。她从中读出虚荣与浅薄是因为她本就是个虚荣而浅薄的女子——我试图这样自我安慰。也许，读一本书，你倾注什么才能品味出什么，你只能从中读出你自己的样子。也许只有当你心中多少有一丝祥和，你才能体会到《斐多篇》的安详；只有当你多少还有一分高尚情怀，才能意识到《失乐园》的崇高。这个假设和我早年的认识一致，即小说家成功塑造的人物总是与他们自己的某些方面相同。其他类型的角色，他只会描写，无法塑造，而且很少能叫读者信服。如果这个假设成立的话，那由此可以推断，通过研究作家塑造得最成功的人物形象（他用最深情的笔触、最大的同情理解写出来的人物）便可相对完整地窥知他本人的性格，比读任何有关他的传记都有效。

一九四四

权作后记。昨天我七十岁了。人每过一个整十岁生日，就觉得是件大事，这很自然，尽管也许不太理智。我三十岁的时候，我哥哥对我说："你现在不再是个男孩了，你是个男人，你必须做得像个男人。"我四十岁时，我对自己说；"青春到头了。"我五十岁生日时，我说："骗自己是没用的，人到中年啦，不如就认了吧。"六十岁时我说："现在我要把自己的事情安排好，就要步入老年了，得把该了结的都了结了。"我决定退出戏剧界，写了《总结》①，在这本书里，我回顾了自己从生活和文学中学到的东西，回想了自己做过的事以及它们给我带来了怎样的满足，纯粹是自娱自乐，聊以自慰。但是我觉得，所有整十岁生日里，七十周岁这个里程碑是最重要。他已经活了三个二十年加一个十年，大家普遍认为人的预期寿命大概是七十年左右，我们可以把自己剩下的岁月看作是趁扛大镰刀的时间老人不留神时侥幸偷来的，到底有多长是没有定数的。到了七十岁，我们便不再是要步入老年的人了，我们就是老人了。

在欧洲大陆，他们有一个可爱的习俗：当一个有所作为的人到了七十岁，他的朋友、同事、弟子（如果他有的话）就一起写一本散文集向他致敬。在我们英国，我们可不这样抬举咱们的杰出人士，不会用这种方式表达我们的敬意。我们最多为他举行一个晚宴，而且除非他确实是人间翘楚，不然我们才不会费这个劲儿呢。这样的宴会，我在 H · G · 威尔斯七十岁华诞时参加过。当时有几百人到场。席间萧伯纳发表了演讲，他个子高挑，白发白须，皮肤白皙，眼睛明亮，真是飘逸俊朗。他站得笔直，抱着双臂，带着他顽皮的幽默，说了许多让当晚的贵客和各类听众尴尬得紧的话。那是一场妙趣横生的演说，萧伯纳嗓音洪亮，演讲技巧和风度让人拍案叫绝，他有着明显的爱尔兰口音，而这又柔化了他的恶毒话。H. G. 眼睛贴在稿纸上，尖声朗读了自己的讲稿。他抱怨自己人已老矣，又抱怨（他大概天性如此）说来参加宴会的各位也许以为他七十岁了，又出席了这场晚宴，就意味着他自己给自己的事业定了期限了——他抗议，根本没这回事，自己和以前一样，准备好了要把这个世界带回正轨呢。

我自己的生日没有庆典，就这么过去了。我和平常一样，上午工作，下午到屋后幽静的树林里散步。我一直没能悟出到底是什么让这树林有了如此不可思议的迷人之处。它同我认识的任何树林都不一样。它的静谧似乎比其他的静谧更沉寂。生机勃勃的橡树枝繁叶茂，树枝上攀着灰色的铁兰，像是裹着张破烂的裹尸布。橡胶树在这个季节叶已落尽，野生楝树一簇簇的果子干瘪枯黄。林中零星长着几株高高的松树，俯视着下方的矮个子们，浓郁的绿熠熠生辉。这片凌乱荒凉的树林有一丝奇怪，尽管你是独自走在里面，却不觉得自己是孤身一人，而是有种怪异的感觉，好像有东西，既非人又非非人，隐了身在你周围倏忽巡弋。模模糊糊地好像有什么东西偷偷地躲在哪棵树干后，正静静地看着你走过。林中有一种充满悬念的紧张气氛，好像你周围的一切都埋伏着，在静静等待着什么发生。

我回到家，泡了杯茶，然后一直读书读到该用晚饭的时候。晚饭后，我又读一会儿书，玩了两三局单人纸牌，听了听收音机里的新闻，然后带了本侦探故事上了床。我看完它就睡了。除了和我那两个黑女佣说过几句话以外，我一整天都没有跟谁交谈过。

---

① 即 *The Summing Up*，1938 年出版。

我就这样度过了我的七十岁生日,我本也希望这样度过——我沉思了一天。

两三年前,有一天我和莉莎一起散步,不知道为什么,她说起一想到老年她就心生恐惧。

“不要忘了,”我对她说,“等你老了,有些现在让你觉得生活愉快的事,你根本不会有欲望去做的。老了也有老了的好处。”

“什么好处?”她问。

“喏,你基本上再也不需要做自己不想做的事。你可以尽情享受音乐、艺术、文学,和年轻时不同,但虽然不同,感受却是一样的强烈。有很多事情不再与你息息相关,你可以冷眼旁观,从中获得不少乐趣。若是你的快乐感不再那么强烈,那么你的痛苦也一样不再那么揪心。”

我知道这些安慰的话不过是敷衍罢了,甚至就在我说那话的时候,我便意识到它提供的前景有些黯淡。后来我认真思索,才悟出老了的最大好处是精神自由。我想与之相伴的,是看淡了人在壮年时期看重的许多事情。另一个好处是你不再会有嫉妒心,不再会有仇恨,不再会恶毒。我觉得我现在谁也不嫉妒。我已经最大限度地发挥了自然给予我的那几分才华,并不嫉妒别人比我更有才华。我已经取得了不小的成功,并不嫉妒别人的成功。我很乐意让出我占的那一块位置,我已经占了这么长的时间了,换别人上吧。我不再介意别人是怎么看我的。接不接受我是他们的事儿。如果他们看上去还算喜欢我,我虽欣慰却不欣喜若狂,如果我知道他们不喜欢我,我也不觉得苦恼。我早就知道我的某些特质会招来某些人的敌意,我觉得这很自然,没有谁能喜欢所有的人,他们的敌意并不能让我不安,相反倒让我挺感兴趣的。我只是好奇,想知道到底是我的哪项特质招他们嫌了。我也不在乎他们怎么看待作为作家的我。

总的来说,我计划要做的事都已做到,剩下的就与我无关了。成功的作家多半会招来骂名滚滚,我们中还有不少单纯的人以为那就是名望,我从没喜欢过那些,而且我常希望我当初是用笔名创作的,这样我就可以静静地来悄悄地去。我写第一本小说确实用了笔名,但我的出版商警告我说这书可能会被人狠狠地批评,听了这话我便改署了我的真名,我不愿意躲在一个假名字后。我相信大多数作家其实暗暗地希望自己死后不要被世人忘个干净,我有时会掂量掂量自己不被人迅速遗忘的可能有几成,权当是自娱自乐。

舆论大多把《人性的枷锁》算作我最成功的作品。它的销售额说明依然有很多人在读它,而它是三十年前出版的。对于一本小说来讲这寿命算是长的了。但是后世子孙不怎么喜欢鸿篇巨制,我认为大概随着这一代人(他们居然还能认为这本书意义重大,这让我很惊讶)渐渐故去,它会同其他许多更好的书一起被世人遗忘。我想我有一两部喜剧也许还能苟延残喘一段时日,因为它们是遵照英国喜剧传统写的,从王朝复辟时期的剧作家开始,一直到诺埃尔·科沃德①的剧本,这样的戏剧总能逗得观众开心,也许我的作品也能在这浩荡的"剧本大军"中占到一席之地,说不定它们还能帮我在英国戏剧史上挣到一两句评价。我觉得,多等上几年,大概会有选集愿意收几篇我写得最出彩的短篇小说,就算只是因为随着时间的流逝、文明的发展,一些篇章提及的状况和地方已笼上了一层浪漫魅力。两三部戏剧、十几篇短篇小说,我就拎着这样的行李踏上

---

① 诺埃尔·科沃德(Sir Pierce Noël Coward, 1899—1973),英国剧作家、演员和作曲家,以精练的社会风俗喜剧闻名。十二岁开始当演员,演出之余写轻松喜剧。1924年剧本《漩涡》(*The Vortex*)在伦敦上演,颇为成功。其后的经典喜剧有:《枯草热》(*Hay Fever*)、《私生活》(*Private Lives*)、《生活设计》(*Design for Living*)、《现在的笑》(*Present Laughter*)和《欢乐的心灵》(*Blithe Spirit*),作品表现了在世俗背景下的复杂性格。他还写作短篇故事、小说和许多歌曲,包括《疯狗和英国人》(*Mad Dogs and Englishmen*)。

去往未来的旅程,还真够轻装上阵的,不过终归聊胜于无。而要是我错了,死后一个月就被人忘得精光,我也不会知道啦。

十年前我在舞台上鞠了最后一躬(这只是打个比方,因为在最初的几部戏之后,我就拒绝做这种丢人现眼的事儿了),媒体和我的朋友们都当我只是开开玩笑,以为过个一两年我就会重新出山,但我既没有出山,也没起过要出山的念头。几年前,我决定再写四本小说,然后就收笔,连小说也不写了。我写了一本(我还写过一本战争小说,但那不算数,那是我在美国时上面布置给我的战时工作的一部分,写得我自己都嫌烦),不过我觉得我大概不会再写另外那三部了。本来按我的设想,一部写一个发生在十六世纪西班牙的神迹故事;第二部写马基雅维利在罗马涅①留宿在切萨雷·博尔贾府上时的故事,那段经历成了他创作《君主论》的最佳材料,我打算在他们的对话中穿插进他写《曼陀罗花》②的蓝本。我知道作家经常以他自己的经历来创作小说,原本那事也许很琐碎,经他的生花妙笔改造后,才变得妙趣横生、激动人心,于是我想,若是把这个过程反过来,从剧本推测是什么经历给了作家写它的灵感,应该会很有意思。我原来的打算是收尾的一本小说讲一个住在伯蒙齐贫民窟的工人阶级家庭的故事。我觉得,五十年前我初出茅庐时,写的第一篇故事是关于伦敦那些得过且过的穷鬼的,最后再写一部关于他们的小说,我写作生涯的这个句号就画得完满了。但我现在只把这三部小说当做闲暇遐思,并从中获得极大的乐趣,非常满足。这才是

① 罗马涅(Romagna)是意大利中北部一历史地区,该地区曾是拜占庭帝国在意大利的势力中心,后来受教皇统治,现为艾米利亚-罗马涅区的一部分。

② 《曼陀罗花》(*Mandragola*)是马基雅维利最重要的剧作,也是第一部意大利语喜剧。剧本描写迂腐的学者尼齐亚膝下无子,听信青年卡利马科的主意,要妻子卢克莱齐娅服用曼德拉草根,结果中了圈套,卡利马科乘机和卢克莱齐娅相好,享受幸福。作者歌颂人的智慧、爱情,提倡享乐主义,谴责私利毁灭人的活力,抨击教会的虚伪、堕落。

作家如何从自己的作品中获取快乐的方法，而一旦他把这些作品写了出来，它们就不再属于他了，他就不能自娱自乐地构思人物的对话和行动了。我也不认为自己已七老八十了，还能写出什么有价值的东西来，没动力，没精力，没想象力啦。即使最伟大的作家，文学史也看不起他老年时期的作品，文学史有时会报之以同情，但更多的时候是粗鲁冷漠，但终归是对它们不屑一顾。我也亲眼目睹我朋友中那些有才华的作家们渐渐江郎才尽，令人扼腕，他们硬撑着写下去，可水平和以前差了十万八千里。作家只有和同辈人才会顺利沟通，让下面的一代选择他们自己的代言人才是明智之举。而且不管他让不让他们自己选，他们都会这样做的。他的语言他们看不懂，是天书。我毕生致力于总结出我生命和生命活动的模式，我觉得我没什么好添进去的了，没什么可写的了。我已经实现了自己的抱负，很乐意就此收工。

有一点让我认识到自己这样做是明智的：尽管我以前一直更关注未来而不是当下，最近我却发现自己越来越寄情过去了。也许到了这种未来必然很短暂，过去必然很绵长的年纪，会这样是很自然的。我以前总是提前制订计划，并且一般也都能完成这些计划，但现在谁还能做什么计划呢？谁能说明年或者后年会发生什么，他的境况会如何，还能像从前一样生活吗？我以前喜欢倚在一艘帆船上在碧蓝的地中海上荡漾，那船被德国人抢去了，我的汽车被意大利人拿走了，我的房子先是被意大利人占了去，现在德国人又来鹊巢鸠占，我的家具、书和照片被丢得到处都是——如果它们没有被洗劫一空的话。但没有人比我对这一切更无所谓的了。我已经享尽了人所欲享的一切奢华，而有两三间属于自己的房间，一日有三餐，可以借阅一家好图书馆的书籍，这足以满足吾所欲也。

我经常沉浸在对遥远的青年时代的遐思中。我做过各种让自己后悔的事，但我尽量不让自己为它们伤神，我告诉自己那些都不是我做的，是那个时候的另一个我做的。我伤过一些人，但因为我无法治愈这些人的创口，我就靠为其他人谋福利来弥补我的过失。有时候想到在应该享受男女欢情的年龄上，我曾经有一些在两性关系上更进一步的机会，但居然错过了，我也会有些懊恼。但我知道这些机会我是非放弃不可的，因为我一向拘谨，很有些神经质，就算事前会有些欲望刺激我的想象，但到了关键时刻，身体上就会反感，阻止我放开手追求艳遇。我比自己希望的还要洁身自好。大多数人都是话痨，人到老年更是喋喋不休。尽管我一直是听的多讲的少，但我注意到自己最近似乎也越来越唠叨了，而我一发现自己有这个毛病，就马上下功夫改正。因为大家总是迁就老年人，所以他自己必须步步留心，应该努力不让自己招人嫌。他若硬要插到年轻人的队伍里，可就无礼了，因为他会让他们感觉拘束，有他在他们就不可能自在，而且要是他还察觉不到若是自己离开，他们就会大大地松一口气的话，那他就实在是太迟钝了。如果他原来还大小算个人物，那他们也许还会偶尔和他来往来往，但绝不是因为他们喜欢和他交往，而是为了之后可以和他们的同龄朋友们吹嘘。如果他看不出这一点，他就太傻了。对他们来说，他是一座山，去攀登既不是为了体验登山的乐趣，也不是为了登临绝顶，一览美景，而是为了下山后可以去细述自己的英勇事迹。老人家还是常与同龄人交往为妙，不过若是他能从中获得乐趣，那算他运气好。硬被逼着和一帮快要入土的老家伙混在一起的确很叫人沮丧。傻子不会因为长了年岁就长了智慧，而一个老傻瓜比一个小傻瓜不知道要讨厌多少倍。我不知道哪一类人更叫人无法忍受，是那些不甘向时间的打击低头，作风依旧轻浮得叫人作呕的家伙呢？还是那些死守着过去的时光不放，绝不能容忍世界不和他们一起驻足不前的老顽固呢？既然这些事情就是这样的，看起来老年人的前景实在堪忧：年轻人不再愿意和他在一起，他又觉得自己的同龄人乏味没趣。他一无所有，孑然一人，而我一直最喜欢的就是孑然一人，我觉得这真是天大的幸运。我从来就没喜欢过一大堆人凑在一起，现在我可以以自己上了年纪为由，或是拒绝参加集会，或是当自己不耐烦的时候就悄悄退席，这可是老年的一大特权。我越是不得不一人独处，就越是喜欢独处。去年我曾在克姆河①河畔的一间小房子里独自住了几个星期，谁也不见，我既不觉得寂寞也没感到无聊。酷热和疟蚊迫使我不得不放弃隐居，我真的是不情不愿地回了纽约。

我们要花那么长时间才明白有一副不错的体魄该是多么大的福气，这真奇怪。我是到了最近才意识到自己从没受过头痛、胃痛或是牙痛之苦是多么走运的一件事。那天我读卡丹②的自传，那是他年近八十时所著，他在书中对自己还有十五颗牙齿表示庆幸。我刚刚数了数我自己的，发现还有二十六颗。我得过许多严重的病：肺结核、痢疾、疟疾，等等，等等，但我既不酗酒也不暴食，身体还很硬朗。很显然，除非身体够健康，不然谁老了也不可能过得快乐——当然，还得有一份充足的收入，不必太高，因为不会有太多的需求。恶习是很费钱的，人到老年很容易就能做到有德行。但要是又穷又老就糟糕了，要是得依赖别人维持生活就更糟了：我非常感谢读者的厚爱，让我不仅能过得舒适，偶尔心血来潮想要点什么也能做到，还能帮助我供养那些我有义务照顾的人。老人容易贪财，他们喜欢用钱来守住对依赖自己的人颐指气使的权利。我没在自己身上察觉到要犯这些毛病的冲动。我的记忆力很好（除了记不住

① 克姆河（the Cambahee River）发源于美国南卡罗来纳州南部，向东南注入大西洋，流程约225公里。

② 卡丹（Geronimo Cardano，1501—1576），意大利数学家，万向接头的发明者。

人名人脸以外），我能过目不忘。这样的麻烦是，把世界所有的伟大小说通读两三遍之后，我再读它们就没那么津津有味了。鲜有当代小说能引起我的兴趣，要是没有这数不清的侦探小说，我都不知道拿什么消遣好，读它们的时候很开心，时间一下就过去了，刚放下书就把才读的故事忘了个干净。我从来不读那些主题和我一点都沾不上边的书，而那些为娱乐或是指南而描写风土人情、人物历史的书，它们讲的人和地方我根本不在意，这种书我更是懒得读。我不想知道暹罗的历史，也不想知道爱斯基摩人的风俗习惯；我不想去读曼佐尼①生平；知道了科特兹曾站在达连②的某个山峰顶上，就足以满足我对他的好奇了。我读年轻时就读过的诗人诗作依然会觉得快乐，读今人今作也觉得趣味盎然。我很高兴自己活得够长，能读到叶芝和艾略特后期的诗作。我读得进一切关于约翰逊博士的文章，以及绝大多数关于柯尔律治、拜伦，以及雪莱的文章。人到老年，读世界伟大杰作时不再有初读时的那种激动，那种感觉是一去不返了。有些东西，当初读的时候让你觉得自己像济慈说的"观星者"③，但现在重读却不得不得出"它其实并不高明"的结论，这实在是很叫人伤心的事。但依然还有一样东西能让我一如既往地激动，那就是哲学，不是那种爱争好辩、枯燥专业的哲学，而是那种能解决我们大家眼前问题的哲学——"若是无法救人于水深火热中，哲学家

---

① 曼佐尼（Alessandro Manzoni, 1785—1873），意大利诗人、小说家，十九世纪意大利浪漫主义文学的代表，写有历史小说《约婚夫妇》、抒情诗《五月五日》、悲剧《阿达尔齐》等。

② 科特兹（Hernán Cortez, 1485—1574），西班牙殖民者，曾率军横扫墨西哥，征服阿兹特克人，大肆破坏当地文化。

达连（Darien）是巴拿马东部一地区。

③ "济慈说的'观星者'"（Keats's Watcher of the Skies）指的是济慈《初读查普曼译荷马史诗》（On First Looking into Chapman's Homer）中的一句："Then felt I like some watcher of the skies/ When a new planet swims into its ken（然后我的感觉就像一个观星者/看到了一颗新星游进视线）"。

说什么都枉然”。柏拉图、亚里士多德(人家都说他枯燥乏味,但如果你真有幽默感的话,你会发现他其实很有意思)、柏罗丁①以及斯宾诺莎②,还有当代各派的思想家,包括布拉德利③和怀特海④,他们一直都能让我快乐、引我沉思。毕竟,他们,还有古希腊的悲剧家们只讨论对于人类重要的东西。他们振奋人心,他们让人镇静。读他们的著作,有如乘着和风航行在内海上,海面千岛星罗棋布。

十年前,我在《总结》中吞吞吐吐地写下了我从自己的经历、阅读和思考中得来的关于上帝、永生、生命的意义与价值的印象和想法,而此后我也并没有遇上什么事情,让我觉得需要改变自己对这些问题的看法。如果我一定得重写一遍《总结》的话,我会试着不把“价值观”这个重要问题写得那么肤浅,可能在“直觉”这个问题上也不会再写得那么杂乱无章。关于“直觉”,哲学家们已有大量的假说,建立了相当宏伟的体系,但是在我看来,这个地基大概除了能支撑住空中楼阁外,对任何稍微实在一点的建筑,它都和打靶场里那股水柱上摇摇晃晃的乒乓球一样靠不住。

如今我又向死亡靠近了十年,十年前我对死亡没太大的恐惧,现在依然如此。确实有些时候我会觉得自己事事都做得太多,认识的人太多,读过的书太多,看过的绘画、雕塑、教堂、华屋太多,听过

---

① 柏罗丁(Plotinus, 204—270),古罗马哲学家,新柏拉图学派主要代表,亚历山大里亚-罗马新柏拉图派的创始人,提出“流溢说”,著有《九章集》。

② 斯宾诺莎(Baruch/Benedict Spinoza, 1632—1677),荷兰哲学家,唯理论的代表之一,从“实体”即自然界处罚,提出“自因说”,认为只有凭借理性认识才能得到可靠的知识,著有《神学政治论》、《伦理学》等。

③ 布拉德利(Francis Herbert Bradley, 1840—1924),英国唯心主义哲学家,认为物质、运动、时间、空间只是“现象”而非“实在”,只有“绝对经验”才是“实在”,主要著作有《逻辑原理》(*The Principles of Logic*)、《现象和实在》(*Appearance and Reality*)等。

④ 怀特海(Alfred North Whitehead, 1861—1947),英国数学家、哲学家,与罗素合著《数学原理》(*Principia Methematica*),1924 年移居美国,曾任哈佛大学哲学教授,著有《科学与现代世界》(*Science and the Modern World*)、《过程与实在》(*Process and Reality: An Essay in Cosmology*)等。

的音乐也太多。我不知道上帝到底存不存在。人们证明他存在的论证中没有一条有说服力,而伊壁鸠鲁早就指出,信仰需建立在直觉上。那样的直觉我从来没有过。而关于为什么既有一个全能、至善的上帝,世间还能有罪恶与之和平共处,一直也没有人能给出个合理的解释。有一段时间,印度教中关于那个神秘的中性物的概念吸引了我,这个中性物是存在,是知识,是福祉,它无始无终。比起人类按自己的愿望打造出的其他"主"来说,我倒更乐意相信这个。但我觉得它也不过是一种很了不起的幻想罢了。要拿一个终极起源来解释世界的多样性,从逻辑上讲是行不通的。当我想到宇宙之浩瀚,群星之繁多,空间之深邃(需以千百万光年量度),我心中无限敬畏油然而生,但我实在没法想象出一个宇宙的缔造者。宇宙的存在是个谜,凭人类的智慧是没指望解开的,这样的说法我倒是很乐意接受。而关于生命的存在,有的说存在一种"心身"物质,生命的幼芽就包含其中,而进化这个如此复杂事物的根源就在它"心"的那一面,这个说法我不讨厌,还有点儿相信。但这一切的目标(如果它有目标的话)以及意义(如果它有意义的话)是什么,对我来说还是一如既往窥不透、搞不清。我只知道哲学家、神学家、神秘主义就这个问题发表的观点无一能让我信服。但是如果上帝真的存在,而且他也关心世间人事,那他一定应该足够通情达理,能够像一个理智的凡人那样,宽容地看待人类的各种弱点。

那么灵魂如何?印度人称它为"大我"①,他们认为它始于永

① 大我,原文为 Atman,是印度哲学中最基本的概念之一。"Atman" 是梵语中"呼吸"或"自我"的意思。大我指人本身的永恒核心。它在人死后继续存在,并且转移到一个新的生命里去,或者从生存的羁绊中获得解脱。这个词后来成为《奥义书》的哲学中心思想,认为"我"是人的一切活动的基础,正如"梵"是宇宙活动的基础一样。在印度哲学的不同流派中,数论派、瑜伽派和吠檀多派都特别重视"我"的概念,不过对于这一概念的解释则按照每派的一般世界观而有所不同。

恒,存至永恒。相信这个说法,比相信灵魂是在受孕或是个体出生时产生的要容易些。他们认为它具有“绝对实象”的性质,从其中散射出来,最终又会回归其中。这是种很不错的设想,仅此而已,不可能是别的。它导致人们相信转世轮回,而转世轮回又为罪恶灾祸的存在提供了人类天才能想出的唯一合理解释:它认为罪恶灾祸是对前世错误的报应。它没有解释全智、至善的造物主怎么会愿意乃至有能力创造错误。

可灵魂是什么呢?自柏拉图起,人们对这个问题有各种各样的回答,绝大多数不过是将柏拉图的推论稍加改动。既然我们不断地在用这个词,那它就肯定是有所指的。基督教认为灵魂是上帝创造的一个简单、永生的精神体,这是基督教的信条之一。我们也许不相信这个说法,但依然重视这个词。当我自问我用这个词的时候指的是什么时,我只能回答说我指的是我的自我意识:我的“自我”、构成我“自我”的个性,而这一个性由我的思想、情感、经历和身体特质共同组合而成。我觉得大概有很多人不愿承认人的身体特质会影响到灵魂的构成,他们对这个说法敬谢不敏。而对我来说,这却是我最最能确定的一点。如果我不口吃,或者个子再高上个四五英寸,我的灵魂和现在就会大有不同。我的下巴有些前突,我小时候他们并不知道当下巴还具有可塑性的时候,这个毛病是可以通过戴金属环来矫正的。如果当时他们知道,我的脸型就会不同,他人对我的反应就会不同,于是我的性情、我对他们的态度也就会不同。可要是一副牙具就能改变人的灵魂,那它又算是个什么东西呢?我们都知道,如果不是机缘凑巧让我们当初碰上了谁谁谁,或者我们当初没有在某个特定时间正好出现在某个特定地方,我们的生活就会截然不同;同理,我们的性格,我们的灵魂,也会是另一番模样。

因为不管灵魂是品行、感情、癖好以及诸如此类东西的混合体,还是一个简简单单的精神体，我们可感知的它的终归是个人性格。我想大家大概都承认，不管是精神上的还是肉体上的，痛苦总会对性格产生影响。我就认识一些人，他们生活拮据、怀才不遇的时候善妒、无情、吝啬，但功成名就后，就变得仁慈、慷慨。银行里有点儿存款，略尝了尝出名的滋味，他们的灵魂就伟大了起来，这难道不奇怪吗？而与此相反，我也认识一些原本正直、可敬的人，得了病或是落魄时就变得满嘴谎言、诡诈狡猾、满腹牢骚、心肠歹毒。灵魂与个人身体特征、境况如此息息相关，我实在没法相信它能够独立存在。你看到死人，不可能不意识到他们看上去的确是死透了。

偶尔，有人会问我自己愿不愿意把这一辈子再过一遍。总的来说，我这一辈子过得挺不错，也许比大多数人的都要好，但我觉得没必要重过一遍。这就像重读一本已读过的侦探小说一样无聊。但假定真有转世投胎这回事（人类四分之三的人口对此坚信不疑），而且自己可以选择到底要不要重返人间再获新生的话，我以前倒是想过自己会挺乐意尝试一下，经历经历以前受条件和个人癖好（精神上以及肉体上的）制约没能享受过的事情，学习学习许多我以前没时间或是没机会学的东西。但是现在我会拒绝这种机会。我已经过足了瘾。我既不相信永生，也不渴望永生。我希望我的死能够迅速、安详，待我呼出最后一口气，我那有着各种抱负、各种弱点的灵魂就随之消散，不复存在，如果能确定这一点，我就心满意足啦。我的心中牢记伊壁鸠鲁写给美诺寇①的话："你要习惯死亡对我们来说什么都不是这个想法。因为一切善恶吉凶都在感觉中，但死亡使人丧失感觉。因此，能正确认识到死亡对我们来说什么都不是，

① 美诺寇（Menoeceus）是伊壁鸠鲁的弟子，伊壁鸠鲁曾给他写过一封信（《致美诺寇的信》），信中讨论了道德伦理，对死亡也有许多独到的见解。

生命有终也就变得是一种享受,并不是因为它给人生增加了无尽的时间,而是它拿走了我们对于永生不死的渴望。因为对于真正理解了'不生'并不可怕的人来说,'生'便也没有什么可怖的。"

我觉得,在今天,用上面这段话给这本书作结,很合适。

距我写上面这篇文章已经过去五年了。尽管此后我写出了我提到的四部小说中的三部(第四部我不写了),我还是没有修改前面的文字。我结束了在美国的长期逗留,回到了英国,重访了我本想作为故事背景的那个伦敦城区,和那些我本打算作为小说人物原型的人又重新有了往来,这时我才发现一切已有了翻天覆地的变化。伯蒙齐不再是我所认识的伯蒙齐了。战争毁掉了很多东西,死了很多人。但当初乌云般笼罩在我朋友们头上的失业恐慌已经散去,大家都有了工作,不再住到处生虫的出租屋,而是住进了干净整洁的市建公寓。他们家中都有一台收音机,一架钢琴,一周要去两趟电影院。他们不再是无产阶级的一员,而成了小资产阶级。这些变化都是好的,但我察觉到的变化不仅仅是这些。人们的精神状态变了。在以前艰难的日子里,虽然他们要忍受艰难困苦,饱受贫穷的折磨,他们却仍是快快乐乐、和善友好的,但可叹他们现在的生活中充斥着妒忌、仇恨和恶毒,苦涩不堪。他们以前并不对自己的命运有什么不满,而现在却对恨透了那些能够享有他们所不具有的优越条件的人。他们郁郁寡欢、心怀不满。一个我认识多年的一家之母(她是个清洁工)告诉我:"他们把贫民窟和垃圾清理干净了,也把所有的幸福和快乐都清理走了。"我走进的是一个让我感到陌生的世界。我相信从它身上仍然能够挖出足以写一部小说的素材,但我脑中原本勾画的那些情景已不复存在,我看不出还有什么写的必要。

在过去的五年内,我也许比以前又多学到一点知识。我偶然遇上了一位著名生物学家,这使我多少了解了生物体原理的一些皮毛。这门学科既启发人又引人入胜。它解放了精神。科学家们似乎一致认为,在遥远未来的某个时期,我们的这个地球将无法再维持哪怕是最低等形式的生命,不过远在这种状态到来之前,人类就像以前许多无法适应环境变化的物种一样灭绝了。因此我们不得不得出这样的结论:所有的进化都实在是白费功夫,而且导致人类产生的进化过程完全就是大自然做的荒唐事,荒唐得惊天动地——和基拉韦厄火山爆发或是密西西比河洪水泛滥一样惊天动地,但不管怎样,说到底还是荒唐。因为任何一个有理智的人都没法否认,在整个世界历史长河中,所有的忧患加在一起远远大于所有安乐的总和。只有在短暂的几个时期,人才得以活得安稳,不必时刻担心有暴死的危险。而且正如霍布斯指出的那样,并不是只有在蛮荒时代人的一生才是孤独、贫穷、恶劣、野蛮并且短暂的。古往今来,不少人从来世信仰中获得慰藉,抵消了自己在这悲惨世界短暂停留时经历的艰难困苦。这些人是幸运的。对于那些有信仰的人,信仰解决了理智认定不可解决的难题。有的人说艺术有一种价值(这种价值就是它存在的理由),并说服自己相信为了能目睹画家和诗人笔下光芒四射的作品,拿一般人类的悲惨命运来换,实在算不上是太高的代价。

我怀疑这样的观点。有些哲学家们认为艺术的价值在于它的艺术效果,并由此推出艺术的价值不在于美,而在于它导致的正确行为,我认为他们才是对的。因为一种效果,除非有效,不然就是徒劳。如果艺术只是一种快感,不管这快感的精神境界多高,它都是没有意义的:这就像支撑着巨大拱顶的石柱柱头上的雕刻,它们优雅、多样,令人赏心悦目,但一点实际功能都没有。除非艺术能导致正确的行为,否则它就只是知识分子的鸦片。

悲观主义在《传道书》已得到了充分的表达,堪称不朽,而从艺术中是寻求不到慰藉,缓解不了悲观主义情绪的。我认为,当人英勇地面对着世界的疯狂时,他那非凡的勇气中有一种美远胜于艺术之美。帕迪·菲纽肯①坠向死亡深渊时,给他的飞行中队发送了这条信息:"伙计们,就这样了,"从他这无畏的姿态中,我看到了这样的美;奥茨上校②在冰冷的夜里离开团队,为了不成为同伴们的负担,而选择独自走向死亡,在他的冷静决绝中,我看到了这样的美;海伦·瓦利亚诺③,这个既不很年轻,也不怎么漂亮,亦不十分聪明的女人承受了地狱般的严刑拷打,选择了死也不背叛自己的朋友,而且她为之牺牲的还并不是自己的祖国,从她的忠贞不屈中,我看到了这样的美。帕斯卡有一段名言:"L'homme n'est qu'un roseau, le plus foible de la nature; mais c'est un roseau pensant. Il ne faut pas que l'univers entier s'arme pour l'écraser: une vapeur, une goutte d'eau, suffit pour le tuer. Mais quand l'univers l'écraseroit, l'homme seroit encore plus noble que ce qui le tue, parce qu'il meurt; et l'avantage que l'univers a sur lui, l'univers n'en sait rien. Toute notre dignité consiste

① 帕迪·菲纽肯(Brendan Éamon FitzPatrick "Paddy" Finucane, 1920—1942),二战时爱尔兰皇家空军飞行员。他是当时的王牌飞行员之一,共击落敌机32架,并且是皇家空军史上最年轻的中校。1942年7月15日,他带领中队执行任务时,驾驶的战斗机被击中。他一边镇定地同战友们交谈,一边驾驶飞机努力向法国海岸线飞去。他对战友们说的最后一句话是"This is it, chaps(伙计们,就这样了),"应该是在飞机彻底失去控制时说的。他的飞机坠毁在距离法国勒图凯八英里的海面上。

② 奥茨上校(Captain Lawrence Oates, 1880—1912),英国人,是一名南极探险家,他意识到自己身体不好会拖累另外三个同伴,让他们也命丧南极,便离开帐篷,走进暴风雪中,牺牲自我以保全同伴。离开时他只说了一句"I am just going outside and may be some time(我出去一下,大概时间会长些)"。

③ 海伦·瓦利亚诺(Hélène Vagliano, 1909—1944),希腊人。她在英国念完书后,随家人定居在戛纳。德军入侵法国后,海伦一家被迫滞留戛纳。海伦加入了法国地下组织,积极抗德。1944年因为叛徒出卖,她被盖世太保逮捕,受尽严刑拷打,却没有吐露关于组织的任何信息,最终被德国人杀害。

donc en la pensée.（法语：人不过是一根芦苇，是自然界最脆弱的东西；但他是一根会思考的芦苇。用不着整个宇宙都拿起武器来毁灭他：一口气、一滴水就足以致他死命了。然而，纵使这世界毁灭了他，人却仍然要比致他于死命的东西更高贵，因为他认识死亡，知道比起自己，世界的优势在哪儿，而世界对此却一无所知。因此，我们全部的尊严就在于思想。）”真的如此吗？当然不是。我觉得现在的人有些贬低了“尊严”这个概念，而我认为把法语里这个词译作“高义”会好一些。有一种高义并不源于思想，它更为原始。不必有文化，不必有教养，它就扎根在人类最原始的本能中。在它面前，上帝（如果真是他创造了人类）会羞愧地捂住自己的脸。尽管人一把软骨头，一身的罪孽，但在必要时刻，却能有如此壮丽情怀，也许正是因为知道这一点，我们才不会彻底绝望。

但这都是些严肃的话题，即使我有能力写，这里也不是地方。因为我就像一个在战时码头等船的乘客，我不知道船哪一天会开，但我做好了准备，一接到通知就可以立刻上船。城市的景点我都没参观。我不想去看漂亮的新高速公路，我再也不可能在上面驾车驰骋；我也不想去看现代化设施齐全的新大剧院，我再不可能坐进其中。我看看报纸，翻翻杂志，但若是人提出借给我一本书，我会拒绝，因为我可能来不及读完它；再说，面对即将到来的旅程，我才不会对这么一本书感兴趣呢。我在酒吧里或是牌桌上会认识一些人，但我很快就要离他们而去，因此不打算与他们深交。我人在旅途。

图书在版编目(CIP)数据

作家笔记/(英)毛姆(Maugham, W. S.)著;陈德志,陈星译.
—上海:上海译文出版社,2015.8(2024.8重印)
(毛姆文集)
书名原文:A Writer's Notebook
ISBN 978-7-5327-6962-9

Ⅰ.①作… Ⅱ.①毛… ②陈… ③陈… Ⅲ.①笔记—
作品集—英国—现代 Ⅳ.①I561.65

中国版本图书馆CIP数据核字(2015)第072391号

W. Somerset Maugham
A WRITER'S NOTEBOOK

图字:09-2012-239号

作家笔记
〔英〕毛 姆/著 陈德志 陈 星/译
责任编辑/冯 涛 装帧设计/张志全工作室

上海译文出版社有限公司出版、发行
网址:www.yiwen.com.cn
201101 上海市闵行区号景路159弄B座
浙江新华数码印务有限公司印刷

开本850×1168 1/32 印张12.25 插页6 字数250,000
2015年8月第1版 2024年8月第9次印刷
印数:28,001-29,500册

ISBN 978-7-5327-6962-9/I·4215
定价:66.00元